LA BÊTE NOIRE

Collection dirigée par Glenn Tavennec

L'AUTEURE

Née en Angleterre, Julia Chapman a exercé comme professeure d'anglais au Japon, en Australie, aux États-Unis et en France. Elle a même dirigé une auberge dans les Pyrénées avec son mari pendant six ans. Aujourd'hui, elle habite dans les vallons du Yorkshire, au nord de l'Angleterre, dont les paysages si typiques lui ont inspiré sa série de romans : *Les Détectives du Yorkshire*.

JULIA CHAPMAN

RENDEZ-VOUS AVEC LA RUSE

Une enquête de Samson et Delilah, les détectives du Yorkshire

Traduit de l'anglais par Dominique Haas et Stéphanie Leigniel

LA BÊTE NOIRE
Robert Laffont

Titre original : DATE WITH DECEIT

ISSN 2431-6385
ISBN 978-2-221-24712-9
(éd. originale : ISBN 978-1-5290-4957-2, Pan Books, an imprint of Pan Macmillan, London, 2021)
Dépôt légal : octobre 2020
Éditions Robert Laffont – 92, avenue de France 75013 Paris

À vous tous,
Sur le front du coronavirus
Merci !

1.

Stuart Lister avait décidé de faire preuve d'initiative. Mais, du coup, il allait mettre sa carrière en péril.

Il jeta un œil à sa montre. Il avait trois quarts d'heure devant lui. Trois bons quarts d'heure sans avoir à craindre d'être dérangé. Le silence des lieux était pesant, seulement troublé par la vibration asthmatique de l'antique frigo dans le coin cuisine. Par la double vitrine, il voyait les gens vaquer à leurs occupations sur la place du marché, comme n'importe quel autre mercredi à Bruncliffe.

La normalité de la scène ne faisait qu'amplifier sa conscience du risque qu'il courait.

Il prit une bonne goulée d'air, comme si ça allait faire disparaître la grosse boule qu'il avait dans la gorge, posa sa paume moite sur la poignée de la porte et entra dans le bureau. Il n'aurait pas dû être là. Ce n'était pas du tout son genre de s'introduire comme ça dans un endroit défendu alors que le pire délit qu'il ait jamais commis de sa vie se résumait à avoir menti sur son âge dans un pub. Il aurait dû se trouver à la réception, à faire son boulot.

Mais là, il faisait son boulot, justement. Dans un sursaut de hardiesse, motivé par deux raisons : le désir d'impressionner son patron et un chauffe-bain HS.

Le ballon d'eau chaude antédiluvien de son appartement, qui avait montré des signes de défaillance toute la semaine, avait définitivement et bruyamment rendu l'âme le matin même, pendant qu'il prenait sa douche. Un vilain *boum* s'était fait entendre dans le placard qui hébergeait l'installation, et l'eau tiède sous laquelle il procédait à ses ablutions s'était soudain transformée en une cascade d'eau glacée qui lui avait arraché un jappement.

Enroulé dans une serviette, tout grelottant, Stuart avait appelé – ou plutôt *rappelé* – le propriétaire, et obtenu la promesse d'une intervention, à laquelle il n'avait pas cru un mot. Il s'était donc habillé à toute vitesse, remettant la chemise de la veille qu'il avait suspendue dans l'encadrement de la porte de sa chambre pour l'aérer, non sans s'être assuré que le parfum qui en émanait était moins son odeur corporelle que les écœurants effluves aigres-doux qui remontaient du fast-food chinois du rez-de-chaussée et s'insinuaient sous sa porte. Pour parachever ses déboires, en arrivant au bureau, il était tombé sur une note gribouillée par Julie, sa collègue, disant qu'elle était en formation pour la journée et qu'il devait assurer la permanence.

Son cœur se ratatina dans sa poitrine. Pas tant à l'idée d'avoir à tenir l'accueil à la place de Julie que parce qu'elle allait être absente. Avec sa bonne humeur contagieuse, Julie était la raison qui lui permettait de survivre à une journée de boulot à l'Agence immobilière Taylor. Ce n'était sûrement pas son salaire, celui-ci étant si bas, malgré ses responsabilités accrues, qu'une chenille aurait pu jeter un coup d'œil par-dessus. Il était responsable gestion locative – en réalité, ce titre ronflant ne voulait rien dire, le département qu'il gérait ne comptant qu'un collaborateur : lui-même. Il s'occupait de la location des biens que l'agence avait en portefeuille, et encore, même pas tous. À sa grande frustration, M. Taylor ne lui faisait pas encore suffisamment confiance pour lui déléguer les propriétés haut de gamme, dont il se réservait la négociation des baux et les visites d'inspection.

Debout à son bureau, occupé à lire la note de Julie dans un costume froissé qui fleurait bon les chips de crevette, Stuart Lister eut un moment de lucidité. Et si la défiance de son patron était alimentée par l'image qu'il renvoyait ? Après tout, son responsable des locations vivait dans un gourbi – un appartement minuscule, juste au-dessus du Happy House, une gargote qui faisait de la bouffe à emporter –, le terme « appartement » étant bien flatteur pour décrire une chambre qui contenait difficilement un lit double, un salon exigu avec kitchenette et une minuscule salle de bains moisie. Pas vraiment l'indice d'une réussite criante. Mais sans une augmentation substantielle de son salaire, c'était tout ce que Stuart pouvait se permettre. Or les locations saisonnières rapportant bien dans les pittoresques Vallons, la région souffrait d'un déficit de locations standard. Celles qui arrivaient sur le marché étaient souvent de vastes propriétés, généralement à vendre, et qui étaient louées en attendant un acheteur.

Bien sûr, il avait toujours la possibilité de retourner à Skipton. Seulement cela aurait impliqué de retourner vivre chez sa mère, or il l'aimait de tout son cœur, mais elle ne pouvait pas le lâcher cinq minutes. Quand il lui avait annoncé qu'il allait s'installer à Bruncliffe, à vingt kilomètres au nord – *vingt kilomètres !* – elle l'avait prévenu, sur le mode panique, que les gens de « là-bas » étaient très différents. Il ne pouvait pas revenir la queue entre les jambes. Et donc, s'il voulait améliorer son sort, il avait besoin d'argent pour pouvoir s'offrir un meilleur appartement. Et pour cela, il avait besoin d'une promotion. D'où l'initiative dont il faisait preuve à cet instant.

Il fit un pas dans le bureau de son patron, la main toujours crispée sur la poignée de la porte qui l'ancrait du bon côté de la loi. Jusque-là. Les stores à lamelles de la petite fenêtre tronçonnaient la lumière vive qui tombait sur le bureau, vide à l'exception d'une unique photo représentant M. Taylor et sa femme en smoking et robe longue, souriant derrière les zébrures de soleil. Quelques certificats et autres récompenses encadrés étaient accrochés au mur. Et sur un côté de la pièce, l'imposant meuble de classement métallique, objet de son intrusion.

Nouveau coup d'œil à sa montre. Une minute de plus s'écoula alors qu'il hésitait encore sur le pas de la porte.

Une nouvelle et profonde inspiration, et Stuart Lister traversa la pièce, ses longues jambes couvrant en quelques secondes la distance qui le séparait de l'armoire métallique. La clé. C'est de cela qu'il avait besoin en premier. Soulevant le pot du spathiphyllum posé sur le haut de l'armoire, il prit la petite clé en argent dans la soucoupe en plastique qui se trouvait dessous.

Le secret le plus mal gardé de l'histoire de l'Agence immobilière Taylor. Il y avait quelque temps, Bernard Taylor avait perdu la clé et il avait dû débourser une forte somme pour pouvoir accéder à ses documents personnels. Depuis, il avait décidé d'en garder un double au bureau. Ses employés n'étaient pas censés en connaître l'existence. Mais Julie l'avait découvert quand elle avait arrosé la plante, un jour, et en avait fait mention à Stuart en passant, comme exemple de la radinerie de leur patron, qui préférait oublier la plus élémentaire mesure de sécurité pour éviter d'avoir à repayer le déplacement d'un serrurier.

Et voilà qu'il était là, prêt à l'utiliser, Stuart Lister enfreignant la loi.

Sans se laisser le temps de se raviser, il déverrouilla le meuble et ouvrit le tiroir du haut.

Des rapports financiers, des bulletins de salaire, des formulaires de TVA… Stuart fit défiler les onglets des dossiers suspendus vert foncé, rien de passionnant. Il referma doucement le tiroir, tressaillant au bruit de frottement sur les rails métalliques. Un regard paniqué par-dessus son épaule en direction de la réception le rassura :

personne n'était témoin de son forfait. Il refit face au meuble, ouvrit le deuxième tiroir.

Des dossiers personnels. Des brochures d'information sur le code du travail, des règlements d'hygiène et de sécurité, des assurances et ce genre de paperasse. Dont la moitié, suspectait Stuart, devait déjà être obsolète alors que des versions à jour étaient facilement accessibles en ligne. Il s'attaqua au troisième tiroir. Encore des documents périmés, cette fois des catalogues et des flyers de l'agence, autant d'imprimés du temps où l'immobilier sur Internet n'était pas une option.

En proie à une soudaine fébrilité, il se pencha sur le quatrième tiroir et sut immédiatement d'après son poids que celui-ci était différent.

Bingo !

Un tiroir rempli de dossiers épais. Il trouva ce qu'il cherchait dans le premier onglet. Huit dossiers, impeccablement rangés, contenant toutes les informations sur les biens à louer les plus chers de l'Agence Taylor. Ceux qu'on refusait de lui confier. Avant que sa conscience n'interfère, il les sortit, referma le tiroir et se tourna vers la réception. Et là, à travers les grandes vitrines qui flanquaient la porte d'entrée, il aperçut la silhouette corpulente de Bernard Taylor qui foulait les pavés de la place.

Il était en avance. Stuart n'avait plus le temps de remettre les documents à leur place. Il allait se faire pincer.

Figé sur le seuil du bureau de son patron, il serra les dossiers interdits sur sa poitrine, le cœur cognant contre ses côtes.

De manière générale, les enterrements étaient bons pour les affaires. C'était un fait que Troy Murgatroyd, propriétaire de la Toison, n'avait jamais admis devant personne, mais qu'il avait eu amplement le temps d'observer durant toutes les années qu'il avait passées derrière son bar. Les gens venaient du froid pour se requinquer

– parce que le cimetière pouvait être glacial, même à la fin du printemps, quand un vent du nord, âpre, dévalait les collines –, et le pub était l'endroit idéal pour ça. Un feu qui crépitait dans la cheminée, la compagnie des amis et de bons petits plats préparés par sa femme disposés dans l'arrière-salle, tout conspirait à ce qu'ils prolongent leur présence, en bavardant, en buvant – et en dépensant. Et – *magie, magie !* – un mercredi matin comme tant d'autres pouvait se transformer en une journée très lucrative.

Mais en observant le groupe d'autochtones qui avaient assisté aux obsèques de Pete Ferris, Troy pressentait que ce jour-là échapperait à la règle. Pour commencer, on n'avait pas prévu de victuailles, les rares membres de la famille qui avaient fait le déplacement ayant quitté la ville à la minute où la cérémonie avait pris fin. D'ailleurs, ç'avait été un enterrement de rien du tout.

Un habitant d'une ville du sud, Leeds par exemple, ou Lancaster, de l'autre côté de la frontière occidentale, n'aurait peut-être pas trouvé si bizarre que les rangs soient aussi clairsemés et l'office si dépouillé pour des funérailles. Après tout, les métropoles étaient le règne de l'anonymat et il arrivait qu'on y vive – et qu'on y meure – seul. Mais là, on était à Bruncliffe, une petite ville des vallons du Yorkshire, enserrée par les collines sur trois côtés. Une communauté soudée, un endroit où tout le monde se connaissait et savait se témoigner du respect. Il était donc étrange que les bonnes gens du cru aient négligé de se présenter endimanchées, le cou serré par des cols inhabituellement boutonnées et les chaussures bien cirées.

Certains auraient dit que le défunt ne méritait pas mieux.

Il avait été braconnier. Pas le métier le plus populaire dans une région dévolue à l'agriculture et aux activités rurales. Il vivait en marge de la société civilisée, on ne le voyait guère sur la place du marché, et rarement sobre.

Il n'était donc pas surprenant que l'église ait été quasiment vide. Et que ceux qui s'étaient donné la peine de se déplacer pour lui rendre un dernier hommage ne soient pas allés plus loin que la Toison, aucun doute ne subsistant quant aux circonstances dans lesquelles le défunt avait rejoint son créateur.

— Suicidé, répéta Will Metcalfe en secouant la tête et en scrutant le fond de sa pinte vide. Quelle façon de s'en aller…

— Et en se droguant, en plus, marmonna Troy, une main planant au-dessus du robinet de Black Sheep, attendant que Will lui tende sa chope à remplir. Pas ce que j'aurais choisi.

Personne ne demanda au maussade tavernier de s'étendre sur la méthode qu'il aurait élue pour quitter cette vie. Personne ne fit non plus mine de vouloir commander une autre pinte.

Will Metcalfe lâcha un soupir, reposa son verre vide sur le comptoir et jeta un coup d'œil à Samson O'Brien qui se tenait debout près de lui. Et qui buvait un café. Ce qui suffisait à faire tourner les sangs du tavernier déjà de nature acariâtre. Ces gars qui fréquentaient un débit de boissons et ne commandaient pas de bière…

— Je regrette vraiment de ne pas avoir pu remercier Pete, dit Will. Vous savez, pour ce qu'il a fait pour Nathan.

Surpris d'entendre Will mentionner le nom de son neveu dans la même phrase que celui du braconnier, Troy s'éloigna de la pompe à bière et se pencha vers l'aîné de la fratrie Metcalfe.

— Et qu'est-ce qu'il a fait, Pete Ferris, pour le jeune Nathan ?

— Il lui a sauvé la vie, répondit Will, reportant son attention sur le tavernier. Quand Nathan a disparu dans les collines en mars, c'est Pete qui l'a retrouvé et l'a ramené sain et sauf.

Il en fallait un paquet pour étonner encore le gaillard qui tenait le bar et qui avait vécu toute son existence entre les quatre murs de la Toison. Il s'enorgueillissait de bien connaître ses clients. D'être capable de prédire leur comportement. Et bien que Pete Ferris ne soit pas venu aussi souvent que d'autres, sans doute trop fauché pour se payer une bière, l'homme à la tête de furet avait suffisamment fréquenté la taverne pour que Troy puisse le jauger. Un furtif. Un sauvage. Le braconnier n'était assurément pas connu pour sa nature philanthropique.

Et voilà que Troy venait d'entendre une révélation à laquelle il ne s'attendait pas du tout. Le retour spectaculaire de Nathan Metcalfe après plusieurs jours passés à errer dans les collines, par un temps épouvantable – retour qui avait arraché aux citoyens de Bruncliffe un énorme et unanime soupir de soulagement, car le jeune garçon aurait fort bien pu trouver la mort dans l'aventure –, son retour, donc, était à porter au crédit de Pete Ferris.

— Je l'ignorais, convint-il.

— Je ne l'ai moi-même appris qu'après sa mort, avoua Will avec un haussement d'épaules. Il ne voulait pas que ça se sache.

— Figurez-vous qu'il a refusé une récompense, ajouta Samson O'Brien, avalant la dernière goutte de son café et reposant la tasse sur le comptoir, près de la pinte vide de Will. Lucy voulait lui donner quelque chose pour avoir sauvé la vie de son fils, eh bien, il n'a rien voulu savoir.

Troy avait été stupéfait de la première révélation, mais en entendant celle-là, sa mâchoire se décrocha.

— Il a refusé de l'argent ?

Samson acquiesça.

— Il n'a pas accepté un kopeck.

— Et comme je disais, reprit Will, je n'ai pas eu l'occasion de le remercier.

James « Herriot » Ellison, le véto de la ville, se tenait près d'eux sans mot dire. Ce n'était pas un bavard. Il conduisait ses affaires avec une bienveillance et une discrétion qui lui valaient le respect des fermiers avec qui il travaillait. Pourtant, là, il intervint :

— Nathan a adopté ses lurchers, c'était la plus belle façon de le remercier. Ils auraient eu du mal à trouver une famille d'adoption, et rester enfermés dans un chenil les aurait tués.

Troy marmonna son accord. Les deux chiens qui avaient été les fidèles compagnons du braconnier et qui les défendaient, sa caravane pourrie et lui, étaient légendaires pour leur férocité. Quiconque s'en approchait sans y avoir été invité le faisait à ses risques et périls, et peu nombreux étaient ceux qui auraient souhaité adopter des bêtes pareilles. Mais apparemment le jeune Nathan avait avec eux un lien semblable à celui qui les unissait à Pete Ferris. Jusqu'à ce que Pete décide de les tuer en même temps que lui…

Toute la ville avait été au courant – que Samson O'Brien et Delilah Metcalfe avaient découvert le braconnier mort dans sa caravane, et ses deux lurchers à l'article de la mort, dehors.

— Quel genre d'homme sauve un gosse qu'il connaît à peine et tente, quelques semaines plus tard, de tuer ses chiens avant de se suicider ? s'interrogea le patron.

Herriot eut une moue dubitative.

— On ne peut pas être vraiment sûrs des intentions de Pete.

Quelque chose dans le ton du véto fit se tourner vers lui les trois hommes.

— Vous dites qu'ils n'ont pas été empoisonnés ? demanda Samson.

— Si si, on leur a bien administré du poison. Mais les quantités utilisées ne sont pas concluantes. On ne peut pas affirmer avec certitude qu'il avait l'intention de les tuer.

— C'était quoi ?

— De la kétamine, répondit le vétérinaire.

— De la kétamine ? s'exclama Will Metcalfe. Mais qu'est-ce qui se passe avec ce truc ?

Il marquait un point. Troy n'en avait jamais entendu parler autrement qu'en tant que remède pour les chevaux, et voilà que depuis six mois, la chose semblait courir les rues.

— Oui, ça fait un peu beaucoup, admit le patron.

— C'est sûr.

Herriot baissa son verre et regarda Samson O'Brien. Et Troy Murgatroyd, fort de l'expérience acquise au fil des ans dans son pub, remarqua la soudaine immobilité qui s'était emparée de ce dernier.

S'il avait été du genre à parier, il aurait gagé que quelque chose avait mis la puce à l'oreille du détective privé de Bruncliffe.

Il venait d'atteindre son bureau quand Bernard Taylor s'engouffra dans l'agence comme un vent de tempête, laissant la porte claquer derrière lui dans un grand fracas de verre et de métal.

— Bonjour, monsieur Taylor.

C'était sorti dans un couinement étranglé. Stuart Lister fourra sous une pile de paperasse les dossiers qu'il avait volés chez son patron et s'essuya les paumes sur son pantalon en se demandant si les violents battements de son cœur n'annonçaient pas une crise cardiaque.

— Où est Julie ? aboya M. Taylor en regardant le siège vide derrière le bureau de la jeune femme.

— Elle est en formation. Elle a dit que vous l'aviez autorisée…

— Bon sang ! Comme si on pouvait se permettre d'être en sous-effectif. Tenez. Rentrez ça dans le système !

Un contrat de location atterrit devant Stuart. M. Taylor épongea d'une main grassouillette son front luisant de sueur. Il transpirait comme un boxeur au troisième round, et il ne faisait même pas chaud dehors.

— Et appelez quelqu'un pour ce satané frigo. Ces vibrations me rendent dingue.

— Oui, monsieur Taylor.

Stuart s'agita sur son siège. Il n'était que trop conscient des dossiers à peine dissimulés sous ses papiers.

Mais Bernard Taylor faisait déjà demi-tour, s'épongeant toujours le visage en gagnant son bureau. Cela dit, le danger était loin d'être écarté.

Concentre-toi sur ton boulot. Agis de façon naturelle. Stuart tira à lui le contrat qu'on venait de lui flanquer sous le nez. Un bail de location pour une grande maison sur les pentes de Keasden, à un loyer normal. Mais il y avait une case non remplie en haut.

— Monsieur Taylor, dit-il en se levant, les jambes tremblotantes. Euh… Quel nom dois-je inscrire ?

Son patron se retourna.

— Quoi, quel nom ?

Stuart montra la case vide sur la page qu'il tenait à la main.

— Celui du locataire ?

Des doigts boudinés volèrent dans les airs comme s'ils essayaient d'intercepter une réponse, et M. Taylor esquissa une grimace.

— Ah, le nom… Oui… Euh… Fred Lambert. J'ai oublié de le mettre. Débordé…

— Je pourrais vous aider.

Ces mots lui avaient échappé, comme s'il avait senti qu'il tenait une chance de se faire mousser auprès de son boss sans avoir à recourir à des moyens illicites.

— Aider… ?

M. Taylor revint vers lui et le toisa.

— Pour les locations. Je pourrais vous donner un coup de main. Faire plus d'inspections…

Une main lourde s'abattit sur le bureau de Stuart, interrompant les paroles précipitées qui s'échappaient des lèvres du jeune homme et faisant valser une pile de documents.

— Contentez-vous de faire le boulot pour lequel vous êtes payé ! beugla M. Taylor.

— Désolé…, balbutia Stuart, ayant avisé du coin de l'œil qu'une partie des dossiers qui auraient dû être sous clé gisaient maintenant sur la moquette.

Si son patron jetait ne serait-ce qu'un coup d'œil par terre, Stuart pouvait dire adieu à sa carrière à l'Agence immobilière Taylor.

— Je pensais juste que…

— Je ne vous paie pas pour penser ! Faites le boulot pour lequel je vous rémunère et c'est tout.

Au grand soulagement de Stuart, M. Taylor repartit vers son bureau sans remarquer les contrats éparpillés par terre et claqua la porte derrière lui. Stuart plongea vers le sol et, les mains tremblantes, le sang battant à ses tempes, rassembla les pièces incriminantes.

Les pages et les dossiers réunis en vrac dans ses bras flageolants, il s'effondra sur sa chaise.

Ce n'était pas passé loin. C'était même passé tout près. Et si M. Taylor avait besoin de l'un de ces contrats qu'il gardait par-devers lui…

Cette pensée suffit à lui arracher un gémissement. Puis il sentit quelque chose s'enfoncer dans sa jambe. Un objet métallique, aux bords acérés.

Déjà enseveli sous une chape d'angoisse, Stuart mit la main dans sa poche et en sortit une clé. Celle de l'armoire métallique de son patron, celle qu'il avait volée et oublié d'utiliser pour refermer le meuble.

Avec un gémissement sourd, il s'affaissa davantage sur son siège et attendit que la hache s'abatte.

2.

— Hmph !

Mi-admiratif, mi-incrédule, Norman Woolerton caressait son crâne chauve en plissant les yeux devant l'écran d'ordinateur placé devant lui.

— Eh bien, on dirait que tu as fini par y arriver.

De l'autre côté de son bureau se trouvait la sombre silhouette de Delilah Metcalfe, la jeune femme vêtue de noir revenant directement d'un enterrement pour son rendez-vous avec le directeur de sa banque. Qui était aussi un ami de la famille, marié à une cousine du père de Delilah, et que l'on appelait plus familièrement oncle Woolly hors des murs de son bureau.

Woolly, woolly… En matière de finances, le personnage n'avait rien d'un mouton laineux, Delilah pouvait l'attester. Six mois plus tôt, il l'avait convoquée pour une franche conversation sur ses dettes qui s'accumulaient, son petit cottage, ses bureaux hypothéqués et ses deux entreprises, une boîte de conception de sites Internet et une agence de rencontre, qui ne dégageaient pas assez de bénéfices pour couvrir leurs frais de fonctionnement. L'insolvabilité menaçait, et Norman Woolerton, déterminé à rendre la procédure aussi indolore que possible, avait refusé d'augmenter les prêts déjà consentis à Delilah, au motif qu'il aurait été déraisonnable de continuer à creuser le déficit. Mais Delilah avait passionnément plaidé sa cause, l'implorant de lui accorder une augmentation de découvert, juste de quoi l'aider à surmonter la mauvaise passe qui avait suivi son divorce. Pour appuyer sa plaidoirie, elle lui avait présenté des tableaux détaillés de ses projections de chiffre d'affaires, lui avait parlé du nombre croissant d'abonnés à son agence de rencontre et du fait qu'elle avait trouvé un locataire pour une partie de ses bureaux.

Cela avait suffi à convaincre le directeur de la banque. Pas assez néanmoins pour lui faire perdre le sens des réalités. Le sursis pour remonter la pente avait une date limite. Six mois.

Ces six mois étant passés, Norman Woolerton était agréablement surpris de constater, d'après les documents que lui présentait Delilah, qu'elle était pratiquement tirée d'affaire. Il y avait une augmentation lente mais régulière des inscrits à l'Agence de Rencontre des Vallons ; la branche informatique avait engrangé quelques contrats honorables ; et puis il y avait le travail que Delilah avait fait pour l'agence de recherche de Samson O'Brien. Sans parler d'un versement substantiel effectué tout récemment par un fermier de la région, Clives Knowles, sous la rubrique « honoraires de conseil ».

— Je n'imaginais pas qu'il y avait un marché pour la création de sites Internet chez les paysans du coin, dit Norman en indiquant le montant conséquent payé par le dénommé M. Knowles.

Delilah rosit délicatement.

— Ce n'était pas de ça qu'il s'agissait, murmura-t-elle.

— Alors, de quel genre de conseil s'agissait-il ?

— Matrimonial.

Norman cilla, se représentant le célibataire endurci qui vivait à la périphérie de Horton, dans une ferme aussi négligée que son propriétaire. Quelle femme dotée d'un minimum de bon sens aurait accepté de s'occuper de lui et de sa ferme délabrée ? C'est pourquoi les paroles qui suivirent furent quelque peu teintées d'étonnement :

— Clive Knowles t'a consultée pour trouver chaussure à son pied ?

Un bref hochement de tête de l'autre côté du bureau fut la seule réponse que le directeur obtint. Norman regarda l'écran d'ordinateur, le montant respectable du dépôt, et de nouveau sa cliente.

— J'en déduis que tu as réussi la mission !

— On peut dire ça comme ça, marmonna Delilah.

Norman Woolerton la scruta plus attentivement. Révisa son opinion à la lumière de cet exploit. Parce que quand Delilah Metcalfe, une femme au passé sentimental mitigé – couronné par le fait qu'elle était déjà divorcée à même pas trente ans –, avait créé l'Agence de Rencontre des Vallons, ça avait pas mal fait rigoler. Or elle démontrait qu'elle connaissait son boulot.

— Tu as d'autres fermiers esseulés en vue qui seraient en quête de conseils similaires ? s'enquit cet incorrigible financier. Parce que deux ou trois autres versements de ce genre, et tu aurais définitivement la tête hors de l'eau.

— Pas que je sache. Et puis, c'était vraiment un coup de bol.

Delilah baissa la tête et ses épaules s'affaissèrent, obligeant Norman à l'observer en étrécissant les paupières, comme s'il avait affaire à un business plan qui refusait de livrer ses secrets.

C'était bizarre. Cette fille aurait dû faire des bonds de joie pour fêter le fait que sa boîte était sur le point de devenir rentable. Et pourtant, il ne l'avait pas vue aussi peu enthousiaste depuis… depuis… Il repensa à ces terribles journées, trois ans plus tôt, quand le monde s'était ouvert sous les pieds de Delilah : d'abord à cause de la mort de son frère Ryan au cours d'une mission en Afghanistan, puis des liaisons à répétition de son mari, Neil Taylor, et enfin de l'échec de leur mariage.

La jeune Delilah n'était pas du genre à se lamenter. Elle s'était jetée dans le travail à corps perdu pour sauver l'entreprise qu'elle avait créée avec ce chacal de Taylor. Mais elle n'était plus elle-même, on ne voyait plus aussi souvent son sourire chaleureux. Et puis tout cela avait changé récemment. Au mois d'octobre, pour être précis, lorsque Samson O'Brien était revenu à Bruncliffe et avait créé une agence de détective privé au rez-de-chaussée des bureaux de Delilah. Depuis ce moment-là, ils avaient formé une sacrée équipe et résolu plusieurs affaires ensemble. Échappant à pas mal de dangers, apparemment. Mais Delilah avait l'air d'y trouver plus que son compte.

Et pourtant, elle était là, et on aurait dit qu'elle portait tous les malheurs du monde sur ses épaules.

Le directeur de la banque ne savait pas quoi en penser. Et il ne savait pas non plus comment aborder le sujet. Il était beaucoup plus à l'aise pour discuter pertes et profits que pour évoquer des soucis personnels, même si ça lui faisait de la peine de voir une de ses clientes préférées aussi visiblement déprimée.

— En tout cas, dit-il en s'éclaircissant la gorge, quoi que tu fasses, continue sur cette voie. Encore deux ou trois mois de croissance à ce rythme, et tu auras vraiment retrouvé des bases saines. Ce bizness de cœurs esseulés a vraiment l'air de payer.

Il y eut un drôle de son étranglé de l'autre côté du bureau, puis Delilah toussota, se leva et fit le tour du bureau de chêne qui faisait office de barrière pour tous les autres clients, sauf elle.

— Merci, oncle Woolly, dit-elle en lui plantant un baiser sur la joue.

Elle parvint à lui adresser un sourire misérable et, alors que la porte se refermait derrière elle, le directeur de la banque, perplexe, ne put s'empêcher de penser que Delilah Metcalfe avait un problème. Du genre qui n'était pas dans ses cordes.

— En voilà un bon toutou, hein !

Le grand chien gris assis bien droit sur son derrière près du radiateur, dans la zone d'accueil de la banque, tourna la tête en l'entendant, et haussa un sourcil selon une expression qu'on aurait pu qualifier d'interrogatrice. Ou d'hautaine. À l'abri de la cloison de verre qui séparait son guichet de caissière du reste de la réception, Mme Pettiford ne parvint pas à interpréter ce regard. En tout cas, ce n'était pas un regard affectueux.

— Bon toutou, insista-t-elle à l'adresse du braque de Weimar impérial qui rivait à présent ses yeux clairs sur elle.

La matinée avait été calme dans la banque de Bruncliffe. Une matinée où elle aurait préféré ne pas être obligée de venir au travail, parce que ça l'avait empêchée d'aller à l'enterrement qui s'était déroulé à l'intérieur des murs de Saint-Oswald, dans Church Street. Non qu'elle ait jamais connu Pete Ferris. Pas personnellement, du moins. Elle ne fréquentait pas ce genre d'individu. Mais il fallait bien admettre qu'il avait eu une vie – et subséquemment une mort – fascinante. Un braconnier. Qui rôdait dans les collines avec son fusil et ses cabots, des lurchers, vivant en marge de la loi. Et qui avait fini par se suicider.

C'était vraiment ennuyeux d'avoir loupé les funérailles d'un tel personnage. Les occasions de ce genre se révélaient souvent un terrain fertile pour la collecte de ragots. Et donc, plantée là, derrière son comptoir, sans clients pour alimenter sa chronique, Mme Pettiford se sentait plus qu'un peu laissée-pour-compte. C'est pourquoi elle essayait de faire la conversation avec le chien de Delilah Metcalfe.

— Elle ne va plus tarder, maintenant, roucoula-t-elle. Maman va bientôt venir te chercher.

Sauf qu'il se pouvait que ce ne soit pas vrai. Parce que Mme Pettiford savait deux ou trois choses sur l'état des finances de Delilah Metcalfe et les inquiétudes qu'elles inspiraient à M. Woolerton. À juste titre, d'ailleurs. La banque ne pouvait pas se permettre de soutenir des projets futiles comme une agence matrimoniale, surtout si elle n'était pas rentable. Si on lui avait demandé son avis, ce que – chose fort regrettable – M. Woolerton ne pensait jamais à faire, elle aurait ajouté qu'il était grand temps que la cadette de la fratrie Metcalfe se trouve un métier digne de ce nom. Un métier avec des perspectives. Comme travailler dans une banque, par exemple.

Même si cette banque était d'un calme comme Mme Pettiford n'en avait jamais connu. Qu'elle n'était plus noire de monde les jours de marché, avec tous ces fermiers qui faisaient la queue devant la porte et laissaient en repartant le sol aussi boueux qu'une bergerie à la fin de l'hiver. Ces jours-là n'étaient plus. Maintenant, il se passait parfois des matinées entières sans qu'une seule personne franchisse les doubles portes, en dépit du fait que c'était la dernière banque encore en activité à Bruncliffe, les deux autres ayant définitivement baissé le rideau plus d'une année auparavant, la première s'étant reconvertie en bar à vin branché, l'autre en librairie. Triste affaire. Et quand elle voulait bien y réfléchir, son propre poste ne lui faisait plus l'impression d'être la rente de situation pour laquelle elle l'avait toujours pris…

Le bruit de la porte d'entrée et le *wouf* de bienvenue du chien arrachèrent Mme Pettiford à ses pensées morbides alors que la première cliente du jour faisait son apparition.

— Bonjour, dit-elle avec le sourire de rigueur.

Elle fut récompensée d'un mouvement de tête par une femme entre deux âges, morose, vêtue d'une veste en cachemire immaculée, d'un pantalon de moleskine et de bottines élégantes. Rien de tout ça ne venait de chez Betty's, la boutique de Back Street. Ce qui n'avait rien d'étonnant, la cliente de Mme Pettiford n'étant nulle autre que l'aristocrate de Bruncliffe – Nancy Taylor, l'épouse du prospère agent immobilier Bernard Taylor, actuel maire de la ville. Cette femme aurait été davantage chez elle dans les boutiques de Harrogate pour afficher sa fortune.

— Que puis-je faire pour vous ? demanda Mme Pettiford, qui détaillait la coupe élégante des vêtements, la distinction des bijoux et le cuir raffiné du sac à main, en s'efforçant de ne pas laisser transparaître sa jalousie.

Ni sa surprise, quand elle aperçut l'affreuse besace noire que l'épouse du maire posait par terre, seule note discordante dans un style parfait par ailleurs.

— J'ai besoin d'un relevé de compte. Le site de la banque est inaccessible, dit Mme Taylor.

— Ah. Bien, dit Mme Pettiford, le cœur en fête.

Le site était de nouveau planté – encore une cyberattaque, sans aucun doute. La dernière fois, il avait provoqué un énorme afflux de clients, et bien que la plupart d'entre eux aient été irrités par ce problème, la femme derrière le comptoir avait brièvement eu l'impression de se retrouver au bon vieux temps, quand elle avait encore un rôle à jouer.

— Je peux vous imprimer les six dernières semaines de transactions. Si vous voulez qu'on remonte plus loin, il faudra que je vous l'envoie par la poste, j'en ai bien peur. Est-ce que ça vous suffira ?

— Ce sera très bien.

— Le compte professionnel ou personnel ?

— Personnel… Les deux, en fait, s'il vous plaît.

De l'autre côté de la vitre de séparation, Nancy Taylor changea de position et jeta un coup d'œil à son fourre-tout. Quelque chose chez la femme était moins apprêté que sa tenue stylée ne le laissait supposer. Elle martela brièvement le comptoir du bout des doigts avant d'enfoncer ses mains dans ses poches.

Ce mouvement – sa soudaineté –, son côté furtif. C'est ce qui vint distraire l'employée de banque, une seconde seulement, car l'imprimante choisit ce moment pour mâchonner le papier, une facétie habituelle.

— Je crois qu'elle n'est pas bien réveillée, minauda Mme Pettiford en tirant les feuilles martyrisées et se retenant de frapper la satanée machine, comme elle avait l'habitude de le faire. Et voilà, dit-elle en glissant les tirages sous la vitre. Autre chose ?

— Non. Merci.

La main gauche fermement enfoncée dans sa poche, Nancy Taylor fourra la liasse dans son sac à main, ramassa sa besace et sortit.

— Eh bien, murmura Mme Pettiford alors que le silence revenait dans la banque. Pas franchement bavarde, hein ?

Le braque de Weimar, qui s'était couché, ne releva même pas les yeux. Mais l'employée ne remarqua pas qu'elle était snobée. Son esprit était trop occupé à essayer de comprendre ce qu'elle venait de voir. Quelque chose à propos de Nancy Taylor. Quelque chose en rapport avec les longs doigts tambourinant le comptoir…

Une porte au fond de la banque se referma, et un bruit de pas éveilla le braque plus sûrement que les vaines tentatives de Mme Pettiford pour engager la conversation. Un gémissement sourd émana de sa longue gorge alors qu'il lorgnait, plein d'espoir, vers le coin opposé. Et, comme de bien entendu, Delilah Metcalfe émergea du couloir, son visage pâle se déridant lorsqu'elle regarda le chien remuer la queue avec enthousiasme.

— Désolée, Calimero, murmura-t-elle en détachant sa laisse. Je ne pensais pas que ça durerait si longtemps.

Elle mit le cap sur la porte, Calimero tirant sur sa laisse dans son impatience de sortir.

— Merci de l'avoir surveillé, Mme Pettiford, dit Delilah. Bonne journée.

Chose inhabituelle chez une femme connue pour sa langue bien pendue, Mme Pettiford ne répondit pas. Elle fixait le comptoir. L'endroit exact où les mains de

Mme Taylor s'étaient posées quelques minutes plus tôt. Ce fut seulement quand la porte se referma sur Delilah qu'une fulgurance illumina les traits de l'employée.

Ces longs doigts fins. C'était ça ! Ils étaient nus !

L'absence d'anneau d'or à la main gauche ne pouvait signifier qu'une chose. Et puis il y avait cet infâme sac de voyage…

— Elle va le quitter ! s'écria Mme Pettiford dans la pièce vide. La femme du maire va le quitter !

Cette étourdissante intuition, peut-être le plus riche filon de commérages sur lequel Mme Pettiford soit jamais tombée de sa vie, n'était entachée que d'une seule chose – que cela ne se soit pas produit un poil plus tôt, quand il y avait quelqu'un dans la banque pour admirer la finesse de ses déductions. Et qui mieux que Delilah Metcalfe, ex-bru de la future ex-Mme Taylor, aurait su apprécier cette révélation prodigieuse ?

Toutefois Mme Pettiford ne s'appesantit pas sur cette occasion perdue. Après tout, Delilah n'était pas le plus réceptif des publics en matière de scandale, ayant elle-même tenu le rôle vedette de quelques-uns. De plus, le sujet était délicat. Du genre à vous retomber dessus si vous vous y preniez mal, le maire ayant une ribambelle d'amis très puissants en ville. Alors l'employée de banque garda sa pépite par-devers elle. Elle allait prendre son temps et creuser discrètement le sujet avant de lâcher sa bombe sur l'ingénu peuple de Bruncliffe.

Ça lui parut un siècle. Assis là, à attendre que son patron sorte comme une tornade et le congédie. Sachant que quand ça se produirait, ce serait la fin de sa carrière d'agent immobilier en herbe, parce que tel était le pouvoir de Taylor dans le secteur que peu de gens embaucheraient un individu qui aurait été viré par cette agence.

Malgré sa situation périlleuse, Stuart Lister réussit tout de même à travailler, les doigts volant sur le clavier pour créer un fichier numérique au nom du dernier locataire.

Tout cela les nerfs en pelote, la lèvre perlée de sueur et le souffle pareil à celui d'un animal acculé – saccadé et superficiel.

Il n'y avait pas d'échappatoire. Dès que M. Taylor voudrait ouvrir son meuble de classement, il saurait que quelque chose clochait. La clé manquante, pour commencer. Et quand il tirerait les tiroirs déverrouillés et remarquerait que tous les dossiers des baux haut de gamme avaient disparu, il viendrait lui réclamer des comptes. Pour le jeune homme, la tentation était grande de se lever et de prendre la poudre d'escampette, tout simplement, avant d'avoir été viré.

Le bruit étouffé d'un téléphone portable le fit se retourner vers la porte fermée du bureau, et il entendit le grondement de la voix de M. Taylor.

Une diversion. Dieu soit loué. Même si ça ne faisait que retarder l'inéluctable. Tôt ou tard, son patron découvrirait l'étendue de sa trahison. Il avait tout fichu par terre en voulant l'impressionner. Quel crétin !

Pourtant, le plan lui avait paru idéal – bien qu'un peu risqué. La veille, alors qu'il travaillait sur son ordinateur, Stuart avait repéré un retard dans les inspections de certaines des locations chapeautées par M. Taylor. Trois des maisons auraient dû recevoir fin avril leur visite des six mois, or il ne trouvait pas trace des rapports. Comme tout le système informatique était en cours de révision par Delilah Metcalfe, Stuart n'avait pas sauté aux conclusions. Il avait pensé que c'était un simple bug et que les dossiers papier montreraient que les inspections avaient bel et bien été effectuées.

Son premier réflexe avait été d'ignorer l'omission. Bernard Taylor n'avait jamais été le plus affable des patrons, mais depuis quelques semaines, il était encore plus exécrable, passant ses humeurs sur le mobilier de bureau et sur son personnel. D'accord, ces accès de colère offraient l'avantage de fournir à Stuart un prétexte pour engager la conversation avec la jolie Julie – rien de tel que le sentiment partagé d'être traité injustement pour susciter la camaraderie, bien que ce soit surtout lui qui fasse les frais des sautes d'humeur de M. Taylor. Or étant plutôt du genre à fuir la confrontation, il avait estimé que demander à son boss irascible s'il appréciait la façon dont il s'acquittait de son boulot n'était pas la démarche à privilégier. Mieux valait laisser tomber.

Mais ce matin-là, trouvant un bureau vide et n'ayant pas la perspective de voir débarquer quelqu'un avant au moins une heure – son patron en rendez-vous avec des clients, Julie en formation et la femme de ménage, Ida Capstick, étant repartie depuis longtemps –, Stuart avait vu un moyen de montrer qu'il ne manquait pas de ressource. Il allait jeter un coup d'œil aux dossiers papier. S'il y avait eu négligence, il trouverait un moyen d'évoquer la question avec M. Taylor sans révéler qu'il avait vérifié dans son dos. Parce que, s'était dit Stuart quand il avait pris la décision de se montrer proactif, vu la façon dont son patron se comportait ces derniers temps, il avait besoin d'un coup de main ou les affaires en pâtiraient.

Prendre les dossiers sans autorisation lui paraissait être une option sensée.

Alors comment en était-il arrivé là ? M. Taylor sur le point de découvrir le comportement déviant de son employé, un licenciement abrupt à l'horizon.

Un juron sonore émana du bureau, et Stuart sentit son estomac se recroqueviller, ses longs doigts se contractant en poings serrés. Un bruit de pas et la porte s'ouvrit à la volée.

— Stuart !

Le cri fit sursauter le jeune homme. Il se tourna lentement pour affronter son destin, son patron avançant sur lui, les mains sur les hanches, le visage violacé.

— Oui, monsieur Taylor ? fit Stuart d'une voix qui lui parut terrifiée, même à ses propres oreilles.

— Si quelqu'un me demande, je reviens dans une heure, lança Bernard Taylor. Et arrangez ce satané frigo avant mon retour.

Stuart Lister regarda avec un mélange de soulagement et de perplexité son boss passer devant son bureau à grandes enjambées, traverser la réception et quitter l'agence. Alors seulement, le jeune agent immobilier sentit l'air revenir dans ses poumons et ses poings se décrisper.

Le boulet était passé très près. Il en tremblait encore.

Il allait remettre de l'ordre dans la pile de dossiers qu'il avait ramassés par terre et d'où des feuilles s'étaient échappées dans la chute. Puis il les rangerait dans le meuble de classement sans perdre une seconde. Plus question d'essayer de faire bonne impression. Ou de prendre des initiatives. Ça ne valait pas le coup.

Mais le premier papier qu'il prit en main changea tout. Il se figea. Il regardait un bail de location.

C'était bizarre. Assez bizarre pour qu'il y réfléchisse à deux fois. Cette fois, en revanche, il n'était plus motivé que par la curiosité.

3.

Samson n'avait pas loin à aller pour se rendre au bureau. Il sortit de la pénombre de la Toison dans le soleil éclatant de la fin de matinée et cligna des yeux à cause du changement brutal de luminosité. Encore surpris par la douceur de l'air alors qu'il avait déjà fait très beau pendant toute la semaine écoulée – or on n'était qu'en mai –, il traversa l'étroite chaussée de Back Street en direction de la maison à deux étages sur le trottoir d'en face.

Il jeta un coup d'œil machinal à la fenêtre du premier, celle de la cuisine qui donnait sur la rue. Pas d'ombre derrière les vitres. Delilah Metcalfe, sa propriétaire, son associée supposée et la femme qu'il essayait de ne considérer que comme une amie, n'était pas encore rentrée. Après son rendez-vous avec le directeur de la banque, elle aurait certainement besoin d'un petit remontant et aurait déjà dû être en train d'allumer la bouilloire pour se préparer un thé à la mode du Yorkshire. À cette pensée, l'estomac de Samson se contracta. Le goût du thé de son enfance lui avait bien passé pendant ses quatorze années d'exil londonien.

Il n'avait pas perdu que cela. La rigueur des hivers dans le nord du Yorkshire figurait en deuxième position sur la liste. Après six mois à Bruncliffe, la plupart glacés et humides, il n'était pas étonnant qu'il ait du mal à croire à ce doux zéphyr, à cette délicieuse chaleur et à ce ciel dépourvu de nuages noirs de pluie. Il devait encore réprimer son réflexe d'enfiler sa parka avant de sortir de chez lui.

Chez lui.

Son regard dériva vers l'étage supérieur du bâtiment. C'est là qu'il habitait, grâce à la générosité de Delilah. Parce que son chez-lui était un lieu qu'il avait perdu pendant qu'il vivait dans le sud. Quand il était rentré au bercail, la ferme de Thorpdale, qu'il avait quittée dans le bruit et la fureur, n'appartenait plus à sa famille. Point positif, son père ne buvait plus. De la même façon qu'il avait du mal à s'habituer au soudain changement de saison, Samson ne s'habituait pas à voir son père à la Toison, sans rien de plus fort qu'un jus d'orange devant lui. C'est justement là qu'il l'avait laissé, en train de bavarder avec Arty Robinson et ses amis de la maison de retraite de Fellside Court dont les pensionnaires avaient assisté aux obsèques de Pete Ferris, tout autant par compassion que par reconnaissance pour ce qu'il avait fait pour Nathan Metcalfe.

Samson laissa son regard retomber sur la vitre du rez-de-chaussée, avec ses lettres dorées collées en arc de cercle sur le verre. ARV. Toutes fraîches, elles brillaient au soleil, en écho aux lettres plus ternes sur les carreaux de l'étage au-dessus. Deux ARV. Deux affaires qui partageaient les mêmes initiales, le même immeuble de bureau et, depuis peu, le même personnel. L'Agence de Recherche des Vallons et l'Agence de Rencontre des Vallons – on ne pouvait pas faire plus différent, et cela sur deux marchés de niche dans une région peu connue pour sa criminalité ou ses cœurs en peine. Pourtant, depuis quelques mois, les deux sociétés commençaient à fructifier. Les soirées Speedy Date et l'agence matrimoniale en ligne rencontraient un franc succès, et Samson ayant résolu un certain nombre d'affaires – plusieurs grâce à l'aide de Delilah –, il commençait à croire que son agence balbutiante avait des chances de prospérer.

Alors ils s'étaient associés. Une combinaison de forces, les connaissances techniques de Delilah représentant un atout pour les services de détective privé que Samson n'aurait pas pu offrir sans elle, et cela avait l'air de fonctionner. Au moins en apparence. Sous la surface…

Samson lâcha un soupir et entra dans la maison. Les relations humaines n'étaient pas son fort. Pas après des années passées à travailler sous couverture pour la NCA où il était habitué à mentir et à manipuler, s'interdisant formellement de faire confiance à qui que ce soit. Et voilà qu'aujourd'hui…

Un bruit. Venant de l'arrière du bâtiment. Un léger tintement de métal.

Samson se figea dans l'entrée et referma sans bruit la porte derrière lui, les battements de son cœur s'accélérant, chaque fibre de son corps l'alertant d'un danger. Il n'avait pas d'arme à portée de main. Ce qui n'était pas une situation idéale en cas de péril imminent. Les événements du passé qui lui avaient fait quitter la police et retourner dans le nord, à Bruncliffe, le rattrapaient, et il était prévenu qu'il devait s'attendre au pire. À ce que l'on tente de l'éliminer.

L'heure était-elle venue ?

Il mit la main dans sa poche et sentit l'écran froid de son téléphone portable d'urgence. Celui que son ancien patron, l'inspecteur principal Warren, lui avait remis, celui qui devait lui servir d'alarme, qui l'alerterait si la menace se concrétisait.

Il n'avait pas reçu de message. Pas d'avertissement. Samson serra l'appareil dans son poing. Au pire, il pourrait le balancer sur l'ennemi.

Nouveau bruit venant de l'arrière. Des pas. Méfiants. Pas les pas assurés de quelqu'un qui n'avait rien à cacher.

Samson tâcha de se rappeler s'il avait verrouillé la porte de derrière quand il était parti assister aux obsèques, le matin. À Londres, il ne se serait pas posé cette question, l'idée de laisser une porte ouverte ne l'aurait pas effleuré. Et voilà : six mois après son retour, il avait repris ses vieilles habitudes et quitté les lieux sans s'assurer qu'il les avait sécurisés.

Il faudrait qu'il change de routine compte tenu de la menace qui pesait sur lui. S'il n'était pas déjà trop tard.

Se déplaçant silencieusement, dos au mur, il remonta le couloir jusqu'à son bureau. Une inspection rapide ne révéla que sa vieille table, deux, trois chaises et l'armoire de classement. Et le panier du chien, au bout de la pièce. Tout était à sa place. En revanche, il n'y avait rien d'utilisable en cas de combat, son ordinateur portable étant à l'étage au-dessus, dans le bureau de Delilah, qui s'occupait de le mettre à jour.

Au moins, la pièce était vide. L'assaillant, quel qu'il soit, était donc venu seul. Parce que s'ils avaient été deux, ils se seraient séparés : un à l'avant, l'autre à l'arrière.

Sentant que la chance était peut-être de son côté, Samson continua à suivre le couloir en direction de la cuisine du bas, utilisée à présent comme buanderie. Il aperçut le panier à linge sale qu'il avait oublié de poser sur la machine le matin, ainsi que, se reflétant dans la vitre, une silhouette dissimulée dans l'angle de la pièce en L.

Il y avait bien quelqu'un. Et ce n'était pas Delilah. Parce que Delilah formait un package avec un braque de Weimar excitable qui adorait Samson. Il était impossible qu'il se soit trouvé aussi près du chien sans être assailli par une débordante démonstration d'affection canine. Puis il vit le reflet bouger et son sang se glaça dans ses veines.

Celui qui l'attendait dans l'angle tenait un pistolet, le bras tendu, visant le seuil de la porte. Et Delilah devait arriver d'une minute à l'autre. Elle allait tomber sur une scène potentiellement létale. Elle était sur le point de se trouver confrontée à une situation qu'il redoutait depuis qu'il se savait menacé.

Il fallait qu'il agisse. Et vite.

Il plongea dans la buanderie, se saisit du panier à linge en plastique et, tout en se jetant au sol, le lança dans l'angle, vers l'ennemi.

Il y eut un cri de surprise étouffé et un bruit de métal sur le carrelage. Samson se releva rapidement et regarda en direction de celui ou celle qu'on avait envoyé pour le neutraliser et qui, aveuglé, s'agitait dans la petite pièce, le panier sur la tête, le linge sale s'enroulant autour de son corps. Il intercepta un bras tendu à l'aveuglette, non armé, et l'agrippa violemment, prêt à le tordre dans le dos de l'assaillant. Ses doigts s'enfoncèrent alors dans une chair molle sous la veste. Une jolie veste, en laine. Pas le style vestimentaire d'un assassin, normalement. Puis il entendit un gémissement s'échapper des couches de vêtements.

Une femme.

— Qu'est-ce que… ?

Plus très sûr d'avoir correctement interprété la situation, il lui lâcha le bras et retira le panier. Après un mouvement de tête, une chevelure sombre coupée au carré apparut, moins soignée que d'ordinaire, une mèche toujours prise dans le panier. Et un visage familier.

— Désolé…, balbutia Samson, prenant la mesure de son erreur. J'ai cru… Je ne savais pas…

— Non, c'est moi qui suis désolée.

La femme jeta les derniers vêtements par terre et récupéra son téléphone – son téléphone, pas un pistolet – près de la machine à laver avant de se tourner vers Samson. Qui eut le sentiment que sa pâleur n'était qu'en partie due à l'attaque qu'elle venait de subir.

— Je ne voulais pas qu'on me voie, expliqua-t-elle. Alors je suis entrée par la porte de derrière. C'était ouvert…

Samson marqua le coup. Et se demanda si Nancy Taylor se rendait compte qu'elle aurait pu être sérieusement blessée.

— Delilah ne va pas tarder, dit-il, à présent gêné, une semaine de son linge sale étalée sur le sol. Je vais vous préparer quelque chose à boire en attendant.

Nancy Taylor eut un mouvement de recul.

— Ce n'est pas Delilah que je suis venue voir, murmura-t-elle, le visage crispé par la tension, presque grimaçant. C'est de vous que j'ai besoin.

— Moi ?

Samson sentit ses sourcils lui remonter au milieu du front. Qu'est-ce que la femme du maire pouvait bien lui vouloir ?

— Oui, vous. Ce qu'il y a…, commença-t-elle en vacillant avant de poser une main sur la machine pour garder son équilibre. Ce qu'il y a, c'est que je voudrais que quelqu'un espionne mon mari. Serait-ce dans vos cordes ?

Le soleil était sans effet sur Delilah Metcalfe, qui traversait la place du marché, Calimero tirant sur sa laisse, fébrile à l'idée de regagner le bureau. Elle ne ressentait aucune des joies habituellement associées au mois de mai. Elle avait renoncé à son manteau et affrontait la journée vêtue d'un simple sweat et d'un jean, pourtant elle ne se sentait pas grisée par l'arrivée de ce temps radieux. Les couleurs éclatantes des bouquets devant les vitrines des fleuristes n'attiraient pas son regard. Même l'exquise odeur de cuisine qui lui parvenait depuis la Pâtisserie des Monts, de l'autre côté de la place, échoua à lui faire tourner la tête. Au lieu de cela, elle marchait d'un pas lourd, le moral aussi plombé qu'une toison de mouton de Swaledale par une froide et humide journée d'hiver.

À quoi bon ? Toute cette excitation, ces aventures. Et cette expérience de mort imminente qui les avait tellement rapprochés. Suffisamment rapprochés pour s'embrasser, presque. Et quand elle avait sombré dans un sommeil glacé, il lui avait tenu chaud, l'avait enveloppée dans ses bras. Il lui avait sauvé la vie.

Et maintenant ? Il aurait tout aussi bien pu être son frère. Un membre de plus de la fratrie, pour une femme qui avait déjà son compte de grands frères et n'avait nul besoin d'en avoir un de plus.

Il y avait juste trois semaines qu'ils avaient affronté la mort, enfermés ensemble dans une chambre froide, et Delilah désespérait de l'état de ses relations avec Samson O'Brien. Le personnel de l'hôpital Airedale avait été merveilleux, ramenant ses membres gelés à la vie, mais entre les deux détectives de l'Agence de Recherche des Vallons les choses étaient toujours au point mort.

Il ne lui battait pas froid, ça non. En fait, une personne extérieure n'aurait rien trouvé à redire au comportement de Samson envers elle. Il était amical. Attentionné. Et d'une irréprochable courtoisie. Donc, absolument rien à voir avec un frère. Plutôt un collègue. Un collègue affable.

Rien de plus.

Elle n'avait qu'à s'en prendre à elle-même de cette dépression qui s'était abattue sur elle, lui coupant l'appétit, siphonnant son enthousiasme au quotidien. Parce qu'après cette aventure, après l'intimité qu'ils avaient partagée dans l'obscurité glacée de la chambre froide, quand Samson lui avait tout raconté des événements qui l'avaient contraint à quitter Londres, elle s'était convaincue que les choses allaient changer. Que de la même manière qu'ils avaient survécu, survivrait la chaleur toute nouvelle qui s'était épanouie entre eux dans cette température glaciale.

Eh bien non. Une fois qu'ils eurent quitté l'hôpital et que la vie eut repris son cours, les choses entre eux étaient devenues…

Quoi ? Pas tendues. Pas du côté de Samson, en tout cas. Il avait l'air sincèrement heureux d'être son ami, mais pas plus. Ce qui était le problème. Delilah voulait tellement plus. Elle le savait, désormais. Or comment aborder le sujet ? Il s'agissait d'un homme accusé de corruption et qui avait été suspendu de son rôle d'agent infiltré ; un homme qui risquait un procès s'il ne parvenait pas à blanchir son nom ; un homme sur lequel planait un danger bien réel, mortel, peut-être. Son cœur meurtri lui semblait être un sujet trop trivial pour qu'elle l'embête avec ça.

Et puis, à un niveau plus pratique, c'est à peine s'ils s'étaient croisés au cours des dernières semaines.

C'était en partie la faute du travail. Delilah avait été très absorbée. Elle avait dû finir de développer deux sites Internet qu'elle avait mis entre parenthèses quand les événements à la salle des ventes avaient fait irruption dans leurs vies. Et Samson avait été enseveli sous un flot d'enquêtes pour le compte de personnes qui, à peine un mois plus tôt, l'auraient jeté sur le trottoir. Petit à petit, la population apprenait ce qu'il avait fait pour sauver le marché et la gratitude lui amenait des clients. Mais pour quel genre d'affaires, Delilah l'ignorait, puisqu'il ne lui avait réclamé son aide pour aucune d'entre elles.

En fait, ces deux dernières semaines, elle avait davantage vu Frank Thistlethwaite, inspecteur-chef à Leeds. Une soirée au pub. Un repas au restaurant de Skipton. Delilah savait qu'il n'attendait qu'un minuscule encouragement de sa part pour faire évoluer leur camaraderie en une relation qu'elle-même rêvait de développer avec Samson.

— Seigneur, tu n'es jamais contente, se murmura-t-elle en tournant le dos à Back Street, s'efforçant de se dérider par cette belle journée.

Parce que c'était une belle journée. Le soleil illuminait la rue étroite, suffisamment haut pour éclairer les toits d'ardoise et faire briller les pierres habituellement mornes de la Toison. Il rebondissait sur l'arc-en-ciel des articles déployés devant le magasin Plastic Fantastic. Et il transformait les lettres apposées sur la vitre de sa maison en une arche dorée.

Une arche dorée derrière laquelle, en approchant de la porte d'entrée, elle aperçut deux silhouettes. Samson était avec un client. Elle se garderait bien de débouler comme elle l'aurait fait un mois plus tôt. C'était inutile. Samson lui signifierait poliment qu'il n'avait pas besoin de ses services. Elle ne l'aurait pas accepté avant, mais à présent, elle ne tenait pas à ajouter à ses soucis en lui exposant le problème que lui posait leur relation. En plus, elle craignait d'imposer à son cœur meurtri une potentielle nouvelle blessure.

Affichant un sourire de façade, elle glissa la clé dans la serrure et prit une bonne inspiration. Elle ferait de son mieux pour maintenir solidement le couvercle sur son tempérament de feu, dompter sa tendance aux emportements et respecter le besoin d'intimité de Samson. Même si c'était en train de la rendre folle. Remplie de bonnes intentions, Calimero piaffant devant elle, elle poussa le battant.

Regarder une femme pleurer n'était pas la meilleure façon d'attaquer une journée de travail. Samson O'Brien desserra le nœud de la cravate noire qui menaçait de l'étrangler depuis une heure. Il pressentait que la journée qui avait commencé par un enterrement et s'était poursuivie par son agression d'une innocente – qui se trouvait appartenir à l'élite de la communauté bruncliffienne – n'était pas près de s'arranger.

— Un mouchoir ? demanda-t-il en lui tendant la boîte qu'il gardait dans son tiroir tout en regrettant que Delilah ne soit pas dans la pièce.

La Delilah Metcalfe qu'il tenait à distance la majorité du temps depuis trois semaines, même si ça le tuait.

Il repoussa ces pensées futiles et se concentra sur sa visiteuse inattendue.

Nancy Taylor sanglotait doucement, le mouchoir pressé au coin des yeux. Avec élégance, comme tout ce qu'elle faisait. Cela n'en était pas moins un crève-cœur. Et Samson ne savait absolument pas comment gérer la situation.

Préparer du thé, peut-être ? C'est ce que Delilah ferait. Puis elle viendrait s'asseoir à côté de Mme Taylor, lui passerait un bras autour des épaules, prononcerait les paroles de consolation et dispenserait les marques de sympathie qui lui venaient tout naturellement. Alors que lui… il offrait à la femme élégante, éplorée, des mouchoirs en papier de la supérette du coin.

Samson rangea la boîte dans le tiroir et s'éclaircit la voix.

— Peut-être pourrions-nous commencer par le début ? suggéra-t-il doucement.

— Je suis désolée…, balbutia Mme Taylor, puis sa voix se brisa et ses épaules furent agitées de sanglots.

Et Samson se sentit complètement dépassé.

Le chien la trahit, comme chaque fois. Elle déployait un trésor d'énergie pour respecter la distance que Samson avait mise entre eux, alors que ça la perturbait complètement, mais Calimero n'était pas du tout dans le même état d'esprit. Ainsi, à la seconde où il parvint à insinuer son museau entre la porte d'entrée et le chambranle, il se mit à pousser fort, de tout son corps, contre le panneau.

— Calimero ! s'écria-t-elle.

Trop tard. La porte lui échappa et alla claquer contre le mur tandis que le chien fonçait dans le couloir, vers…

— Calimero ! appela-t-elle de nouveau.

Il n'écoutait pas. Il courait droit vers le bureau de Samson tel un missile à tête chercheuse avide d'affection, et elle n'avait aucun moyen de l'arrêter.

— La barbe !

Elle s'élança derrière lui mais n'eut que le temps de voir sa queue frétillante disparaître à l'intérieur.

— Désolée, disait-elle déjà. Il est resté enfermé à la banque et…

Elle s'arrêta net sur le pas de la porte, reconnaissant instantanément la femme assise en face de Samson, tête basse, de profil pour elle, un fourre-tout noir par terre, à ses pieds.

Delilah ne masqua pas sa surprise. Son ex-belle-mère était la dernière personne qu'elle s'attendait à voir à l'Agence de Recherche des Vallons.

— Nancy ? Mais qu'est-ce que… ?

Elle s'interrompit de nouveau, remarquant le mouchoir en papier roulé en boule dans la main de la visiteuse, la légère traînée de mascara sur sa pommette. Nancy Taylor, la personne la plus posée que Delilah ait jamais rencontrée, avait pleuré. Devant quelqu'un.

Delilah se serait approchée, instinctivement, pour consoler et réconforter cette femme qui lui avait apporté un soutien inattendu quand son mariage avait tourné en eau de boudin. Puis elle se souvint de l'endroit où elle se trouvait. Dans le bureau de Samson. Elle ne se sentait plus libre d'y entrer sans y avoir été invitée. Elle lui jeta un regard et vit qu'il avait les yeux fixés sur elle, reflétant une sorte de panique. Puis il bougea les lèvres, articulant quelque chose en silence…

Au secours ! Avec un mouvement de tête en direction de la femme assise en face de lui, qui pleurait sans retenue.

En une fraction de seconde, Delilah s'avança, tira une chaise près de Nancy Taylor et passa son bras autour de ses épaules tremblantes.

Samson se leva.

— Je vais préparer du thé, dit-il, et le soulagement dans sa voix était audible.

4.

— Bernard a une maîtresse.

Nancy Taylor reposa la tasse sur sa soucoupe et ses épaules s'affaissèrent comme si cet aveu avait eu raison de ses forces.

C'était une nouvelle tellement brutale et choquante que Delilah ne parvenait pas à y croire. Elle se laissa distraire par la porcelaine qui se trouvait entre les mains de la femme du maire, se demandant au fond de quel placard de la cuisine Samson était allé fouiner pour dénicher de la vaisselle plus appropriée à sa cliente potentielle que les mugs ébréchés que l'Agence de Recherche des Vallons proposait d'ordinaire à ses visiteurs.

Le tintement de la porcelaine ramena son attention sur la stupéfiante annonce émise par la femme assise à côté d'elle, qui se penchait pour reposer sa tasse sur le bureau.

— Désolée, dit Nancy. Je n'arrive pas à empêcher mes mains de trembler. C'est vraiment ridicule de ma part. Je me comporte comme une adolescente.

— Ne vous excusez pas, dit Delilah en posant la main sur celle de Nancy.

Elle fut surprise de la trouver froide en dépit de la chaleur qui régnait dans la pièce.

Samson s'éclaircit la gorge.

— Une maîtresse ? demanda-t-il. Qu'est-ce qui vous fait penser ça ?

Le visage de Nancy se crispa de chagrin.

— Au début, ce n'était qu'une intuition. Il rentrait tard le soir, en prétextant qu'il avait eu du travail. Il raccrochait brutalement quand j'entrais dans la pièce. Tu sais ce que je veux dire, ajouta-t-elle, la mine contrite, en se tournant vers son ex-belle-fille.

Laquelle acquiesça. Sauf qu'elle n'en savait rien. Pas vraiment. Parce que quand son mari – le fils de Nancy – l'avait trompée, elle avait été la dernière à le découvrir. Elle avait une confiance aveugle en lui et n'aurait jamais soupçonné que le mari aimant qu'il affectait d'être avec elle et devant tout Bruncliffe était en réalité un cocufieur en série.

— Et vous avez interrogé Bernard à ce sujet ?

La réaction pragmatique de Samson lui valut un sourire pâlot.

— Non. Ce serait logique, je sais, mais toute cette affaire ne m'inspire aucune réaction sensée. En réalité, pour être tout à fait honnête, j'ai peur de lui poser la question.

— Vous pensez qu'il pourrait devenir violent ?

L'étonnement de Samson était compréhensible. Rares étaient les citoyens de Bruncliffe qui auraient souscrit à l'idée que leur jovial maire puisse se rendre coupable d'agression physique.

Le pauvre sourire de Nancy se mua en un petit rire sans chaleur.

— Non, pas du tout. Si j'ai peur de l'interroger, c'est parce que je ne veux pas perdre ce que j'ai. Le niveau de vie que nous avons atteint ensemble. Je voulais continuer à le voir sous son meilleur jour parce que je ne supporte pas l'idée que tout cela n'était qu'une imposture. Tout ce travail accompli pour lui permettre d'être là où il en est aujourd'hui… C'est de la lâcheté de ma part.

— Vous êtes venue ici chercher de l'aide, répliqua Delilah. Je ne dirais pas que ce soit faire preuve de lâcheté.

— À ce sujet, reprit Samson. Je ne voudrais pas avoir l'air insensible, mais si vous savez déjà que Bernard a une maîtresse, pourquoi avez-vous besoin d'un détective ? C'est plutôt un avocat qu'il vous faudrait, non ?

— J'y ai réfléchi. Jusqu'à ce que ce que je tombe là-dessus en cherchant quelque chose dans la penderie de Bernard, ce matin.

Nancy ramassa la besace, défit la fermeture Éclair et se leva pour en renverser le contenu sur la table. Des liasses de billets roulés cascadèrent dans un bruit mat sous le nez de Samson.

— Nom d'un chien !

Samson regarda l'argent empilé devant lui, puis, s'adressant à Nancy :

— Ça fait un sacré paquet de cash !

— Comme tu dis, murmura Delilah, stupéfaite.

— Ça fait très exactement cent vingt-cinq mille livres, précisa Nancy. Et c'est la raison de ma présence ici. Je ne veux pas seulement savoir si mon mari a une liaison, je veux aussi savoir s'il a l'intention de me dépouiller dans mon dos.

— Je veux tout arrêter !

Bernard Taylor s'était levé d'un bond et se penchait vers lui, livide, la mâchoire crispée, l'air à deux doigts de la crise cardiaque.

Assis dans son bureau du complexe immobilier de Low Mill dont son entreprise était propriétaire, Rick Procter se cala dans son fauteuil, réfléchissant à toute vitesse. Son premier réflexe lui dictait de sacrifier le bonhomme, de laisser les gens pour qui ils travaillaient prendre le relais et s'occuper de lui – doux euphémisme. Il n'avait aucun scrupule à envisager cette option. Il ne devait aucune allégeance à Taylor, en dépit du fait qu'ils étaient tous deux mouillés jusqu'au cou dans les opérations ; que c'était lui, en réalité, qui avait embarqué l'agent immobilier dans l'affaire, avec son idée ingénieuse d'utiliser des biens locatifs isolés.

Mais c'était trop risqué. Si l'organisation à laquelle ils rendaient des comptes avait vent du fait qu'un des associés de Rick commençait à se dégonfler, leur réaction serait de mettre fin à toute l'opération. Encore un euphémisme, dont Rick ne voulait pas faire les frais.

Et donc, il allait devoir calmer le bonhomme et le faire rentrer dans le rang, parce que l'enjeu était trop important. Taylor savait tout sur l'Immobilière Procter – enfin, presque tout. Suffisamment pour saboter l'image que Rick s'était donné tant de mal à cultiver au fil des années, et révéler les opérations véreuses que cachait sa boîte. Suffisamment pour leur valoir à tous les deux un séjour prolongé derrière les barreaux, ou un décès prématuré. Il était hors de question de le laisser se retirer et s'éloigner dans le soleil couchant tel le cow-boy solitaire. Ou qu'il perde son sang-froid et se découvre une conscience. Pour résumer, Bernard pétait les plombs au plus mauvais moment.

— Je comprends vos préoccupations, Bernard, commença-t-il. Sincèrement, je vous assure. Mais ce n'est vraiment pas le jour de…

— Je m'en fous ! Je ne veux plus rien avoir à faire avec tout ça !

Taylor se mit à trembler, ses jambes se dérobèrent sous son poids et il s'effondra lourdement dans son fauteuil. Il se passa la main sur le visage et, l'espace d'une terrible minute, Rick crut qu'il allait se mettre à pleurer. Mais l'agent immobilier reprit, avec une expression endeuillée :

— Je ne dors plus. Je n'ai pas fermé l'œil depuis que Pete Ferris…

La fin de sa phrase se perdit dans un silence lourd.

Maudit Pete Ferris ! Taylor était de plus en plus nerveux depuis que le braconnier avait tenté de les faire chanter. Quelques photos, prises d'une cachette dans une grange perdue sur Henside Road, et le braconnier les avait tenus à sa merci – le golden boy du monde des affaires bruncliffien et le maire de la ville pris la main dans le sac, en train de diriger une ferme de cannabis. Le braconnier, qui n'était pas du genre à laisser passer une bonne affaire, avait contacté Bernard Taylor et exigé 250 000 livres, en espèces.

Il n'avait jamais été question de payer le maître chanteur. Ce n'était absolument pas envisageable. Or Taylor s'était autorisé à croire que l'argent serait remis et que Pete Ferris, s'estimant satisfait, disparaîtrait de la circulation. Et donc, quatre semaines auparavant, quand on avait découvert que le braconnier s'était suicidé la nuit même où la rançon aurait dû être versée, au début, Taylor avait accepté la nouvelle avec soulagement, considérant que c'était un vrai coup de chance qui lui permettrait de garder la moitié de la rançon potentielle. Puis, au cours des semaines suivantes, l'agent immobilier avait commencé à s'angoisser de plus en plus et à exprimer des doutes préoccupants quant à la cause de la disparition providentielle de Ferris.

Le fait que ses doutes soient justifiés ne changeait rien : Bernard Taylor était devenu un boulet. Un coup d'œil suffisait pour se rendre compte qu'il était sur le point de craquer. Malheureusement, il n'y avait pas de clause de rupture dans le contrat non écrit qui les liait à leurs associés.

— Écoutez, dit doucement Rick, on va juste laisser passer l'opération de réseautage de ce week-end, et on reparlera de tout ça après.

Taylor secoua la tête avec vigueur.

— Je dénonce tous les baux de location. Les fermes doivent être déménagées cette semaine.

— Et les autres opérations ? demanda Rick d'un ton faussement affable, dissimulant sa colère croissante devant la naïveté de l'homme qui se trouvait devant lui.

— On trouvera bien quelque chose.

Trouver quelque chose. Un trafic qui rapportait des millions à l'organisation criminelle qui en tirait les ficelles, et ce boutiquier parlait d'y mettre fin comme s'il négociait un dossier de divorce.

— D'accord, dit-il, les mains bien à plat sur le bureau – le moyen le plus sûr de les empêcher d'agripper le gros cou grassouillet de Taylor et de le serrer, ce qui aurait au moins réglé une partie du problème en cours. Je vous promets d'en parler aux boss, mais promettez-moi de me laisser faire. Ces hommes ne sont pas du genre à apprécier qu'on leur claque la porte au nez.

Le maire acquiesça, trop heureux de laisser son partenaire se charger de la sale besogne.

— Merci, marmonna-t-il en se levant.

— Je peux donc compter sur vous ce week-end ? insista Rick d'un ton léger, malgré l'intensité que recelait la question.

Parce que son associé n'avait aucune idée de l'importance cruciale des jours prochains, Rick ayant pris la décision de le laisser dans le noir le plus longtemps possible pour éviter d'alimenter sa peur. Et vu le comportement de l'homme en question, il avait bien fait.

— Quelle heure ?

— Huit heures et demie, à l'hôtel Mearbeck Hall. Ne soyez pas en retard.

Bernard Taylor prit congé, l'air pas plus tranquillisé que lorsqu'il était entré dans la pièce. Une demi-heure plus tard, Rick Procter regardait encore dans le vide en essayant de trouver une solution. Une solution qui n'impliquait pas de mettre fin à toute l'opération, comme l'exigeait son acolyte. S'il y avait bien une chose dont il était sûr, c'était qu'annoncer à ce genre d'hommes qu'on voulait se retirer de leurs combines n'était pas une option envisageable. Surtout que la prochaine fois que Rick les verrait, ils seraient aussi armés que des porte-avions.

Fred Lambert

Stuart lut le nom inscrit sur le papier qu'il tenait à la main. C'était un contrat de location qui était tombé de l'un des dossiers qu'il avait pris dans le meuble de classement et concernant un vieux manoir avec quatre chambres et des tas de bâtiments extérieurs sur un terrain situé loin de tout, de l'autre côté de Horton. Le bien était arrivé sur le marché fin juin et avait été proposé à la location pour une sacrée somme : mille huit cents livres par mois, avant qu'un dénommé Lambert ne signe le bail.

Inutile de préciser que, se situant dans la fourchette haute du marché de la location, c'était un bien dont M. Taylor n'avait pas laissé approcher Stuart, et donc, bien qu'il soit entré dans le système informatique, c'était la première fois que le jeune employé avait connaissance du descriptif. Et du nom du locataire. Ce n'était pas un nom inhabituel, pas dans la région du moins. Des Lambert, il y en avait à la pelle dans les Vallons. Mais ça lui avait rappelé quelque chose.

Fred Lambert était le nom que M. Taylor lui avait donné pour la maison qu'il venait de louer au-dessus de Keasden : une grange reconvertie de cinq chambres, au bout de la route, sur quelques acres de terrain, hors de vue des rares automobilistes qui circulaient dans ces collines.

Une coïncidence ? Peut-être. Sinon, le bonhomme avait les poches bien garnies. Et un besoin apparemment insatiable de grandes maisons dans des coins isolés.

Curieux de vérifier s'il n'y avait pas d'autres occurrences de l'appétit de M. Lambert pour des locations haut de gamme, Stuart tira le reste des dossiers vers lui. Séparant les contrats des autres papiers, il les disposa sur son bureau.

Plus de Fred Lambert. En revanche, il y avait quelques autres bizarreries. Pour commencer, il semblait que M. Lambert partageait la même adresse qu'un certain Dugdale, qui avait loué l'ex-ferme de Henside Road, parce que les deux contrats comportaient les mêmes informations de contact.

Stuart se tourna automatiquement vers son ordinateur et chercha l'adresse, puis il zooma sur la carte pour voir une grande maison dans une rue bordée d'arbres, à Roundhay, un quartier de Leeds. Une maison facilement aussi vaste que celles que les deux hommes avaient louées dans les Vallons.

Et ce n'était pas tout. Deux des numéros de téléphone indiqués étaient identiques. Pour des locataires différents. Deux personnes portant des noms différents louant des biens distincts à plusieurs mois d'écart et qui avaient le même numéro de téléphone ? Ça, c'était vraiment curieux. Et puis il y avait le petit détail des cautions. Pour chacune des huit propriétés, une unique source était citée comme garante. Une certaine Kingston Holdings.

La vibration du réfrigérateur surprit Stuart, et il jeta un coup d'œil à la pendule sur le mur opposé. Il avait déjà passé une demi-heure à étudier les documents. Si M. Taylor rentrait en avance et se rendait compte qu'il avait fouiné dans ses dossiers, Stuart n'aurait aucune explication à fournir pour ce qu'il était en train de faire.

Réunissant les contrats, il entreprit de les remettre dans leurs chemises respectives, décidant que quoi qu'il se passe, ce n'étaient pas ses oignons. Il s'agissait peut-être d'un réseau d'hommes d'affaires qui, pour une raison ou une autre, louaient de grandes baraques au milieu de nulle part…

Il s'arrêta, frappé par le faible nombre de documents dans le dossier qu'il tenait à la main. L'une des locations de M. Lambert. Il y avait le contrat, que Stuart venait de remettre en place, les descriptions, pièce par pièce, y compris un plan et un inventaire.

Aucune trace de chèque de caution de la part du locataire.

Pas de fiche de références.

Pas de photocopie de document d'identité non plus.

L'expérience professionnelle de Stuart était encore embryonnaire, toutefois il prenait son métier très au sérieux, et il avait lu suffisamment d'articles en ligne sur *L'Agent immobilier d'aujourd'hui* pour savoir que, si les lois et règlements étaient moins stricts pour les locations que pour les ventes, les agents immobiliers étaient malgré tout tenus à certaines procédures, et notamment à réunir toutes sortes de données sur leurs clients. Or ce dossier ne contenait rien pour montrer que M. Taylor avait suivi celle concernant les informations sur l'environnement personnel et financier de ses clients.

Stuart prit le dossier suivant. Idem. Pas de références, aucune trace qu'un chèque de caution avait été remis et pas non plus de photocopie de passeport ou de permis de conduire. Même pas une facture d'électricité, par exemple, en guise de justificatif de domicile. Il s'empressa de vérifier les six autres.

Dans tous les dossiers, les documents essentiels manquaient.

Maintenant inquiet, il se connecta sur son propre compte, ouvrit les huit fichiers numériques des propriétés et les parcourut rapidement. D'après les informations qui s'affichaient sur l'écran, les huit locataires avaient été contrôlés minutieusement et les dossiers papier dûment scannés, comme l'exigeait le règlement de l'agence.

Or ces documents ne figuraient pas dans les dossiers.

Autre anomalie : cinq des huit propriétés étaient listées comme étant à jour de leurs inspections bisannuelles. Alors qu'il n'y avait pas un seul rapport d'inspection dans les dossiers de M. Taylor.

Stuart ne savait pas quoi en penser.

Sans réfléchir, il se mit à rouvrir les dossiers l'un après l'autre, étalant les papiers sur son bureau. Le cœur battant, un œil rivé sur la place du marché, de l'autre côté de la vitrine, il prit son téléphone et les photographia.

Si on lui avait demandé pourquoi il faisait cela, il n'aurait pas pu répondre avec précision. Il obéissait à une intuition. L'impression qu'il y avait quelque chose qui clochait, alors que son côté rationnel lui soufflait qu'il ne s'agissait pas d'une simple négligence administrative. Cinq minutes plus tard, après avoir pris des photos de chacun des dossiers de location que M. Taylor gardait si précieusement, Stuart retourna dans le bureau de son patron, ouvrit le tiroir du bas du meuble de classement et sut instantanément que son intuition était justifiée. Parce que sur le dossier suspendu juste derrière le classeur des locations figurait l'étiquette *Kingston Holdings*.

Stuart Lister tendit la main et en sortit le contenu.

Surplombant la ville, sur les pentes d'un coteau qui dominait la collection de toits d'ardoise et les deux grandes cheminées qui constituaient la localité de Bruncliffe, Gareth Towler passait une sale journée. Malgré le temps merveilleux.

Remettant son téléphone portable dans la poche de son Barbour, il inspira profondément et put enfin apprécier la douceur de ce matin de printemps, la tiédeur de l'air, le chant des vanneaux dans le lointain. Pendant quelques minutes, il sentit refluer ses soucis et se rappela pourquoi il adorait être garde-chasse. Et puis il revint au problème en cours.

Saletés de parties de chasse. Souvent, c'était ce qu'il aimait le moins, dans son travail. Quand il n'était qu'un gamin qui aidait pour les battues, c'était bien différent. D'abord, il y avait plus de respect. On comprenait mieux l'effort que représentait l'élevage des oiseaux et le rôle que chacun jouait pour faire de la journée une réussite.

Désormais, il se retrouvait souvent à superviser les événements pour des gens qui ne savaient pas distinguer la crosse et le canon d'un fusil. Des riches qui se prenaient pour des aristos le temps d'une journée alors qu'ils n'avaient pas une once des manières dont les semblables du vieux M. Lupton, le propriétaire du Manoir de Bruncliffe lorsque Gareth était enfant, faisaient tout naturellement preuve.

C'était le bon temps. M. Lupton dirigeait un magnifique domaine – bien pourvu, bien géré, et bien aimé. Une invitation à une partie de chasse au Manoir de Bruncliffe était considérée comme un honneur, et Gareth se rappelait une quantité stupéfiante de beau linge et de comportement impeccable de la part des fusils, pendant qu'une armée de rabatteurs, de chargeurs et de ramasseurs qui connaissaient leur boulot préparaient la battue, tous assistés de labradors et d'épagneuls irréprochables. Pour l'enfant qu'était Gareth, c'était un grand moment. Son amour du métier reposait avant tout sur les réveils avant l'aube et les soirées tardives passées à s'occuper des faisans tout seul dans les collines, mais il appréciait la magie d'une grande battue bien menée. Quand M. Lupton était passé de vie à trépas, l'affection pour le Manoir de Bruncliffe l'avait suivi dans l'au-delà, son fils considérant le gigantesque domaine et ses hectares à flanc de coteau comme un simple bien immobilier. Qui rembourserait les droits de succession s'il s'y prenait bien.

Avance rapide de quelques décennies, et la génération actuelle de Lupton ne s'aventurait plus que rarement aussi loin de ses résidences londoniennes pour profiter des parties de chasse que le Manoir avait à offrir, laissant la gestion du domaine à Gareth, le garde-chasse en chef, et à un comptable au visage gris qui apparaissait tous les trimestres pour imposer sans cesse plus de restrictions sur les fonds alloués à Gareth et son équipe. En l'absence de liens personnels, le Manoir était désormais dirigé comme une entreprise à but lucratif qui proposait des battues commerciales à quiconque pouvait payer le tarif à la journée ; aucun discernement quant à la qualité des invités tant qu'ils avaient de l'argent.

Ça n'avait plus rien à voir avec le domaine que Gareth avait connu dans son enfance. Pourtant il y avait quelque chose dans cet endroit qui le retenait, alors qu'il avait reçu des offres d'emploi de certaines des plus grandes demeures du pays. Quelque chose qui le faisait s'accrocher à son boulot, même par des jours comme celui-ci.

— Satanée Bruncliffe, soupira-t-il avec amertume en baissant les yeux vers sa ville natale.

Un museau doux vint se nicher dans le creux de sa main, comme par empathie.

— Hé, Bounty, fit Gareth à l'intention du springer spaniel qui se trouvait à côté de lui, et il caressa la tête brun roux. On ne peut pas s'empêcher de l'aimer, cet endroit, hein ?

Et tant pis s'il lui posait des problèmes comme celui qui se présentait ce jour-là. Une battue organisée pour le week-end, huit fusils qui s'attendaient à passer une journée excitante de tir aux pigeons d'argile et de bonne nourriture. Sauf que si Gareth avait pu garantir l'un de ces composants essentiels, il venait de découvrir qu'il ne pouvait fournir l'autre.

— La barbe ! grommela-t-il en grattouillant le chaume rouquin sous sa casquette.

Le groupe s'annonçait déjà pénible. On lui avait mis la pression pour qu'il organise une chasse aux faisans, alors que ce n'était pas la saison, chose qu'il avait obstinément refusé de faire. Et puis les véhicules qu'il fournissait normalement pour la journée – les braves Range Rover fiables qu'il louait généralement – avaient été décrétés inappropriés, et l'on avait exigé des Jeep Grand Cherokee. Malheureusement, à deux cent cinquante miles au nord de Londres, il s'était avéré impossible de trouver des Jeep, et il avait fallu presque toute une journée de recherches à Gareth pour trouver une alternative.

Trois Jaguar F-Pace SVR. Un modèle qu'on ne voyait pas souvent dans la région. Il espérait qu'ils seraient assez fastueux pour impressionner les clients. D'autant qu'il se débattait maintenant pour trouver un traiteur, à quelques jours seulement de l'événement. Peut-être les somptueux véhicules leur feraient-ils suffisamment oublier la nourriture pour qu'il réussisse à s'en tirer avec des sandwichs du Spar ?

À cette idée, il partit d'un rire sonore. Aussitôt réprimé par un soupir.

Il n'était pas tranquille. Cette chasse lui inspirait une sourde inquiétude qui, en d'autres circonstances, la lui aurait fait annuler. Il n'avait que peu de principes quant à la gestion des événements de ce genre, et le plus important était que s'il n'était pas sûr des clients, il ne les laissait pas s'inscrire. Quand il s'agissait de manipuler des armes à feu et des munitions, on ne pouvait pas se permettre d'erreur de jugement concernant les participants.

Cette fois, pourtant, c'était différent. L'événement était organisé par Rick Procter et Bernard Taylor, des gars qui avaient une énorme influence dans la région, et le conseil municipal dans leur poche. Ce n'était pas le genre d'hommes d'affaires qui acceptaient facilement les contrariétés. Annuler la chasse aussi tard dans la journée entrait dans la catégorie des contrariétés, et, avec tout ce qu'il y avait dans les cartons, cela pourrait avoir des conséquences désastreuses sur les perspectives de Gareth en tant que garde-chasse du Manoir de Bruncliffe.

En bref, Procter et Taylor tenaient l'avenir de Gareth entre leurs mains.

Il devait donc honorer la réservation. Peut-être renforcer un peu l'équipe minimale qui l'accompagnait normalement lors des battues simulées ? Quelques individus qui connaissaient leur métier et pourraient l'aider si les visiteurs se révélaient être les insupportables citadins que Gareth les soupçonnait d'être. Il avait déjà vu ça. Pas plus tard qu'au mois d'août, il avait dû mettre fin prématurément à une battue alors que deux des tireurs – un groupe de types dans la finance qui essayaient de chasser la grouse pour la première fois de leur vie – avaient commencé à prendre ouvertement de la cocaïne alors qu'ils étaient à leur poste de tir, prêts à faire feu.

Il n'y avait pas eu de débat. Il les avait raccompagnés hors de la lande, Gareth étant déjà assez imposant quand il était calme, alors quand il tentait de ne pas s'énerver… Ce n'était donc pas comme s'il n'avait jamais eu l'expérience de battues difficiles. Pourtant celle-ci le turlupinait. Au point qu'il sentait le besoin de renforcer un peu ses rangs.

Deux noms lui venaient à l'esprit. Et tandis qu'il parcourait ses contacts sur son téléphone pour retrouver leurs coordonnées, il eut une inspiration soudaine. La réponse à toutes ses prières, fournie par une même famille.

Les Metcalfe.

Quelque peu rasséréné à cette perspective, Gareth retourna vers la Land Rover qui l'attendait sur la piste, Bounty le suivant au trot.

— Allez, ma fille, dit-il en grimpant dans le 4 × 4, l'épagneul sautant sur le siège passager. Une telle faveur doit être demandée en personne.

5.

— Alors ? Qu'en penses-tu ? Tu crois que Bernard serait du genre à avoir une liaison ?

La question s'adressait au dos de Delilah. Elle se tenait debout devant la fenêtre du bureau, son attention fixée sur la silhouette de son ex-belle-mère qui s'éloignait dans la rue. Samson profita de ce qu'elle regardait ailleurs pour la contempler, la femme qui lui avait volé son cœur, et il éprouva un pincement d'inquiétude. Elle perdait du poids, son sweat ne parvenait pas à dissimuler ses omoplates saillantes, et son profil lui offrit, comme elle commençait à se retourner, le spectacle d'une pommette anguleuse sous un teint pâle. En moins de trois semaines, elle avait perdu le teint éclatant de santé qui la caractérisait, et il venait seulement de le remarquer.

Il jura en silence. Elle était toujours sous le choc – le contrecoup du traumatisme qu'ils avaient tous les deux subi. Et il n'avait pas été fichu de s'en apercevoir. Il était tellement habitué à vivre sous le signe du danger qu'il n'avait pas réfléchi à la façon dont elle allait gérer les conséquences de leur séquestration dans la chambre froide. Il aurait pu se gifler. Elle avait beau crâner, elle n'avait jamais été confrontée à une épreuve comme celle-là, et les chocs post-traumatiques n'épargnaient personne.

Elle lui faisait face, maintenant, avec un sourire timide qui n'éclairait pas ses yeux las.

— Tu penses que je suis spécialiste de la question parce que j'ai eu affaire à ce coureur de jupons de Taylor ? dit-elle avec un soupçon d'amertume.

Samson tenta de s'excuser.

— Désolé. Je ne voulais pas…

Elle agita la main, balayant ses tentatives de rétropédalage.

— Franchement, je n'en ai aucune idée. Si j'ai appris une chose au cours de cette brève expérience conjugale, c'est que je ne suis pas très douée pour décrypter les gens.

Mal à l'aise, Samson s'agita sur sa chaise, sachant que leur relation n'avait en rien permis d'améliorer sa lecture du comportement humain.

— J'ai bien peur de ne pas pouvoir t'aider, continua-t-elle. Mais ce que je peux te dire, c'est que Nancy Taylor n'est pas du genre à laver son linge sale en public. Quand nous avons divorcé, Neil et moi, elle a tenu sa langue malgré toutes les sollicitations des commères de Bruncliffe avides de connaître les dessous de l'histoire. Et donc, ça a dû beaucoup lui coûter de venir ici pour te confier ses inquiétudes sur Bernard. Je ne prendrais pas ça à la légère.

— Je suis d'accord. C'est une femme qui a de la classe.

Il y eut un silence embarrassé au moment où, normalement, elle aurait tiré une chaise et se serait assise à son bureau avant de lui demander comment ils allaient procéder pour éclaircir cette histoire. Au lieu de quoi elle jeta un dernier coup d'œil par la fenêtre, haussa les épaules et se dirigea vers la sortie.

— J'ai le sentiment que ça va être du gâteau, lâcha-t-il.

Elle se figea.

— Quoi donc ?

— Cette affaire. Une simple filature de Bernard pendant quelques jours et nous… enfin, je saurai si oui ou non il voit quelqu'un.

Il sentit ses joues s'empourprer sous le regard calme de Delilah.

— Ce que je veux dire, c'est que ce coup-ci, je pourrai me débrouiller tout seul, marmonna-t-il en se demandant si c'était bien vrai.

Savoir si le maire de la ville avait une maîtresse était une chose ; découvrir d'où venait le fourre-tout plein d'argent que Nancy Taylor avait trouvé dans la penderie de son mari était une autre paire de manches. Le relevé de banque qu'elle lui avait montré confirmait que cet argent n'avait pas été retiré sur l'un des comptes en banque de Taylor au cours des six dernières semaines. Il se pouvait qu'il s'agisse d'un retrait légitime, plus ancien, mais dans ce cas, pourquoi Bernard aurait-il planqué une telle somme dans son placard ? Pour une femme qui le soupçonnait d'infidélité, penser qu'il dissimulait des fonds en prévision d'un éventuel divorce paraissait être une conclusion raisonnable. Et pour le prouver, l'expertise technologique de Delilah aurait pu se révéler utile, sauf que Samson ne pouvait tout simplement pas lui demander ça.

— D'accord, répondit-elle.

Un bourdonnement attira son attention vers le bord du bureau et il vit, mais trop tard, son téléphone d'urgence, bien en vue. Dans ses tentatives d'apaiser Nancy Taylor, il l'avait posé là et complètement oublié.

— Un nouveau téléphone ? s'étonna-t-elle.

Il choisit la vérité.

— C'est l'inspecteur principal Warren qui me l'a donné quand on s'est vus le mois dernier. Il m'a recommandé de l'avoir sur moi à tout instant… Tu sais, pour le cas où il voudrait me contacter s'il avait vent de quelque chose, dit-il sur un ton léger, alors qu'elle connaissait pertinemment la nature du danger qui le menaçait.

Elle observa le mobile.

— Bonne idée. Tu devrais suivre son conseil.

Puis elle esquissa un geste vers le coin où Calimero somnolait dans son panier.

— Je peux te le laisser un peu ?

— Bien sûr.

Samson attendit qu'elle lui explique ce qu'elle allait faire, mais rien ne vint. Delilah Metcalfe quitta la pièce, traversa le hall et sortit en refermant doucement la porte d'entrée derrière elle.

C'était encore plus déconcertant que si elle avait laissé éclater la fameuse colère Metcalfe qu'il avait appris à anticiper.

Déjà troublé, Samson attrapa son mobile de secours et lut le message affiché sur l'écran. Le texte succinct de son ancien boss ne fit que le déstabiliser davantage :

Danger imminent. Méfie-toi de la police !

Venant d'un policier en fonction, l'avertissement était un violent rappel du fait que Samson ne pouvait compter que sur lui-même. Et cela confirmait qu'il avait pris la bonne décision en instaurant une distance entre Delilah et lui – dans toute la mesure du possible, compte tenu de la situation. Plus question d'enquêter ensemble. Plus question de se montrer à la Toison. Ces dernières semaines, il avait replacé leur relation sur le plan strictement professionnel afin que, si quelqu'un lui voulait du mal, l'agresseur se dise qu'elle ne comptait pas du tout pour lui. Si l'éloignement qu'il lui imposait était le prix à payer pour assurer sa sécurité, alors c'est ce qu'il devait faire. Même si son cœur pensait le contraire.

— Je ne te dérange pas ?

La voix qui lui parvenait depuis le seuil tira Samson de ses pensées et le fit bondir sur ses pieds.

— Pardon, je ne voulais pas te faire peur.

Edith Hird, son ancienne directrice d'école, désormais pensionnaire de Fellside Court, et une amie de son père, se tenait dans l'encadrement de la porte, appuyée sur sa canne. Elle avait l'air très pâle dans sa tenue de deuil. Très pâle, très mince dans tout ce noir, et inquiète, aussi.

— Edith, dit-il. Tout va bien ?

Elle entra dans le bureau en jetant un coup d'œil nerveux en direction du pub, sur le trottoir d'en face.

— J'ai besoin de ton aide. Mais personne ne doit savoir que je suis là.

— La discrétion est chromosomique chez moi, la rassura-t-il en lui présentant une chaise.

Quand, quelques minutes plus tard, la porte de la Pâtisserie des Monts se referma en claquant, Lucy Metcalfe ne leva même pas la tête. Elle était trop occupée à sortir des scones au citron et gingembre du four – déjà la seconde fournée de la journée, et le coup de feu de midi était à peine passé – en évitant de trébucher sur le balai abandonné en travers de la cuisine, près d'un petit tas de vaisselle cassée.

— Besoin d'un coup de main ?

La nouvelle arrivante était Delilah, qui faisait déjà le tour du comptoir, l'air renfrogné, fonçait dans la cuisine, enfilait un tablier en serrant férocement les cordons et commençait à charger le lave-vaisselle. Des signes que sa belle-sœur Lucy ne connaissait que trop bien pour avoir passé toute sa vie au contact des Metcalfe.

— Pas si tu es de mauvais poil, répondit-elle suavement. On a la tête sous l'eau, et pour mélanger les commandes et lâcher les assiettes, j'ai déjà Elaine. Je n'ai pas besoin qu'on me casse plus de trucs.

— Je n'ai pas lâché l'assiette, protesta Elaine Bullock qui faisait son apparition dans la cuisine, apportant un supplément de vaisselle sale, les lunettes de travers et les nattes en jachère. Elle m'a glissé des mains. C'était une tentative de suicide pour échapper au chaos qui règne là-dedans ! fit-elle avec un regard par-dessus son épaule au salon de thé en effervescence et ses tables bondées de touristes attirés dans les Vallons par le soleil et la température clémente. Ils ne seraient pas mieux en balade ?

Lucy éclata de rire.

— Tant qu'ils payent, ils peuvent rester ici toute la journée s'ils veulent.

— Mais il fait super beau, dehors ! fit Elaine avec un coup de menton en direction de la vitrine derrière laquelle un ciel d'azur s'étirait au-dessus des tours gothiques de la mairie, son mouvement accompagné d'un cliquetis de porcelaine émanant de la pile branlante d'assiettes qu'elle tenait dans ses mains. Ils pourraient vadrouiller dans les collines, ou au bord de la rivière…

— Ou ramasser des échantillons de roche dans des endroits bizarroïdes.

Cette réplique de Delilah lui valut un sourire en réponse.

— Touché ! Moi aussi, je devrais être dehors, admit avec regret Elaine, la serveuse à mi-temps qui était en réalité géologue et avait pris ce boulot pour payer les expéditions à l'étranger que ses maigres heures de chargée de TD ne suffisaient pas à financer. Sauf que moi, au moins, j'ai une excuse – mon excursion à Monument Valley n'est plus que dans quatre mois et je ne l'ai toujours pas réglée. Alors que toi… Qu'est-ce que tu fiches ici par une aussi belle journée ?

— Je fuis, marmonna Delilah, accompagnant sa réponse d'un concert métallique de couverts enfournés dans le lave-vaisselle qui démontrait que son humeur ne s'améliorait pas.

Lucy et Elaine échangèrent une mimique complice.

— Tu veux en parler ? demanda Elaine, posant son chargement sur le comptoir tandis que Lucy contemplait sa belle-sœur avec inquiétude.

— Non.

D'un geste sec Delilah referma le lave-vaisselle industriel qui se mit à ronronner, noyant momentanément la conversation.

— Comme tu veux.

Peu versée dans les câlineries, Elaine prit bonne note de la réponse laconique et ouvrit son carnet pour consulter les commandes qu'elle venait de prendre.

— Donc, il me faut quatre autres thés à la crème, et on commence à être à court de cupcakes. Oh, et un groupe important attend une table libre, alors on n'est pas près de souffler.

— Flûte, soupira Lucy en s'essuyant le front. Il y a longtemps qu'on n'avait pas vu une folie pareille. Enfin, je ne vais pas me plaindre…

Elle fut interrompue par une voix de stentor :

— Lucy !

À l'entrée du salon de thé venait d'apparaître un visage rubicond encadré par une épaisse chevelure et une barbe fournie – toutes deux roux foncé – surmontant une silhouette gigantesque. Plus grand que n'importe lequel des Metcalfe, des épaules qui tendaient un Barbour, l'homme traversa la salle en direction de la cuisine.

— Ma sauveuse !

— Gareth ! Quel plaisir… ?!

Lucy fut réduite au silence par deux énormes paluches qui l'attrapèrent par la taille et la soulevèrent pour l'étreindre façon ours, l'enveloppant d'un parfum de collines mâtiné d'arômes de faisan et de grouse.

— Comment va ma cheffe préférée ? demanda le garde-chasse en lui plantant un baiser sur la joue avant de la laisser retomber à terre. Et ses arpètes ?

Un torchon lui fouetta le mollet, avec pour seul résultat de le faire rire, et un poing s'abattit sur son bras avec l'impact d'un moucheron s'attaquant à un hippopotame.

— *Arpètes ?* Non mais… !

Elaine et Delilah le foudroyèrent du regard, la première faisant tournoyer son torchon pour l'abattre à nouveau, la deuxième se frottant le poing.

Gareth Towler leva les mains en signe de reddition.

— Du calme, mesdames. Je suis venu avec une proposition de boulot. Un gros boulot, en fait, précisa-t-il à l'intention de Lucy. J'ai besoin d'un traiteur pour une chasse.

— Quand ça ?

— Ce week-end…, répondit Gareth, grimaçant d'espoir, mais Lucy refusait déjà.

— Désolée, c'est non. Même si j'arrivais à préparer les plats à l'heure, je n'ai pas le personnel pour les servir. Qu'est-il arrivé à ton traiteur habituel ?

— Il a dû fermer pour un moment. Il se trouve que les choux fourrés à la salade de poulet qu'il a servis à un mariage samedi étaient épicés à la salmonelle.

Lucy prit une expression horrifiée. Comme sa belle-sœur.

— Pauvres clients, dit Delilah. Ils doivent être atterrés.

— Vous pouvez répéter ? s'offusqua Elaine. La partie « choux fourrés au poulet » ? À un mariage ? Intoxication alimentaire ou pas, le traiteur aurait dû se faire virer rien que pour avoir mis ça au menu.

Un tonnerre de rire monta de la puissante poitrine de Gareth et il assena une demi-claque de bûcheron dans le dos d'Elaine.

— Je suis bien d'accord. Mais ils ont toujours été nickel avec nous. Jusqu'à aujourd'hui. C'est pour ça que j'ai besoin de ton aide, Lucy, ajouta-t-il, la voix cajoleuse, l'air implorant. Et pour toi, ce serait une bonne occasion de te faire connaître. Si tout se passe bien, ça pourrait devenir une activité régulière.

— Je suis navrée, mais je ne peux vraiment pas…

— Combien c'est payé ? demanda Elaine, court-circuitant sa patronne pour s'adresser directement à Gareth.

— Un paquet. C'est Rick Procter qui organise et l'argent n'est pas un problème.

— *Surprise surprise*[1]..., murmura sèchement Elaine à la mention du promoteur rupin de Bruncliffe.

— Apparemment, ils ont, Bernard Taylor et lui, invité des investisseurs, et ils ont l'intention de leur en mettre plein la vue. Il devrait y avoir des pourboires mahousses, aussi, ajouta-t-il avec un clin d'œil à la serveuse.

— Dernière question, dit-elle, féroce. Vous allez chasser du gibier ?

— Non, ce n'est plus la saison. Ce sera du tir au pigeon.

— Alors c'est bon, annonça Elaine, tendant la main pour sceller le deal.

Lucy en resta bouche bée.

— Elaine ! Je ne peux pas assurer tout ce travail. En plus, il nous manque au moins deux extras...

— Un, dit Delilah.

— Un quoi ? demanda Lucy, perdue.

— Tu n'as besoin que d'un serveur. J'en suis.

— Je prends ça pour un oui, alors ? se réjouit Gareth. La cheffe et ses arpètes, tout le monde à bord ?

— Je regrette, mais c'est non..., commença Lucy, puis elle s'interrompit en voyant la mine soudain désespérée du garde-chasse.

Oubliant le ton badin de leurs échanges, il la prit par les épaules :

— Je t'en prie, Lucy. Je t'en supplie. L'enjeu est tellement important...

Lucy leva les mains, résignée.

— Oui. Bon. D'accord. Mais vous deux, lança-t-elle à ses amies, j'espère que vous savez dans quoi vous vous embarquez ! Je vais vous faire sacrément trimer pour chaque centime que vous allez gagner. Compris ?

Elaine lui fit un salut militaire. Delilah, elle, avait la tête ailleurs. Si elle avait proposé son aide, ce n'était pas

1. En français dans le texte.

pour l'argent ni pour donner un coup de pouce à sa belle-sœur. Elle réfléchissait déjà au meilleur moyen d'exploiter cet événement pour surveiller Bernard Taylor, ses belles promesses de ne pas interférer dans l'enquête se dissipant comme la brume sur la Ribble par un matin d'été. Qu'il ait besoin de l'aide de Delilah ou non, Samson était sur le point de l'obtenir.

Lucy Metcalfe était une femme de parole. Ce soir-là, au crépuscule, à l'heure où les boutiques baissaient le rideau et où les employés et les clients regagnaient leurs pénates ou allaient s'échouer dans l'un des trois pubs de la ville, la lumière brillait encore dans la Pâtisserie des Monts. Intrigués, les passants ralentissaient le pas, et ils étaient parfois récompensés par la vision de l'une ou l'autre des trois silhouettes qui s'affairaient dans la cuisine, tout au fond. Mais alors qu'il rentrait chez lui, ayant été retenu longtemps à l'agence par le réparateur qui finissait de rafistoler le frigo, Stuart Lister ne prêta qu'une attention distraite au salon de thé. Il ne vit pas non plus la silhouette furtive qui se faufilait dans la ruelle près de la boucherie.

Il avait la cervelle en ébullition.

Le front plissé par l'angoisse, il se hâta de traverser la place et prit Church Street en direction du poste de police.

C'était tentant d'y entrer tout de suite. De partager ses angoisses avec le sergent Clayton et le constable Danny Bradley. Pourtant s'il se trompait ? S'il avait mal interprété ce qu'il avait vu ?

Ce serait la fin de sa carrière chez Taylor, et il pouvait tout de suite renoncer à trouver un poste équivalent dans les Vallons. Il faudrait qu'il reparte de zéro. Et c'était un pari bien trop risqué pour un jeune homme au pedigree modeste, affligé d'une personnalité qui avait déjà transformé en calvaire son déménagement de Skipton à Bruncliffe. Il ne survivrait jamais s'il devait se relocaliser dans une métropole comme Leeds.

À regret, il dépassa le bâtiment mastoc devant lequel étaient stationnés des véhicules de police, et s'approcha de l'enseigne lumineuse du Happy House, Vente à emporter, où M. Lee s'agitait derrière son comptoir, une file de clients attendant leurs plats. Adressant un petit signe de tête à son voisin à travers la vitrine, Stuart déverrouilla la porte du hall d'entrée qu'il partageait avec le restaurant.

Il tomba sur Mme Lee, un bébé geignard arrimé à la hanche et un sac plastique dans les mains.

— Ah ! Monsieur Stuart ! Vous avez faim ?

Question de pure forme. Stuart n'eut pas le temps de formuler une réponse négative – manger étant le cadet de ses soucis – que déjà Mme Lee lui collait le sac dans les mains.

— Spécialité de la maison, *chow mein* et rouleaux de printemps. Vous êtes trop maigre, déclara-t-elle en lui pinçant affectueusement la joue.

Stuart rougit. Prit le sac et marmonna des remerciements, avant de hocher la tête en direction du bébé, dont les hurlements de sirène l'avaient tenu éveillé presque toute la nuit, les cloisons entre les deux appartements de l'étage étant aussi minces que les chips aux crevettes préparées en quantité industrielle par ses voisins.

— Comment va-t-il ? Il fait toujours ses dents ?

Mme Lee fit la grimace puis éclata de rire.

— Je crois qu'il va avoir de grosses dents. Beaucoup de pleurs. Désolée.

— Pas de problème, je ne l'entends pas, mentit Stuart.

Sa voisine, qui connaissait les caractéristiques des appartements dont tous deux étaient locataires, pouffa. Puis elle le chassa de sa main libre.

— Allez. Mangez pendant que c'est chaud.

Sur un dernier remerciement, Stuart gagna son appartement. Il posa le sac de nourriture sur la gazinière, la seule surface plane de la microscopique kitchenette, puis s'effondra dans son canapé avachi, d'où s'éleva une odeur rance de cuisine. Sur son téléphone, il fit défiler les photos prises au bureau et sentit sa poitrine se contracter.

Des pages et des pages de documents. La première série de dossiers des locations de prestige, qui démontrait que les procédures réglementaires n'avaient été respectées dans aucune des transactions. Stuart avait trouvé que ça ne sentait pas bon. Mais à côté de ce qu'il avait découvert quand il avait remis les dossiers à leur place…

Il fixait les clichés du regard, le souffle court.

Des baux pour des propriétés que Stuart n'avait jamais vus sur son bureau, malgré son titre de responsable de la gestion locative. Et toutes louées au même locataire : Kingston Holdings.

Immédiatement, Stuart avait compris que quelque chose clochait. Puis il avait aperçu le montant des loyers. Des chiffres astronomiques, même pour les vallons du Yorkshire. Kingston Holdings louait plus de trente pour cent des propriétés de la région et pour des sommes exorbitantes. Et ce n'était pas le plus perturbant. Ce qui inquiétait surtout Stuart, c'est qu'il reconnaissait plusieurs de ces domaines.

Ils avaient été vendus par l'Agence Taylor au cours des six derniers mois et étaient maintenant habités par d'heureux propriétaires. En d'autres mots, ils n'étaient plus sur le marché de la location.

Et pourtant…

Le temps avait joué contre lui, à l'agence. Il avait étalé quelques-uns des documents par terre et pris rapidement une série de photos avant de les remettre à leur place, tout cela le cœur battant à se rompre. Parce qu'on ne pouvait pas invoquer une erreur administrative. C'était bien plus gros. Stuart devinait qu'il ne devait en aucun cas être surpris à fouiner là-dedans.

Une fois l'armoire de classement refermée et la clé replacée dans la soucoupe de la plante, Stuart avait à peine eu le temps de retourner s'asseoir avant que Bernard Taylor ne regagne son bureau, d'une humeur tout aussi exécrable qu'auparavant. Un claquement intempestif venu du frigo lui avait arraché une longue diatribe sur l'incompétence du personnel, et Stuart s'était jeté sur le téléphone pour trouver un réparateur. Il avait été bien accaparé pendant toute l'après-midi, qui s'était écoulée comme dans un brouillard, et il avait dû attendre de se retrouver dans la solitude de son appartement pour tenter de comprendre sur quoi exactement il était tombé. Faire une recherche Google sur Kingston Holdings lui paraissait être un bon début.

Deux heures plus tard, le jeune agent immobilier était toujours enfoncé dans son canapé, courbé sur son téléphone, dont l'écran diffusait une lumière bleu-blanc sur son visage dans la nuit de la pièce. Il lâcha un soupir et jeta son appareil près de lui. Il se sentait dépassé, ne savait même plus très bien ce qu'il devait chercher. Il avait besoin d'une aide professionnelle. Or à qui pouvait-il se fier ?

Il n'était pas à Bruncliffe depuis très longtemps, mais suffisamment quand même pour savoir que, dans la ville, les allégeances reposaient sur la généalogie. Et des liens tissés depuis des siècles signifiaient qu'une remarque désinvolte lâchée dans la mauvaise oreille pouvait avoir des conséquences redoutables. Le sujet était sensible, et Stuart ne pouvait pas se permettre que Bernard Taylor ait vent de son enquête. Il lui fallait donc quelqu'un qui n'était ni apparenté au maire ni dans sa poche.

L'inspiration lui vint dans un éclair. Il reprit son téléphone et consulta la liste des sociétés de Bruncliffe. Sur la gazinière, le sac de *chow mein* et de rouleaux de printemps se morfondrait toute la nuit, et il ferait déjà jour quand Stuart se rendrait compte que son chauffe-eau avait été réparé.

6.

Il pleuvait. Évidemment. Huit jours de soleil d'affilée en ce joli mois de mai et ses sublimes journées de printemps, mais à la minute où il s'était retrouvé dehors pour une filature, le ciel s'était déversé sur lui et la température avait plongé d'une vingtaine de degrés, jusqu'à friser le zéro.

C'était la vie dans les vallons du Yorkshire.

Samson releva la capuche de sa parka, qu'il avait remise en service grâce à ce brutal changement de temps, et se colla plus près du mur de pierre à sa gauche, tâchant de s'abriter de la bise qui soufflait dans la ruelle où il se cachait – une ruelle qui sentait le chien mouillé. Au bout, comme encadrée par les murs de sa planque, Samson apercevait une portion de la place du marché, avec ses pavés humides qui brillaient devant trois boutiques. Il était concentré sur l'une d'entre elles : la double vitrine de l'Agence immobilière de Taylor.

Samson était sur l'affaire depuis deux jours, et il n'avait rien vu qui justifie les soupçons de Nancy Taylor. Jusque-là, Bernard s'était comporté exactement comme il fallait s'y attendre de la part d'un homme d'affaires prospère, qui se trouvait aussi être l'actuel maire de la ville. Il avait passé la majeure partie de sa journée de travail dans son bureau et n'en était que très peu sorti :

une fois pour assister à une réunion à la mairie, et deux fois pour un déjeuner prolongé à la brasserie du complexe immobilier de Rick Procter, à Low Mill. Samson l'avait épié sans difficulté lors de ces trois sorties, assuré que sa cible ignorait complètement qu'elle était filée, et il n'avait rien remarqué d'alarmant. Si ce n'est que, les deux fois, Bernard déjeunait avec Rick Procter en personne.

Pour Samson – qui n'était pas un fan du propriétaire de l'Immobilière Procter – ç'aurait été un motif de divorce suffisant. Mais, chose frustrante, rares étaient ceux qui partageaient son opinion sur cet homme, la plupart des citoyens de Bruncliffe considérant Procter comme un exemple à suivre et encensant le saint philanthrope ; d'un autre côté, ils n'avaient pas cédé la ferme familiale pour des queues de cerises, eux. Un père alcoolique abandonné par son fils et un promoteur immobilier sans scrupules, qui avait le don de repérer les proies faciles, avaient constitué un cocktail explosif ; le fait que la ferme Twistleton ne soit plus dans la famille O'Brien était là pour en témoigner.

En dehors de ses rendez-vous avec Rick Procter, Bernard Taylor n'avait rien fait au cours des derniers jours qui puisse suggérer qu'il avait une liaison. Samson l'avait suivi sur la courte distance qui le séparait de son domicile, en haut de la place, jusqu'à son agence, et retour. Mais ce n'était pas Londres, avec son essaim bourdonnant d'humanité et sa garenne de rues où un homme pouvait passer inaperçu, protégé par l'anonymat de la grande ville. C'était Bruncliffe, et Samson ne pourrait pas éternellement se dissimuler dans la ruelle sans finir par se faire repérer. Jusque-là, il n'avait guère été dérangé, la voie n'étant pas très fréquentée et la pluie décourageant les promeneurs. Les deux fois, il avait réussi à passer inaperçu en se ratatinant sous sa capuche et en se concentrant sur son mobile, gardant le visage détourné des passants. Mais il ne faudrait pas longtemps pour que quelqu'un le reconnaisse ou signale un drôle de gars qui rôdait dans une venelle sombre. Et donc, si Samson voulait tenir l'agent immobilier à l'œil, il allait devoir faire preuve d'un peu plus de créativité que de planquer en face de son bureau pendant des heures d'affilée.

La technologie. Voilà de quoi il avait besoin.

Delilah lui vint aussitôt à l'esprit – il ne fallait pas grand-chose pour que ses pensées s'égarent dans cette direction, ces temps-ci. Elle aurait précisément le genre de gadgets nécessaires pour espionner Bernard Taylor sans se faire saucer. Un système GPS ou équivalent. Elle saurait même sûrement accéder à son téléphone portable ou à son ordinateur. D'ailleurs, elle travaillait sur le système informatique de Taylor, pour l'émuler ou quelque chose comme ça, non ? La couverture parfaite pour avoir accès à ses bureaux et y déployer certains de ses matériels d'espionnage, la manière la plus simple d'établir si l'argent liquide découvert par Nancy annonçait la fin d'un mariage et le début d'une pénible procédure de divorce.

Il devrait peut-être appeler Delilah ? S'excuser pour l'avoir si brutalement écartée de l'affaire ?

La pluie crépitant sur sa capuche, Samson prit son téléphone, regarda l'écran pendant quelques secondes, puis le remit dans sa poche.

Il ne pouvait pas faire ça. Ce serait la mettre en danger, faire d'elle une cible facile pour la menace, quelque forme qu'elle puisse prendre, venant de son passé. Il mettrait aussi son cœur en danger. Parce que depuis ces heures glaciales dans la chambre froide, quand il avait cru qu'il allait perdre son intrépide partenaire et qu'il avait bien dû admettre à quel point il tenait à elle, il se donnait un mal de chien pour ne pas trahir les sentiments qu'il éprouvait pour elle. C'était une torture à l'état pur – un court instant passé avec elle, et il devait se mordre la lèvre pour se retenir de lui ouvrir son cœur. De la prendre dans ses bras et de…

— Samson ? C'est toi ?

Samson fit volte-face et vit l'ami et voisin de son père, Arty Robinson, planté derrière lui, son crâne chauve abrité sous un parapluie et l'air intrigué.

Stuart Lister n'était pas taillé pour enfiler le costume de James Bond. Il avait déjà poussé ses maigres dons au maximum en mentant à son patron quand il lui avait demandé une matinée de libre pour un rendez-vous imaginaire chez le dentiste. La perspective de se faire dévitaliser une dent lui aurait paru préférable, en cet instant, à ce qu'il était en train de faire – quitter la sécurité de son appartement pour un rendez-vous qui pouvait le précipiter dans l'huile bouillante. Ou pire.

Il referma la porte derrière lui et scruta la rue trempée pour s'assurer qu'il ne s'y trouvait personne de connaissance, puis il remonta la capuche de son imperméable. Il était probablement le seul en ville à se féliciter du mauvais temps. Au moins, cela lui donnait un prétexte pour garder la tête couverte. Il s'était demandé s'il devait mettre un bonnet et une écharpe, mais bien que le vent soit froid et que la température ait chuté, on était en mai, et porter autant de couches de vêtements en ce qui passait pour le printemps dans les vallons du Yorkshire aurait attiré l'attention sur lui plutôt que l'inverse. Et puis, avait-il décidé, il était chez lui, maintenant. Les gens avaient l'habitude de le croiser, et compte tenu de son métier, personne ne s'étonnerait de le voir dehors en plein jour. S'il était déguisé, en revanche, il risquait de susciter la curiosité.

Ainsi rasséréné, il fit face à la bise glacée qui soufflait dans Church Street et se mit à marcher rapidement vers le viaduc. Il avait accordé autant de réflexion au parcours qu'il emprunterait qu'à la question du camouflage. Il ne pouvait pas s'y rendre directement. On était tout de même à Bruncliffe – les chances qu'il arrive à destination sans que personne le voie étaient pratiquement nulles. Et donc il avait mis au point un plan pour atteindre son but en venant d'une direction inattendue, de telle sorte que ça paraisse anodin si on le reconnaissait. S'en tenant au stratagème qu'il avait élaboré, il se dirigea vers le cabinet dentaire, à côté de la clinique vétérinaire, dans une voie latérale pas très éloignée de l'école primaire.

Il prit à gauche vers la gare, longea un moment les voies de chemin de fer avant de décrire une succession de zigzags dans de calmes artères résidentielles, et finit par arriver au bout d'une étroite rue bordée de maisons de pierre gris foncé battues par la pluie, leurs toits d'ardoise étincelants. Au milieu, les deux seuls officines : le vétérinaire et le dentiste.

À partir de ce point, ça devenait un peu délicat. Jusque-là, Stuart avait une raison légitime de se trouver dans le voisinage. Une fois qu'il aurait dépassé la vitrine de verre opaque du cabinet dentaire, sa présence serait plus difficile à justifier.

Abaissant un peu plus encore sa capuche pour mieux dissimuler son visage, il pressa l'allure sur le trottoir trempé de pluie. Passa devant la clinique vétérinaire. Devant le cabinet dentaire. Et, le cœur battant, il tourna à gauche dans High Street.

Personne de sa connaissance ne venait vers lui. Quelques longues enjambées nerveuses, et il put s'abriter dans la ruelle qui le ramènerait dans Back Street. Il y était presque. Hâtant le pas, il émergea à côté de la mercerie, où il s'arrêta. Back Street n'était pas très fréquentée – il faut dire que les commerces y étaient rares –, mais il regarda quand même à droite et à gauche.

Pas âme qui vive. Même le glorieux arc-en-ciel d'objets en plastique qui égayait normalement le trottoir devant Plastic Fantastic avait été rentré à l'intérieur, laissant le trottoir se languir dans la morne grisaille d'une journée de pluie.

Stuart avait cinq minutes pour arriver à son rendez-vous. Il avait parfaitement calculé son temps de parcours. Mais il lui restait encore un petit bout de chemin.

Sorti de l'abri de la ruelle, il s'engagea rapidement dans la rue. En approchant de la Toison, il tourna la tête pour n'offrir que l'arrière de sa capuche aux curieux qui risqueraient un coup d'œil dehors, s'obligeant à se concentrer sur les lettres dorées qui ornaient la vitre, de l'autre côté de la chaussée.

L'Agence de Recherche des Vallons. C'était peut-être là qu'il aurait dû commencer par aller. Non, il était trop tôt pour ça. Il voulait s'assurer que ses soupçons étaient fondés avant de sonner le tocsin.

Alors il poursuivit sa route, abrité sous son imperméable, le dos rond. Sa nuque le picotait comme si un millier d'yeux l'observaient de derrière les carreaux devant lesquels il passait. Longeant les bâtiments au plus près, il suivit la courbe naturelle de la rue et déboucha sur la place du marché. Encore quelques pas et il arriva devant la porte qui était sa destination finale, le cœur battant, la respiration haletante.

Après avoir jeté un dernier regard de bête traquée aux pavés luisants et à la brochette de boutiques et d'entreprises qui ceignaient la place, Stuart poussa le lourd battant de bois. En se faufilant à l'intérieur, il se félicita d'y être arrivé sans se faire repérer.

Il se trompait. Parce qu'il avait été remarqué. Pas par Ida Capstick, la femme de ménage qui poussait sa bicyclette de l'autre côté de la place. Pas non plus par Mme Pettiford, qui s'était extraite de derrière son comptoir à la banque pour aller à la poste, trop distraite par un ragot croustillant qu'elle venait d'entendre pour faire attention à une silhouette efflanquée qui disparaissait derrière une porte près de la mairie.

Non, par un monstrueux caprice du destin, Stuart Lister, agent immobilier débutant à la tête farcie d'interrogations, avait été vu par la pire personne qui soit.

Alors qu'il tournait son visage angoissé vers la mairie, un homme sortait du parking sur l'arrière. Il n'avait pas l'habitude de se garer à cet endroit. Businessman très occupé, il laissait normalement sa Range Rover aussi près du lieu de son rendez-vous que possible. Mais la pluie avait veillé à ce que tous ceux qui se rendaient en ville ce jour-là utilisent leur voiture, et son emplacement de parking habituel était pris. Il s'était donc rabattu sur le parc de stationnement de la mairie. Ses cheveux blonds déjà trempés, il marchait, plongé dans ses problèmes, quand il aperçut les traits fins d'un jeune homme qu'il reconnut.

Il mit un moment à le remettre. En réalité, c'est seulement quand Rick Procter entra chez Taylor et vit le bureau vide, à gauche de la réception, qu'il se rappela qui il venait juste de voir.

Le petit employé de Taylor qui s'occupait des locations. Embauché pour son incompétence et son insignifiance, le genre de gars qui ne leur mettrait pas de bâtons dans les roues. Rick ne se rappelait même pas son nom.

— Alors il vous a laissée en plan ? dit-il à la jolie fille de l'accueil en indiquant le siège vide derrière l'autre table.

Il n'avait posé la question que pour flirter avec elle. Si elle avait eu quelques années de plus, et si elle avait été un peu moins jolie, il serait allé tout droit vers Bernard Taylor, qui l'attendait sur le pas de la porte. Au lieu de quoi il s'attarda, attendant la réponse, qui vint accompagnée d'un petit rire chaleureux.

— Vu que le pauvre Stuart se fait dévitaliser une dent au moment même où je vous parle, je pense qu'on peut lui pardonner.

Rick se joignit à son rire avant de se diriger vers le bureau, au fond de la pièce. Pendant tout ce temps, ses neurones tournaient à plein régime.

Parce que Stuart, le gamin qui était censé être inoffensif, n'allait pas chez le dentiste quand Rick l'avait vu.

Le promoteur rangea l'incident dans un coin de son cerveau. Ça pouvait ne rien être du tout. Ou ça pouvait être quelque chose. D'une façon ou d'une autre, c'était une preuve de plus que Bernard Taylor devenait un véritable boulet.

— Je pensais bien que c'était toi ! Qu'est-ce que tu fais ici, mon grand ? Tu espionnes quelqu'un ?

La mine radieuse malgré le mauvais temps, Arty Robinson rivait sur Samson un regard malicieux.

— Non… J'attends juste Delilah.

— Sous la pluie ?

Arty contournait déjà Samson et se dirigeait vers l'entrée de la ruelle pour tenter de deviner l'endroit que le détective surveillait. Ses yeux se posèrent sur l'un des rares commerces visibles de l'autre côté des pavés luisants.

— Il se passe quelque chose au Rice N'Spice, c'est ça ?

— Je vous ai dit que j'attendais juste…

— Ou bien c'est notre maire qui fricote avec le budget municipal ?

Et puis il s'arrêta et dévisagea Samson, la mine inquisitrice.

— C'est ça ? Tu espionnes Bernard Taylor ?

— Non. Pas du tout.

Mais Arty ne voulait pas en démordre.

— C'est après Taylor que tu en as ! Je le vois rien qu'à la tête que tu fais.

Samson étouffa un gémissement et s'appuya au mur de pierre. Il avait raison. Bruncliffe était une bien trop petite ville pour les techniques de surveillance à l'ancienne. D'autant qu'il était visiblement trop rouillé pour travailler sous couverture, au point de se faire tout de suite démasquer par un bookmaker à la retraite.

Un bookmaker à la retraite qui observait l'agence immobilière, puis de nouveau Samson, l'excitation le faisant sautiller d'un pied sur l'autre.

— Qu'est-ce qui se passe, mon grand ? Et comment peut-on t'aider ?

On. Samson nota l'emploi du pronom personnel avec l'impression que son cœur lui tombait dans les chaussettes. Arty lui offrait l'ingérence bien intentionnée de sa bande de potes de la maison de retraite de Fellside Court, dont l'un se trouvait précisément être son père. C'était la dernière chose dont il avait besoin dans cette affaire qui le touchait de si près. Et tellement sensible en termes de politique locale.

— Sérieusement, continua Arty, pas découragé par le manque d'enthousiasme de Samson face à sa proposition, tu ne peux pas faire ça tout seul. Taylor te connaît. Il sait qui tu es. Je ne sais pas pourquoi tu l'espionnes, mais s'il repère que tu le files, il te glissera entre les mains. Tu as besoin d'aide. Et justement, on peut te l'offrir, Joseph, Eric, les filles et moi. Personne ne nous soupçonnera jamais. On pourrait s'installer pour la journée à la Pâtisserie des Monts, et siroter des cafés en tenant cet endroit à l'œil sans que personne se pose de questions. Et puis ça offrirait peut-être un autre sujet de conversation à Clarissa qui ne parle plus que de son nouveau soupirant.

— Non, rétorqua fermement Samson. Ça n'arrivera pas. Oubliez que vous m'avez vu, et ne parlez de ça à personne.

— Mais…

Samson leva la main.

— Arty, je regrette, mais je n'ai pas besoin de votre aide, d'accord ? Je gère.

C'était comme s'il avait crevé un ballon. Les épaules d'Arty s'affaissèrent et son visage rond se décomposa.

— Je comprends. Désolé. Je ne voulais pas t'ennuyer. Je me suis juste dit que ça nous changerait de nos journées passées à ne rien faire, surtout Edith. Elle a un peu le cafard en ce moment. – Il soupira. – Tu serais surpris de savoir à quel point les après-midi peuvent être longs quand on n'a rien pour les remplir.

La culpabilité atteignit Samson en plein cœur, comme s'il avait pris un coup de tête d'un veau turbulent. Quarante-huit heures s'étaient écoulées depuis qu'Edith Hird – la sœur de Clarissa, et la seconde des « chéries » d'Arty – était venue lui demander son aide, et il n'avait rien fait. Et voilà qu'Arty exprimait son inquiétude à son sujet.

Comme le vieillard mettait le cap sur la place du marché, il tendit le bras pour l'arrêter.

— Une seconde, s'entendit-il dire. On pourrait peut-être goupiller quelque chose. Par contre, il faut que vous me promettiez la plus absolue discrétion.

— Je serai muet comme une tombe de carpe, promit Arty en tirant une fermeture Éclair imaginaire sur ses lèvres comme pour les sceller. Alors, patron, quand est-ce qu'on commence ? Je veux dire, tu auras besoin de renforts pour quand il sera à la battue. Vous ne pourrez pas tout faire à deux.

— La battue ?

Arty cilla et fit un pas en arrière.

— Tu n'es pas au courant ? Il n'est question que de ça en ville depuis quelques jours. Je suis surpris que Delilah ne t'en ait pas parlé, compte tenu du fait qu'elle a aidé Lucy pour les préparatifs… C'est pour ça que ton père garde Calimero en ce moment. Delilah ne t'a vraiment rien dit ?

Samson secoua la tête, peu désireux de révéler qu'il n'avait pas vu Delilah depuis deux jours, et encore, en coup de vent. Il se rendit compte, pas pour la première fois, à quel point il regrettait de la garder à distance. Elle lui manquait, non seulement pour la joie de sa compagnie, mais pour sa connaissance approfondie de tout ce qui se passait à Bruncliffe. Elle était vraiment son oreille de Sioux quand il s'agissait des affaires locales.

— C'est Rick Procter qui organise ça, expliqua Arty. Un truc énorme, pour impressionner des investisseurs qu'ils essaient de séduire, Bernard Taylor et lui. Ça doit se passer ce week-end au Manoir de Bruncliffe.

— Et merde, marmonna Samson.

Une battue sur l'immense domaine, à l'est de Bruncliffe, interdit d'accès, à moins d'y être invité. Il ne pourrait pas surveiller Taylor dans un endroit pareil, malgré toutes les planques naturelles. Il avait fait office de rabatteur en quelques occasions, quand il était jeune, avant de quitter la ville, et il savait que crapahuter dans les sous-bois en essayant d'espionner quelqu'un vous exposait à vous retrouver les fesses criblées de chevrotine.

S'il voulait découvrir si Taylor entretenait une relation adultère, il allait être obligé de faire appel à Delilah, finalement. Un traceur ou autre matériel…

— Enfin, poursuivit Arty, ne t'en fais pas. Tu as de la chance, les organisateurs ont été pris au dépourvu côté traiteur, et ils ont dû demander à Lucy d'intervenir.

— Et en quoi ai-je de la chance ? demanda Samson, intrigué par le soudain tournant que la conversation avait pris.

Le retraité inclina la tête sur le côté et étrécit les yeux.

— Eh bien, ça te donne un prétexte idéal, pas vrai ?

— Pardon ?

Arty fit un geste en direction de l'agence immobilière.

— Je ne sais pas pourquoi tu files Taylor, mais le fait que Lucy fasse le traiteur pour son événement te donne une raison idéale de placer quelqu'un à l'intérieur. C'est bien pour ça que Delilah s'est portée volontaire pour travailler à la battue, non ?

Pour la seconde fois au cours de ce qui promettait d'être une très longue matinée, Samson laissa échapper un gémissement.

7

— Que puis-je faire pour vous ?

Depuis l'un des deux confortables fauteuils placés dans un coin de son étude, Matty Thistlethwaite observait le jeune homme dégingandé assis en face de lui et songeait qu'il avait bien fait de ne pas le recevoir derrière son bureau. Les mains agitées, le pied impatient – la raison, quelle qu'elle soit, qui avait conduit Stuart Lister au cabinet Lupin le rendait nerveux, et la disposition formelle n'aurait fait qu'exacerber cette nervosité. Or son visiteur étant célibataire, et jeune, Matty supposait qu'il n'était pas préoccupé par un problème de divorce ou de succession, les raisons les plus courantes pour consulter un notaire. Matty doutait aussi qu'il s'agisse d'un achat immobilier ; un individu travaillant dans une agence immobilière n'aurait pas eu l'air aussi mal à l'aise à l'idée de devenir propriétaire.

— Merci de me recevoir, dit Stuart, le regard passant de Matty à la fenêtre et retour.

Il toussa, s'éclaircit la voix et contempla ses mains.

Matty attendit. Il avait noté que la patience fonctionnait assez bien avec les visiteurs agités, et il avait cultivé une aura de sérénité qui le faisait paraître bien plus vieux que sa trentaine d'années. Ce qui n'était pas plus mal quand il traitait avec des clients pour qui un notaire devait être gris, tant au niveau des tempes que de la personnalité.

Le silence s'étirait. Puis, soudainement, Stuart se leva, ses longues jambes le propulsant à la verticale.

— Je vais y aller, marmonna-t-il. Je vous fais perdre votre temps.

— Pas du tout, répondit Matty, toujours assis, tandis que le jeune homme hésitait près de son fauteuil. Vous êtes une récréation bienvenue entre deux transferts de propriété.

Il se pencha vers la cafetière posée sur la table entre eux et remplit leurs tasses.

— Voyons, poursuivit-il de sa voix posée en tendant une tasse à Stuart, racontez-moi les dernières nouvelles du monde de l'immobilier. Y a-t-il quelque chose que je devrais savoir ?

Le visage du jeune homme vira à la craie et il s'affaissa dans son fauteuil.

— C'est précisément de cela que je voulais vous parler.

Samson sut, à la seconde où il mit le pied au salon de thé et intercepta le regard coupable que Delilah lançait dans sa direction, qu'Arty avait vu juste. Sa proposition de travailler pour la partie de chasse était motivée par l'enquête sur Bernard Taylor.

— On pourrait avoir deux cafés ? demanda-t-il à Lucy alors que Delilah se carapatait dans la cuisine en rougissant. Et une petite conversation avec Delilah, si elle avait deux minutes ?

— Deux minutes, c'est tout ce que je peux lui accorder, grommela Lucy en se massant les reins. Je crois que cette partie de chasse me tuera.

— Il y a beaucoup de convives ?

— Huit fusils, plus les accompagnants. Quoi que ça signifie.

— Des gens d'ici ?

Lucy secoua la tête.

— Pas de la ville. Et d'après Gareth, on est fixés d'avance, ce sont des emmerdeurs.

— Gareth Towler ?

Samson se rappelait un gamin très costaud, aux cheveux en bataille, deux classes en dessous de lui à l'école, qui était passionné par l'élevage de gibier à plume et qui séchait toujours les cours pour aider à nourrir les faisans au Manoir de Bruncliffe. S'il avait bonne mémoire, il faisait partie de la grande bande de jeunes qui traînaient à la ferme Metcalfe, comme Samson lui-même.

— Le copain d'Ash ? demanda-t-il, faisant allusion au benjamin des frères de Delilah.

— En personne. Il est garde-chasse en chef de la propriété, maintenant, et c'est lui qui organise toutes les battues. Il est très bon, d'ailleurs. Il mène son petit monde à la baguette et il ne se laisse pas marcher sur les pieds. De temps en temps, quand il était en permission, Ryan y allait pour aider à la battue, et Nathan l'a accompagné deux ou trois fois. C'est même Gareth qui a aidé Nathan à sortir du gouffre au fond duquel la mort de Ryan l'avait plongé.

Une ombre passa sur le visage de Lucy au souvenir du chagrin de son fils. Et du sien. Puis elle reprit, émue :

— Il emmenait Nathan à la pêche chaque fois qu'il pouvait et il a réussi à lui faire reprendre goût à la vie. Alors vraiment, je ne pouvais pas faire autrement que de lui rendre ce service.

Un cri perçant leur parvint de la cuisine, suivi par un bruit de porcelaine explosée. Lucy leva les yeux au ciel.

— Laisse-moi deviner, Elaine donne un coup de main ? susurra Samson, la réputation de la serveuse n'étant plus à faire.

— Un coup de main, tu parles ! Enfin, je n'avais pas vraiment le choix. Gareth ne m'a pas laissé beaucoup de temps, j'étais à court de personnel et j'ai déjà dû casser ma tirelire pour embaucher un extra auprès d'une agence d'intérim pour la chasse proprement dite. Je ne pouvais pas me permettre d'embaucher une personne de plus au même tarif. Et puis, ajouta-t-elle d'un ton amusé, ce n'est pas mal de faire appel à Elaine pour ce genre d'événements, au cas où il viendrait à l'idée d'un des clients de se permettre des privautés avec le petit personnel.

Samson voulait bien le croire. La géologue avait la repartie cinglante et ne s'en laissait pas compter. Pour compléter le tableau, elle portait souvent des Dr. Martens et il imaginait volontiers qu'elle ne rechignerait pas à s'en servir pour un autre usage que la marche si le besoin s'en faisait sentir.

— Bref, conclut Lucy, je vais te chercher ces cafés. Et une paire de scones, aussi.

Tandis que la cheffe débordée retournait à ses fourneaux, Samson s'approcha d'Arty Robinson, qui avait déjà pris position à une table près de la fenêtre et observait religieusement la devanture de l'Agence Taylor. Le bookmaker à la retraite avait raison quand il disait que dans le salon de thé, il serait comme un poisson dans l'eau, pensa Samson en parcourant la salle du regard, la moyenne d'âge de la clientèle en ce vendredi après-midi se situant au nord de la cinquantaine. Le crâne chauve, luisant, d'Arty faisait très couleur locale, certainement plus que les boucles brunes qui retombaient sur le col de sa propre parka trempée. Parka qu'il enleva et mit à sécher sur le dossier de sa chaise.

— Du nouveau ? demanda-t-il en s'asseyant en face de son nouvel équipier.

Arty consulta la serviette en papier posée devant lui, maculée de hiéroglyphes indéchiffrables gribouillés à l'encre.

— Rick Procter a quitté les lieux à zéro dix trente-huit, lut-il, adoptant un ton militaire. Seul. Fin du rapport.

Rien d'inhabituel là-dedans, surtout que Procter organisait l'événement avec Taylor ce week-end.

— Personne d'autre ?

— Pas âme qui vive.

Puis, levant les yeux de ses notes, Arty promena le regard vers le comptoir et s'attarda, plein d'espoir, sur un étalage de gâteaux fort alléchants.

— Ça creuse, cette surveillance, dit-il. On devrait peut-être parler note de frais. Tu sais, pour couvrir les pâtisseries.

— Quelle note de frais ?

Delilah s'était approchée de la table, dans le dos de Samson, et tâchait de se concentrer sur le vieil homme en déposant devant eux trois mugs de café assortis d'autant de scones.

— Pour qui travaillez-vous, Arty ?

Le visage rayonnant à la vue des scones, Arty se pencha vers Delilah qui s'asseyait près de lui, et chuchota horriblement fort :

— L'Agence de Recherche des Vallons !

Delilah se renfrogna et dévisagea Samson, les sourcils en accent circonflexe.

— En tant que quoi ?

— Renfort de planque, répondit suavement Samson, savourant la confusion qui s'inscrivait sur le visage de la jeune femme. Tu sais, pour quand tu seras à la chasse.

— J'ai deviné que vous surveilliez l'agence de Taylor, continua Arty, sans remarquer que Delilah dissimulait son trouble en trempant ses lèvres dans sa tasse de café. Et j'ai suggéré de prendre le relais de la surveillance avec le gang de Fellside Court pendant le week-end, vu que tu seras en train de travailler au Manoir de Bruncliffe.

— Oui, en effet…

Au-dessus du rebord de sa tasse, les joues de Delilah s'embrasaient.

— En effet, répéta sèchement Samson. Et comme dit Arty, ça les changera des histoires d'amour de Clarissa.

Arty lâcha un juron.

— Fais comme si tu n'avais pas entendu ça, dit-il à Delilah. C'est censé être un secret.

— Pas de problème, Delilah est excellente pour ce qui est de faire des cachotteries, lança Samson d'un ton acide.

Delilah lui lança un regard avant de se tourner vers Arty.

— Quoi, Clarissa a un petit ami ? Depuis quand ?

— Depuis deux semaines. Cela dit, je ne suis pas sûr que « petit ami » soit le terme qui convient, vu qu'il a notre âge.

— Comment l'a-t-elle rencontré ?

Ce fut le tour d'Arty d'avoir l'air dans ses petits souliers.

— C'est ce que je ne suis pas censé révéler.

— Et pourquoi pas ?

Il se gratta le crâne et haussa les épaules.

— Elle l'a rencontré en ligne. Enfin, techniquement, elle ne l'a pas vraiment rencontré. Ils s'échangent juste des messages.

— Et qu'est-ce qu'il y a de mal à se rencontrer en ligne ?

— Eh bien, elle n'est pas passée par ton agence et elle a peur que tu lui en veuilles, tu comprends.

— Pas du tout ! Ça me fait plaisir de savoir qu'elle est heureuse !

— *Aye.* Elle est plus en forme que sa sœur, ça c'est sûr.

— Quoi, qu'est-ce qu'elle a, Edith ?

— Difficile à dire. Elle n'a pas trop l'air dans son assiette, c'est tout.

Il poussa un soupir, tendit la main vers son café puis se ravisa et se leva.

— Sapristi ! Désolé, mais c'est un des inconvénients du grand âge. Faut que j'aille changer l'eau du poisson. Vous pouvez continuer la surveillance ?

Il se précipita vers les toilettes, laissant planer un silence sur la table. Ce fut Delilah qui finit par le rompre.

— Bon, enfin, au moins Clarissa a l'air heureuse, dit-elle dans l'espoir de faire diversion.

— Laisse tomber Clarissa, grinça Samson. Tu veux bien m'expliquer ce que tu fabriques, au juste ?

Delilah voyait très bien à quoi il faisait allusion. Elle haussa les épaules.

— Ça m'a paru être une bonne occasion de garder Taylor à l'œil.

— Je suis parfaitement capable de faire ça tout seul. Je te le répète, je n'ai pas besoin d'aide sur cette affaire.

— Et Arty ?

— Il est tombé sur moi dans la ruelle, et il a deviné ce que j'étais en train de faire.

Delilah s'esclaffa.

— Pour un expert des opérations sous couverture, tu te poses là.

Sa réaction arracha un sourire à Samson.

— Il faut croire que j'ai perdu la main. Bref, il m'a proposé son aide et j'ai commencé par refuser, mais il a eu l'air tellement dévasté que je n'ai pas eu le cœur de dire non. Alors je l'ai installé ici pour qu'il espionne l'agence de Taylor dans la journée.

— Est-ce que ton père va s'impliquer ?

— Apparemment, oui, soupira Samson. De même qu'Eric, Edith et Clarissa.

Delilah croisa les bras sur sa poitrine et releva le menton.

— Si je comprends bien, tu acceptes l'aide d'une bande de retraités et tu refuses la mienne ?

— Ce n'est pas ça, protesta Samson. Je leur ai juste suggéré cette surveillance pour leur donner de quoi s'occuper. Ils ne s'impliqueront pas de façon active. Alors que toi, tu seras serveuse pour un événement auquel nous savons que Bernard Taylor participera. Et s'il se méfie quand il te verra ? Tu pourrais faire capoter l'affaire.

— Il ne se méfiera pas.

— Comment peux-tu en être aussi sûre ? S'il a une liaison, ou s'il bidouille un truc avec ses comptes bancaires, il sera sur ses gardes. Il ne faut pas qu'il te voie, ce qui va friser l'impossible là-haut, dans la lande. En quoi seras-tu utile ?

— Il ne me verra pas. Je te le promets. Et puis, tu as une autre idée ? Je ne vois pas comment tu pourrais t'introduire là-bas. À moins que tu ne te déguises en daim pour te fondre dans le paysage ?

La sonnerie du téléphone de Samson les interrompit. Le nom de Nancy Taylor s'affichait sur l'écran. Tournant le dos à la salle, il répondit.

— Nancy ? Tout va bien ?

Un torrent de paroles se déversa dans le mobile et Samson comprit que sa décision de gérer seul cette affaire ne tenait plus la route. Il ne pouvait plus s'en sortir sans aide. Autant dire qu'il allait devoir manger tout un tas de chapeaux.

— Je peux vous faire confiance ?

Matty écarta largement les mains en réponse à la question du jeune homme.

— Je suis notaire. La discrétion est une seconde nature chez moi.

— Pardon. Oui. Je ne voulais pas sous-entendre que…

Les mains tremblantes, Stuart attrapa sa tasse, but une gorgée de café et la reposa sur sa soucoupe dans un cliquetis de porcelaine.

— Euh… Les sociétés-écrans. À quoi on les reconnaît ?

— Les sociétés-écrans ? Dans quel contexte ? demanda Matty, masquant sa surprise.

Il ne s'attendait pas à ce que le jeune homme lève ce sujet.

Stuart esquissa un geste vague de la main.

— D'une façon générale. Rien de spécifique.

Il était facile de voir qu'il mentait. Craignant de l'effaroucher encore davantage, Matty prit la question au premier degré.

— Tout d'abord, ça aiderait d'avoir le nom de la compagnie. Si elle est enregistrée au Royaume-Uni, un bon endroit pour commencer les recherches serait la chambre de commerce…

— Ici ? Au Royaume-Uni ? Elles ne s'enregistrent pas outre-mer ?

Matty eut un petit rire.

— Non. Il fait sûrement plus beau dans certaines des juridictions qui hébergent traditionnellement les sociétés écrans, mais ça coûte moins cher de monter ça ici. On remplit un formulaire en ligne, en donnant l'adresse d'un immeuble de bureaux bidons, et hop, bienvenue dans le monde des affaires.

— Alors comment savoir s'il s'agit d'une société-écran ?

L'intensité avec laquelle il avait posé cette question apprit à Matty tout ce qu'il avait besoin de savoir. Quelqu'un embêtait l'agent immobilier, probablement en relation avec une affaire immobilière, et il tentait d'agir dans le respect de la législation.

— C'est une question à deux réponses, dit l'homme de loi. On les repère souvent quand on sait ce qu'on cherche. Mais si vous voulez en savoir davantage, c'est un peu plus compliqué.

Stuart se ratatina dans son fauteuil, le visage crispé par la concentration et frottant nerveusement ses longs doigts. Il avait l'air d'un homme coincé entre le marteau et l'enclume.

— Quoi qu'il en soit, continua Matty, je peux aider. Vous me donnez simplement le nom de la société et je m'occupe des démarches. Discrétion absolue garantie.

— Je n'ai pas de nom…

Matty l'interrompit d'un sourcil levé assorti d'un sourire.

— Si. Sinon, vous ne seriez pas ici. Et compte tenu de votre profession, j'imagine que vous êtes soucieux de faire ce qu'il faut – dans le respect des lois –, ce qui n'est pas simple dans une petite ville où les murs ont des oreilles. Donnez-moi le nom de la société qui vous tracasse et je ferai tout mon possible pour découvrir qui se cache derrière.

Il y eut un silence, Stuart ayant l'air à la fois plein d'espoir et encore réticent. Puis Matty observa sa veste, élimée aux poignets, sa chemise froissée et la subtile odeur d'épices chinoises qui émanait de toute sa personne.

— Gratuitement, ça va de soi, ajouta-t-il avec bonhomie. Par courtoisie confraternelle.

L'agent immobilier relâcha ses épaules, soulagé.

— Merci. Ça m'aiderait beaucoup. Mais il faut que je vous prévienne, ce n'est que simple curiosité. Ça pourrait ne mener nulle part…

— Le nom ?

Stuart Lister prit une inspiration. Et se jeta à l'eau.

— Kingston Holdings.

— Eh bien ? demanda Delilah, penchée sur la table, tandis que Samson empochait son téléphone. Que voulait Nancy ?

— Apparemment, elle a des raisons de croire que, ce samedi, Bernard voit une femme avec qui il a une liaison.

Les sourcils de Delilah remontèrent de quelques centimètres.

— À la partie de chasse ? Sérieux ? Par quel sortilège elle a dégotté cette info ?

— Je ne suis pas sûr qu'elle l'ait dégottée, répondit Samson, perplexe. Bernard vient de l'appeler pour la prévenir qu'il serait absent toute la journée de samedi, pour le travail, et au ton de sa voix elle l'a soupçonné de mentir. Maintenant, le degré de fiabilité de l'information, je l'ignore…

— Tu t'adresses à la mauvaise personne, lança Delilah, mortifiée. Le fils de Bernard m'a menti pendant toute la durée de notre mariage, et je ne me suis jamais doutée de rien. Mais le maire de la ville serait-il assez fou pour traîner sa nouvelle conquête à un événement pareil ? Même si les invités sont triés sur le volet, ça reste très risqué.

— Peut-être qu'elle fait partie des accompagnants pour lesquels Lucy joue les traiteurs, suggéra Samson. Des distractions pour ces messieurs. Dont Bernard. En tout cas, Nancy insiste pour qu'on file son mari et qu'on tire ça au clair.

— Je ne vois qu'une seule façon de procéder, dit Delilah avec une pointe d'arrogance. Si seulement tu avais un allié déjà embauché dans la place…

Samson se renversa en arrière et la fixa du regard. Elle était insupportable. Et elle avait raison. Il avait besoin d'elle. Il n'en continuait pas moins à s'inquiéter pour elle.

— Si tu fais ça, il faudra que tu portes un micro.

— Pour quoi faire, grands dieux ?

— Ce n'est pas négociable. Si tu refuses, je préviens Lucy que tu te mets en danger et elle te virera sur-le-champ.

Delilah releva encore un peu le menton. Pour finir par acquiescer.

— D'accord, je prendrai du matériel de com, mais c'est moi qui le fournis. Et ce ne sera pas un micro, ajouta-t-elle en se moquant. C'est antédiluvien.

— Un micro ? releva Arty Robinson, de retour à leur table, en se frottant les mains d'excitation. On va nous équiper de micros ? Attendez un peu que je l'annonce au gang. Décidément, aujourd'hui, tout va de mieux en mieux !

Il attrapa son scone et mordit dedans à pleines dents, les yeux rivés sur l'agence immobilière.

Samson retint un sourire, s'aperçut que Delilah se déridait, et son cœur se gonfla d'amour. Arty avait raison, une fois de plus. Tout allait de mieux en mieux. Savourant sa compagnie retrouvée, Samson s'autorisa à ignorer ses craintes liées au fait que Delilah s'apprêtait à jouer les espionnes lors d'un événement qui impliquerait des armes.

Quelques heures plus tard, dans un appartement de la maison de retraite de Fellside Court, Phyllis Walker tâchait de se rappeler la dernière fois qu'elle s'était autant amusée.

Les mains déformées par l'arthrite, elle faisait de son mieux pour manier les outils de son ancien métier. Et sans se vanter, pensa-t-elle en reculant pour contempler son œuvre, elle faisait plutôt du bon boulot. Surtout qu'on ne lui avait pas laissé beaucoup de temps.

Elle terminait son dîner solitaire quand des coups frénétiques avaient ébranlé sa porte. Elle avait ouvert, et elle était tombée nez à nez avec une petite bande de résidents en émulsion. Arty Robinson avait parlé le premier, mais c'était totalement confus et articulé sur le mode du chuchotement de théâtre, si fort que les autres ne cessaient de lui enjoindre de baisser le son, tant et si bien qu'à leur tour, ils couvraient sa voix. À la fin, elle avait trouvé plus simple de les inviter chez elle.

Arty et ses compagnons – y compris Calimero, le magnifique braque de Weimar – étaient tous entrés en file indienne, encombrant le salon de Phyllis. Il leur avait ensuite fallu un bon bout de temps pour lui expliquer ce qu'ils voulaient – quelque chose en rapport avec une opération commando dont ils n'avaient pas le droit de parler, ce qui, au début, avait crispé la pusillanime Phyllis, laquelle ne voulait pas être mêlée à leurs histoires. Puis quand elle avait compris que l'affaire était en rapport avec l'Agence de Recherche des Vallons et le fils de Joseph O'Brien, Samson, un jeune homme qu'elle avait rencontré au mois de février et trouvé tout à fait charmant, elle avait cédé. Et voilà, elle passait une soirée comme elle n'en avait plus connu depuis longtemps.

Distrayante, pour commencer. Excitante aussi. Et c'était gratifiant de voir qu'elle n'avait pas perdu la main, même si ses mains, justement, n'étaient plus aussi agiles qu'autrefois.

— Tout est question d'ombre et de lumière, expliqua-t-elle à son public. Une touche plus claire ici, pour donner du volume. Un peu de foncé là pour creuser, et ça change tout.

— Seigneur ! s'exclama Arty Robinson, qui observait la scène sans se mouiller depuis le canapé où siégeaient également Joseph O'Brien et Eric Bradley. Je n'aurais jamais pensé que c'était aussi compliqué !

— Et c'est quoi, tout ce bazar ? siffla Eric, sa main frêle posée sur sa bouteille d'oxygène comme sur une bouée de sauvetage, le remue-ménage de la journée ayant altéré sa respiration.

Il eut un mouvement de tête vers la table qui disparaissait sous les brosses, les houppettes, les poudres, les tubes et les pots de Dieu seul savait quoi, et même un instrument qui ressemblait à une paire de ciseaux conçue par le diable.

— Mieux vaut l'ignorer, murmura Joseph, complètement dépassé. Qu'elles gardent leurs secrets.

Assise sur une chaise de salle à manger, Edith Hird agita sa canne en direction des trois hommes sur le canapé.

— Ne m'incluez pas là-dedans, pépia-t-elle. Je suis aussi époustouflée que vous par tout ça.

— Je pense que c'est de la magie, souffla sa sœur, Clarissa Ralph, occupée à servir le thé à la ronde. C'est fou ce que tu arrives à faire, Phyllis ! Tu es une véritable artiste !

Phyllis esquissa une petite courbette. Elle avait grandi dans une famille peu portée à l'autosatisfaction, néanmoins elle ressentait un petit frisson de plaisir à voir ses talents reconnus. Surtout après toutes ces années à n'être plus considérée que comme une retraitée.

— Ravie de pouvoir rendre service, dit-elle de bon cœur.

— Je vais te demander de t'occuper de moi avant que Robert ne vienne me voir. Il m'emmène au Betty's, le salon de thé de Harlow Carr, pour notre premier rendez-vous, annonça Clarissa à la cantonade avec un sourire radieux.

— Pas possible ? rétorqua Edith d'un ton acide. Et ça a été décidé quand, ça ?

— Ce matin. Nous n'avons pas encore fixé de date parce qu'il est très occupé, mais j'ai hâte de le rencontrer.

— *Aye*, eh bien, assure-toi juste qu'il a pris son portefeuille, marmonna sa sœur.

Depuis sa place sur le canapé, Arty nota le changement d'humeur d'Edith. L'expression inquiète qui avait disparu depuis qu'il était rentré de sa rencontre avec Samson était revenue barrer son front.

— Et après, Phyllis pourrait peut-être s'occuper de nous, lança-t-il dans l'espoir de distraire une nouvelle fois son amie. Pour parfaire notre couverture ?

— Une couverture de duvet, c'est à peu près tout ce qui irait avec un crâne d'œuf comme le tien, plaisanta Eric.

Edith s'esclaffa et Arty s'efforça de prendre l'air meurtri. Alors que rien ne le réjouissait plus que de l'entendre rire.

Jusque-là, le plan qu'il avait élaboré pour lui remonter le moral s'était parfaitement déroulé. Quand il était revenu à la résidence leur annoncer qu'ils avaient une mission pour le compte de l'Agence de Recherche des Vallons, la morosité d'un après-midi comme tant d'autres s'était dissipée. Reprenant du poil de la bête, Edith s'était jointe à sa sœur pour faire la liste de ce dont ils auraient besoin et dresser un tableau des quarts – pauses incluses – pour toute la petite bande, tandis que Joseph, Arty et Eric discutaient de la meilleure façon d'assurer la « com », ainsi que s'obstinait à dire Arty. L'accès aux joujoux électroniques de Delilah leur ayant été refusé, ils allaient être obligés de se rabattre sur leurs propres téléphones, et Joseph s'était ingénié pendant près d'une heure à créer un groupe WhatsApp. Après quoi Arty avait passé la demi-heure suivante à les rendre tous fous à force de poster des messages.

Dans la perspective d'une future insomnie, tant l'excitation était grande au sein du gang, ils étaient allés s'asseoir dans le salon des résidents pour discuter des arrangements de dernière minute, quand la journée avait pris un nouveau tour inattendu. Du genre qui avait nécessité une expédition au premier étage, chez Phyllis, l'ancienne patronne du salon de coiffure et – plus important – maquilleuse pour le compte de la Société lyrique de Bruncliffe.

Et maintenant, Phyllis prenait un peu de recul pour qu'ils puissent admirer le fruit de son labeur.

— Eh bien, qu'en dites-vous ? Je touche encore ma bille, non ?

Il n'y eut pas un bruit. Juste un alignement de bouches bées tandis que les retraités admiraient la métamorphose.

— Sacré bon sang ! finit par s'exclamer Arty, Edith ne relevant même pas le juron, fascinée comme les autres par ce qu'ils avaient devant eux. Ta propre mère ne te reconnaîtrait pas.

— Voilà exactement ce que j'avais envie d'entendre, dit Delilah.

Au son de sa voix, depuis sa place aux pieds de Joseph, Calimero inclina la tête, perplexe, et laissa échapper un couinement angoissé.

— Tout va bien, le chien, lui assura Delilah en lui grattouillant les oreilles.

Puis elle aperçut son reflet dans le miroir ancien au-dessus du buffet de Phyllis, et elle comprit sa confusion.

Arty avait raison. Même sa mère ne la reconnaîtrait pas. Plus important, Bernard Taylor non plus.

Pas plus que Samson, pensa-t-elle joyeusement. Jouer l'agent infiltré allait être jubilatoire.

8.

Delilah Metcalfe était en retard. Comme toujours. Samedi matin, sept heures, le ciel était barré d'une bande de lumière, mais le soleil n'était pas encore levé au-dessus du Crag de calcaire qui dominait la ville que Samson était déjà au travail. Et Delilah n'était pas en vue.

Sous prétexte d'aider à charger le van de la Pâtisserie des Monts en prévision de la chasse, Samson avait accepté de la retrouver au salon de thé, afin qu'ils puissent mettre en service le système de communication qu'elle avait élaboré, tout cela sans que Lucy soit au courant de la vraie raison qui avait incité Delilah à se porter volontaire pour rejoindre l'équipe de traiteurs. Or la benjamine du clan Metcalfe n'avait toujours pas pointé son nez.

Réprimant son irritation, Samson rentra dans le salon de thé pour récupérer un nouveau chargement. Apparemment, Lucy embarquait absolument tout en vue du raout, sauf l'évier de la cuisine. Il en ressortait quand une femme sans âge vint vers lui, trois gros cartons dans les bras, ses cheveux gris émergeant à peine de la pile.

— Attendez, laissez-moi vous aider, dit-il en lui prenant les cartons sans effort.

Un visage rond, cordial, des yeux bleus éclatants de gaieté, apparurent.

— Merci, dit la femme en se massant les reins. Je crois que je commence à être trop vieille pour ça.

— Sûrement pas, répondit galamment Samson. Au fait, je m'appelle Samson.

Un sourire espiègle répondit à ses présentations.

— Je sais. J'ai beaucoup entendu parler de vous. Je suis Denise, l'extra.

— Je vois que vous avez fait connaissance.

Lucy était sortie de la cuisine, l'air épuisée, une liste à la main.

— Denise, si tu as une minute, pourrais-tu aller vérifier avec Elaine que nous avons bien les couverts ? Oh, et les nappes, aussi.

Denise acquiesça et, laissant Lucy en compagnie de Samson, s'achemina vers Elaine Bullock dont on ne voyait que le postérieur et les Dr. Martens dépasser du van qu'elle s'affairait à charger.

— De toute évidence, tu t'es dégotté une bonne employée, commenta-t-il.

— Qui ça, Denise ? L'agence me l'a trouvée au débotté. À la minute où je l'ai vue, je me suis dit qu'elle serait compétente. Elle est plus ou moins de la famille d'Ida Capstick, une vague cousine ou quelque chose comme ça.

Samson observa de nouveau la femme sans âge, ses cheveux gris, courts, encadrant un visage rond, son corps replet. Il ne parvenait pas à lui trouver la moindre ressemblance avec la femme de ménage maigre comme un coucou. À part, peut-être, le regard acéré.

— C'est presque fini, annonça Lucy en indiquant les cartons que Samson tenait encore dans les bras. Il n'y a plus qu'à mettre ceux-là, et c'est parti.

Samson fit demi-tour et retourna vers le van, Lucy sur les talons. Elaine, qui discutait avec Denise, lui indiqua simplement un coin encore libre à l'arrière du véhicule.

— Vous êtes sûres que vous avez assez à manger là-dedans ? demanda-t-il, pince-sans-rire, tout en déposant ses cartons à l'endroit indiqué, le véhicule paraissant au bord de l'indigestion.

Ce n'était pas une blague à faire à une cuisinière avant une réception. Le visage de Lucy se crispa de panique.

— Tu crois que j'aurais dû prévoir davantage ? J'ai compté pour vingt personnes. Mais… Et s'il n'y a pas assez ? Ça fera mauvaise impression. Je pourrais ne jamais décrocher un autre contrat…

— Lucy ! coupa Elaine d'un ton abrupt que contredisait la douce main posée sur le bras de son amie. Ignore-le. Il te charrie. Il y en a assez, ici, pour nourrir trois équipes de rugby, alors cesse de t'en faire.

— Désolé, marmonna Samson.

— Pas de problème. Je suis stressée, c'est tout, s'excusa gentiment Lucy. C'est toujours comme ça. Je me détendrai quand on sera au Manoir et que les convives commenceront à se restaurer.

— Bon, tout y est ? demanda Denise en prenant la liste des mains de Lucy et en suivant les lignes avec le doigt.

— Je crois.

— Alors, on y va, déclara Elaine en claquant les portes arrière du véhicule.

Les tresses, qui étaient son signe distinctif, bien en place, ses lunettes, nettes pour une fois, glissant sur son nez, son chemisier blanc immaculé mais déjà froissé, son pantalon noir et ses Dr. Martens d'ordinaire violettes troquées pour l'occasion contre des noires, la géologue n'avait jamais eu l'air aussi professionnelle aux yeux de Samson. Mais quand même, elle ne faisait pas le poids à côté de la sobre Denise, avec ses chaussures confortables, son chemisier impeccablement repassé et son pantalon noir. Tout à coup, Samson fut heureux de la présence de la femme d'âge mûr. Si des problèmes survenaient à la chasse – du fait des tentatives de Delilah pour tenir Bernard Taylor à l'œil, ou parce que les clients se permettaient des familiarités avec les serveuses –, le brin d'ADN que Denise partageait avec la formidable Ida Capstick vaudrait de l'or.

Non que Delilah risque de poser un problème, vu qu'elle ne s'était toujours pas pointée. Il consulta en douce sa montre. Bon sang, où était-elle passée ?

— C'est bon, on y va, dit Elaine en faisant au revoir de la main à Samson alors que Denise et Lucy la suivaient vers l'avant du van.

Samson les regarda, un peu perplexe.

— Vous n'oubliez pas quelque chose ? demanda-t-il.

Elles se retournèrent, une blonde, une brune et une femme aux cheveux gris, toutes trois avec le même air intrigué.

— Ou quelqu'un ? explicita-t-il. Delilah m'avait dit qu'on devait se retrouver ici.

Lucy ouvrit de grands yeux.

— Elle ne t'a pas prévenu ? Elle m'a envoyé un texto, ce matin, pour m'avertir qu'elle avait décidé de passer la nuit à Ellershaw. On la récupère au passage.

La ferme Ellershaw, la maison des Metcalfe où les parents de Delilah vivaient avec leur fils Will et sa famille, se trouvait sur Hillside Lane, la route qui conduisait au Manoir de Bruncliffe. Il n'était donc pas déraisonnable qu'ils prennent Delilah en passant plutôt que d'attendre qu'elle revienne en ville pour repartir d'où elle venait. Mais pourquoi ne lui avait-elle pas fait part de son changement de programme ?

— Ah oui. Le truc, c'est que j'avais besoin de…

Samson s'interrompit. Lucy ignorait que Delilah se rendait à la chasse pour tenir Bernard Taylor à l'œil, et si elle l'apprenait, il n'était pas très sûr que ça lui plaise.

— Tu as besoin de quoi ? demanda Elaine, une étincelle dans l'œil. De lui déclarer ton indéfectible amour ?

Denise émit un bruit étranglé et monta dans le van pendant que Samson sentait ses joues le brûler.

— Non. J'avais juste un truc à voir avec elle, c'est tout.

— Bon. Eh bien, envoie-lui un SMS. On a du boulot, nous. Allez, Lucy.

Alors qu'Elaine s'asseyait à côté de Denise, Lucy se pencha vers Samson et lui planta un baiser sur la joue.

— Merci de ton aide.

Samson se contenta de hocher la tête. Il était encore devant le salon de thé lorsque le van tourna à droite et disparut dans Back Street, en direction des collines derrière la ville. Quelque peu préoccupé, il prit le chemin du bureau.

Pas de micro – ou quel que soit l'équivalent dernier cri. C'était ce qui l'inquiétait tant. Il n'aimait pas l'idée que Delilah soit sur une affaire alors qu'il n'avait pas moyen de savoir ce qui se passait. Et puis, en arrivant devant la porte de l'édifice, il eut une illumination.

La ferme Ellershaw. Lucy vivait dans une grange reconvertie, sur la colline en amont. Pour venir travailler, ce matin, elle avait dû passer devant la petite route qui menait à la ferme. Alors pourquoi n'avait-elle pas pêché Delilah à ce moment-là ?

Réfléchissant à cette étrangeté, il entra dans le couloir et fut rapidement accueilli par un braque de Weimar enthousiaste.

— Calimero ! s'exclama-t-il, surpris, alors que le chien lui sautait dessus. Qu'est-ce que tu fabriques ici ?

La réplique fusa depuis le palier du premier étage, faisant sursauter Samson.

— Y s'attend vraiment à c' que c' chien réponde ?

Il leva les yeux et découvrit Ida Capstick plantée là, les bras croisés sur sa maigre poitrine, le visage crispé selon son expression acide habituelle, et un jour où elle n'était pas censée faire le ménage au bureau.

— Tu crois qu'il a compris ?

— Absolument pas.

Elaine jeta un coup d'œil en coin à la dénommée Denise et laissa échapper une sorte de hennissement.

— C'est un sacré détective.

— On ne peut pas lui en vouloir, protesta Lucy tout en engageant la camionnette sur Hillside Lane. Je ne suis pas sûre que j'aurais tilté si on ne m'avait pas prévenue. Franchement, tu as l'air tellement…

— Vieille ?

Sous son déguisement, Delilah jubilait.

— Rondouillarde, suggéra Elaine en pinçant la taille de sa copine serveuse, et sentant une certaine résistance. Cet accoutrement a bien rempli sa fonction.

Accoutrement n'était pas le mot que Delilah aurait employé. Sa métamorphose lui avait pris plus d'une heure, qu'elle avait passée assise fébrilement dans le salon de Phyllis Walker, pendant que l'ex-propriétaire du salon de coiffure opérait sa magie devant un public dissipé. Une perruque, des tonnes de maquillage, un peu de rembourrage de mousse aux bons endroits, et Denise était née.

— Pauvre Samson. Je ne sais pas comment tu as réussi à garder ton sérieux, poursuivit Lucy.

— Moi ? Et toi donc ?

Delilah considéra sa belle-sœur, une femme normalement incapable de proférer un mensonge.

— Tu as menti comme une arracheuse de dents, sans battre un cil !

— C'était amusant, répondit Lucy, hilare. J'ai un peu embelli ta légende, j'ai dit que tu étais une cousine d'Ida. Et Samson a tout gobé !

Delilah en resta bouche bée tandis qu'Elaine partait d'un rire hyénesque en se tapant sur les cuisses.

— Je ne sais pas ce que je donnerais pour voir sa tête quand il comprendra.

— S'il comprend, susurra Lucy. Tu vas le lui dire, Dee ?

— Une fois qu'on sera au Manoir. S'il apprend la vérité après que je l'aurai berné, il aura moins tendance à se faire du mouron. Ou à se sentir obligé de débarquer !

Delilah s'affairait à chausser une paire de lunettes dont l'épaisse monture changeait encore davantage la forme de son visage. Elle tapota la branche de gauche, près de son oreille, tripota son téléphone et le montra à Elaine : le paysage de murets de pierre et de champs en pente visible au-delà du pare-brise défilait sur l'écran.

— Une caméra cachée et un micro dans mes lunettes. Je vais juste lui envoyer un lien, pour l'instant, pour aiguiser son appétit.

Quand sa belle-sœur l'avait approchée, la veille, et lui avait révélé les vraies raisons pour lesquelles elle souhaitait l'aider pour la partie de chasse, Lucy n'avait pas été chaude. Elle avait le souvenir aigu d'une série d'affaires traitées par l'Agence de Recherche des Vallons où la vie de Delilah avait été menacée, la dernière en date étant de loin la pire. Delilah avait protesté que ce n'était pas du tout la même chose, tout en refusant de s'expliquer plus avant. Pour finir, sentant que Lucy allait lui interdire de venir déguisée à l'événement, Delilah lui avait tout avoué.

L'Agence de Recherche des Vallons enquêtait sur Bernard Taylor à la demande de sa femme.

Lucy avait été scandalisée – quoi ? le maire de la ville avait une liaison, et la paisible Nancy Taylor avait décidé de lui coller des détectives aux basques ?! Mais elle comprenait que Delilah affirme que cette affaire était aussi simple qu'anodine. D'autant que tout risque de choux fourrés au poulet mortels était écarté puisque c'était Lucy qui faisait le traiteur.

Cela avait suffi à la faire céder. Elaine Bullock ayant été mise dans la confidence – les deux femmes étant tout à fait capables de garder un secret –, Denise avait été autorisée à prendre la place de Delilah sur la liste du personnel du traiteur.

— Tant que tu ne t'attires pas d'ennuis, c'est tout ce que je te demande, dit Lucy.

— Je ferai de mon mieux, promit Delilah.

Quelques kilomètres plus loin, la route de la ferme Ellershaw apparut sur leur gauche, et en face, celle qui menait au Manoir de Bruncliffe. Il était temps d'entrer en contact avec Samson. Les doigts volant sur son smartphone, Delilah tapa quelques brèves instructions et lui envoya un lien vers l'appli de la caméra espion. Elle attendit quelques secondes et appuya sur la branche de ses lunettes pour éteindre la caméra afin d'économiser la batterie. Si elle voulait que son gadget tienne le coup toute la journée, elle avait intérêt à l'utiliser avec parcimonie. Se sentant comme un vrai agent infiltré, elle fut parcourue par une décharge d'adrénaline. Elle était complètement incognito, et complètement en solo.

— Bonjour, Ida ! lança Samson à la silhouette farouche et familière qui le toisait du haut de l'escalier.

Ayant grandi à la ferme Twistleton, avec Ida et son frère George comme plus proches voisins, il avait appris depuis longtemps que la façade granitique de la femme de ménage cachait un cœur généreux.

— Vous savez qu'on est samedi ?

Elle le fusilla du regard.

— J' rattrape hier matin, vu que j' pouvais pas v'nir, sauf qu'y s'en est même pas rendu compte !

Puis elle donna un coup de menton en direction de Calimero qui se tortillait toujours par terre tandis que Samson lui frottait le ventre.

— Qu'y r'garde son collier.

Samson obtempéra et tira une note de sous le collier du chien. Il contenait un message griffonné par Delilah qui lui demandait de s'occuper de Calimero pendant la journée. C'était tout.

— On dirait bien qu'il est en charge de c' magnifique animal, commenta Ida, révélant sans frémir qu'elle avait lu la note, elle aussi.

— Ça semble bien, en effet, marmonna Samson, se demandant ce qui se tramait.

Il était clair que Delilah était passée au bureau à un moment ou à un autre, ce matin-là, pour déposer Calimero. Et pourtant, elle n'était pas venue au salon de thé lui montrer le système de surveillance qu'elle avait l'intention d'utiliser.

C'était peut-être ça, le truc. Peut-être qu'elle ne voulait pas qu'il ait accès à ce qu'elle s'apprêtait à faire, quoi que ce soit. Delilah Metcalfe allait s'en charger toute seule.

Cette pensée le glaça.

Une sonnerie de téléphone se fit entendre depuis le bureau de Delilah, à l'étage, et Ida laissa échapper un grognement agacé.

— C'te satané truc a pas arrêté d' sonner tout l' temps qu' j'ai été là, maugréa-t-elle. J' vois pas comment une agence d' rencontre peut être aussi occupée à c't' heure-ci, un samedi !

Le téléphone lâcha une dernière sonnerie puis se tut. Ida opina du chef avec satisfaction, comme si son froncement de sourcils courroucé avait réduit la chose au silence.

— Y a un thé d' prêt, lança-t-elle à l'adresse de Samson avant de tourner les talons et de se diriger vers la cuisine de l'étage. Et pis y a du bacon dans le frigo, aussi.

Samson, qui n'avait pas encore pris son petit déjeuner, ne se le fit pas dire deux fois. Il monta l'escalier, Calimero sur les talons.

— Alors il est resté en rade ? demanda la femme de ménage, plantée devant le fourneau alors qu'elle disposait des tranches de bacon dans une poêle, le chien surveillant le moindre de ses mouvements, l'œil humide d'espoir.

— On peut dire ça, répondit Samson en s'asseyant à la petite table, un mug de thé trop fort déjà placé devant lui, avec assez de lait dedans pour lui donner une couleur boueuse peu appétissante.

Il en but quand même une gorgée, ayant fini par accepter, depuis six mois qu'il était de retour à Bruncliffe, que sa conception du thé à la mode du Sud n'aurait jamais de succès auprès de la population locale. Le mug entre les mains, avec le bruit réconfortant du bacon qui crépitait dans la poêle, il laissa ses pensées retourner à l'énigme qu'était Delilah Metcalfe.

Il n'arrivait pas à la comprendre. Elle agissait d'une façon tellement irresponsable en se rendant à la partie de chasse sous couverture, sans personne pour surveiller ses arrières. Ce n'était pas professionnel. Et il était anxieux.

Est-ce qu'il se serait inquiété si elle avait été un homme ? Probablement pas autant. Et puis, songea-t-il pour se rassurer, Delilah était assez grande pour s'occuper d'elle-même. Dieu sait si elle l'avait prouvé au cours des derniers mois, avec les pétrins dans lesquels ils s'étaient fourrés. En plus, Lucy et Elaine étaient avec elle. Et Denise, une femme apparemment sensée, pour autant qu'il ait pu en juger.

Un choc sourd sur la table le ramena dans la cuisine, un sandwich au bacon frit maintenant sous son nez.

— Faut qu'y mange, lui ordonna Ida. L'a l'air à moitié mort de faim.

— Merci.

Il croqua dedans, poussa un gémissement approbateur, les yeux mi-clos de plaisir.

— Vous êtes une star, Ida. Juste ce qu'il me fallait.

La femme de ménage émit un bruit qui tenait du grommellement et de la toux, ce qui était pour elle l'expression du remerciement suprême.

— Alors Lucy est allée à c'te partie de chasse ? questionna-t-elle en déposant par terre une soucoupe avec deux tranches de bacon pour Calimero.

L'une des deux avait déjà été engloutie par le chien reconnaissant avant même qu'Ida retourne à son fourneau.

— Lucy, Elaine et votre cousine Denise aussi, répondit Samson. Ça m'a l'air d'être une femme bien.

Ida le fixa, la spatule en l'air, le front plissé.

— De quoi qu'y parle ? Y a pas de Denise dans la famille.

Samson se figea, le sandwich à mi-chemin de la bouche.

— Vous êtes sûre ?

Il connaissait déjà la réponse à sa question. C'était Ida Capstick. Elle n'avait pas pour habitude de parler en l'air.

Ida eut un reniflement de dérision.

— Y s' trouve que j' connais ma prop' famille. L' a sûrement mal compris. À quoi qu'elle ressemble, celle-là ?

— Une femme d'un certain âge, les cheveux gris, un peu ronde. Rien de particulier, en fait.

— Et elle s'appelle Denise ? J' vois pas qui ça peut être...

— C'est curieux. Lucy avait l'air sûre que c'était votre cousine.

— Quelqu'un s' paye vot' tête, mon garçon, marmonna Ida en reportant son attention sur la poêle et son propre bacon, qui commençait à coller. Et vu l' genre d' boulot qu' vous faites, ça m' soucie. Parce que j' sais pas qui est c'te Denise, mais sûr que c'est pas une Capstick.

— Mais pourquoi Lucy aurait-elle... ?

— Ouais, ça, c'est une drôle de surprise. C' qu'y a, c'est que, vu son pedigree, la jeune Lucy connaît tout l' monde à Bruncliffe. C'est pas comme si c'était une *offcumden*, ou j' sais pas quoi. Elle devrait savoir à quoi s'en t'nir plutôt que d' croire que quelqu'un est d' la famille Capstick si c'est pas vrai.

Avec un mouvement de tête indigné, Ida déposa le bacon sur le petit pain brioché blanc qui attendait, et se retourna. Le moment était mal choisi. Parce qu'à l'instant précis où la femme de ménage se tournait vers lui, Samson – qui, plongé dans ses pensées, regardait son téléphone – se leva en jurant, les yeux écarquillés, envoyant sa chaise valser en arrière et faisant claquer les assiettes posées sur la table. Sa réaction surprit la femme de ménage et le chien qui, ayant depuis longtemps terminé son propre petit déjeuner, lorgnait, plein d'espoir, la dernière tranche de bacon prête à être distribuée.

Ida eut un réflexe malheureux. Déstabilisée, elle fit un bond en arrière, sa main droite eut une secousse, l'assiette qu'elle tenait vola vers le plafond et le sandwich au bacon vola plus haut encore – virevoltant dans l'air tel un frisbee comestible. Elle esquissa un geste pour le rattraper. Trop tard.

L'assiette s'écrasa au sol, éclatant en mille morceaux. Et le sandwich atterrit dans la gueule béante du braque de Weimer affamé.

— Désolé, Ida, il faut que je file, disait déjà Samson en fonçant vers la porte. Allez, viens, Calimero !

Le chien ne fit qu'une bouchée de ce festin inespéré et s'élança à sa suite. On entendit le bruit de six pattes dévalant les escaliers, suivi par le claquement de la porte de derrière. Et puis ce fut le silence.

Ida regarda le sol. L'assiette brisée. La traînée de ketchup. Et sur la table, une mare brunâtre. Il n'avait même pas bu son thé.

La vie était beaucoup moins chaotique avant le retour au bercail de Samson O'Brien. Pourtant, admettait-elle avec une satisfaction inavouée, elle était beaucoup plus intéressante maintenant qu'il était dans les parages. Puis le téléphone dans le bureau de Delilah se remit à sonner. Ida traversa le palier en ronchonnant, direction l'appareil.

La camionnette de la Pâtisserie des Monts avait tourné dans une allée sinueuse, bordée d'arbres, évocatrice de fortune et d'Histoire. Sur la droite, derrière les arbres, on entrevoyait des champs en pente piquetés de moutons à l'air ravi. Sur la gauche, on devinait entre les troncs un parc ondulant des plus alléchants, puis, au détour d'une courbe, la façade impressionnante du Manoir de Bruncliffe se matérialisa.

— Waouh, fit Elaine en apercevant la demeure géorgienne aux murs de pierre qu'escaladait une vigne vierge, les bow-windows sur deux étages contemplant sereinement une terrasse orientée au sud, d'où un escalier descendait vers une pelouse impeccable. Vous vous imaginez vivre là-dedans ?

— Je vois d'ici la tonne de ménage à faire, dit Delilah.

— Je doute qu'ils le fassent eux-mêmes, rigola Lucy en arrêtant le van sur le gravier de l'avant-cour qui flanquait l'énorme résidence.

Devant eux, debout sur le côté de l'imposante entrée, se trouvait Gareth Towler. Magnifique, le grand gaillard était l'archétype du garde-chasse. Ses larges épaules tendaient une veste de tweed marron sur un gilet assorti, une chemise à carreaux et une cravate, un pantalon de golf enfoncé dans des bottes hautes complétant la tenue. À côté de lui se tenaient un épagneul brun-roux, très vif, impatient de se mettre au boulot, et un jeune homme vêtu plus sobrement d'un pantalon de treillis, d'un tee-shirt et d'une polaire, un talkie-walkie à la main.

L'allure de Gareth lui conférait prestance et dignité, mais l'expression de son visage alors qu'il remettait son téléphone portable dans sa poche était celle d'un homme qui faisait un effort pour se contenir. Avec un sombre froncement de sourcils, il laissa le jeune homme sur place et s'approcha du van, le chien trottant à côté de lui.

— Bonjour tout le monde, marmonna-t-il en se penchant vers la vitre ouverte de Lucy.

— Tout va bien ? demanda-t-elle.

Gareth tiqua.

— J'ai un mauvais pressentiment pour aujourd'hui. Je viens d'avoir le directeur du Mearbeck Hall au téléphone.

Il faisait allusion à l'hôtel cinq étoiles avec spa qui se trouvait au sud de Bruncliffe.

— C'est un de mes copains, et il a jugé utile de me prévenir que nos clients étaient de sacrés déconneurs. Apparemment, ils ont décidé que ce serait marrant d'aller prendre un bain de minuit, de sorte qu'ils se sont introduits dans le spa et ont plongé dans la piscine. Et quand le personnel a essayé de les virer de là, c'est parti en vrille. Le directeur a dû venir régler le problème en personne.

— Ils avaient bu ?

— Oui, et pas qu'un peu. Ils ont fait pas mal de dégâts, aussi, ajouta-t-il en grimaçant. Ce n'est pas le genre de comportement qui me réjouit quand je m'apprête à confier des fusils chargés. Si ce n'était pas Rick Procter qui organisait la battue, je serais tenté de tout annuler.

— Tu penses que ça vaudrait mieux ?

Le garde-chasse enleva sa casquette et se gratta la tête, dérangeant sa toison roux foncé.

— Je ne sais pas. Il y a quelque chose qui ne m'inspire pas confiance dans ce groupe.

Il poussa un soupir et remit sa casquette avant de se redresser.

— Enfin, on va bien voir comment ça se passe. Mais pour que vous le sachiez, les filles, j'ai l'intention que ce soit une partie de chasse sans alcool. Pas une goutte, d'accord ? Alors s'ils insistent pour que vous sortiez le tord-boyaux, vous me les envoyez, promis ?

Les trois femmes acquiescèrent. C'est alors seulement que Gareth, intrigué, s'inclina pour regarder la femme mûre assise entre Elaine et Lucy.

— C'est pas Delilah ? demanda-t-il.

— Oh, pardon, fit Lucy. Je te présente Denise. Delilah ne pouvait pas venir.

Gareth tendit son énorme battoir à la nouvelle venue.

— Ravi de vous avoir à bord, Denise. Désolé pour Delilah, ajouta-t-il à l'intention de Lucy. Elle sait se défendre, et ça aurait pu se révéler utile avec cette bande.

Denise sourit. Et reçut en retour un bon coup de coude d'Elaine dans les côtes.

— Je pense que ça devrait aller, dit Lucy. S'il y a le moindre problème, tu seras le premier informé.

— Ouais, bon, rappelez-vous bien – ne vous laissez pas faire par ces gars. Je me fiche de l'argent ou du pouvoir qu'ils peuvent avoir, il est hors de question qu'ils se conduisent mal. Pas à ma partie de chasse.

— Et toi ? demanda Elaine. Tu vas réussir à les gérer ?

Gareth se dérida.

— J'ai fait appel à des renforts, dit-il de façon énigmatique.

Puis il montra de la tête le gamin qui attendait près de la porte d'entrée.

— Bon, je ferais mieux d'aller briefer Tommy. C'est lui qui actionnera les lanceurs aujourd'hui, je dois lui donner les horaires des différents tirs. Alors je te laisse à tes affaires. Le quatrième membre de ton équipe t'attend déjà à l'arrière du Manoir. Bonne chance !

Avec une claque sur le toit du véhicule, il recula et laissa Lucy traverser l'étendue de gravier puis s'engager dans l'allée qui menait vers l'arrière de la demeure. Un soupir de soulagement monta du siège voisin du sien.

— Bon, le premier test est réussi, gloussa Delilah avec nervosité. Gareth n'a même pas tiqué quand il m'a serré la main.

— Il était trop préoccupé pour réfléchir correctement, rétorqua Elaine. Le pauvre bougre. Ces clients ont vraiment l'air charmants. Je suis bien contente de rester coincée à l'office.

Compte tenu de sa propension à la maladresse, il avait été décidé qu'Elaine resterait aux cuisines avec Lucy pour préparer les repas, tandis que Delilah et l'extra envoyée par l'agence d'intérim s'occuperaient de servir les convives. Or à présent, cette organisation troublait la propriétaire de la Pâtisserie des Monts.

— Ça ira pour toi, de travailler au contact de ces clients ? s'inquiéta Lucy en regardant Delilah.

Delilah ricana.

— J'ai grandi avec cinq frères aînés, je te rappelle ! Ce ne sont pas quelques lascars un peu bruts de décoffrage qui vont me déstabiliser. Tu devrais plutôt te soucier de l'extra que l'agence t'envoie.

— Qui *est* le quatrième membre de l'équipe, justement ? Quelqu'un qu'on connaît ? demanda Elaine.

Lucy fit la moue.

— Euh… Plus ou moins.

— Quelqu'un qu'on *connaît* ? insista Delilah. Et mon déguisement ? Personne ne doit découvrir ma véritable identité.

— On n'aura peut-être pas le choix, souffla Lucy en indiquant une silhouette plantée près de la porte sur l'arrière du Manoir. La voilà.

Delilah remarqua les cheveux blonds noués en queue-de-cheval, le visage pâle, les pommettes saillantes et la beauté lumineuse d'une femme qu'elle n'avait pas revue depuis la soirée de Noël. Ana Stoyanovic, l'ancienne directrice de Fellside Court, était de retour à Bruncliffe.

9.

— Toi qui étais censée rester incognito ! s'esclaffa Elaine qui se gondolait encore quand, un peu plus tard, elles apportaient tout le matériel de la réception dans la cuisine. Celle-là, tu me la copieras !

En tant qu'agent infiltré, Delilah suivait une courbe d'apprentissage accélérée. Leçon numéro un : on ne peut pas sauter au cou d'une personne et la serrer dans ses bras sans se griller. Ce qui était exactement ce qu'elle avait fait en voyant Ana Stoyanovic. À la minute où la camionnette de la Pâtisserie des Monts s'était arrêtée, Delilah en était descendue d'un bond et elle avait piqué un sprint vers la jeune femme serbe qui s'était laissé étreindre, assez interloquée, se demandant visiblement qui était la femme sans âge qui la saluait avec un tel enthousiasme. Résultat, elles avaient été obligées de mettre une personne de plus dans la confidence concernant l'enquête de l'Agence de Recherche des Vallons, Ana Stoyanovic ayant souhaité comprendre pourquoi Delilah était si bien travestie.

— Ce qui nous fait le magnifique score de trois minutes entières d'anonymat réussi, déclara Lucy en tapotant sa montre. Blague à part, Delilah, comment comptes-tu berner Taylor et Procter toute une journée ?

— Ça se passera bien, ne t'inquiète pas. Je ne m'attendais pas à voir Ana, c'est tout.

Laquelle Ana s'arrêta net sur le seuil de la porte, les bras chargés de torchons et de linge de table.

— Rick Procter sera là aujourd'hui ?

— C'est lui qui organise tout ça, expliqua Lucy. Il fait la danse du ventre à des investisseurs potentiels – une histoire de nouveau projet immobilier. Pourquoi, ça pose un problème ?

— Je suis désolée, je n'avais pas réalisé. Si j'avais su…

Ana posa son fardeau et se passa une main sur le visage, plus pâle encore que d'habitude.

— Je préférerais qu'il ne sache pas que je suis à Bruncliffe.

— Vous avez peur qu'il fasse pression sur vous pour que vous retourniez travailler à Fellside Court ? demanda Delilah.

Elle savait que Rick, propriétaire de la maison de retraite, s'était retrouvé le bec dans l'eau quand Ana avait quitté la ville sans préavis, et qu'il avait ramé pour lui trouver une remplaçante. Et elle songeait qu'ayant été impliquée dans les assassinats qui avaient ciblé, à Noël, les retraités parmi lesquels elle travaillait, la jeune femme n'était peut-être pas très pressée d'y retourner.

— Parce que si ça peut vous rassurer, le poste est déjà pourvu.

Ana secoua la tête.

— J'y retournerais tout de suite si je ne courais pas le risque que M. Procter découvre la vraie raison pour laquelle je suis partie.

— Parce qu'il n'est pas au courant ?

— Non, répondit Ana avec un sourire en coin. J'ai pensé qu'il valait mieux ne pas raconter à mon patron que je travaillais illégalement grâce au passeport bulgare de ma cousine. Surtout quand le patron est un homme aussi puissant que M. Procter. Ce n'est pas quelqu'un dont on voudrait se faire un ennemi.

Delilah jeta un coup d'œil à Lucy et approuva discrètement. Ana disait vrai. Quand elle avait pris la décision de retourner en Serbie, lasse de vivre dans le mensonge et séparée de son jeune fils, elle avait laissé Rick dans la mouise, et pourtant, elle était là, prête à se mettre au travail comme serveuse, et dans la même tenue – chemise blanche, pantalon noir – que les autres membres de la brigade de la Pâtisserie des Monts. Il était probable que Rick Procter serait intrigué par sa réapparition.

— Mais là, maintenant, vous êtes régularisée, non ? protesta Elaine.

— Oui, oui. Grâce à mon passeport hongrois, merci à mon arrière-grand-père.

— Alors quel est le problème ? Rick comprendrait.

Ana eut une moue dubitative. Elle doutait de la magnanimité du promoteur immobilier, et Delilah partageait ses réserves. Elle avait toujours admiré le self-made man de Bruncliffe, mais depuis quelques mois, elle avait découvert un aspect de Rick qui ne lui plaisait pas. Sous ses dehors affables, il cachait quelque chose d'implacable. Son hostilité ouverte envers Samson n'en était qu'une facette. Et comme si ça ne suffisait pas, Calimero avait une profonde aversion pour lui. C'était l'opinion de son chien qui avait fini par faire pencher la balance. Contrairement à la majorité de la population de la ville, Delilah n'était plus une fan de Rick Procter.

— Même si M. Procter comprenait, répondit Ana d'un ton désabusé auquel son petit accent d'Europe centrale ne les avait pas habituées, il voudra savoir pourquoi je travaille ici en tant que serveuse au lieu de mettre à profit mes diplômes d'infirmière.

— C'est une bonne question, approuva gentiment Lucy. Pourquoi faites-vous de l'intérim ? Vous gagneriez bien mieux votre vie en exerçant votre vrai métier.

— Je n'ai pas les références qui me permettraient de trouver un poste à plein temps, soupira Ana. Tous ceux que j'ai occupés au Royaume-Uni, c'était sous ma fausse identité. J'ai travaillé à temps partiel dans une maison de repos à Skipton, mais en attendant de pouvoir présenter des références solides, je complète mes revenus comme ça, en faisant des extras. Tout cela est encore un peu en suspens. Et puis, je prévois de faire venir mon fils, alors…

Elle écarta les mains dans un geste résigné.

— Donc vous ne voulez pas que Rick, ni qui que ce soit, se mette à faire des vagues qui feraient tout remonter à la surface, conclut Delilah. Compris.

— Je suis désolée, dit Ana à Lucy. L'agence d'intérim pourrait peut-être vous envoyer quelqu'un d'autre ?

Lucy laissa échapper un gémissement à l'idée de perdre un tiers de ses effectifs avant même d'avoir commencé, sachant que la probabilité de trouver une remplaçante au débotté était proche de zéro.

— Vous repartez ? On ne pourrait pas… ? balbutia-t-elle.

— Bien sûr que si, s'exclama Elaine, dénouant son tablier et le balançant à Ana. Tenez, mettez ça. Vous allez prendre ma place dans la cuisine et je ferai le service avec Delilah.

— Génial ! s'exclama Delilah tandis qu'Ana ceignait le tablier, l'air soulagée. Mais tu voulais plutôt dire Denise, non ?

Elaine éclata de rire, renvoya ses nattes derrière ses épaules, remonta ses lunettes sur son nez et adressa un bref salut militaire à Lucy.

— Denise et Elaine au rapport, cheffe !

Lucy Metcalfe considéra ses troupes en s'interrogeant sur ce qui était le plus inquiétant : confier à Elaine et Delilah – l'une comme l'autre gratifiées d'une langue acérée, et pas du genre à se laisser marcher sur les pieds – le soin de servir les clients, ou savoir que lesdits clients, qui avaient déjà la réputation de mal se tenir, auraient libre accès à toute une artillerie.

Plus que jamais, elle regrettait de s'être impliquée dans la partie de chasse de Rick Procter.

Planté sur le parking de l'hôtel Mearbeck Hall, au milieu d'une flotte de luxueux Jaguar F-Pace SVR noirs, Rick Procter commençait à penser que toute cette affaire était une mauvaise idée.

Rectification. Il pensait depuis le début que c'était une mauvaise idée, mais il n'avait pas pu faire autrement que d'en passer par là. À présent, il commençait à se convaincre que c'était vraiment une *très* mauvaise idée.

Les problèmes avaient déjà commencé. Il avait reçu à l'aube un coup de fil du directeur de l'hôtel – avec qui il avait beaucoup travaillé par le passé et entretenait encore de bonnes relations d'affaires –, lequel lui avait signalé sur un ton glacial que ses hôtes avaient causé des dégâts au cours d'une sévère fiesta nocturne, et que M. Procter pouvait s'attendre à recevoir une demande de dédommagement substantielle en plus de la facture du séjour. Il avait ajouté qu'il honorerait la réservation et les hébergerait le soir comme convenu, mais que ce serait la dernière fois.

Le truc, c'est que la bande de types qui mettaient le bazar à l'hôtel n'étaient pas les invités de Rick. Ce n'était pas non plus des investisseurs intéressés par ses projets immobiliers à Bruncliffe, comme il le prétendait. Non, les hommes que Rick allait recevoir pendant ces prochaines vingt-quatre heures étaient ses patrons, raison pour laquelle, malgré ses réticences, il n'avait pas eu d'autre option que de faire leurs trente-six volontés. Lesquelles étaient de passer un week-end à la campagne, à jouer les gentlemen anglais, et d'en profiter pour aller inspecter leurs opérations dans cette région reculée du pays. Des opérations qui n'étaient autres que des fermes de cannabis gérées par Rick et Bernard.

Le plan comportait trop d'écueils potentiels – le risque que ses invités se fassent arrêter n'étant pas le moindre. Pourtant, ce qui inquiétait le plus Rick, c'était que ce séjour avait été entièrement dicté par des motifs plus pragmatiques – et potentiellement mortels.

Au cours des derniers mois, plusieurs incidents avaient pu alarmer ses boss. Le problème à la propriété de Leeds, pour commencer : l'innocente intrusion de Samson O'Brien dans la vaste demeure de Roundhay qui avait provoqué le déménagement de l'installation dans les Vallons reculés. Et avait, par la même occasion, envoyé l'un des gardes responsables de l'incident flotter sur le ventre dans un canal.

Rick et Bernard évoluaient déjà en terrain dangereux. Rick s'était occupé lui-même du dernier incident, pas assez fou pour pousser le bouchon trop loin avec les types pour qui il travaillait en leur révélant une nouvelle anicroche dans l'opération Bruncliffe. Mais s'ils en avaient entendu parler ? Et s'ils avaient appris que Pete Ferris avait pris des photos de la toute nouvelle installation de Henside Road et essayé de les faire chanter ?

Ce qui ramenait à la question de la véritable raison de cette visite : un voyage d'affaires ou un week-end pour régler certains détails ?

Rick tira sur le col de sa chemise à carreaux, en proie à une sensation d'étouffement qui ne devait rien à la cravate nouée autour de son cou. Cette impression de manque d'air s'accentua quand il vit Bernard Taylor approcher depuis l'autre bout du parking.

Vêtu comme Rick pour l'occasion, mais ne possédant pas une once de son aisance naturelle. Sa silhouette râblée était un peu ridicule dans le pantalon de golf et la veste assortie qui le boudinaient. Il ressemblait davantage au crapaud du *Vent dans les saules* qu'à un membre de l'aristocratie anglaise. Même de loin, Rick voyait qu'il était en nage. Et le bonhomme n'était pas encore au courant de la véritable identité de leurs invités.

— Bonjour, dit Rick.

Taylor inclina la tête, le teint cireux, l'air tourmenté, comme s'il était le gibier de cette partie de chasse.

— Ils sont en retard, marmonna-t-il.

D'une main tremblante, il sortit un mouchoir pour s'éponger le front et le fourra dans sa poche.

Seigneur. De mieux en mieux.

— Il faut que je vous prévienne, commença Rick tandis que des éclats de voix se faisaient entendre depuis l'entrée de l'hôtel. Les hommes que nous emmenons au Manoir sont un peu plus que des investisseurs.

Taylor se tourna vers lui, des gouttes de sueur se reformant sur le front qu'il venait d'éponger.

— Comment cela ?

— Ce sont les frères Karamanski. Ils sont venus pour affaires, et m'ont demandé s'ils pouvaient en profiter pour nous rencontrer.

La seule évocation de ce nom suffit à pétrifier le maire, qui en resta le bec ouvert. Sa paupière supérieure gauche agitée par un tic était le seul mouvement de son visage figé.

Rick haussa une épaule comme si ce n'était qu'une banale opération de relations publiques parmi tant d'autres dans sa vie professionnelle. Comme si son cœur ne cognait pas contre ses côtes à la perspective de passer la journée à faire son numéro de funambule avec ce boulet de Taylor qui menaçait de les entraîner tous les deux dans l'abîme.

Mais il n'avait pas eu le choix. Si Taylor était là, c'était à la demande expresse des hommes qu'ils s'apprêtaient à rencontrer. Cet ordre inquiétait Rick plus qu'il n'aurait voulu le reconnaître, les deux frères n'ayant jamais paru intéressés de rencontrer Bernard auparavant. Alors pourquoi maintenant ?

L'affolement de Taylor se traduisit par un bredouillis paniqué.

— De quoi s'agit-il ? Ils l'ont dit ? Bon sang, pourquoi ne m'avez-vous pas prévenu… ?

— Du calme ! Ce n'est pas le moment !

Rick serra le bras de son partenaire si fort qu'il réussit à lui imposer silence.

— On va aller au bout de cette satanée journée, et quand ce sera fini, j'aurai tout réglé. Je vous le promets.

En fond sonore, les exclamations se firent plus tonitruantes, les portes de l'hôtel s'ouvrirent, et Rick sentit que Taylor pesait le pour et le contre, se demandant s'il devait prendre la fuite ou non – ce qui était justement pourquoi Rick ne l'avait pas prévenu de ce qui l'attendait. Si Taylor s'était défilé ce jour-là, il les aurait mis tous les deux en danger.

Il le secoua.

— Bernard, j'ai besoin de savoir que vous êtes avec moi sur ce coup-là.

Taylor dégagea son bras de la poigne de Rick.

— Bon Dieu... Oui ! Oui ! lâcha-t-il d'une voix étranglée par le stress.

Le tapage augmenta encore, et un groupe d'hommes apparut dans le soleil printanier. Quatre armoires à glace, des gardes du corps visiblement, ouvraient la voie, blouson de cuir noir tendu sur des pectoraux qui devaient autant aux stéroïdes qu'au levage de fonte dans une salle de sport. Mais leurs muscles ne faisaient pas le poids à côté de la puissance à l'état pur qui irradiait des six hommes qui leur emboîtaient le pas.

Et plus particulièrement de deux d'entre eux, les plus petits du groupe. Niko et Andrey Karamanski, frères dans la vie, partenaires dans le crime. Ils n'étaient peut-être pas aussi costauds que leurs acolytes, en revanche il émanait d'eux quelque chose d'énergique, de dense, une intelligence vive, vibrante. Et très inquiétante. Ces gars mettaient Rick mal à l'aise, même quand ils souriaient comme à présent. Surtout quand ils souriaient.

Il les avait déjà rencontrés une fois, et il en était sorti impressionné. Terrifié, même, par leur façon de gérer les affaires – implacable. Et voilà qu'ils étaient là, sur son territoire, l'œil scrutateur, à scanner les environs tout en se moquant de leurs camarades dissipés. Les hommes traversaient le parking. Pas de pantalons de golf mais des tenues de camouflage dans les marron, des lunettes noires et des rangers. Un groupe de mercenaires, ni plus ni moins. La démarche légèrement chaloupée, l'attitude arrogante, tout dans leur personne respirait le danger.

Rick jeta un coup d'œil à l'homme qui se trouvait à côté de lui. Il regardait le groupe approcher avec l'enthousiasme d'un mulot tombé dans un nid de vipères.

— Sacré bon sang, Bernard, détendez-vous ! siffla Rick.

Tandis que Taylor s'efforçait de masquer son anxiété en grimaçant un sourire, Rick eut le pressentiment que cette journée allait mal finir.

Samson se serait flanqué des coups de pied. Tout en essayant de convaincre son véhicule d'emprunt de gravir la colline à la sortie de la ville, il ne pouvait que s'amuser de la façon dont il s'était fait berner. Les cheveux gris, les yeux bleus, et le corps qui n'avait rien à voir avec la silhouette athlétique de Delilah…

— Ça, mieux vaut ne pas trop y penser, hein, mon gars ? murmura-t-il à son compagnon.

Affalé sur le siège arrière, Calimero acquiesça d'un aboiement.

Il avait mis un moment à piger, il devait bien l'admettre. Et sans le message de Delilah arrivé au moment précis où Ida niait l'existence d'une certaine Denise au sein de la dernière fournée Capstick, il n'aurait pas percuté. Mais quand il avait ouvert le lien que Delilah lui avait envoyé et compris ce que filmait sa caméra, ça avait fait *tilt*. Ce n'était qu'un petit bout de vidéo, avec un son nul, quasiment réduit à un affreux grésillement, puis l'écran était devenu noir. Pourtant, cela avait suffi.

Parce que la vidéo avait été prise sur la route qu'il empruntait à l'instant même, Hillside Lane. La route qui conduisait au Manoir de Bruncliffe et, bien sûr, à la ferme Ellershaw où Lucy était censée récupérer Delilah. Cette route, Samson la connaissait par cœur. En fait, il avait le doux souvenir de l'avoir gravie un jour de décembre, les murets de pierre grise se détachant sur la toile blanche des champs couverts de neige, sur sa Royal Enfield écarlate, un éclair de couleur sur une palette monochrome. Et derrière lui, sur la selle, Delilah, les bras bien serrés autour de sa taille, qui s'enchantait de la beauté du jour.

Il avait donc immédiatement reconnu le paysage ondoyant filmé à travers le pare-brise de la camionnette de la Pâtisserie des Monts. Il avait aussi remarqué que le croisement pour la ferme Ellershaw était encore à quelque distance. D'où la question suivante : comment Delilah pouvait-elle lui envoyer une vidéo en live depuis l'intérieur de la camionnette alors que personne n'était encore passé la prendre ?

Il ruminait cette énigme tout en écoutant distraitement Ida poursuivre sa diatribe sur les usurpateurs de relations familiales. Et quand elle s'était étonnée qu'une Lucy Metcalfe, avec son hérédité bruncliffienne, se soit mélangé les pinceaux dans la généalogie locale, Samson avait poussé le raisonnement plus loin.

Comment une Lucy génétiquement codée pour intégrer la base de données des familles de la ville pouvait-elle prétendre que Denise était apparentée à Ida alors que c'était faux ? À moins qu'elle n'ait voulu doter d'une identité crédible une femme qui n'était pas celle qu'elle prétendait être, et n'ait, comme beaucoup de débutants, commis l'erreur d'enjoliver un peu trop… Ce qui signifiait que Denise n'était pas Denise. Et donc…

Satanée Delilah !

La révélation de l'identité de Denise avait propulsé Samson vers la porte, Calimero sur ses talons. Inquiet pour Delilah, qui allait jouer les agents infiltrés pour la première fois de sa vie, il allait se rapprocher du théâtre des opérations. Et vu que son partenaire actuel n'était pas du genre à monter en selle, contrairement à la femme qui l'avait accompagné en cette journée de décembre,

Samson avait opté pour le plan B : sortir par la cour de derrière, passer devant sa moto inutile, s'engouffrer dans la ruelle et piquer un sprint jusqu'au pied du Crag. Sous la falaise de calcaire, il haletait derrière Calimero qui avait bien deviné où ils allaient. Pourtant, quand ils arrivèrent devant le cottage de Delilah sur Crag Lane, Samson n'entra pas dans la courette de devant comme le braque l'avait imaginé. Il fit le tour jusqu'à la Nissan Micra rouge garée à l'arrière de la maison.

Priant pour que sa propriétaire n'ait toujours pas tenu compte de ses conseils élémentaires de sécurité, Samson glissa la main dans le passage de roue avant, côté conducteur, et palpa le pneu. Jackpot ! La clé. Soulagé, il ouvrit la portière et fit monter Calimero à l'arrière. Sans attendre l'autorisation d'emprunter la voiture de Delilah – emprunt justifié par la tromperie du matin –, Samson recula le siège conducteur jusqu'à une distance plus adaptée à un être humain normal et traversa la ville à toute blinde. Dix minutes plus tard, homme et bête étaient presque arrivés à destination. À condition que la voiture consente à s'acquitter du dernier bout de côte.

— Allez, allez…, marmonnait Samson au moteur réfractaire à la déclivité.

Dans le rétroviseur, il vit trois 4 × 4 Jaguar noirs qui se rapprochaient très vite, gravissant la colline à une allure que la petite Micra n'aurait même pas assurée sur du plat, évoquant l'image d'un cortège présidentiel.

Trop vite, en réalité. Parce qu'un peu plus loin, la route décrivait un virage invisible sur le flanc de la colline et que les Jaguar n'auraient pas le temps de le dépasser avant.

Samson colla le pied au plancher dans l'espoir de pousser la Micra. Les véhicules noirs étaient presque sur lui. Et le virage approchait. Mais ils ne faisaient pas mine de vouloir ralentir, et la voiture de tête était si proche à présent qu'il en distinguait les occupants. Deux malabars sur les sièges avant, deux autres silhouettes à l'arrière.

— Moins vite ! cria-t-il au rétroviseur, l'imposant capot de la Jaguar lui bouchant la vue.

Dans un crissement de pneus et un hurlement de moteur, la première voiture déboîta et le doubla, réduite à une image floue de verre et de métal noir. Dans sa roue, le deuxième 4 × 4 accéléra et se rabattit en lui faisant une queue de poisson.

Le troisième véhicule était resté derrière lui ; et il y resterait. Car dans le virage, juste devant lui, venait d'apparaître l'énorme masse d'un camion de collecte laitière.

Or le 4 × 4 était d'un avis différent. Dans un rugissement de moteur survitaminé, la Jaguar entreprit de le dépasser.

— Bon Dieu ! Qu'est-ce que… ?

Samson freina pour lui laisser la place de se rabattre tout en se préparant à l'inévitable collision avec le camion de laiterie qui fonçait droit sur eux. Il risqua un coup d'œil latéral et intercepta le regard malveillant d'un homme qui le lorgnait depuis la lunette arrière, une épaisse cicatrice bien visible sur son crâne rasé, deux doigts et le pouce mimant un pistolet pointé sur lui, Samson. À la place du mort, Bernard Taylor, pétrifié, avec une expression de terreur absolue, les mains à plat sur le tableau de bord. Et là-dessus, le hurlement du klaxon du camion laitier, des appels de phares, le gémissement des freins, le chauffeur n'ayant aucune échappatoire sur cette route étroite et bordée de murets en pierre, sinon l'à-pic.

Tout eut l'air de ralentir quand, à quelques secondes de l'impact, la Jaguar se rabattit sèchement à deux doigts de la Micra et disparut dans le virage.

— Oh bon sang ! marmonna Samson, le cœur battant, les mains moites crispées sur le volant, tandis que le camion laitier le croisait dans un rugissement, son chauffeur livide et réprobateur.

Dans le rétroviseur, Calimero avait l'air stressé par toute cette agitation.

— Tout va bien, mon gars, lui murmura Samson avant de relâcher la pédale de frein et de poursuivre son ascension.

En réalité, Samson était loin de penser que tout allait bien. Parce que le convoi de Jaguar conduites par des dingues abritait les hommes qui se rendaient à la partie de chasse. Et qu'ils allaient passer la journée à jouer avec des fusils chargés.

Il avait décidé de monter à Hillside Lane pour pouvoir prêter main-forte à Delilah au cas où son travestissement serait percé à jour, mais à présent la possibilité qu'elle soit démasquée n'était plus sa principale crainte. Maintenant, il redoutait qu'elle et sa brigade ne sortent pas indemnes de cette journée.

10.

— Arrête de te gratter la tête, enfin ! On va croire que tu as des poux ! grinça Elaine en suivant sa camarade serveuse hors de la cuisine.

Elles traversèrent la salle de petit déjeuner et empruntèrent le long couloir qui menait au vaste hall du Manoir de Bruncliffe.

Delilah portait d'une main un plateau de grogs sans alcool bouillants, l'autre étant occupée à farfouiller dans son postiche gris pour soulager les atroces démangeaisons qui lui brûlaient le crâne.

— Je n'y peux rien, murmura-t-elle. Cette saleté de perruque me rend folle.

Et pas que la perruque. Il y avait aussi les couches de maquillage qui lui donnaient l'impression que son visage, peu habitué à ce traitement, était en plastique et menaçait de se fendre lorsqu'elle souriait, exercice qui se réduisait à un pénible rictus. Ajoutez à cela le rembourrage en mousse sous lequel elle crevait de chaud, et Delilah était loin d'être à la noce. À ce rythme, le texto qu'elle venait d'envoyer à Samson pour lui révéler son identité d'agent infiltré risquait d'être superfétatoire vu qu'elle était en grand danger d'arracher le tout pour respirer un peu. Et la journée n'avait pas encore commencé.

Elle administra une dernière bonne grattouille à son cuir chevelu, faisant périlleusement s'entrechoquer les verres posés sur le plateau. Elle n'eut que le temps de remettre sa deuxième main dessous pour leur éviter de s'écraser sur les dalles noires et blanches du sol.

— Et on dit que c'est *moi* qui suis maladroite ! se moqua Elaine, férocement agrippée au plateau de petits pains fourrés qu'on lui avait confié, sachant qu'une Lucy stressée la truciderait si elle les laissait tomber.

Chacune de ces merveilles étant un délicieux tourbillon de pâte, de saucisse et d'œuf, la serveuse faisait aussi de son mieux pour ne pas baver dessus.

— Parfait timing, mesdames ! s'exclama Gareth Towler en les saluant depuis les marches qui desservaient l'allée principale, les doubles portes du Manoir largement ouvertes laissant entrer la chaleur de l'air printanier.

Comme elles le rejoignaient sous le portique voûté, l'épagneul se tourna avidement vers elles, la truffe en alerte, humant l'air.

— Ça sent bon, hein, Bounty !

— Lucy a opéré sa magie habituelle, acquiesça Elaine.

Elle présenta son plateau au garde-chasse pour qu'il puisse admirer les petits pâtés délicieusement parfumés.

— Je ne suis pas sûre de pouvoir résister beaucoup plus longtemps à la tentation d'y goûter !

Gareth poussa un gémissement compatissant.

— Heureusement que nos invités sont attendus d'une minute à l'autre.

Sur ces mots, le bruit d'un véhicule approchant monta de l'allée masquée par les arbres. Debout un peu en retrait derrière Elaine, toujours pas convaincue que son déguisement résisterait à un examen attentif, Delilah tapotait distraitement la branche de ses lunettes pour activer la caméra au moment où une Land Rover qui en avait vu de toutes les couleurs arrivait.

— Ah, voilà mes renforts ! se réjouit Gareth.

— Batman et Robin ? ironisa Elaine.

Gareth laissa échapper un grand rire.

— L'équivalent pour Bruncliffe !

Elaine était radieuse, quant à Delilah, elle ne se sentait pas d'humeur à plaisanter. Au contraire, ses genoux menaçaient de la lâcher et elle avait l'impression que ses jambes se liquéfiaient. Car deux hommes sortaient de la Land Rover, l'un grand et délié, l'autre trapu et sombre. Tous deux étaient en pantalon, chemise et gilet kaki, parés pour la chasse. Tous deux portaient leur fusil cassé sur le bras. Et tous les deux étaient ses frères.

— Will et Ash Metcalfe ! s'exclama Elaine, sincèrement surprise, avec un coup d'œil en coin à sa collègue, alors que les deux hommes venaient vers eux.

— *Aye*, fit Gareth. Je ne voyais personne de mieux pour m'épauler en cas de grabuge. Salut, les gars !

— C'est ça, les ennuis que tu craignais, Gareth ? demanda Ash, un large sourire fendant son visage à la vue d'Elaine Bullock et remarquant à peine la femme qui se trouvait à côté d'elle. C'est vrai qu'elles ont l'air assez pénibles.

Puis il repéra le plateau de feuilletés et laissa échapper un sifflement.

— Dites donc, Lucy s'est surpassée. Ça a l'air exceptionnel !

Mais si Ash n'avait d'yeux que pour Elaine et ses petits pâtés, Will Metcalfe était d'une autre farine. Il dévisageait l'inconnue plantée sur le perron.

— Je ne crois pas que nous ayons été présentés, déclara-t-il.

Le regard verrouillé à celui de son frère aîné, Delilah réussit à piauler une réponse.

— Denise, dit-elle, ce mot accompagné par le léger tintement des verres qui s'entrechoquaient sur le plateau qu'elle tenait.

Samson arriva juste à temps pour assister à la scène.

Sachant qu'il ne pouvait pénétrer sur le domaine du Manoir de Bruncliffe sans attirer les soupçons et peut-être effrayer Bernard Taylor, il se gara devant l'embranchement pour la ferme Ellershaw. Face à l'allée du Manoir, il était assez près pour intervenir en cas de problème, tout en restant hors de vue. Et puis ce n'était pas seulement Bernard qu'il craignait d'alarmer – il ne voulait pas non plus trahir Delilah en se montrant. Autant lui claironner qu'il n'avait pas confiance en sa faculté de mener à terme le stratagème qu'elle s'était donné tant de mal à élaborer. Il décida donc de se poster là. Il coupa le moteur, caressa Calimero pour le calmer après la tension du trajet, et consulta son téléphone portable.

Il avait reçu un texto de Delilah qui confessait sa fausse identité et lui recommandait de ne pas s'en faire. Et de ne pas venir. Ça l'amusa. Comme elle le connaissait bien… Puis le flux vidéo reprit. Et ce qu'il vit lui arracha un juron.

Will et Ash Metcalfe s'approchaient de Delilah.

Ça pouvait fiche tout le plan en l'air.

C'est à peine s'il put regarder s'avancer les deux hommes, convaincu qu'il était d'assister à la fin prématurée de l'opération d'infiltration. Certes, elle avait réussi à le duper le matin même, mais Delilah était maintenant face à ses frères, et c'était une autre paire de manches. Surtout qu'elle était, de notoriété publique, une menteuse exécrable.

— Allez, Delilah…, murmura-t-il.

Ash prononçait quelques mots et ne jeta qu'un bref coup d'œil à la caméra invisible avant de reporter son attention sur Elaine Bullock. Jusque-là, tout allait bien. Et puis Will regarda droit dans l'objectif avec l'intensité dont il était coutumier, un genre de regard qui aurait mis n'importe qui mal à l'aise.

— Je ne crois pas que nous ayons été présentés, disait-il.

Samson perçut la tension dans la réponse de Delilah. Et elle avait toutes les raisons d'être nerveuse, parce que

Will Metcalfe était l'un des individus les plus astucieux que Samson ait jamais rencontrés.

— Denise ? Vous n'êtes pas de Bruncliffe ?

C'était à la fois une affirmation et une question, émises par un Will embrochant Delilah de son œil acéré.

— Non… Je ne suis pas…, fit-elle d'une voix frémissante, paniquée.

— Elle est envoyée par l'agence, répondit Elaine, coupant court à la réponse bredouillante de Delilah. C'est un interrogatoire, Will ?

Will se tourna vers Elaine, et Samson entendit le doux frémissement d'un souffle libéré. Auquel se superposa un bruit de moteurs, léger au début, puis de plus en plus sonore.

— Ah, les voilà ! lâcha Gareth en parcourant des yeux le groupe de ses employés. Vous vous souvenez, tout le monde, au premier dérapage, vous me prévenez. D'accord ?

Personne n'eut l'occasion de répondre. Parce qu'à cet instant, trois Jaguar surgirent du virage et vinrent s'arrêter devant le Manoir dans un crissement de pneus et un giclement de gravier. Les portières s'ouvrirent à la volée sur certains des plus grands malabars que Samson ait jamais vus. Plus ennuyeux encore, il avait vécu une partie de sa vie dans les bas-fonds et reconnaissait dans ces gars des spécimens d'une espèce particulièrement menaçante.

Paradoxalement, il se réjouit que Will et Ash Metcalfe se trouvent au Manoir de Bruncliffe.

— Seigneur ! fit Ash, tout bas en voyant les hommes qui se dépliaient hors des 4 × 4. À côté de ces gars, Rambo était un rigolo.

Ils étaient dix, huit d'entre eux largement assez balèzes pour gagner leur vie comme boxeurs poids lourds ; et à en juger par quelques nez tordus, ce n'était pas seulement leur taille qui en faisait des candidats plausibles pour le ring. Si les deux autres étaient plus petits, ils affichaient une assurance qu'ils ne pouvaient tenir que de leur pouvoir. Aucun des membres du groupe n'était le genre d'individu que les frères Metcalfe auraient voulu croiser dans une ruelle sombre de Leeds, un vendredi soir. Ce n'était pas non plus ce à quoi s'attendait leur comité d'accueil : quatre des hommes étaient en blouson de cuir et les autres en tenue de camouflage. Tous donnaient l'impression de savoir manier les armes. Ils étaient à des années-lumière des gosses de riches amortis qui déboulaient de la capitale pour une partie de chasse à la campagne.

Un Rick Procter très classe et un Bernard Taylor au teint blafard complétaient le tableau.

— Bienvenue au Manoir de Bruncliffe, déclara Gareth en descendant quelques marches pour les accueillir, Delilah et Elaine lui emboîtant le pas avec les plateaux de grogs aromatisés et de petits feuilletés.

Les deux hommes les moins baraqués s'avancèrent, main tendue, alors que Rick Procter faisait les présentations.

— Nikolay et Andrey, je vous présente Gareth, qui va diriger la battue aujourd'hui.

— Appelez-moi Niko, je vous en prie, invita l'aîné des frères en serrant la main du garde-chasse, son accent trahissant une origine étrangère.

L'homme avait quelque chose de captivant, avec son sourire chaleureux, et une autorité naturelle qu'on devait rarement remettre en question, songea le garde-chasse.

— Bienvenue dans les vallons du Yorkshire, dit Gareth. Vous arrivez de loin ?

— De Bulgarie, répondit Niko. Avec un détour par l'hôtel Mearbeck Hall.

Le rire de Rick Procter accompagna les propos de Niko. Un peu forcé, pour faire sentir au garde-chasse qu'il ne fallait pas se laisser endormir par les manières affables du Bulgare. Gareth avait eu suffisamment affaire à Rick au fil des ans pour savoir que c'était un businessman qui n'avait pas froid aux yeux. Or ici, il était sur ses gardes. Quant à Bernard Taylor…

Le maire était planté un peu en retrait du groupe, un rictus figé sur le visage. On aurait cru un personnage raté d'un musée de cire.

— Bon, fit Gareth, puisque Niko ne faisait pas mine de lui présenter le reste du groupe. Eh bien, nous allons manger un morceau et puis je vous expliquerai certaines des règles de base.

Il fit signe à Delilah et Elaine, qui s'avancèrent en présentant leurs plateaux. Le plus grand des hommes, dont le côté gauche du cuir chevelu était barré d'une cicatrice blanche, les dévisagea, secoua la tête en signe de désapprobation, et lâcha en bulgare une blague qui lui valut des braillements gras de la part des autres.

— J'ai le sentiment que ce n'était pas flatteur, murmura Elaine à l'oreille de Delilah.

— Pas très, non, chuchota Delilah, mal à l'aise, alors que les hommes commençaient à se servir des verres et des petits pâtés en riant encore et en bavardant entre eux.

Tout à coup, elle se félicita de la barrière protectrice que le rembourrage étouffant et la perruque qui la démangeait lui fournissaient contre les avances importunes.

Le type allait leur poser un problème. Samson examina les images avec une inquiétude croissante, les yeux rivés sur le grand Bulgare, l'homme qu'il avait vu dans la dernière Jaguar qui l'avait doublé pleins gaz. Pendant que Gareth leur expliquait les règles, récapitulant les mesures de sécurité de base, le type faisait constamment des apartés, blaguant comme le clown de la classe. Et quand le garde-chasse annonça que l'alcool serait rigoureusement prohibé pendant la journée, l'homme leva les yeux au ciel et se tapota la poche avec un sourire en coin.

Gareth ne parut pas le remarquer, mais comme la caméra espion était braquée sur l'homme à la cicatrice, l'attention de Delilah devait se fixer sur lui. Au moins, et c'était une consolation pour Samson qui se sentait de plus en plus frustré de ne pas être à ses côtés, elle avait dû identifier le personnage comme un potentiel fouteur de merde. Quant à Bernard Taylor, le vrai sujet de la filature de l'Agence de Recherche, rien dans son comportement ne permettait de penser que cette sortie était autre chose que ce qu'elle était censée être : une occasion de se faire mousser auprès d'investisseurs potentiels. Il avait plutôt l'air d'être dépassé par la situation. Il avait les traits tirés, son rictus s'effaçait quand personne ne le regardait. Quoi que Nancy Taylor ait pu soupçonner en matière de relations extraconjugales, rien n'allait en ce sens à ce stade.

Peut-être serait-il plus raisonnable d'appeler Delilah et de lui souffler de quitter les lieux ?

Cependant, il restait la question du sac rempli de billets… Peut-être que la journée permettrait d'en éclairer l'origine ? Par ailleurs, Samson savait que s'il suggérait à son équipière de renoncer aussi tôt dans l'enquête, il s'attirerait une réponse bien sentie.

Il espérait simplement qu'une fois les invités en route pour la première battue, Elaine et Delilah pourraient regagner la cuisine.

— Bon, allons nous équiper, annonça Gareth, et le groupe s'éloigna vers l'arrière de la maison.

— Tiens, prends ça, entendit-il Delilah murmurer à Elaine en lui passant son plateau.

Et à la grande consternation de Samson, elle suivit les hommes.

Le premier signe de sédition survint dans l'armurerie, des écuries reconverties à l'arrière du Manoir. Avec un ricanement guttural, dédaigneux, l'homme à la cicatrice prit un fusil et maugréa quelque chose à l'oreille de Niko.

— Il y a un problème ? demanda Gareth.

Niko eut une sorte de petite moue.

— Mon cousin Milan est plus habitué aux kalachnikovs.

— Ah. Eh bien, on ne tire pas trop avec, dans nos contrées, fut la réponse sèche. Et puis il faut plus d'habileté pour tirer les pigeons d'argile avec un fusil.

— Des pigeons d'argile ? releva Niko en fronçant les sourcils, ses yeux passant du garde-chasse à Rick Procter. On va tirer des pigeons d'argile ?

Rick, tendu, écarta les mains en signe d'excuse.

— J'allais vous l'annoncer, répondit-il, la gorge nouée. Ce n'est pas la saison pour tirer le gibier à plume.

— Je vois.

Ces deux mots, lapidaires, furent démentis par un sourire aimable, Rick se dandinant un peu d'un pied sur l'autre, visiblement mal à l'aise. Le Bulgare se tourna vers Gareth.

— Ce n'est vraiment pas possible ? Il n'y a pas moyen de vous faire changer d'avis ? Quelques oiseaux. Qui le saura ?

Gareth croisa ses larges bras sur son torse puissant.

— Impossible. Pas de gibier. Les règles sont les règles, et si ce n'est pas moi qui les fais, je ne les enfreins pas non plus. Alors, on tire des plateaux ou non ?

— On tire des plateaux. On a fait une trop longue route pour ne pas tirer du tout, hein les garçons ?

Niko faisait bonne figure à ses amis, mais le regard qu'il posa sur Rick était en silex.

Le dénommé Milan, pas aussi conciliant, émit un grognement de dégoût. Qu'il fit suivre d'une tirade en anglais :

— On aurait dû rester chez nous pour chasser. Des sangliers, des cerfs, des oiseaux ! Pas de règles stupides !

Niko aboya quelque chose abruptement en bulgare, et Milan se détourna, referma le fusil, le passa par-dessus son épaule et se dirigea à grands pas vers la porte, où Will Metcalfe l'attendait.

— Veuillez casser votre fusil, je vous prie, dit Will, une main tendue pour l'arrêter, l'autre main indiquant l'arme. On ne se promène pas avec un fusil chargé sans le casser. Simple question de sécurité.

Milan se figea, toisa Will, qui lui arrivait à peine au menton, puis il y eut un long silence, Will soutenant le regard de l'homme sans frémir. Enfin, d'un air provocant, le Bulgare enleva lentement le fusil de son épaule de sorte qu'il fut brièvement braqué sur Will, avant de le casser. Il le reposa de manière appuyée au creux de son bras et, sur un salut moqueur, franchit la porte.

— Tout le monde est prêt à partir ? lança Gareth en feignant un enthousiasme qu'il était loin d'éprouver.

Comme un groupe d'adolescents boudeurs, les hommes quittèrent l'armurerie en file indienne, sous le contrôle vigilant de Will devant lequel ils passaient, jusqu'à ce qu'il ne reste plus que Bernard Taylor.

— Tenez, dit Gareth en lui tendant le dernier fusil. J'imagine que vous ne voulez pas une kalachnikov ?

La blague n'amusa pas le maire. Au contraire, il saisit l'arme en jetant un regard noir au garde-chasse.

— Ce n'était pas si difficile d'accepter, cracha-t-il. Comme disait ce gars, quelques oiseaux… Personne n'aurait remarqué. On est censés offrir du bon temps à ces messieurs.

— Désolé, Bernard. Je n'ai pas l'intention de perdre mon boulot pour faire plaisir à vos investisseurs.

— Continuez comme ça et vous risquez bien de le perdre ! Les plans n'ont pas encore été approuvés ! rétorqua le maire avant de franchir la porte.

Le garde-chasse le suivit des yeux, une vive rougeur montant de sa barbe.

— Seigneur ! Il vient de te menacer, non ? dit Will.

Gareth fit de son mieux pour dédramatiser.

— Politique locale, lança-t-il avec un rire sans joie. Je ne sais pas ce qui est pire – ça ou cette bande de Bulgares. Ils ne vont pas être faciles à gérer.

— Non. Surtout le dénommé Milan. Content que tu nous aies appelés à la rescousse.

— Moi aussi.

Le commentaire venait de derrière le garde-chasse, et il fit volte-face pour voir la serveuse, Denise, dans le coin de la pièce, ses yeux bleus écarquillés derrière ses grosses lunettes.

— Vous ne devriez pas être aux cuisines ? s'étonna-t-il – non seulement de sa présence, mais également parce qu'il ne l'avait pas remarquée.

— Oh… euh… oui… En fait, Lucy m'a demandé de voir si vous vouliez emporter du thé ou du café avec vous.

— Bonne idée. Ça ne fera pas de mal d'avoir quelques rafraîchissements pour cette troupe. Pour se concilier leurs bonnes grâces. Vous pourriez nous apporter ça dans le van ?

— Je vais la conduire, dit Will. Ash n'aura qu'à partir avec toi.

— Très bien. Merci. On se retrouve là-bas.

Bounty sur ses talons, le garde-chasse soucieux se dirigea vers les 4 × 4. Les Bulgares reprenaient déjà place dans leurs Jaguar, le moteur ronflant, attendant qu'il ouvre la voie.

Il ne vit pas l'expression inquiète assombrir fugitivement le visage de la serveuse postée derrière lui, et qui se faisait un sang d'encre à l'idée de faire le trajet en compagnie de Will Metcalfe.

Dans la cuisine du Manoir de Bruncliffe, ça se passait gentiment. Lucy, qui était sur les nerfs depuis le matin quand ils avaient chargé la camionnette, était complètement rassurée à présent qu'elle était dans un environnement familier. Même si ledit environnement ne ressemblait à aucun de ceux dans lesquels il lui avait été donné de travailler jusque-là.

Deux réfrigérateurs, une gigantesque cuisinière La Cornue, noir mat, équipée d'une crédence en inox rutilante, deux fours Miele encastrés, assez de plans de travail pour que trois ou quatre chefs puissent officier tous à la fois sans se marcher sur les pieds, et un immense îlot central qui offrait encore de la place : c'était le laboratoire de ses rêves. Ajoutez à cela une verrière de style orangerie, en verre et métal, qui laissait entrer le soleil de mai, un sol de mosaïque, deux fenêtres qui donnaient sur la cour arrière et le L formé par les écuries, et l'ensemble était magnifique. Après une heure et demie de boulot acharné, de délicieuses odeurs embaumaient l'air et une armée de gâteaux et de pâtisseries était disposée sur l'îlot. Lucy se sentait comme chez elle.

Elle commençait même à fredonner en s'activant. Au grand amusement d'Ana Stoyanovic, qui rinçait la salade dans l'évier et profitait de la chaleur du soleil qui filtrait par la grande fenêtre en arcade devant elle. La bonne humeur de Lucy était contagieuse, et Ana semblait avoir le cœur aussi léger qu'elle. Puis Elaine entra en trombe, heurtant aussitôt l'un des deux plateaux qu'elle portait contre le plan de travail et l'expédiant par terre, où il s'écrasa à grand fracas. Le vacarme du métal sur le sol carrelé interrompit net le fredonnement de Lucy et fit sursauter Ana.

— Désolée, s'exclama Elaine en déposant le deuxième plateau chargé de verres sur le comptoir avant de se pencher pour récupérer celui qu'elle avait laissé tomber.

Elle se releva, ravie.

— Au moins, ce n'était pas celui avec les verres !

Ana éclata de rire tandis que Lucy se contentait d'arborer un sourire chagrin. Puis elle fronça les sourcils :

— Où est Delilah ?

— Dans l'armurerie avec les Bulgares.

— Quels Bulgares ? demanda Ana.

— Les investisseurs immobiliers que Rick a invités à la battue. Ils viennent de Bulgarie, et ils ont l'air un peu dangereux, ajouta Elaine avec un frisson.

Mais Lucy se fichait de l'origine des invités. Tout ce qui l'intéressait était de pouvoir localiser les membres de son équipe.

— Bon sang, qu'est-ce que Delilah fiche dans l'armurerie ? C'est ici que j'ai besoin d'elle, pour aider en cuisine !

Ana se retourna vers l'évier, juste à temps pour voir un colosse en tenue de camouflage sortir à grands pas des écuries et traverser la cour, un fusil dans les mains et une expression farouche sur la figure. Le côté de son crâne présentait une cicatrice irrégulière. Elle ne put s'empêcher de le détailler. De sorte que, lorsqu'il jeta un coup d'œil dans sa direction et la repéra, éclairée par le soleil matinal, elle fut hypnotisée par son regard. Le visage de l'homme se décrispa et prit une expression lubrique tandis que ses collègues émergeaient du bâtiment à sa suite, certains en tenue de camouflage, d'autres en blouson de cuir tendu sur leurs carcasses imposantes. Il se tourna à moitié, la scrutant toujours, et fit un commentaire qui arracha de gros rires à tout le groupe.

Ana baissa les yeux. Laissa tomber dans l'évier les feuilles de salade qu'elle tenait. Et s'écarta de la vitre pour s'enfoncer dans le sanctuaire de la cuisine, à l'abri.

— Ça va ? demanda Elaine en la voyant plantée à côté de l'îlot, une touche rose sur ses joues pâles, et l'air rigoureusement bouleversée.

— Ces hommes, demanda-t-elle, ce sont des investisseurs ?

— D'après Gareth, oui, pourquoi ?

— Parce que je les reconnais. Enfin, pas eux, mais ce genre d'hommes. Les vestes en cuir, leur dégaine…, ajouta-t-elle en frissonnant. Ils font partie de la mafia.

— La mafia ? – Lucy se détourna du four, les sourcils relevés. – Vous êtes sérieuse ?

Ana hocha la tête.

— Sacré bon sang, marmonna Elaine. On ferait mieux de prévenir Delilah.

Inquiète, Lucy Metcalfe observa par la fenêtre le groupe d'hommes qui se dirigeaient vers la cour d'honneur. Si Ana avait raison, ces gars n'étaient pas du genre à apprécier que quelqu'un les épie sous un déguisement. Quoi qu'elle mijote, Delilah Metcalfe avait intérêt à faire très attention, ou elle allait se retrouver dans une situation dont même Samson O'Brien ne pourrait pas l'extirper.

11.

À Bruncliffe, les trois Metcalfe qui avaient pris le relais à la Pâtisserie des Monts abattaient un travail formidable. La femme de Will, Alison, s'occupait des tables, le fils de Lucy, Nathan, remplissait et vidait le lave-vaisselle, et la matriarche du clan, Peggy, accomplissait des merveilles aux fourneaux. Un lot de tartes au lait caillé et deux cakes refroidissaient déjà sur une grille, un plateau de mini-quiches épinards-feta et une série de pâtés à l'agneau et à la menthe étaient en route ; on pouvait donc affirmer que les choses se déroulaient au mieux. Malgré un démarrage calamiteux.

La brigade improvisée avait dû mettre la gomme, car à son arrivée à huit heures du matin, elle était tombée sur un petit groupe de clients qui patientaient déjà devant la porte. Peggy n'avait pas eu le cœur de les laisser attendre une demi-heure dehors avant l'ouverture officielle, surtout qu'il s'agissait de résidents de Fellside Court.

— Que faites-vous là de si bonne heure ? s'était-elle étonnée en invitant la petite troupe à entrer dans le salon de thé. On vous a exclus pour mauvaise conduite ?

La dernière question était destinée à Arty Robinson, qui lui décocha un sourire.

— Pas cette fois, répondit-il sans fournir d'autre explication.

Tout ce petit monde s'était installé à la table près de la vitre. Et avait rapidement commandé des cafés et des pains fourrés. Ç'avait été le catalyseur d'une folle matinée. Des passants, voyant les retraités assis dans le salon de thé, étaient entrés malgré l'heure matinale. Avant même l'ouverture officielle, toutes les tables étaient occupées et, à partir de là, le personnel temporaire n'avait plus touché terre.

Deux heures plus tard, la situation s'était légèrement calmée. À part à la table près de la fenêtre.

— Que crois-tu qu'ils manigancent ? demanda Peggy à Nathan alors qu'ils reprenaient leur souffle derrière le comptoir en observant les retraités qui bavardaient. Ça fait des heures qu'ils sont là, et ils n'ont pas l'air de vouloir déguerpir.

— À mon avis, ils sont en planque.

— Tu rigoles ?

Peggy lança un coup d'œil à son petit-fils, pensant qu'il plaisantait, mais il n'avait vraiment pas l'air de blaguer. Il était avachi sur le comptoir, son long corps enroulé dessus, et dégustait avec délectation un muffin à la myrtille. Son visage était presque la copie conforme de celui de son père au même âge.

— Allons, qu'est-ce qui te fait penser ça ?

Nathan haussa les épaules.

— Depuis le début, ils se relaient pour regarder par la vitre. Et ils boivent beaucoup de café. Signes classiques qu'ils sont en planque, affirma-t-il avec une assurance et une maturité qui n'étaient pas de son âge – quatorze ans, bientôt quinze. Ils doivent être en mission pour Samson pendant qu'il est à la chasse.

Peggy se retourna pour étudier de nouveau le petit groupe. Aussi ridicule que ça paraisse, les remarques de Nathan étaient assez justes, d'autant que le père de Samson, Joseph O'Brien, était de la partie. Elle secoua la tête, ébahie autant par la perspicacité de son petit-fils que par sa réaction à elle, d'accepter aussi facilement ce qu'il venait de dire.

Une planque ? À Bruncliffe ? Un an plus tôt, l'idée aurait été grotesque. Comme s'il y avait des crimes à Bruncliffe ! Sauf que depuis le retour de Samson à l'automne et l'ouverture de l'Agence de Recherche des Vallons, de tels événements étaient devenus monnaie courante, au moins pour la famille Metcalfe. Il y avait à peine trois semaines, Delilah avait failli perdre la vie…

À ce souvenir, Peggy sentit sa gorge se nouer et elle porta involontairement la main à sa poitrine comme pour calmer une douleur. Elle avait déjà perdu un enfant ; elle n'était pas sûre de survivre à la perte d'un autre. C'est pourquoi, malgré son affection pour le jeune O'Brien – Samson ayant souvent trouvé refuge chez les Metcalfe après la mort de sa mère –, elle regrettait parfois qu'il soit revenu et qu'il entraîne Delilah dans ses escapades. Quelqu'un finirait par en souffrir, et Peggy soupçonnait fortement que ce serait Delilah. Même si elle réchappait des dangers qui avaient l'air inhérents au boulot, s'en sortir le cœur intact était une autre histoire. Car Peggy avait vu la façon dont sa fille dévorait des yeux le détective prodigue et suspectait que l'attraction exercée sur elle par l'Agence de Recherche des Vallons n'était pas seulement due à une soudaine passion pour les enquêtes.

— Ça va, Mammy ?

Debout à présent, et la dominant d'une bonne tête, Nathan la regardait, soudain préoccupé, le dernier morceau de muffin à mi-chemin de la bouche.

— Oui, oui, désolée, répondit Peggy en se forçant à sourire. J'étais dans la lune.

— Papa ? demanda-t-il, pas dupe une minute.

Son chagrin se mua instantanément en amour devant son petit-fils qui essayait de la consoler d'une perte dont il était le premier à souffrir. Elle lui sourit encore, de bon cœur cette fois.

— Ton père serait si fier de toi, dit-elle en repoussant doucement une mèche rebelle sur le front de l'adolescent.

— Assez fier pour m'octroyer une de ces quiches ? répliqua Nathan avec un clin d'œil. Je crois qu'elles sont prêtes.

Peggy éclata de rire, se rappelant un fils qui partageait la même gourmandise et la même effronterie.

— D'accord. Mais ne te brûle pas !

Le garçon prit la direction de la cuisine et Peggy s'apprêtait à le suivre quand un raclement de chaises venant de la table près de la devanture attira son attention. Arty Robinson changeait de place avec Clarissa Ralph et Joseph O'Brien offrait sa chaise à Edith, la sœur de Clarissa.

Nathan avait raison. Les résidents de Fellside Court n'étaient pas simplement en train de s'accorder un café matinal prolongé, ils tramaient quelque chose, c'était certain.

Intriguée, Peggy Metcalfe se rendit dans la cuisine pour sauver ses quiches avant qu'elles ne finissent englouties. Le mystère de leur disparition ne nécessiterait pas d'être résolu par l'agence de détectives de Bruncliffe.

Pour le moment, la seule fille de Peggy aurait préféré enquêter sur une disparition de quiches plutôt que de lutter contre l'envie de vomir dans une Land Rover qui rebondissait sur une piste ponctuée de nids-de-poule et de subir l'interrogatoire de son frère aîné comme si elle était une parfaite étrangère. Tout en pilotant le véhicule en direction des stands de tir, Will bombardait de questions la femme qu'il connaissait sous le nom de Denise.

Et d'où venait-elle ? Et sa famille était-elle de la région ? Et quand avait-elle commencé à travailler comme extra dans la restauration ? Et depuis combien de temps connaissait-elle Lucy ?...

Tout en découvrant l'effet que cela faisait d'être une *offcumden* dans sa propre communauté, Delilah s'efforçait de fournir des réponses plausibles, mais elle n'avait pas imaginé que le déguisement dont elle était affublée serait aussi pénible à porter. Elle était écarlate, elle avait le front luisant de sueur, et le rembourrage de mousse qu'elle portait autour de la taille lui donnait l'impression d'être une saucisse prête à éclater. Elle commençait à se demander si elle n'avait pas préjugé de ses forces.

Et encore, c'était avant d'intégrer ce qu'elle avait appris quand elle était entrée dans la cuisine pour baratiner Lucy afin qu'elle laisse tout tomber pour préparer du café et des gâteaux pour les tireurs, ce qui n'était pas prévu.

La mafia ! Et quoi encore ?

Ana en était convaincue, les hommes qu'elle avait vus dans la cour appartenaient au crime organisé, c'était écrit sur leur figure. D'accord, c'était une conviction fondée sur leur seule apparence, mais si elle ne se trompait pas, ça changeait tout.

Delilah s'apprêtait à infiltrer un groupe d'hommes qui n'apprécieraient pas d'être espionnés.

En entendant la bombe lâchée par Ana, elle avait été tentée de laisser tomber, ce à quoi l'équipe de la Pâtisserie des Monts l'avait vivement encouragée. Et Delilah savait que Samson aurait déjà foncé si la caméra espion avait été allumée pendant la conversation dans la cuisine. Après tout, il n'y avait pas signe de femme fatale ayant jeté son dévolu sur Bernard Taylor, à moins que l'un des Bulgares ait un déguisement encore plus convaincant que celui de Delilah. Et donc, le besoin de l'épier était devenu inutile. Elle pouvait abandonner l'accoutrement dans lequel elle étouffait, renvoyer son alter ego à la maison sous un prétexte ou un autre et faire le service pendant le reste de la prétendue chasse sous sa propre identité, comme extra et rien de plus.

Mais Delilah avait un chromosome d'obstination aussi énorme que le Malham Cove. C'était sa première opération sous couverture, et elle voulait prouver qu'elle en était capable. Ne serait-ce que brièvement. Et puis il y avait l'aspect financier de l'enquête. Compte tenu des soupçons d'Ana, la journée pourrait apporter un éclairage nouveau sur l'origine du pactole de Bernard. Par exemple au cours d'une conversation informelle, qui avait peu de chances de se tenir devant Delilah Metcalfe, enquêtrice à l'Agence de Recherche des Vallons.

Et surtout, il y avait Samson… Ou plutôt, le désir de l'impressionner. De le faire réagir, de lever l'insupportable chape de politesse qui étouffait leur relation depuis quelque temps.

Ce raisonnement en tête, Delilah avait fait promettre le silence à ses amies – sachant que si Samson avait vent des théories d'Ana, il insisterait pour que Denise dégage, et *subito presto* –, elle avait chargé la vieille Land Rover avec quelques containers de provisions et une table pliante, avant de se hisser sur le siège passager à côté de Will, déterminée à mener sa mission à bien.

Avance rapide de dix minutes, dix minutes de cahots et de roulis sur la piste envahie par l'herbe. Delilah luttait pied à pied pour s'en tenir à sa résolution, et pendant que le 4 × 4 brimbalait et rebondissait sur la piste envahie par l'herbe, elle n'avait pas trop de toute sa volonté pour cela.

— Nous y voilà, annonça Will en quittant enfin la piste pour s'arrêter à côté des Jaguar garées dans l'herbe, non loin d'un petit bouquet d'arbres.

De soulagement, Delilah se laissa quasiment tomber de la voiture, tapota discrètement la branche de ses lunettes pour réactiver la caméra, épongea quelque peu la sueur de son visage avec un mouchoir en papier, et, avec l'aide de Will pour transporter les cartons de provisions, elle descendit la pente herbeuse en direction des tireurs.

— Gareth les fait commencer dans le dur, murmura Will en regardant le terrain de la première série, le bosquet cédant la place à un coteau dénudé qui s'élevait sur leur gauche, la crête couronnée du jaune vif des ajoncs rompant la monotonie du vert.

Orientés vers la colline, huit postes de tir se succédaient au bord de l'herbe drue.

— Des faisans de haut vol.

Delilah hocha poliment la tête. Elle-même était parfaitement chez elle dans cet environnement, mais elle n'était pas sûre qu'une femme comme Denise soit à l'aise dans le monde du ball-trap. Mieux valait éviter de répondre.

— Ils sont plus difficiles à tirer, poursuivit Will, interprétant le silence de son interlocutrice comme de l'ignorance. Je pense qu'il veut remettre nos délicieux Bulgares à leur place.

— Ça ne leur fera pas de mal, dit-elle avec fougue, et elle fut récompensée par un regard acéré de son frère.

— C'est drôle, dit-il, en continuant à la scruter tandis qu'ils posaient les caisses à bonne distance des stands, vous me rappelez vraiment quelqu'un. Vous êtes certaine qu'on ne s'est jamais rencontrés ?

— Tout à fait sûre, marmonna Delilah, qui se penchait pour attraper la table pliante et en profitait pour dissimuler son visage brûlant.

— D'accord. Bon, veillez à rester bien en arrière. Ces salopards n'ont pas l'air d'être des fusils très respectueux des règles, et si quelqu'un finit par être blessé, j'aimerais autant que ce ne soit pas l'un d'entre nous. D'accord ?

Et encore, tu ne sais pas la meilleure…, songea Delilah en s'affairant à déplier la table pour y poser les thermos de café, les tasses et les gâteaux tandis que Will rejoignait le groupe massé autour du garde-chasse.

— Bon, que ce soit bien clair, concluait Gareth en finissant son discours, son épagneul Bounty à côté de lui. Les cibles d'aujourd'hui sont en argile, exclusivement.

La séance de tir commence et finit à mon coup de sifflet. D'accord ?

Les réponses vinrent essentiellement sous forme de hochements de tête, les hommes se détournant déjà pour mettre leurs casques anti-bruit, impatients de rejoindre les postes qu'ils avaient tirés au sort et de presser des gâchettes.

Quelques instants plus tard, un coup de sifflet strident lancé par Gareth signala le début de la série. Une volée de plateaux en argile fusa par-dessus la crête et un barrage de tirs explosa dans le vallon.

De sa position derrière sa table, Delilah essayait de se convaincre que non, la chose la plus stupide qu'elle avait faite de toute sa vie n'était pas de s'être fourrée dans ce guêpier…

Plié en quatre sur son téléphone dans l'exiguïté de la Micra, Samson se serait aussi botté les fesses pour sa stupidité, quoique pour une raison toute différente. Il avait quitté le bureau si précipitamment qu'il n'avait pas pensé à prendre de quoi s'alimenter, et maintenant il était coincé sur une route paumée, au milieu de nulle part, avec zéro chance de trouver quelque chose à manger. Et il mourait de faim.

— Arrête de penser à la bouffe, grogna-t-il, alors que la caméra espion de Delilah lui offrait la vision de tout un tas de gâteaux destinés à la séance de ball-trap, et s'arrêtait plus particulièrement sur un cake apparemment divin qu'elle s'apprêtait à découper, le *pop* des fusils audible à l'arrière-plan.

Les images tremblotaient légèrement, comme si l'isolement des coteaux impactait la connexion, mais elles étaient quand même assez nettes pour le faire saliver.

Dieu qu'il avait faim… Et à moins d'un kilomètre, au bout de la piste d'en face, Lucy Metcalfe accomplissait ses merveilles dans la cuisine du Manoir de Bruncliffe. Cette pensée le torturait.

Un gémissement monta du siège arrière, suivi d'un gargouillement d'intestins canins. Calimero rêvait, une patte en travers du museau. Peut-être que lui aussi avait l'estomac vide et rêvait de savoureuses saucisses. Ou de steaks saignants. Cela dit, le glouton ayant réussi à s'enfourner deux sandwichs au bacon d'Ida, le gargouillis n'était peut-être que le fruit d'une digestion béate.

L'espoir faisant vivre, Samson se pencha vers la boîte à gants. Des papiers d'assurance, un manuel écorné, un paquet de mouchoirs en papier, un stylo bille, les vestiges d'un rouleau de pastilles de menthe qui avait un peu l'air d'avoir pris l'eau…

À cheval donné… Il s'en saisit voracement, ses doigts défaisant le tortillon de papier qui laissa apparaître trois bonbons. Il consulta sa montre et constata, dépité, que ce n'était que le milieu de la matinée. La partie de chasse devant se composer de cinq séries ponctuées par un en-cas, un déjeuner décontracté et un thé dans l'après-midi, il y avait de grandes chances qu'il passe les six heures suivantes assis dans la Micra. Donc, une demi-pastille de menthe par heure.

Samson lâcha un soupir. Scinda une pastille en deux, la glissa dans sa bouche et jeta le reste sur le siège passager avant de reporter son attention sur la vidéo en live qui passait sur son mobile. Delilah avait fini d'installer la collation et observait la séance de tir. Et il était évident, à un petit quelque chose de spasmodique dans les mouvements de la caméra, qu'elle secouait la tête, peu impressionnée par les prouesses des Bulgares.

Il ne pouvait pas l'en blâmer. Ces hommes tiraient au petit bonheur la chance, mitraillant le ciel de tirs erratiques, la plupart des plateaux leur passant au-dessus de la tête, intacts. Enfin, au moins, ils essayaient. La caméra pivota vers le poste de tir le plus éloigné, celui de Rick Procter, qui ne semblait même pas chercher à viser, faisant feu avant que le canon de son fusil soit parfaitement relevé. Soit c'était un épouvantable tireur, soit il manquait volontairement sa cible pour ne pas humilier ses invités.

L'image se figea une seconde et se rétablit, cadrant Bernard Taylor. Le maire, lui, ne jouait pas la comédie, il était vraiment nul. Sursautant chaque fois que son voisin, l'imposant Bulgare, faisait feu, il se cramponnait si fort à son fusil que même la mort n'aurait pas pu le lui faire lâcher. Et à moins que Samson ne se trompe…

— Il ne tire pas ! – Le chuchotement de Delilah, audible dans un crépitement d'électricité statique, anticipait la réflexion que Samson s'était faite. – Bernard ne se sert pas de son fusil.

Elle avait vu juste. Et c'était aussi la seule à l'avoir remarqué. Personne, ni Gareth, plus loin sur la ligne en compagnie de Will et d'Ash, ni les quatre gardes du corps positionnés derrière les frères Karamanski – personne ne prêtait attention à l'homme rondouillard tout au bout qui faisait mine de viser les cibles dans sa lunette mais n'appuyait jamais sur la gâchette.

— Qu'est-ce qu'il a ? murmura Delilah dans le micro.

La réponse vint sous la forme d'un aboiement montant de la banquette arrière, Calimero s'étant réveillé au son de la voix de la jeune femme.

— Tout va bien, mon gars, dit Samson, tendant une main pour caresser le chien sans quitter l'écran des yeux. Elle n'est pas là.

Il sentit le contact d'un museau humide, une léchouille, suivie d'un gémissement sourd.

— Qu'est-ce qu'il y a ? demanda-t-il en regardant le braque.

Calimero lança un nouvel aboiement et lécha une nouvelle fois la main de Samson en frémissant de la truffe. Se relevant, il s'étira entre les deux sièges avant… vers le reste des Polo Mints.

— Oh que non ! cria Samson, se précipitant au même moment sur la précieuse ration.

Mais le chien fut plus rapide. Dans un flou de gris, il attrapa le bout entortillé de l'emballage et replongea vers la banquette arrière.

— Ce sont nos seules provisions ! implora Samson en essayant de lui arracher les friandises.

Mais Calimero resta de marbre et se coula vers le bout de la banquette. Samson se résolut à employer la menace.

— Très bien, vas-y, mange-les. Mais je te préviens, tout sera fini entre nous. Plus de planque. Plus de dodo chez moi. Tu seras mort pour moi.

Le chien le contempla solennellement, la tête inclinée, les pastilles pendant de la gueule. Puis Delilah se remit à parler :

— Je crois qu'il va y avoir un problème, chuchota-t-elle ; puis, d'une voix inquiète : Samson, tu vois ça ?

Samson reporta son attention sur son téléphone tandis que Calimero lançait un nouveau jappement, lâchant les pastilles de menthe sur la banquette arrière. Mais personne ne s'en soucia. Parce que Delilah avait raison. Des ennuis s'annonçaient.

Si elle avait dû parier sur l'origine des ennuis, Delilah Metcalfe aurait placé toutes ses économies – ça n'allait pas bien loin – sur Milan, le grand Bulgare. Depuis qu'il s'était extrait de la Jaguar, au Manoir, il donnait l'impression de chercher la bagarre. C'était comme si un noir nuage de mécontentement planait au-dessus de lui. Et ce nuage n'avait fait que s'obscurcir au fur et à mesure qu'il manquait la plupart des plateaux.

Tandis que ses compatriotes commençaient à s'installer dans la partie, s'améliorant à chaque cartouche, Milan persistait à rater les cibles. C'était du grand n'importe quoi, un style qui aurait davantage trouvé sa place au milieu d'une fusillade dans un saloon du Far West. Conscient qu'il n'arrivait pas à la cheville des autres, il avait commencé à grommeler rageusement, puis à hurler en bulgare. Enfin, il se mit à gesticuler avec son fusil, comme s'il l'accusait de sa maladresse. Jusqu'à ce qu'il repère une cible bien plus ludique.

Un lièvre brun, émergeant du bosquet sur le coteau, à gauche du poste de tir. Surpris par le vacarme, l'animal s'arrêta, s'assit bien droit et se retourna, dressa les oreilles et regarda autour de lui, méfiant, mais avec une sorte d'élégance.

— Ça va mal finir, je le sens, chuchota Delilah en remarquant le sourire qui barrait le visage du Bulgare.

Il rechargea son fusil, les yeux fixés sur le lièvre plutôt que sur le ciel bleu sillonné par les plateaux, et Delilah se figea.

— Samson, tu vois ça ? répéta-t-elle, incapable de dissimuler son inquiétude.

Toute réponse était impossible, la com étant à sens unique. Delilah n'avait pas d'autre solution que de continuer à orienter ses lunettes vers le Bulgare en espérant que Samson voyait ce qui se passait.

Les doigts crispés sur le couteau avec lequel elle coupait le cake, elle entendit Milan mugir de plaisir en braquant son fusil vers le coteau où se trouvait le lièvre.

Comprenant enfin le danger, l'animal rebroussa chemin à toute vitesse, mais Milan était rusé. Il tira coup sur coup entre le lièvre et l'orée du bosquet. Le rongeur fit demi-tour et détala vers le haut de la colline, sur le coteau exposé, ses pattes le propulsant vigoureusement vers le couvert des arbres tandis que Milan rechargeait. Ses compatriotes s'étaient tournés vers lui, apercevant la proie vivante pour la première fois. Eux aussi s'apprêtaient à changer de cible, hormis Rick et Bernard. Le promoteur affichait une mine dégoûtée. Celle du maire trahissait sa terreur.

Six fusils, un lièvre.

Le combat était inégal.

Une tempête de tirs tonna dans l'air. Delilah, retenant son souffle, encourageait l'animal. Le suppliant d'aller plus haut, loin des armes qui crachaient à tout-va, ses jambes à elle tendues par l'effort qu'elle savait nécessaire pour cette course en montée. Les hommes hurlaient et beuglaient de concert sous un tonnerre de coups de feu. Et par-dessus tout cela, le son aigu du sifflet de Gareth royalement ignoré de tous.

Le lièvre était presque en sécurité. Il n'était plus qu'à quelques bonds des épaisses broussailles aux fleurs jaunes qui lui permettraient de disparaître. Mais les hommes étaient déterminés, l'adrénaline rugissait dans leurs veines chaque fois qu'ils tiraient et rechargeaient. Delilah serrait les poings, les yeux rivés sur la créature qui fuyait…

Elle ne vit pas qui le tua. Tout ce qu'elle vit, c'est le corps brun qui vola dans les airs et retomba, immobile, à un cheveu du taillis. Puis les hommes s'acclamèrent et hululèrent, Milan brandissant son fusil au-dessus de sa tête, triomphant, tandis qu'un Gareth agacé tâchait de ramener l'ordre dans la troupe.

— La série est terminée ! hurlait-il. Reposez vos fusils !

Les hommes l'ignorèrent jusqu'à ce que Niko aboie quelque chose en bulgare. Un silence plein de ressentiment gagna alors le groupe, qui toisa le garde-chasse, fusil cassé, posé sur le bras.

— C'était quoi, ça ? lâcha-t-il, bouillonnant, à Milan. Pas de cible vivante, j'ai dit. Je n'ai pas été assez clair ?

Milan haussa les épaules, l'air pas embarrassé le moins du monde.

— Désolé, intervint Niko. Ils ont le sang vif, que voulez-vous ?

Gareth prit une profonde inspiration, luttant visiblement pour garder son calme. Puis il tendit le bras vers la colline et lâcha posément un ordre.

— Bounty, va chercher !

Dans une masse de muscles, l'épagneul partit à l'assaut de la pente raide et fonça droit sur le lièvre mort. Doucement, presque respectueusement, il le prit dans sa gueule et revint le déposer aux pieds du garde-chasse.

— Brave fille, murmura Gareth en caressant sa chienne. – Il regarda la créature immobile qu'elle avait rapportée, et se tourna lentement vers les hommes. – Plus de cible vivante, c'est compris ?

Milan se contenta de le fixer. Niko, lui, acquiesça.

— Bien. On va s'accorder une pause et en profiter pour se calmer un peu, reprit Gareth. Je peux vous proposer du café avec un cake.

Il tourna le dos au groupe et s'avança vers Delilah postée à la table du casse-croûte, offrant son large dos à la vue des Bulgares. Tel un adolescent revêche, Milan leva la main droite et mima une arme avec laquelle il fit plusieurs fois le geste de tirer.

— Ça va ?

Ash s'était rapproché de Delilah, le visage soucieux, manquant lui faire perdre le peu de contrôle qu'elle avait sur elle-même et sur son déguisement. Elle se mordit les joues et refoula la colère qui risquait de réduire à néant tous ses efforts.

— Oui, chuchota-t-elle. À peu près.

— C'était de la barbarie, dit-il dans un murmure réprobateur.

Elle savait ce qu'il voulait dire. Ils avaient tous les deux grandi au milieu des armes de chasse et vu beaucoup de gibier mort. Pourtant rien de ce que Delilah avait connu n'avait été aussi sauvage. Et à en juger par le mépris qu'affichait Rick Procter, qui suivait les hommes vers la table, il n'était pas non plus enchanté de ce qui venait de se passer. Mais c'est la réaction de Taylor qui retint l'attention de Delilah. Tandis que les tireurs s'agglutinaient autour d'elle en plaisantant de leurs prouesses, elle aperçut son ex-beau-père tout seul, près du poste de tirs. Il contemplait le lièvre mort avec horreur, ses lèvres remuant en silence, comme s'il priait.

Curieusement, Delilah songea que cette oraison ne devait pas s'adresser au lièvre massacré.

12.

— Bon sang, mais qu'est-ce qui a pris Rick et Bernard d'inviter cette engeance à un tir aux pigeons ?

Will Metcalfe surveillait avec perplexité les Bulgares qui se déchaînaient autour du buffet de rafraîchissements. Il connaissait Rick Procter et Bernard Taylor depuis des années, et jamais il ne les avait vus faire un faux pas dans le domaine professionnel. Or ça, c'était un désastre en préparation. Un désastre qui s'était déjà produit, à en juger par le vif aparté entre l'édile et le promoteur.

La face cramoisie, Bernard Taylor collait son associé d'une façon qui n'aurait guère convenu lors d'une réunion du conseil municipal, tandis que Rick semblait essayer de l'amadouer.

Ash était tout aussi incrédule. En tant que menuisier, depuis deux ou trois ans, il fabriquait et installait des cuisines sur mesure pour les programmes haut de gamme de l'Immobilière Procter. Comme son frère, il n'avait jamais vu Rick faire une erreur en matière d'investissements ou de partenariats. Mais ce qu'ils contemplaient en cet instant y ressemblait bien.

— Je n'y comprends vraiment rien, marmonna-t-il. Pour moi, ces types ne sont pas des investisseurs.

— Pour moi non plus. Surtout pas ce Milan. Cette cicatrice, il ne se l'est pas faite dans un différend au conseil d'administration.

Will tourna ensuite son attention vers la dénommée Denise, qui servait le café et coupait les gâteaux sans quitter les hommes des yeux.

— Elle a vraiment la tête froide, celle-là, commenta-t-il gravement. Un coup de bol qu'elle ait remplacé Delilah.

Ash poussa un grognement et porta son mug à ses lèvres.

— Tu la connais ? poursuivit Will en observant toujours la serveuse, incapable de chasser l'impression qu'il l'avait déjà vue quelque part.

Son frère poussa un autre grognement.

— Elle ne te rappelle pas quelqu'un ?

— Nan.

Ash prit une longue gorgée, son mug haut levé devant son visage.

— Ça doit être moi, alors, fit Will, abandonnant le sujet.

De l'autre côté de la pelouse, Gareth approchait Rick Procter. Le garde-chasse fronçait les sourcils et tapotait sa montre.

— On va bientôt repartir, apparemment, en conclut Will. Je ferais mieux de prendre un bout de ce gâteau avant qu'on y retourne.

Comme il s'éloignait, Ash Metcalfe abaissa son mug, et le sourire qu'il dissimulait s'épanouit d'une oreille à l'autre.

Si Denise lui rappelait quelqu'un ? Il l'avait reconnue à la seconde où il avait posé les yeux sur elle, devant le Manoir de Bruncliffe, à sa façon de se tenir, à ce petit tic qu'elle avait de relever le menton quand elle prenait une attitude de défi. Il avait aussi reconnu l'effort qu'elle avait dû faire pour ne pas s'énerver après la façon dont Milan avait massacré le lièvre. Mais si son frère se laissait feinter, il ne fallait pas compter sur Ash pour le détromper. Leur petite sœur avait visiblement des raisons d'être là incognito, et Ash n'allait pas la trahir en alertant leur impétueux aîné, qui ferait inévitablement un esclandre. Parce que c'était exactement ce qui se passerait s'il percutait. Et compte tenu du public en présence, faire une scène et démasquer Delilah risquait de créer une situation d'un genre dont personne ne voulait.

— On ne doit pas se précipiter, Bernard, disait Rick en gardant un œil sur le reste du groupe, conscient que les frères Metcalfe les observaient. Dès que le moment me paraîtra opportun, je parlerai à Niko, ajouta-t-il, conciliant. Mais d'ici là, je vous en prie, laissez-moi faire, comme nous en sommes convenus.

— Nous en étions convenus quand j'ignorais ce que cette journée impliquait, siffla le maire, des plaques de stress blanches sur son visage rubicond. Alors de deux choses l'une. Soit vous leur dites rapidement, soit je m'en charge. Je refuse de continuer comme ça. Ces hommes…

Il s'interrompit, la gorge nouée. Inutile de verbaliser la peur qui le tenaillait.

— C'est précisément pour cela que je dois procéder avec prudence, maugréa Rick d'une voix qu'il s'efforçait de maîtriser.

Ils étaient au bord de l'abîme qu'il avait anticipé, et jamais le fardeau de son associé ne lui avait paru peser aussi lourd. Au moindre faux pas, ils iraient tous les deux rôtir en enfer.

— Je vais le faire, je vous le promets. Je vais parler à Niko aussitôt que l'occasion se présentera, et j'organiserai notre retrait des opérations. Mais je vous rappelle que cette partie de chasse était son idée. Si nous voulons obtenir ce que vous désirez, il faut y aller à petits pas pour ne pas le braquer. Donc, pour l'amour du ciel, jouez le jeu aujourd'hui. C'est tout ce que j'attends de vous.

Taylor émit un son guttural, à la fois terrifié et résigné. Puis ses épaules s'affaissèrent.

— Je veux juste en finir avec tout ça, geignit-il.

C'était puéril. Une déclaration qui montrait à quel point il était inconscient des conséquences et du fait que leur vie était en jeu. Émise par quelqu'un qui n'aurait pas à gérer le chaos qui s'ensuivrait.

Rick sentait la moutarde lui monter au nez, et fut presque soulagé de voir l'imposante silhouette de Gareth Towler s'approcher en tapotant ostensiblement sa montre à son adresse. Bien que peu enthousiaste à l'idée de reprendre le cours d'une journée qui lui paraissait déjà être la plus longue de sa vie, Rick acquiesça d'un mouvement de tête, et la voix du garde-chasse s'éleva, sonore.

— La deuxième série va bientôt commencer. Prenez place, messieurs, s'il vous plaît.

Priant pour que, cette fois, tout se passe en douceur, Rick Procter suivit le maire, qui se dirigeait vers le poste de tir en traînant les pieds sur l'herbe.

— Je me demande comment se passe l'opération infiltration de Delilah, s'interrogea Arty Robinson. Vous croyez que c'est plus trépidant de son côté ?

La tête appuyée sur la main, sa troisième tasse de café devant lui, son deuxième scone déjà englouti, il observait derrière la vitre de la Pâtisserie des Monts la porte de l'Agence Taylor, qui ne s'était pas rouverte depuis l'arrivée de la réceptionniste. Si la journée était plutôt calme sur le front de l'immobilier bruncliffien, elle était plus calme encore pour les détectives amateurs.

— Espérons-le, répondit Joseph.

Arty bâilla et se frotta les yeux.

— Honnêtement, je ne comprendrai jamais comment Samson a pu supporter ça jour après jour. Sérieux, c'est franchement barbant.

Edith émit son célèbre *tut-tut* et lui lança son tout aussi célèbre regard, peaufiné pendant toutes ces années où elle avait été directrice de l'école primaire de Bruncliffe.

— Si tu avais suivi le planning, tu ne serais pas là. Le premier quart nous revenait, à Clarissa et moi. Vous, les garçons, vous ne deviez pas prendre la relève avant une bonne heure au moins.

Les garçons en question, Arty, Joseph O'Brien et Eric Bradley, qui hantaient la planète depuis deux cents ans à eux trois, prirent l'air penaud. Tout excités à la perspective d'être en planque, ils n'avaient pas résisté à l'envie de rejoindre les deux sœurs au café, mettant le bazar dans le planning d'Edith.

— En plus, ajouta Edith sur un ton radouci, tu préfères être ici ou à un cours d'aérobic en fauteuil dans le salon des résidents ?

— S'il continue à ingurgiter les gâteaux à ce rythme, il ne pourra plus jamais s'asseoir dans un fauteuil, siffla Eric Bradley.

Arty éclata de rire.

— Touché, admit-il en tapotant sa bedaine rebondie.

— Mon Robert n'a pas besoin de surveiller sa ligne, intervint Clarissa. Et c'est plutôt une bonne nouvelle, vu que pour notre premier rendez-vous, il m'emmène au Betty's, et que j'ai bien l'intention de commander une assiette de macarons… Ou peut-être même de faire une folie et de prendre le thé gourmand. Et toi, qu'est-ce que tu prendrais, Edith ? demanda-t-elle avec un sourire rêveur.

— Rien de tout ça. Je n'ai pas le temps de bâtir des châteaux en Espagne.

La sécheresse de la réplique jeta un froid autour la table. Joseph se mit à jouer avec sa petite cuillère et Eric se pencha pour triturer sa bouteille d'oxygène.

Les pommettes de Clarissa s'empourprèrent. Son sourire commença par vaciller, puis s'élargit, et elle se leva pour aller aux toilettes. Arty attendit qu'elle soit hors de portée d'oreille avant de parler.

— C'était un peu brutal, Edith.

Edith affronta le regard des trois hommes, sans une once de remords.

— Tu trouves ? Tu ne penses pas qu'il faut lui dire la vérité ?

Les hommes se dévisagèrent, déroutés.

— Quelle vérité ? risqua Joseph.

— Que toute cette affaire est un peu louche. Franchement, ce type n'arrête pas de promettre des trucs…

— Une virée à Harlow Carr et un morceau chez Betty's, releva Arty. Quel mal y a-t-il à ça ?

— Le mal, c'est qu'il n'est peut-être pas celui qu'il prétend être. Et Clarissa se jette à corps perdu là-dedans. Vous savez comme elle est tendre. Je ne veux pas qu'elle souffre.

— Tu penses qu'il abuserait de sa crédulité ?

Arty avait lu des histoires de ce genre dans le journal. Des individus qui draguaient sur Internet sous une fausse identité. Qui dépouillaient les vieilles dames esseulées en leur offrant la promesse d'une relation amoureuse. Voire l'amour avec un grand A.

— Tu crois que ce Robert est un aiglefin ?

Eric laissa échapper un couinement moqueur.

— Pas un aiglefin, un *aigrefin*, rectifia-t-il, c'est comme ça que ça s'appelle.

— Pff, aiglefin, aigrefin, c'est du pareil au même. Ça pue.

— C'est exactement ce que je pense, fit Edith en opinant du chef.

— Je crois que tu dramatises, poursuivit Arty. Si c'est vraiment un arnaqueur, ce n'est pas un goûter dans un salon de thé qui va lui rapporter une fortune.

— Je n'en suis pas si sûr, marmonna Eric. Tu as vu le prix des macarons ?

Ce qui fit rigoler Joseph, mais pas Edith, qui gardait les lèvres pincées. Et Arty comprit où était le problème. Voilà donc ce qui la turlupinait. Elle se tracassait pour sa sœur.

— Écoute, dit-il en posant la main sur son bras. Si ça te préoccupe autant, tu devrais peut-être faire quelque chose.

— Déjà fait, répondit Edith, une touche de rouge sur les joues. J'ai demandé à Samson d'enquêter.

Trois paires d'yeux se braquèrent sur elle. Puis Arty finit par retrouver la voix.

— Tu as demandé à Samson d'espionner ta propre sœur ?

Edith acquiesça, le menton bien haut dans une attitude de défi.

— Alors ? s'exclama une voix joviale, Clarissa reprenant place à la table. J'ai raté quelque chose d'excitant ?

— Rien du tout, répondit Arty en se tournant vers la fenêtre, plus inquiet pour Edith que jamais.

Le temps que Delilah remballe le matériel et ce qui restait des gâteaux, prête à tout remporter vers la Land Rover, la seconde série de tirs était bien commencée.

Elle avait démarré par une sorte de trêve. Après avoir réitéré l'interdiction de tuer du gibier, Gareth avait redistribué les positions sur la battue afin que chacun des tireurs puisse bénéficier au moins une fois de la meilleure, et jusque-là, tout avait l'air de se dérouler dans le calme. Aussi calmement que possible quand les pigeons d'argile filaient au-dessus de leurs têtes et qu'une rangée d'hommes essayaient de les pulvériser.

Ayant posé dans l'herbe la dernière caisse des provisions remballées, Delilah se releva et étira son dos douloureux. Le soleil était maintenant très haut, c'était une belle journée de mai qui faisait étinceler l'étroit vallon où se déroulait la battue. L'endroit étant abrité de la légère brise qui poussait les nuages cotonneux dans le ciel, il commençait à faire chaud. En réalité, pensa Delilah en s'éventant le visage, il commençait à faire *vraiment* chaud.

Saleté de rembourrage.

Elle avait l'impression de cuire dans son jus avec l'énorme beignet qu'elle avait autour de la taille. Elle se passa un mouchoir sur le front et fut surprise de le voir maculé d'une traînée brunâtre. Son maquillage. La transpiration le faisait couler.

Si elle devait rester plantée là plus longtemps, Denise allait fondre et redevenir Delilah.

— Je peux vous aider ?

Delilah sursauta et escamota prestement le mouchoir taché de fond de teint dans sa poche. C'était Will, qui indiquait la table débarrassée. Sans attendre la réponse, il la fit basculer sur le côté, replia habilement les pieds et l'appuya contre les caisses.

Une pointe familière d'agacement parcourut Delilah, déjà en sueur et épuisée, devant ces manières présomptueuses, et elle retint juste à temps un commentaire acerbe. Elle était Denise, une femme qui travaillait comme serveuse pour un traiteur, pas la petite sœur de Will qui avait passé toute sa vie à essayer de prouver qu'elle lui arrivait largement à la cheville. Peut-être qu'une Denise en nage et qui commençait à se sentir lasse n'aurait rien contre un peu d'aide. De fait…

— Merci, dit-elle avec une gratitude appuyée avant de se masser le cou en faisant un peu de cinéma. Serait-ce trop vous demander que de m'aider à transporter tout ça vers les voitures, tant que vous y êtes ?

— Pas du tout, s'empressa Will. Je serai ravi de vous donner un coup de main. Tenez, dit-il en lui passant le fusil qu'il tenait cassé sur son bras. Gardez ça pour moi. Et ne vous en faites pas, il n'est pas chargé.

Delilah lui lança ce qu'elle espérait être un sourire prudent et prit le fusil avec des doigts hésitants, comme si elle n'avait jamais touché une arme de son existence. Tout en luttant à chaque instant contre la tentation d'empoigner quelques cartouches, de charger le flingue et de montrer à ces Bulgares comment tirer les pigeons d'argile.

Encore quatre heures à être Denise. Étouffant dans son corps rembourré, le maquillage suintant, les yeux irrités par les lentilles de contact et le crâne qui la démangeait comme si une colonie de fourmis avait établi sa résidence sous sa perruque, sans parler du fait qu'elle devait surveiller son comportement en permanence, Delilah ne savait pas si elle tiendrait le coup jusqu'au bout.

Ou, pour être honnête, si ça en valait la chandelle. Elle n'avait rien remarqué de notable dans le cadre de l'enquête de l'Agence de Recherche, et encore moins entendu la seule conversation qui aurait pu être digne d'intérêt – la discussion enflammée entre Rick et Bernard s'étant déroulée hors de portée de ses oreilles, alors qu'elle était occupée à servir le thé et le café à la troupe.

Elle devrait peut-être déclarer forfait. Prétexter une migraine à la fin de cette battue et prier Will de la redéposer au Manoir. Lucy serait ravie d'avoir un supplément de bras aux cuisines pour préparer le déjeuner.

Revigorée à l'idée d'envoyer promener sa fausse identité, son rembourrage et tout le tralala, Delilah reporta son attention sur les tirs avec un regain d'enthousiasme.

La pause café n'avait pas contribué à améliorer l'habileté des tireurs. Elle les regarda d'un œil critique viser les plateaux d'argile qui filaient au-dessus du coteau. Les meilleurs tireurs étaient de loin Niko et Andrey, leurs gardes du corps postés derrière eux, tous les sens en alerte, sans protège-oreilles, indifférents aux coups de feu assourdissants. À côté de Niko, Rick Procter rechargeait et faisait feu d'un seul mouvement coulé, l'air de s'y connaître, mais comme s'il n'était pas tout à fait à la tâche. Quant aux autres Bulgares, ils n'étaient pas meilleurs que lors de la première session. En réalité, ils étaient même un peu plus erratiques, visant à peine les cibles et les loupant de loin, tout cela on ne peut plus imprudemment.

Et Bernard Taylor ? Il n'essayait plus de faire illusion. Son fusil braqué vers le sol, il tressaillait à chaque coup de feu tiré par les hommes qui l'encadraient malgré ses protège-oreilles.

Mieux aurait valu qu'il fasse au moins un effort. D'autant que son voisin était Milan. Un Milan qui, plus frustré que jamais par sa maladresse, donnait l'impression de chercher les histoires. Comme il abaissait son fusil après un loupé spectaculaire, en hurlant dans sa langue ce qui était sans doute des obscénités, son regard tomba sur le maire immobile et il laissa échapper un ricanement sardonique. Il cassa son fusil, éjecta les cartouches et rechargea rapidement, tout cela sans cesser de zyeuter son voisin.

Delilah reconnut son expression. C'était celle qu'il avait arborée avant de massacrer le lièvre ; celle d'un prédateur mettant sa proie en joue. Pressentant les ennuis, elle fit un pas en avant, consciente du fusil inutile drapé au creux de son coude. Consciente du fait que Milan avait maintenant un fusil chargé qu'il braquait sur sa gauche. Pas en l'air, où volaient les plateaux d'argile. À hauteur d'épaule, visant la silhouette rondouillarde en pantalon de golf sur le poste de tir voisin…

— Non ! cria-t-elle en s'élançant, horrifiée.

Sa voix fut couverte par la détonation du fusil alors que Milan faisait feu des deux canons, juste devant Bernard Taylor.

Plus loin, au carrefour, le cri paniqué de Delilah eut un impact sur les deux occupants de la Micra. Samson se redressa d'un bond sur son siège, déclenchant une crampe dans son mollet gauche, et Calimero se réveilla en sursaut avec un aboiement troublé.

— Tout va bien, le chien, murmura Samson en tendant une main pour le caresser gentiment, massant son muscle endolori de l'autre.

Or c'était loin d'aller bien. Incrédule, il regardait son téléphone portable, l'image instable, mais suffisante pour lui montrer Bernard Taylor qui reculait en titubant, échappant à une volée de plombs, et lâchait un cri de terreur avant de tomber à la renverse, apparemment indemne. À l'arrière-plan, Milan se marrait comme un fou, imperméable aux protestations virulentes du garde-chasse, qui avait mis brutalement fin aux tirs d'un coup de sifflet.

Oh bon sang ! Le grand Bulgare était un danger public. D'abord le lièvre et voilà qu'il avait failli tuer quelqu'un, pour rigoler.

La situation était loin d'être idéale. Surtout que la caméra, qui était son seul lien avec Delilah, paraissait sur le point de lâcher. Et si la batterie tombait en rade ? Combien de temps pouvait-elle tenir ? Ou était-ce la réception Internet qui posait problème ?

Ayant utilisé des téléphones prépayés bon marché pendant la majeure partie de sa vie professionnelle dans la police, Samson n'avait pas acquis beaucoup de connaissances techniques, et la personne qui aurait pu répondre à ces questions était de l'autre côté des images hachées.

Un dernier sursaut vidéo et son écran se figea.

— Et merde !

Il prit quelques minutes, le temps de considérer ses options. C'était tellement tentant d'intervenir. Un simple texto, et il pourrait dire à Delilah de tout arrêter. Après tout, elle n'avançait pas beaucoup dans l'affaire Taylor, et d'après ce qu'il venait de voir, elle se mettait en danger pour rien. Il était impossible de prévoir ce que ce cinglé de Milan allait décider de fabriquer ensuite. Et fasse le ciel que Delilah ne soit pas démasquée…

D'un autre côté, elle se débrouillait bien, se comportant comme un véritable agent infiltré dans un environnement qui se révélait de plus en plus hostile. Elle serait furieuse s'il lui conseillait d'arrêter, elle le prendrait comme le signe qu'il ne lui faisait pas confiance.

C'était un risque qu'il devait courir, décida Samson. Être en butte à la mauvaise humeur de Delilah n'était pas cher payer sa sécurité. Il rédigea un SMS aussi laconique que direct et l'envoya. Maintenant, savoir si Mlle Metcalfe allait suivre son conseil ou non était une autre histoire.

Un gémissement lui parvint de la banquette arrière. Le chien avait l'air angoissé, comme s'il sentait que Delilah avait des ennuis. Et qu'elle était toute seule.

— Ça ne te paraît pas très normal, hein ? fit Samson en grattouillant la tête grise. De ne pas être avec elle.

Au moins, quand ils s'étaient retrouvés piégés dans cette maudite chambre froide, un mois plus tôt, ils étaient ensemble pour affronter l'issue plus qu'incertaine. Il pouvait se dire qu'il faisait tout ce qu'il pouvait pour elle. Cette fois, il était assis, inutilement, dans une Micra à plus d'un kilomètre de distance, et son fidèle chien n'était même pas avec elle.

Apaisé par cette démonstration d'affection, le chien en question commença à se détendre. Il s'étira. Bâilla. Et avança la truffe vers l'emballage de Polo Mints, le humant avec optimisme. Puis il releva les yeux, le regard perdu, et un petit gémissement s'échappa de sa gorge. Et un autre, et puis un troisième, de plus en plus rapprochés. L'animal prenait son élan pour pousser ce hurlement de sirène qui avait le don de vous rendre fou. Sans compter qu'il pouvait tenir la note pendant une éternité.

— Oh non, tu ne vas pas commencer !

Samson reconnaissait les signes de la faim, son propre estomac grondant en réponse.

— Allez, on va se dégourdir les pattes. Ça va nous faire oublier la bouffe.

Et oublier la situation périlleuse dans laquelle Delilah semblait s'être fourrée.

Glissant son téléphone dans sa poche arrière et une oreillette sans fil dans son oreille droite pour entendre si la caméra se remettait à marcher, Samson ouvrit la portière et sortit de la voiture. Le chien le suivit. Une promenade. Ça leur ferait le plus grand bien à tous les deux.

Sans vraiment réfléchir, il mit sa laisse à Calimero et entreprit de traverser la route. C'est seulement après avoir franchi le seuil du double portail ouvert qu'il se rendit compte où il allait.

Le Manoir de Bruncliffe.

Il s'arrêta, le braque de Weimar tirant sur sa laisse et se retournant vers lui de temps à autre, comme s'il éprouvait lui aussi ce même sentiment d'urgence. Maintenant, était-il uniquement stimulé par les vociférations de son estomac, Samson n'aurait pas su le dire. Enfin, quoi qu'il en soit, son instinct viscéral le conduisait vers le Manoir. Et ce n'était pas un instinct qu'il avait envie d'ignorer, même s'il courait le risque de tout fiche en l'air, y compris sa relation avec Delilah s'il grillait sa couverture.

D'après ce que Gareth avait annoncé lors de la présentation, les tireurs étaient censés rester dans les collines jusqu'à onze heures. Ce qui signifiait que la voie était libre. Samson pourrait aller jusqu'au Manoir, demander à Lucy de quoi les sustenter, son partenaire canin et lui, et se rapprocher de Delilah par la même occasion. Peut-être pourrait-il aussi en profiter pour se connecter au wifi afin d'améliorer la réception du flux vidéo. C'était la chose sensée à faire, pas du tout motivée par l'inquiétude concernant la capacité de Delilah à se débrouiller toute seule.

C'est ce que Samson se racontait en suivant Calimero le long de l'allée bordée d'arbres.

13.

— Donnez-moi une raison, une seule, de ne pas interrompre la partie de chasse ! exigea Gareth, sa colère irradiant de chaque parcelle de son immense carcasse.

— Je peux vous donner un millier de raisons pour que vous ne le fassiez pas. En espèces. Net d'impôts.

Rick Procter essayait de le caresser dans le sens du poil, de la seule façon qu'il connaissait. Or le garde-chasse n'était pas du genre à se laisser acheter.

— Votre tas d'or me fera une belle jambe quand on aura un mort, ici. Je n'aurais plus de boulot et une bonne chance de me retrouver devant les tribunaux, voire pire. Ce sont des dangers publics. Pas aptes à sortir avec des armes chargées.

Le garde-chasse avait raison. Rick n'avait peut-être pas grandi au milieu des armes comme la plupart des habitants de Bruncliffe, et il n'était pas bon tireur, pourtant il était suffisamment averti pour faire preuve de prudence en présence de fusils. Niko, Andrey et leurs amis ne semblaient pas partager cette prudence. Ils se comportaient comme une bande de voyous. Ou comme des hommes habitués à détenir tous les pouvoirs.

— Je comprends, croyez-le bien, dit-il. Mais l'enjeu est important pour moi. Et pour Bruncliffe. Si j'arrive à convaincre ces gars d'investir dans les projets que j'ai montés, il y aura des emplois et des retombées financières pour toute la ville, y compris ici, au Manoir de Bruncliffe…

Rick écarta les mains dans un geste d'offrande, laissant planer la promesse implicite. Toutefois le boniment lénifiant masquait une panique frénétique. Les chasseurs rassemblés autour des Jaguar faisaient assaut de rodomontades. Sauf Niko qui, appuyé contre l'une des voitures, l'observait fixement, tel un cobra identifiant son prochain repas.

Lorsque Gareth s'était mis à engueuler Milan, lui reprochant son attitude, le traitant de crétin et menaçant d'interrompre prématurément la partie de chasse, Niko était venu se poster à côté de Rick, silencieux mais menaçant. Puis il lui avait parlé, calmement, doucement, et ses mots avaient suffi à lui glacer les sangs.

— Pas une bonne idée, d'annuler les tirs.

Il n'en avait pas dit davantage.

Rick n'avait pas besoin qu'on lui explique, il comprenait parfaitement qui paierait les pots cassés dans un tel scénario. Ainsi, lorsque Gareth avait envoyé tout le monde aux voitures et que Milan avait jeté son fusil par terre et s'était éloigné en frappant le sol du talon dans un grand numéro de mauvaise humeur, Rick était resté en arrière pour tenter de négocier une trêve avec le garde-chasse. Tout cela sous l'œil scrutateur de Niko.

Cette surveillance insistante ajouta de la ferveur à la plaidoirie de Rick.

— Je vous en supplie, Gareth, s'il vous plaît. C'est bien plus qu'une simple journée de loisir. Pour vous comme pour moi.

Gareth prit une profonde inspiration.

— D'accord, dit-il, résigné. Mais je vous préviens, votre ami amoureux de la gâchette fait encore un coup comme ça et je mets un point final à cette journée. Compris ?

— Absolument. Merci.

Rick tendit la main au garde-chasse et remarqua sa brève hésitation. Comme si l'homme répugnait à la serrer. En temps normal, à Bruncliffe, cela ne lui arrivait jamais. On se bousculait pour rencontrer le promoteur qui était l'un des plus grands mécènes de la ville. Donc, si cet homme montrait de la réticence à échanger une poignée de main avec lui, c'était le résultat direct de la compagnie que Rick entretenait.

— À charge de revanche, ajouta-t-il avec reconnaissance, tandis que Gareth acceptait finalement la poignée de main.

— *Aye*, eh bien, vous pouvez commencer par ramasser le fusil de ce connard. Parce que je veux bien être pendu si je m'abaisse à ça, grommela Gareth en repartant vers les frères Metcalfe et leur Land Rover.

Sentant qu'il perdait le contrôle de la journée, Rick récupéra le fusil abandonné par Milan et intercepta le regard de la serveuse grassouillette qui le scrutait à travers ses lunettes.

Il y avait quelque chose dans son port de tête, dans tout son être qui traduisait la réprobation. Elle lui rappelait quelqu'un.

Il lui rendit son regard jusqu'à ce qu'elle détourne le sien, sans pouvoir se débarrasser de l'impression que cette journée allait lui coûter cher à bien des égards. Même le maudit personnel embauché pour l'occasion avait perdu tout respect pour lui. Son association avec Niko et son frère fracassait sa réputation dans sa ville natale. Or s'il ne les fréquentait plus, c'est sa vie qui risquait d'être fracassée. Pour de bon.

Pendant ce temps, à la Pâtisserie des Monts, sur le plan opération de surveillance, les choses avaient un peu bougé. Un flux régulier de clients était entré et ressorti de l'Agence Taylor jusqu'au milieu de la matinée, et les retraités qui guettaient la devanture depuis le salon de thé avaient à présent une bonne idée du marché immobilier en ville. Il ne s'était rien passé qui donne l'impression de sortir de l'ordinaire, mais ça avait tout de même suffi à distraire la petite bande, et après son bref coup de blues, Edith avait retrouvé le moral.

Jusqu'à ce que le téléphone de sa sœur se mette à sonner.

— Pardon, désolée, dit Clarissa en se levant, radieuse. C'est Robert. Il vaut mieux que je le prenne.

Elle s'éloigna de la table, le téléphone collé à l'oreille, sortit du salon de thé pour aller se planter devant, et un nuage noir se remit à planer sur Edith. Cependant, elle ne pipa mot. L'initiative revenait donc à Arty.

— Alors, que va faire Samson ? commença-t-il.

— Je lui ai demandé d'enquêter sur ce Robert Webster, répondit Edith. On verra bien ce que ça va donner. Mais il n'a pas grand-chose à se mettre sous la dent, les pistes sont maigres.

Joseph étouffa un petit sifflement.

— Et si Clarissa s'en rend compte ?

— Aucun risque. Et je n'agirais pas ainsi si je n'étais pas inquiète. Et j'ai confiance en vous pour rester discrets.

Ils opinèrent tous du chef, quoique Arty éprouvât un pincement d'appréhension. C'était un tantinet sournois. Et Clarissa était une âme tellement confiante…

— J'ai une merveilleuse nouvelle ! fit Clarissa, et son enjouement ramena le soleil autour de la table, où l'atmosphère s'était assombrie. Robert m'emmène en croisière !

Edith tourna la tête si vite qu'Arty eut peur qu'elle se claque quelque chose.

— En croisière ? Sérieusement ? Vous ne vous êtes même pas encore rencontrés.

La joie de Clarissa ne pâlit pas.

— Je sais ! Il est tellement romantique. Le tour des îles grecques. Tous frais compris. J'ai hâte d'y être. Vous devriez voir le bateau…

Elle joignit les mains et poussa un soupir de ravissement tout en s'asseyant.

Mais sa sœur avait détourné la tête, les sourcils froncés.

— Ce gars, Robert, demanda Arty, éprouvant pour la première fois un peu des appréhensions d'Edith. C'est lui qui paye ?

— Arty Robinson, s'exclama Clarissa. On n'est plus au Moyen Âge ! Je paye ma part, merci ! Ce qui veut dire que je ferais bien de commencer à faire des économies.

Elle eut un petit gloussement ravi.

Edith pinça encore plus étroitement les lèvres, comme si elle ravalait une réplique. Et Arty prit une décision. Il se rappela la dernière fois où il n'avait pas tenu compte des préoccupations d'une amie. Ça s'était soldé par une série d'événements dramatiques qui avaient failli coûter la vie à deux autres personnes très chères à son cœur. Cette fois, il ne commettrait pas la même erreur.

— Ça a l'air d'être un type génial, commenta-t-il avec un enthousiasme dont il espérait qu'il dissimulerait ses intentions traîtresses. Qu'est-ce que tu sais d'autre, à son sujet ?

Heureuse d'avoir un public réceptif, Clarissa commença à pépier, et Arty sentit la fourberie alourdir son cœur.

Si le poids de la trahison d'Arty était métaphorique, le fardeau de Delilah n'était que trop réel.

Dans les collines, un Gareth au visage grave avait annoncé que le groupe de chasseurs retournait au Manoir pour une collation, et tout en grimpant dans la Land Rover à côté de Will, elle ne put s'empêcher de se sentir soulagée.

Milan avait été le seul à trouver le dernier incident amusant. C'était tout sauf drôle, et un miracle si Bernard Taylor n'avait pas été touché. L'espace d'un terrible moment, alors que Gareth engueulait le grand Bulgare,

Delilah avait pensé que la situation allait dégénérer, et ses frères s'étaient approchés pour épauler le garde-chasse en une démonstration de soutien.

Mais Rick Procter avait réussi à arrondir les angles et au lieu que la chasse s'achève prématurément, comme cela paraissait vraisemblable, les 4 × 4 redescendaient la colline en procession, le trajet permettant à tout le monde de laisser retomber la pression.

Laisser retomber la pression, c'était exactement ce dont Delilah avait besoin. En dehors du fait que la matinée avait été très tendue, la chaleur insupportable provoquée par son déguisement commençait à l'épuiser, elle sentait la sueur ruisseler entre ses omoplates et la perruque lui grattait le cuir chevelu au point de la rendre dingue. Elle était contente d'être assise dans la Land Rover, en queue de convoi, la vitre baissée, le visage tourné vers la brise.

Et se félicitait d'avoir pris une décision.

C'était le texto de Samson qui avait emporté le morceau. Un message concis lui enjoignant d'interrompre l'opération d'infiltration par sécurité, d'autant que ça ressemblait à une perte de temps. Elle y avait déjà réfléchi, et était peu désireuse de se retrouver dans les parages si Milan décidait de tenter le coup du chapeau des tours de con. Mais à présent…

— Ma sœur a un chien cinglé qui fait pareil !

Énoncé après un silence tendu, le commentaire de Will la fit sursauter. Il la regardait, un petit sourire adoucissant l'expression soucieuse qu'il affichait depuis qu'il avait repris le volant.

— Il passe la tête par la vitre, comme ça. Sauf que ses oreilles flottent beaucoup plus au vent que les vôtres.

Delilah éclata de rire. Puis il poussa un soupir et son sourire se mua en grimace.

— C'est quand même un foutu boulot. Je n'arrive pas à croire que Gareth ne mette pas fin à tout ce cirque, grommela-t-il. À quoi pense-t-il, bon sang ?

— Que Rick Procter a beaucoup de pouvoir en ville et qu'on ne le contrarie pas à la légère ? suggéra-t-elle.

Ces paroles ne lui avaient pas plus tôt échappé qu'elle avait compris sa bévue.

— Vous connaissez Rick ? s'étonna Will.

Delilah espéra que l'emplâtre qu'elle avait sur la figure masquerait la chaleur qu'elle sentait envahir ses joues.

— J'ai lu le *Craven Herald*. Il paraît que c'est M. Bruncliffe. Je ne vois pas Gareth prendre le risque de contrarier une personne aussi influente.

— Il risque de le payer cher si l'un de ses Bulgares tire sur quelque chose de plus gros qu'un satané lièvre ! ricana Will, avant d'ajouter d'un ton radouci : Ne le prenez pas mal, Denise, mais, dans la mesure du possible, tâchez de rester dans la cuisine pour la prochaine série. Vous y serez bien plus en sécurité que sur la ligne de tir avec ces zouaves.

— Vous me faites penser à quelqu'un de ma connaissance, répondit Delilah, amusée.

— Un homme sage et qui a la tête sur les épaules, lui aussi ? plaisanta Will.

— Quelque chose dans ce goût-là.

La gorge trop serrée pour ajouter quoi que ce soit, Delilah se tourna vers la vitre baissée, s'émerveillant qu'il lui aie fallu se déguiser pour découvrir son frère sous son vrai jour – un homme empathique qui se souciait sincèrement des autres.

Et pour une fois, elle avait bien l'intention de suivre son conseil.

Dans la Jaguar de tête, le même silence tendu avait ponctué la première moitié du trajet de retour du convoi vers le Manoir. Un silence que Rick rechignait à briser. Assis à l'arrière avec Niko, deux gardes du corps sur les sièges avant, il avait l'impression d'être jaugé. Il doutait que ce soit positif. Son voisin attendit la fin de la piste chaotique pour parler.

— Votre associé…, fit Niko avec un mouvement de roulis de la main droite traduisant le doute. Il n'a pas l'air très stable.

— Il est stressé, lâcha Rick, sachant que Bernard Taylor n'était pas seul à être sur la sellette. Il a beaucoup de boulot, c'est tout.

Niko passa sa main au-dessus de l'accoudoir central et tapota celle de Rick.

— Il faut s'occuper de lui. Et vite. On ne peut pas se permettre de laisser des questions en suspens. Et certaines personnes parler à tort et à travers.

Puis il releva le couvercle de l'accoudoir et sortit du frigo qu'il dissimulait une petite bouteille d'un liquide clair. Il dévissa le bouchon et l'offrit à Rick.

— *Nazdrave !* s'écria-t-il quand Rick inclina la bouteille et but. Santé !

Rick aurait aussi bien pu avaler du feu. La brûlure de l'alcool pur lui consumant le gosier, il parvint à grimacer un sourire et rendit la bouteille.

— Rakia faite maison, expliqua Niko en s'octroyant une gorgée. La meilleure manière de conclure un deal.

Avec un air satisfait, à cause du deal ou du tord-boyaux, c'était difficile à dire, Niko replaça la bouteille de rakia dans le mini-frigo, laissant Rick s'interroger sur la nature exacte du marché qui venait de se conclure. Et se demander s'il aurait le courage d'aller jusqu'au bout.

— Tu aurais dû tout arrêter, dit Ash en remarquant les mains de Gareth crispées si fort sur le volant de son 4 × 4 que ses jointures étaient toutes blanches.

Ils étaient presque arrivés au Manoir et l'homme bouillait toujours. Ce qui, même pour Ash Metcalfe, l'un des hommes les plus affables à la ronde, était compréhensible.

— Maudit Rick, grommela le garde-chasse. Sans lui, c'est ce que j'aurais fait.

— Qu'est-ce que ça change que ce soit Rick qui organise ?

Gareth haussa un sourcil roux en signe d'incrédulité.

— Arrête ton char, Ash. Tu sais comment ça se passe, par ici. Rick et Bernard font la pluie et le beau temps à Bruncliffe.

— Et alors ?

La réponse vint dans un soupir.

— Alors les Lupton projettent de s'agrandir en construisant des dépendances du Manoir de l'autre côté de la route. Des lodges, des locations saisonnières… Ils ont fait des pieds et des mains pour se concilier les bonnes grâces du conseil municipal. Et s'ils apprennent que j'ai annulé la partie de ball-trap du maire et de son promoteur chouchou, ils ne vont pas bien le prendre. Or je ne peux pas me permettre de perdre ce boulot.

— Et ça vaut le coup de mourir pour ça ?

— Rien ne vaut ça, abonda Gareth. Mais j'ai prévenu Rick : encore un faux pas et ils dégagent tous.

— *Aye*, en théorie, c'est parfait, convint Ash. Je me demande juste si on arrivera à se débarrasser d'eux aussi facilement si on en arrive là.

Le garde-chasse prit l'air sombre.

— On verra le moment venu, murmura-t-il.

— En espérant ne jamais en arriver là !

D'une secousse, la Land Rover bondit du sentier pour rejoindre l'allée principale, prenant le virage qui menait à la grande propriété, ses murs de pierre grise à peine visibles à travers les arbres. Ash tourna la tête vers le convoi qui les suivait, la Land Rover cabossée de Will rapportant le matériel, et il s'interrogea sur la manière dont il pourrait tenir Delilah à distance de la prochaine séance de tir.

S'il s'était tourné de l'autre côté, il aurait vu l'éclair d'un mouvement dans les arbres sur sa gauche, et deux silhouettes plonger pour se mettre à couvert.

Ils avaient marché à travers les arbres, parallèlement à la route sinueuse, tout en restant le plus possible sous le maigre abri des grands tilleuls, Samson présumant que les voitures arriveraient dans son dos, depuis la route principale. Et donc, quand le bruit des moteurs lui parvint d'un petit sentier qui conduisait au poste de tir, il eut peu de temps pour réagir.

— Couché ! siffla-t-il, se jetant sur le sol au moment où une Land Rover surgissait de la droite.

Calimero hésita une seconde puis s'aplatit à côté de lui avec un petit soupir. Samson était fort opportunément vêtu d'un pull vert foncé et d'un pantalon kaki, ce qui lui donnait une chance de se fondre dans les hautes herbes sous les arbres ; en revanche ce n'était pas le cas du grand chien gris qui l'accompagnait. Il posa une main sur le dos de celui-ci, exerçant une légère pression jusqu'à ce que Calimero se détende et s'appuie contre lui.

Priant pour qu'on prenne le chien pour un affleurement de calcaire, Samson, toujours à plat ventre, vit la Land Rover passer à toute vitesse. Il aperçut des cheveux blonds. Ash Metcalfe, qui, dos tourné, observait les voitures qui suivaient le 4 × 4.

Sacré bon sang. La partie de chasse. Pourquoi rentraient-ils ? Gareth l'avait-il annulée après le dernier incident ?

Maudissant sa malchance, Samson garda la main sur le chien tandis que la première Jaguar rebondissait dans l'allée. Un long gémissement monta du braque.

— Pas bouger, murmura Samson en le tapotant doucement, concentré sur le convoi.

Un visage familier se détachait sur le siège arrière situé de son côté : Rick Procter, le profil suintant la tension. Puis la Jaguar suivante, dont les occupants rigolaient, une cicatrice familière barrant le crâne aux cheveux ras de l'homme côté passager. Personne ne tourna la tête dans leur direction.

La dernière Jaguar quitta le sentier. Quatre personnes à l'intérieur, trois d'entre elles levant la tête vers le Manoir. Assis à l'arrière, le front appuyé contre la vitre, Bernard Taylor, quant à lui, regardait dehors d'un air absent. Lorsque la voiture prit le virage, ses yeux balayèrent l'étendue d'herbe, au-dessus de la silhouette de l'homme couché à terre, le chien près de lui…

— Merde ! souffla Samson, cherchant déjà les mots qui le tireraient de cette situation discutable.

Or l'expression de Bernard ne changea pas, ses traits atones ne trahirent pas la moindre surprise. Non, son regard glissa sur Samson et Calimero comme s'ils étaient invisibles.

La Jaguar s'éloigna et l'ultime voiture arriva en vue – la Land Rover cabossée de Will Metcalfe, son propriétaire au volant, Delilah à côté de lui. Ou plutôt Denise, car elle ne ressemblait en rien à Delilah. Samson s'enfonça davantage dans l'herbe tout en remarquant qu'elle gardait la tête baissée vers ses genoux pendant que Will lui parlait, et acquiesçait timidement. Rien à voir avec Delilah, pensa Samson, soudainement pris d'un fou rire. Le 4 × 4 s'éloigna en direction du Manoir, et Samson roula sur le dos, hilare.

Ça lui avait manqué. Le rush d'adrénaline d'une opération qui tournait mal. L'improvisation soudaine, l'excitation du danger qui vous donnait des sueurs froides, vous faisait battre le cœur plus vite, et vous mettait un goût de peur dans la gorge. Puis le soulagement, le shoot de dopamine qui vous procurait le sentiment d'être invincible.

Un gémissement monta de la forme grise près de lui et Calimero fourra sa truffe dans la poche de Samson dans l'espoir d'y pêcher une friandise. Samson rit doucement et lui gratouilla la tête, songeant que c'était bien la première fois qu'un coéquipier en planque faisait une chose pareille.

Un autre gémissement. S'il ne dégottait pas quelque chose à manger à son partenaire, si Calimero se mettait en mode sirène, ils pourraient toujours ramper dans les sous-bois, rien ne pourrait les empêcher de se faire repérer.

Il se releva, attrapa la laisse du chien, et se remit en marche vers le manoir. De la nourriture et des infos, dans cet ordre. Lucy saurait si Gareth avait sifflé la fin de la partie et, tant que Samson resterait prudent, Delilah n'aurait pas besoin de savoir qu'il s'était pointé avant la fin de l'opération.

Dans la luxueuse cuisine du Manoir de Bruncliffe, c'était la panique. Peu importaient les hectares de plan de travail et le matériel haut de gamme, rien ne pouvait aider un chef dont les projets bien huilés étaient tombés à l'eau. Rien, sauf un rabe de temps. Et la vision de la Land Rover qui arrivait dans la cour venait de mettre fin à ce délai supplémentaire.

— Gareth est là, annonça Ana en relevant les yeux des mini-tourtes au porc qu'elle tartinait de compote de pommes.

— Et merde, merde, merde, *merde*, MERDE ! ronchonna Lucy.

Quand on l'avait appelée pour la prévenir que non seulement les invités regagnaient le Manoir pour une collation, mais encore qu'ils revenaient plus tôt, l'harmonie qui avait régné toute la matinée dans la vaste cuisine avait laissé place à une activité frénétique. Et à des flopées de jurons. Venant surtout de la douce et paisible Lucy, à la grande surprise d'Elaine.

— Ana, j'ai besoin que ces tourtes soient finies et présentées. Elaine, les apéritifs sont prêts ? Alors va les apporter dans le grand salon. Et bon sang, où est passée cette satanée Delilah alors que j'ai besoin d'elle ?

— J'y vais, déclara Elaine en prenant le plateau de boissons qu'elle avait préparé, et elle se dirigea vers la porte, soulagée de sortir de la cuisine vibrante de tensions.

— Et reviens dès que tu les auras servis ! cria Lucy dans son dos. J'ai besoin de toi ici !

En se déplaçant le plus vite possible malgré son chargement – et sa tendance à laisser tomber les choses –, Elaine traversa la salle de petit déjeuner, prit le couloir du fond et émergea dans le grand salon. Par les portes-fenêtres ouvertes, elle vit les Jaguar s'arrêter sur le gravier devant le portique cintré, la Land Rover de Will juste derrière. Les portières s'ouvrirent et les pseudo-chasseurs en descendirent.

Juste à temps. Elle se posta à côté de la porte et, comme des pas lourds écrasaient le gravier, elle tendit le plateau de verres en essayant de ne pas faire de gaffe.

Lucy avait baptisé le cocktail odorant – sans alcool – Bullshot. Pour la géologue, ça sentait le cul de vache, le fumet du consommé de bœuf la rendant vaguement nauséeuse. Ou peut-être était-ce la frénésie des préparatifs précédant le retour des invités, Elaine ayant passé presque entièrement les vingt dernières minutes à faire des allers-retours au galop entre la cuisine et le salon afin de préparer les rafraîchissements pour la collation anticipée.

— Un apéritif ? demanda-t-elle suavement tandis que les Bulgares entraient dans le vestibule, le grand avec la cicatrice sur le crâne ouvrant la marche, les sourcils froncés dans une face naturellement renfrognée.

Puis elle vit qu'il portait toujours son fusil.

— Je suis désolée, monsieur, les armes ne sont pas autorisées dans la maison.

Le dénommé Niko lança un commentaire acide auquel Crâne Balafré réagit par un grognement en bulgare visant Elaine. Il traversa le hall, planta son fusil dans le porte-parapluies et, en la foudroyant du regard, passa en trombe devant elle pour gagner le salon. À la plus grande joie du groupe.

— Monsieur, monsieur ! l'appela-t-elle, tandis que les autres participants se regroupaient autour d'elle, beuglant et attrapant des verres. Vous ne pouvez pas laisser ça là, monsieur.

Ses paroles tombèrent dans l'oreille d'un sourd. Les hommes suivirent leur compatriote dans la pièce, l'arme dépassant du pot en céramique, entourée d'une collection de parapluies de toutes les couleurs.

— Espèce de connard, marmonna Elaine.

— Concernant cette engeance, c'est encore loin de la vérité, grommela sombrement Gareth depuis l'autre bout de la salle.

Il venait de l'arrière de la maison, l'air de porter le monde sur ses épaules, sans le magnifique épagneul qui trottait toujours à côté de lui.

— Où est Bounty ? s'étonna Elaine.

— Dans la Land Rover. Pour sa propre sécurité, répondit le garde-chasse.

— J'imagine que ça n'a pas été une bonne matinée ?

Il eut une moue dégoûtée.

— C'est le moins qu'on puisse dire.

— Pardon d'en rajouter, mais l'un de ces crétins a laissé son fusil ici, signala-t-elle avec un mouvement de tête en direction du porte-parapluies.

— Quel con. Je ferais mieux de le rapporter dans l'armurerie…

Un fracas leur parvint du salon, le bruit aisément reconnaissable de bris de verre.

— Oh bon sang ! jura Gareth. Qu'est-ce que c'est encore que ça ?

— Vous en faites pas pour le fusil, dit Elaine, de tout cœur avec le garde-chasse submergé. Je le rapporterai moi-même quand je me serai débarrassée de ces verres.

— Merci, Elaine. Vous êtes une perle.

Il se détournait déjà pour s'occuper du nouveau problème, la laissant servir les derniers arrivants.

— Un apéritif ? proposa-t-elle, pleine d'optimisme, à Rick Procter et Bernard Taylor qui venaient dans sa direction, côte à côte mais sans se parler.

Le promoteur refusa d'un geste, le visage de marbre, quant au maire…

Elaine essayait de trouver un terme susceptible de décrire l'homme qu'elle était habituée à voir plein de vigueur. Un zombie, c'est ce qui lui vint à l'esprit, avec son teint gris, ses yeux vitreux. Il faudrait quelque chose de plus fort que les Bullshots de Lucy pour le ramener à la vie.

Will Metcalfe leur emboîtait le pas, l'air aussi orageux que la fois où il avait surpris Elaine et Delilah en train de réintégrer en douce la ferme Ellershaw à une heure du matin, un jour d'école. Elaine ne lui tendit même pas le plateau. Fort heureusement, derrière lui apparut enfin un visage amical, Ash Metcalfe, qui prit un verre, tirailla l'une de ses nattes et lui décocha un clin d'œil avant de disparaître dans le salon.

Enfin Delilah arriva, légèrement essoufflée et en sueur, comme si elle était montée et redescendue du Pen-y-ghent en courant.

— Qu'est-ce qui s'est passé là-bas ? chuchota Elaine. On ne dirait pas qu'ils se sont amusés. Ils reviennent tous comme s'ils s'étaient retrouvés devant un peloton d'exécution.

— Tu ne le croirais pas, répondit Delilah en s'épongeant le front avec un mouchoir en papier. C'était le chaos…

— Denise ! Elaine ! appela la voix de Gareth depuis le grand salon. L'une de vous deux pourrait venir nettoyer ça, s'il vous plaît ?

L'air résignée, Delilah se dirigea vers le salon, laissant Elaine regagner précipitamment la cuisine.

De l'autre côté du vestibule, le fusil resta oublié dans son havre provisoire.

14.

Ils avaient foncé à découvert. En atteignant les majestueux tilleuls, Samson et Calimero s'abritèrent derrière un large tronc pour observer la cour gravillonnée, les voitures garées là, et la double porte du Manoir ouverte sur le grand hall. Personne en vue. Ils ne pouvaient néanmoins pas rester là. Ils étaient trop exposés. Si quelqu'un passait dans le vestibule ou s'aventurait sur la terrasse qui s'étendait sur le côté sud du bâtiment, devant les vastes bow-windows, ils seraient repérés.

La cuisine. C'était ça qu'ils cherchaient. Elle devait se trouver sur l'arrière. Samson parcourut rapidement le terrain du regard et s'arrêta sur un épais bosquet qui escaladait un coteau au nord. Il longeait le Manoir sur toute sa longueur et offrirait la solution idéale pour gagner l'arrière sans se faire voir. Cependant, arriver jusque-là promettait d'être délicat. L'étendue de gravier n'offrait aucun abri, à part une haie qui délimitait un pré en pente et dévalait jusqu'à la zone de stationnement, presque jusqu'au bosquet. Seulement, entre les tilleuls et le début de la haie, il n'y avait qu'une pelouse nue.

Ils allaient devoir sprinter, traverser le gazon jusqu'à la haie puis ramper derrière avant de piquer un nouveau sprint vers la protection plus substantielle des arbres éloignés.

Un gémissement ramena son attention sur Calimero. La truffe en l'air, le chien flairait les délicieuses odeurs de cuisine. Impatient de remonter à l'origine des effluves alléchants, il tirait sur sa laisse en interrogeant du regard Samson, qui ne bougeait pas d'un pouce.

— Prêt ? chuchota Samson, s'accroupissant au niveau du chien, la laisse ramassée dans la main.

C'est alors qu'il l'entendit. Un tout petit bruit, comme le bourdonnement d'une abeille enfermée dans une bouteille. Il baissa les yeux et découvrit son écouteur accroché à son sweat. Il avait dû tomber quand il s'était jeté au sol. Il le remit en place et un gros rire lui explosa dans l'oreille.

Soit il avait retrouvé du réseau, soit Delilah avait réactivé la caméra – quoi qu'il en soit, les Bulgares donnaient l'impression d'apprécier les en-cas et les rafraîchissements mis à leur disposition. Puis, dominant le vacarme, un son qui le pétrifia. Le grincement d'une porte qu'on ouvrait. Et soudain, il entendit des voix dans ses deux conduits auditifs.

Les hommes sortaient sur la terrasse. Il se tortilla sur sa droite et vit de larges épaules émerger des portes-fenêtres. L'un des gardes du corps scanna les environs afin de détecter d'éventuelles menaces…

— Allez, go ! siffla Samson à Calimero, et ils se ruèrent vers la haie.

Complètement exposé sur l'étendue herbeuse, le chien filant à ses côtés, Samson n'osait même pas jeter un coup d'œil vers la maison. Plus que quelques mètres, et ils y seraient. Trois longues foulées, s'attendant à tout instant à entendre crier. Puis un plongeon tête la première, une roulade et Samson se retrouva assis dans l'herbe, derrière la haie, haletant. Calimero pila à ses pieds, à peine essoufflé.

— Bon chien, chuchota-t-il, et il fut récompensé par une léchouille sur l'oreille.

Il se tourna vers la maison et observa à travers les épais lauriers le garde du corps à présent rejoint sur la terrasse par la plupart des tireurs. Bon sang… Ce n'était pas passé loin.

Soulagé, Samson attrapa la laisse de Calimero et commença à progresser à quatre pattes le long de la haie, vers la cour gravillonnée.

— Tu en as mis du temps ! fit Lucy quand Elaine entra dans la cuisine, la cheffe lui indiquant déjà une série de plateaux chargés de mets qui n'attendaient que d'être proposés aux invités. – Ana était occupée à en préparer d'autres. – Et où est Delilah, nom d'un chien ?

— Elle a été retenue, répondit Elaine. Les Bulgares ont fait du grabuge, et…

Elle s'interrompit, songeant soudain au fusil rangé parmi les parapluies.

— Merde ! Désolée, il faut que j'aille récupérer un truc…

Elle faisait déjà demi-tour, les mains vides, et mettait le cap sur la porte, quand la voix de Lucy l'arrêta dans son élan.

— Alors là, tu rêves ! tonna-t-elle en montrant les rafraîchissements. Il faut apporter ça. Tout de suite ! Et c'est toi qui t'en charges. Parce que de mes deux autres supposées serveuses, la première n'a pas mis les pieds ici de toute la matinée, et la deuxième ne peut pas aller dans cette pièce parce que Rick Procter pourrait la voir. Donc, quoi que tu aies à faire, il faudra que ça attende…

— Mais c'est un fusil…

— Je m'en fiche ! Ça pourrait être une bombe sur le point d'exploser que je ne voudrais pas le savoir ! J'ai passé toute la matinée et la majeure partie de ces trois derniers jours à trimer sur cet événement – que je n'aurais pas accepté si tu n'avais pas autant insisté –, alors le moins que tu puisses faire, c'est de servir les invités à l'heure.

Normalement, Elaine n'aurait pas discuté. Pas avec une cheffe au bord de la crise de nerfs. Mais, repensant au fusil et à la promesse qu'elle avait faite à Gareth, elle fit une nouvelle tentative.

— M'enfin, Lucy, c'est quasiment une question de vie ou de mort…

Lucy gronda.

— Je peux m'en occuper, intervint Ana. J'ai fini, ici, et il faut que j'aille aux toilettes. Où est-il ?

— Merci, Ana. Il est dans le porte-parapluies du hall. Tu peux le déposer à l'armurerie, dans les écuries ?

Avec un clin d'œil insolent adressé à la cheffe fumasse, Elaine s'empara de deux plateaux et fila.

Ils étaient planqués derrière la haie. Accroupi dans une position inconfortable, Samson examinait à travers le mur de lauriers la raison de leur immobilisation.

Deux des gardes du corps, plutôt détendus dans cet environnement bucolique, avaient quitté la terrasse qui bordait le salon où étaient proposés les en-cas et s'étaient aventurés sur le gravier en direction des 4 × 4. Arrivés auprès des véhicules, ils allumèrent des cigarettes et se mirent à bavarder.

Les hommes se trouvant dangereusement proches, Samson avait décidé de surseoir au projet de raid sur le ravitaillement et fait se coucher le chien tout près de lui, à l'abri des regards, à la grande consternation dudit animal. Hélas, les gardes du corps faisaient durer leur pause cigarette.

— Il n'y en a plus pour très longtemps, promis, murmura Samson en caressant la tête de Calimero.

Ce dernier répondit en produisant un long gémissement sourd et s'appuya contre Samson, manquant le faire tomber. Son mollet gauche menacé par une nouvelle crampe, le chien fébrile collé contre lui, Samson se demandait combien de temps encore ils parviendraient à passer inaperçus.

Pendant que Samson était coincé derrière sa haie, Ana Stoyanovic se cachait dans les toilettes pour dames.

Elle avait tâché de chronométrer son escapade aussi habilement que possible. Elle avait attendu qu'Elaine quitte la cuisine en pensant que les invités seraient occupés dans le salon avec les amuse-gueules qu'elle leur proposerait et risqueraient moins de la remarquer quand elle passerait. En fin de compte, le trajet aller s'était avéré du gâteau, en revanche le retour vers les cuisines s'annonçait plus épineux.

Le problème était que le couloir qui menait aux toilettes débouchait dans le hall d'entrée, pile en face du salon, et que lorsqu'Ana voudrait récupérer le fusil, si quelqu'un s'éloignait un peu de la réception, il la verrait comme le nez au milieu de la figure. Elle n'avait pas droit à l'erreur.

Elle coula un regard par la porte des toilettes entrebâillée. Constatant que la voie était libre, elle croisa les doigts et se glissa dans le couloir dans l'idée de traverser le hall au pas de course. Ses pas lui parurent trop sonores sur le dallage, mais elle atteignit son but. Le porte-parapluies était bien là, dans le coin, un fusil planté dedans.

Des éclats de voix lui parvinrent depuis la porte ouverte juste en face, et, se détachant en ombres chinoises sur la lumière qui filtrait d'un des grands bow-windows, elle aperçut Elaine et Delilah qui faisaient le service, passant leurs plateaux d'amuse-gueules parmi les invités. Et tout au fond, inratable, Rick Procter et ses cheveux blonds parlait avec deux hommes petits et râblés.

Cela suffit à galvaniser Ana et la faire s'élancer. Elle attrapa le fusil, traversa le vaste espace et regagna le sanctuaire de la cuisine, le tout en cavalant, ravie à l'idée qu'elle avait toutes les compétences d'un agent infiltré, elle aussi.

Sauf que non. Parce qu'elle n'avait pas regardé derrière elle. Si elle l'avait fait, elle aurait remarqué que la porte des toilettes pour hommes était entrouverte. Et qu'une silhouette en émergeait au moment même où elle se penchait pour prendre l'arme. Une silhouette qui vit son profil avant qu'elle s'éloigne rapidement, d'une manière qu'on n'aurait pu qualifier que de furtive.

— Ana Stoyanovic ! s'exclama Bernard Taylor.

Pour un homme déjà dévoré par l'angoisse, l'apparition inattendue de la femme qui avait travaillé pour Rick Procter ne pouvait que s'interpréter sous un éclairage négatif.

— Je suis allée à des enterrements plus folichons, chuchota Elaine en rejoignant Delilah au fond du salon grandiose qui accueillait les participants à la chasse.

Elle n'avait pas tort. Dans le décor opulent et le mobilier ancien de la salle de réception qui dominait des pelouses méticuleusement entretenues, l'atmosphère était pour le moins tendue. Quelques-uns des hommes étaient sortis sur la terrasse. Ils parlaient et rigolaient très fort, alors qu'il régnait une tension indéniable entre les principaux protagonistes.

Rick Procter parlait discrètement avec les deux frères, Niko et Andrey, et vu la tête qu'ils faisaient, Delilah doutait qu'ils discutent de leurs performances au tir aux pigeons d'argile. Selon toute apparence, Rick se faisait souffler dans les bronches. Et si Gareth paraissait en grande conversation avec Will et Ash, il était clair qu'il tenait prudemment à l'œil ses invités tapageurs, à l'affût de tout incident qui réclamerait de nouveau son intervention.

— Tu ne vas pas repartir avec ces crétins pour la prochaine séance de tir, hein ? demandait Elaine.

Elle avait été consternée quand, profitant d'une pause dans son service, Delilah lui avait fourni une version édulcorée des activités de la matinée, et encore, elle lui avait fait grâce de l'incident avec le lièvre. Delilah avait délibérément omis de le lui raconter – non pour ménager sa sensibilité, plutôt pour protéger les Bulgares. Car Delilah savait que si Elaine avait vent de l'histoire, elle était capable de prendre Milan à partie et de l'assommer avec son plateau.

— Non, Dieu merci, confessa Delilah, qui luttait pour ne pas se gratter le crâne, en feu sous la perruque. C'est la dernière sortie de Denise. Je la mets officiellement à la retraite dès que ces types repartent sur la colline. Même si, au fond de moi, je me dis que je ferais mieux d'y aller, histoire de garder celui-là à l'œil.

Elle esquissa un geste en direction de la silhouette solitaire de Bernard Taylor qui venait juste de regagner le salon, et dont l'expression tendue démontrait à quel point il appréciait peu la matinée.

— Qu'est-ce qui arrive à notre estimé maire ? s'interrogea Elaine.

— Aucune idée. Je ne l'ai jamais vu comme ça. Il s'en est pris à Gareth avant le début de la battue, et là-haut, il a eu une algarade avec Rick. Il a l'air complètement à cran. En plus, il a failli se faire tirer dessus, ce qui n'a rien arrangé. Il m'inquiète un peu.

Elaine ricana.

— Je ne l'ai pas vu montrer les mêmes préoccupations pour toi quand tu divorçais d'avec son fils qui te cocufiait au vu et au su de tout le monde.

Delilah lui répondit d'un haussement d'épaules.

— Je sais. Mais il a été mon beau-père pendant un moment, pour ce que ça vaut.

— Bon, je suis contente que tu entendes raison. Ces types sont dangereux, et ce ne serait pas prudent de repartir avec eux là-haut…

Depuis la terrasse, leur parvint une exigence formulée sur le mode impérieux :

— On a faim !

En étouffant un soupir, Delilah tendait la main pour prendre un plateau des fabuleuses tartelettes au porc et à la compote de pommes dont Lucy avait le secret, quand Elaine l'arrêta d'un geste.

— Laisse-moi faire. Tu te les es coltinés toute la matinée.

Delilah se garda bien de discuter. Elle en avait jusque-là des investisseurs bulgares, et malgré l'inquiétude que lui inspirait Bernard Taylor, elle avait hâte de se débarrasser de sa perruque et de son attirail. Malgré la fraîcheur de la pièce, elle se liquéfiait littéralement sous son rembourrage.

— Merci, dit-elle en se penchant pour embrasser Elaine. Tu es mon idole.

— Ne l'oublie pas, répliqua Elaine, goguenarde, en s'éloignant.

Quand Delilah se retourna, elle croisa le regard inquisiteur de Rick Procter. Il s'était éloigné des frères bulgares et la contemplait, concentré. Comme si elle était une énigme à résoudre.

Elle détourna les yeux et entreprit de poser les verres de Bullshot vides sur un plateau, bien décidée à s'esquiver prestement. Mais lorsqu'elle s'apprêta à quitter la pièce, il était là, devant lui, la main tendue pour l'arrêter.

— J'ai l'impression de vous connaître, dit-il en la dévisageant sans vergogne.

— Désolée…, bredouilla-t-elle, sentant la chaleur l'envahir. Je ne vois pas comment…

— On ne s'est pas déjà rencontrés ?

Elle fit « non » de la tête, muette de panique, avec l'impression qu'on lui avait arraché son déguisement, le plateau qu'elle tenait entre les mains commençant à trembler.

— Vous êtes sûre ? Parce que j'ai vraiment la mémoire des visages, insista Rick.

— Certaine, répondit-elle dans une sorte de piaulement, l'homme continuant à la fixer avec intensité.

— C'est drôle, parce que j'aurais juré…

— *Imbécile !*

Cette invective, proférée avec force, venait de Milan, sur la terrasse, et fut suivie par un grand bruit de métal sur le béton, alors que le plateau qu'Elaine tenait entre les mains tombait par terre, suivi par une cascade de tartelettes au porc, dont la plupart rebondirent sur la poitrine du grand Bulgare.

— Regardez ce que vous avez fait ! cria-t-il avec un geste rageur en montrant son tee-shirt, le motif de camouflage marron maintenant maculé de compote.

— Je suis vraiment désolée ! Laissez-moi vous nettoyer ! proposa Elaine, les lunettes de travers, tout en tamponnant frénétiquement le torse de l'homme avec une serviette, faisant jaillir quelque chose de la poche poitrine et ne réussissant qu'à aggraver les choses.

Tout en jurant avec fluidité en anglais, Milan écarta brutalement la main – et aurait eu un geste plus violent encore sans une interjection de Niko. Quelques mots prononcés tout bas, en bulgare, qui eurent pour effet de l'arrêter dans son élan.

C'est alors qu'Elaine aperçut le petit sachet en plastique par terre.

— Je pense que c'est à vous, dit-elle en le ramassant avant de le lui tendre, réalisant seulement à ce moment-là ce que c'était.

De la poudre blanche. Dans un sachet à glissière.

Milan s'avançait pour le lui arracher des mains lorsque le colossal Gareth Towler réagit encore plus vite et traversa la pièce à grands pas pour attraper le sachet au vol.

— C'est ce que je crois ? gronda-t-il dans le silence qui venait de s'abattre dans le salon. Alors, c'est ça ?

Le Bulgare se contenta de le toiser, les lèvres retroussées en un rictus méprisant.

— De la putain de coke ? Vous avez pris de la cocaïne quand on était à la battue ?

— C'est rien…, commença Milan, désinvolte.

Le garde-chasse lui coupa la parole.

— Rien ? Vous appelez *rien* le fait d'avoir failli tirer sur quelqu'un ? Vous avez complètement perdu les pédales, là-haut !

Il se retourna vivement vers Rick Procter qui les fixait d'un air légèrement inquiet.

— Je vous avais prévenu. Au prochain coup foireux… Eh bien, ça y est ! s'écria-t-il en secouant le sachet. La chasse est terminée.

— Vous ne pouvez pas l'annuler !

Le cri de protestation venait d'une source inattendue, Bernard Taylor, intervenant dans le silence qui avait suivi la déclaration du garde-chasse.

— Oh que si, je peux ! C'est ce que je viens de faire. Finissez vos verres, remontez dans vos bagnoles et tirez-vous, tous !

Gareth allait quitter la pièce, mais le maire n'avait pas dit son dernier mot. Il lui barra la route.

— Je vous recommande vivement de revenir sur votre position ! aboya-t-il en agitant un doigt menaçant sous le nez du garde-chasse. Ou les Lupton sauront à qui s'en prendre quand leur demande de permis de construire sera refusée !

Delilah n'en croyait pas ses oreilles. Devant cette manœuvre d'intimidation, Rick Procter avait blêmi. Quant à Bernard Taylor, pourtant rompu à la politique provinciale, il n'avait pas l'air de mesurer la grossièreté de la manœuvre. Ça n'avait aucun sens. Cet homme qui avait donné, toute la matinée, l'impression d'être là contraint et forcé, était furieux que la chasse soit interrompue avant l'heure.

— Laissez les Lupton en dehors de ça, Bernard, déclara Gareth avec un calme qui jurait avec la tension qu'il dégageait.

Puis, posant une main ferme sur la poitrine du maire, il le repoussa et sortit du salon.

— Je vous préviens, Towler ! cria encore Bernard Taylor, le visage déformé par une rage inexplicable. Vous serez viré !

Le silence qui avait régné tant que le garde-chasse était dans la pièce se rompit dans son sillage, tout le monde se mit à parler en même temps, noyant les éructations du maire à qui s'adressait maintenant un Rick Procter livide. Delilah sentit l'air qu'elle retenait s'échapper de ses poumons.

— Putain de merde ! – Le juron étouffé venait d'Elaine, qui s'était rapprochée d'elle. – Je me suis contentée de renverser quelques petites tartes au porc pour qu'il te lâche la grappe, et voilà ce que ça a donné !

La mâchoire de Delilah se décrocha.

— Quoi, tu l'as fait exprès ?

Elaine remonta ses lunettes sur son nez dans un geste de défi.

— Oui. Je n'avais pas prévu ce résultat, tu imagines bien.

— Ça va, vous deux ?

Ash les avait rejointes, un œil sur l'immense Bulgare plongé dans une discussion houleuse avec ses cousins, qui jetaient des regards noirs en direction d'Elaine.

— Je crois que vous feriez mieux de retourner à la cuisine. Qu'en penses-tu, Dee ?

Delilah allait répondre quand elle prit conscience qu'Ash avait utilisé son vrai nom.

— Tu sais ? chuchota-t-elle, stupéfaite.

— Qui tu es ? Oui. Pourquoi tu es déguisée ? Pas l'ombre d'une idée. Mais je vous conseille fortement, à toutes les deux, de vous esquiver, et vite. Ce n'est pas le moment que quelqu'un d'autre découvre ton identité.

Elle vit qu'il s'attendait à des palabres. Et, en d'autres circonstances, elle ne l'aurait pas déçu. Mais il s'en était fallu de peu, avec Rick Procter, et l'envie dévorante de retirer son attirail la fit céder.

— D'accord. Mais si ces types s'énervent, ne fais rien de stupide, Ash.

— Ne t'inquiète pas, la rassura son frère. Will et moi, on ne prendra pas de risques.

Elle lui pressa furtivement la main puis se dépêcha de quitter la pièce en compagnie d'Elaine en se demandant comment elles allaient annoncer à la cheffe qui avait passé des heures à préparer des petits plats qu'elle s'était échinée pour rien.

Ana Stoyanovic ne savait rien du drame qui se déroulait dans le salon. Elle était trop occupée à en éviter un elle-même.

Ce maudit fusil !

Elle l'avait trimballé dans toute la maison puis dans la cour, avant de découvrir que l'armurerie, située dans les écuries, était fermée à clé.

Que faire ? Elle ne pouvait pas l'abandonner par terre. Autant le laisser dans le porte-parapluies. Et elle ne pouvait pas se permettre de passer davantage de temps à essayer de s'en débarrasser, parce qu'une Lucy stressée avait déjà tambouriné à la fenêtre de la cuisine pour la rappeler à son devoir.

Il n'y avait qu'une possibilité.

La Land Rover du garde-chasse était garée sur les pavés. Tenant précautionneusement le fusil canon braqué vers le sol, Ana traversa la cour en direction de la voiture.

À l'arrière, dans une cage, un épagneul brun roux dormait, la tête posée sur les pattes. En prenant bien garde à ne pas le réveiller, elle ouvrit doucement la portière côté passager et posa l'arme sur le siège, avant de refermer tout aussi doucement.

Ça irait pour le moment, il le fallait bien. Elle demanderait à Elaine d'indiquer à Gareth où trouver le fusil, et le garde-chasse s'en chargerait.

Un autre *toc-toc* frénétique frappé par la cheffe sur la vitre de la cuisine fit revenir Ana aux fourneaux, et ventre à terre.

Samson et Calimero étaient toujours coincés derrière la haie, le chien couché dans l'herbe, la tête sur ses pattes, l'air pitoyable, tandis que Samson était scotché à la vidéo qui défilait sur son portable.

Il était littéralement hypnotisé par la séquence d'images. L'avalanche de tourtes au porc, le sachet de cocaïne, l'annonce de Gareth et le pétage de plombs de Bernard Taylor…

Fort de sa longue expérience d'agent infiltré, Samson avait l'horrible impression que toute l'affaire prenait des allures de catastrophe imminente, et potentiellement mortifère. Avec Delilah et ses amis en plein milieu.

Mortifère, tout comme les deux gardes du corps qui papotaient près des Jaguar, les pectoraux gonflant leurs blousons de cuir. Des blousons qu'ils avaient résolument gardés malgré la chaleur ambiante, ce qui amenait Samson à se demander s'ils avaient une raison particulière de ne pas les enlever. Une arme cachée ? Deux, peut-être ?

Quel souk. Une bande de voyous à la gâchette facile, shootés à la coke, qu'on venait de prier de dégager…

Plus il y pensait, plus son angoisse montait. Si les Bulgares se braquaient et refusaient de quitter les lieux, ça n'irait pas tout seul. Non seulement Gareth risquait de gros ennuis, mais les frères Metcalfe et la brigade de la Pâtisserie des Monts aussi.

Le moment était peut-être venu d'appeler des renforts officiels, juste par précaution ? C'était surprenant à quel point les gens se calmaient vite à la vue d'un uniforme ou deux.

Il hésitait encore à passer l'appel quand un bruit de pas lui fit lever la tête et scruter à travers le mur de lauriers.

Gareth Towler venait d'apparaître, le visage de marbre, une main sur la tempe comme si sa tête le faisait souffrir. Il parlait dans un talkie-walkie. Restant à bonne distance des gardes du corps, il longea la façade du Manoir. En direction de la haie.

— Oui, Tommy, j'ai annulé. Alors t'embête pas à préparer les lanceurs suivants, ramène-toi, c'est tout.

Avec un grognement, il fourra la radio dans sa poche et resta immobile un instant, contemplant le sol.

Calimero laissa échapper un sourd gémissement affamé. Samson posa aussitôt la main sur sa tête pour le faire taire tandis que des voix sonores filtraient depuis l'intérieur du grand salon. Les derniers Bulgares. Qui se dirigeaient vers la sortie.

Après un coup d'œil derrière son dos, Gareth reprit sa marche vers le coin nord de l'édifice et s'éloigna de ses hôtes difficiles, la courbe de la haie le masquant aux yeux de Samson.

Appeler le poste de police de Bruncliffe, ou pas ? Samson décida d'attendre quelques minutes. Le temps que les Bulgares retrouvent leur calme. Cette décision allait le hanter longtemps.

15.

— Comment ça, annulé ? s'exclama Lucy, l'air sur le point d'occire les deux messagères. – Et compte tenu de la nouvelle qu'elles venaient de lui annoncer en revenant du salon, ça se comprenait. – Vous plaisantez ?

— Pas du tout, répondit Elaine. Gareth a sifflé la fin de la récré. Je ne l'ai jamais vu aussi furieux.

La cheffe contempla la cuisine, les faitouts qui bouillonnaient sur la cuisinière, l'énorme quartier de bœuf en train de rôtir dans le four. Et puis son regard s'arrêta sur son équipe, ses trois employées enfin réunies dans la pièce au moment où on n'avait plus besoin d'elles.

— Tout ce boulot pour rien, murmura-t-elle, les fesses appuyées au plan de travail. Il faut que je boive quelque chose.

— Je vais brancher la bouilloire, proposa Delilah avec un clin d'œil inquiet à Elaine.

— Pas du thé, objecta Lucy alors qu'Ana approchait un tabouret et l'aidait à s'asseoir. Quelque chose de plus raide.

— Il y a une cave à liqueurs dans le salon. Je vais voir ce que je peux trouver. Je reviens tout de suite.

La porte se referma derrière Elaine, et Lucy se prit la tête à deux mains.

— Je ne peux pas croire qu'il ait tout annulé, gémit-elle.

Devant le désespoir de sa belle-sœur, Delilah éprouva un pincement de culpabilité. En apprenant la décision du garde-chasse, elle n'avait ressenti que du soulagement et sa seule hâte était de se dépouiller de ses strates de déguisement.

— Je suis sûre que Will et Ash seront ravis de manger un morceau avant de repartir, dit-elle, dans l'espoir de la réconforter un peu. Tu peux compter sur eux pour faire honneur à ton dur labeur.

Mais Lucy n'était pas d'humeur à se laisser consoler.

— Il y a de quoi nourrir vingt personnes. Même un Ash affamé ne pourra jamais manger tout ça ! Seigneur, je savais depuis le début que toute cette histoire était un mauvais plan.

— Tu pourrais peut-être utiliser le bœuf froid ? suggéra Ana. Au salon de thé ?

— Bonne idée, renchérit Delilah. Pour faire des sandwichs. Ou pourquoi pas des tourtes ?

Un mouvement flou se refléta, l'espace d'un éclair, sur l'inox de la crédence, attirant l'attention de Lucy. Gareth passait en courant, et la tension qu'elle lut sur son visage eut raison de sa propre frustration. Le fait que son ami ait mis fin à un événement que ses clients avaient dû payer près de mille livres par personne lui donnait une idée de la gravité de la situation.

— Le pauvre diable, murmura-t-elle. Ça n'a pas dû être une décision facile à prendre pour lui.

— Bernard Taylor a menacé de le faire virer, précisa Delilah, tout bas. Mais Gareth a bien fait. Il n'aurait jamais fallu laisser ces gars approcher des fusils.

Ce mot fit « tilt » chez Ana, qui se flanqua une claque sur le visage.

— Le fusil ! Il faut que j'aille le récupérer !

Dans un tourbillon, elle quitta la pièce.

Lucy leva les yeux au ciel en voyant à nouveau disparaître un membre de sa brigade.

— La prochaine fois, rappelle-moi d'embaucher de vraies serveuses ! dit-elle à Delilah qui arrachait sa perruque avec un soupir de soulagement, enlevait ses lunettes et commençait à ôter ses lentilles de contact.

C'est avec des yeux de deux couleurs différentes qu'elle lui lança un grand sourire. Pendant que dehors, dans la cour, le fusil était toujours posé sur le siège passager de la Land Rover du garde-chasse.

Il fallait qu'il arrive à convaincre Gareth Towler de revenir sur sa décision. Qu'il brandisse de nouvelles menaces si nécessaire. Tout plutôt que de le laisser annuler la partie de chasse.

Rick Procter avait essayé de le retenir. Mais le tumulte d'angoisse qui s'était emparé de lui était tellement dévastateur qu'il n'avait pas entendu ce que son acolyte lui expliquait. Des mots. Rien que des mots. Alors que ce qu'il leur fallait, c'était de l'action. La partie de chasse devait continuer, pour qu'il ait une chance de rompre les chaînes qui le liaient à la pourriture de l'Immobilière Procter. Et à ces hommes.

Ce Niko. Bernard n'avait jamais rencontré quelqu'un d'aussi terrifiant. L'effroi lui comprimait la poitrine, lui donnait l'impression que son cœur allait exploser. Que quelque chose allait claquer.

Bernard Taylor n'avait qu'un objectif en tête : il se rua dans le long couloir qui partait du salon et d'où était venu le garde-chasse quand ils étaient arrivés pour leur collation. Il déboucha dans une pièce où se dressait une grande table de salle à manger, et droit devant lui une porte à double battant, derrière laquelle il entendait des voix de femmes.

Pensant qu'elle donnait sur l'arrière de la maison, Bernard traversa la pièce en courant, ouvrit la porte. Et se figea.

Samson, qui observait les Bulgares, était de plus en plus mal à l'aise à chaque minute qui passait.

Ils étaient restés plantés dans la cour de devant pendant un moment, sans faire mine de vouloir remonter dans leurs Jaguar et s'en aller. Et bien qu'il ne sache pas ce qu'ils se racontaient, leur langage corporel était facile à déchiffrer : plusieurs des hommes gesticulaient furieusement et engueulaient visiblement Ash et Will, debout sur les marches, devant eux, les bras croisés, et largement dépassés par le nombre. Et par la taille aussi, même sans ce colosse de Milan, qui était passé Dieu sait où.

Quant aux frères Karamanski, ils ne levaient pas le petit doigt pour calmer leurs compatriotes. Ils se tenaient un peu en retrait et suivaient passivement la scène du regard. Impossible de deviner ce qu'ils pouvaient bien avoir en tête.

Samson avait déjà croisé des gars de cette espèce. Des hommes au pouvoir redoutable. Les types les plus dangereux auxquels on pouvait avoir affaire. C'était cette expérience – combinée à la présence de tout un arsenal de fusils à l'arrière de chaque Jaguar, et naturellement des munitions qui allaient avec – qui lui fit enfin prendre son téléphone portable.

Au poste de police de Bruncliffe, ce n'était pas vraiment l'effervescence. Deux ou trois appels – un vélo volé qui avait été retrouvé une demi-heure plus tard, apparemment subtilisé pour faire une blague, et un chat disparu –, c'était tout ce qui avait troublé la paix matinale, que le constable Danny Bradley essayait de mettre à profit pour rattraper le retard de paperasse qui s'accumulait sur son bureau. En face de lui, le sergent Gavin Clayton était affalé dans son fauteuil, les mains croisées sur la bedaine et les paupières mi-closes. Soit le chef s'apprêtait à faire une petite sieste, soit il était en méditation.

Méditation sur tout ce qu'il n'avait plus le droit de manger vu qu'il était au régime, songea Danny, qui ne put retenir un sourire.

— Qu'est-ce qui t'amuse tellement, gamin ?

Danny releva la tête et constata que le chef le regardait, le sourcil haussé.

— Rien du tout… C'est juste que…, bredouilla le constable, une vive rougeur montant du col de son uniforme.

Il fut sauvé par la sonnerie stridente du téléphone.

— Je m'en occupe, marmonna le sergent en se redressant, renversant son fauteuil, ce qui lui arracha un grommellement. C'est sûrement rien, à cette heure.

Pendant que le sergent Clayton répondait au téléphone, Danny étouffa un soupir et se remit à son classement. C'était très calme, depuis quelques semaines. Beaucoup trop calme. Après l'excitation du mois passé, et le drame du marché aux enchères – sans mentionner la beauté ensorcelante qui lui avait brisé le cœur –, le jeune constable trouvait les journées de service un peu mornes. Il rêvait qu'il se passe un peu quelque chose, un poil d'action pour…

— Plus fort, O'Brien, je t'entends à peine !

O'Brien. Ce nom suffit à faire relever des yeux pleins d'espoir à Danny, qui regarda son sergent, lequel poussa un soupir las, unc main plaquée sur le front, comme s'il démarrait un mal de crâne à la seule mention de l'homme qui avait provoqué un maelström dans la police de Bruncliffe depuis son retour au bercail.

— Derrière une haie ? Bon sang, qu'est-ce que tu fous derrière une haie ? fit le sergent, soudain tout ouïe.

Danny prit les clés de la voiture.

Penchée sur le plan de travail, Delilah enlevait sa deuxième lentille quand les portes de la cuisine s'ouvrirent à la volée.

— Tu as trouvé du whisky ? demanda-t-elle, pensant voir revenir Elaine.

Mais c'était Bernard Taylor qui la contemplait, bouche bée, puis la perruque sur le comptoir, les lunettes posées à côté, la lentille de contact au bout de son doigt, le rembourrage autour de sa taille…

— Vous ! s'exclama-t-il.

Il y eut une seconde de silence pendant laquelle Delilah le dévisagea, le regard de Lucy passant de l'un à l'autre. Puis Bernard parut s'effondrer sur lui-même, se dégonfler sous leurs yeux, la main crispée sur la poitrine.

— Trop c'est trop, marmonna-t-il en reculant vers la salle de petit déjeuner. D'abord la Stoyanovic, et maintenant vous…

La double porte se referma sur lui dans un claquement.

— Et merde ! s'exclama Delilah, encore figée sur place.

Puis elle remit sa lentille de contact, attrapa la perruque et se la fourra sur la tête en utilisant la crédence en inox comme miroir.

— Qu'est-ce que tu fabriques ? demanda Lucy.

— Je vais le voir. Il faut que je lui explique…

— Lui expliquer quoi ? Que tu l'espionnais ? Il n'y a pas moyen d'expliquer une chose pareille, Delilah. Laisse tomber, c'est tout. Le mal est fait.

Mais Delilah ne voulait rien entendre. Elle avait vu la tête que faisait Bernard Taylor. Elle avait senti qu'il était sur le point de craquer. Elle remit sa deuxième lentille de contact, ses lunettes, tapota machinalement la branche pour les réactiver, et courut vers la porte.

Delilah Metcalfe ! La serveuse un peu replète qui les avait suivis toute la matinée était Delilah Metcalfe, méconnaissable sous un déguisement. Ce qui ne pouvait signifier qu'une chose.

L'Agence de Recherche des Vallons enquêtait sur eux.

Bernard Taylor retraversa la salle de petit déjeuner en titubant, victime d'un véritable tsunami de panique.

Tout était perdu. Ils savaient. Pour les propriétés, la drogue. La connexion avec les Bulgares. Sinon, pourquoi Delilah l'aurait-elle espionné ?

Et l'autre femme, la Stoyanovic. Qui rôdait dans les couloirs en essayant de passer inaperçue. Est-ce qu'elle faisait partie du complot ? Est-ce qu'elle avait glané des informations sur eux, du temps où elle travaillait pour Procter, dans cette satanée maison de retraite ?

Le cou trop serré dans son col, il tangua jusqu'à l'autre bout de la pièce et dans la salle à manger voisine, une double porte-fenêtre déjà ouverte sur l'arrière du Manoir. De l'air. Il avait besoin d'air.

Il sortit en titubant dans la cour déserte, les jambes flageolantes. Il ne pourrait jamais s'en tirer. Il était foutu. Et tout à coup, il se sentit envahi d'une sorte de résignation. C'est alors que son esprit fracturé sut ce qu'il avait à faire. Il avait encore le temps.

Il prit son téléphone portable dans sa poche et l'appela. Deux sonneries, et on décrocha. Messagerie vocale.

— Nancy, bredouilla-t-il en se dirigeant vers la Land Rover du garde-chasse dont il ouvrit la portière, côté conducteur, pour se mettre au volant avant que ses jambes le lâchent. Nancy, Je suis vraiment désolé… Je t'aime tant… Je n'ai jamais voulu te faire de peine…

Lucy se retrouvait seule dans la cuisine. Encore une fois.

Elle secoua la tête, désemparée devant l'impulsivité de ses employées, se redressa et se remit au travail. Le repas avait peut-être été annulé, mais ça ne voulait pas dire qu'elle était miraculeusement dispensée de remettre de l'ordre. Et puis Ana avait mis le doigt sur quelque chose : elle pourrait réutiliser la viande au salon de thé. Et les desserts, aussi. En réalité…

Ses pensées furent interrompues par un reflet brun qui passa comme un éclair sur la crédence en inox, la faisant se retourner vers la fenêtre. Un chien aboyait furieusement dans la cour. Elle n'avait pas achevé son mouvement qu'une forte détonation retentit. Qui fit vibrer la vitre de la grande fenêtre et se répercuta dans la cuisine, lui faisant lâcher la casserole qu'elle tenait et bondir en arrière, répandant de l'eau bouillante et des petits pois sur le carrelage.

Quelques instants plus tard, un hurlement strident, féminin, déchirait l'air.

Un coup de fusil. À canons superposés, faisant feu en même temps. Derrière la haie, Samson se relevait déjà, aussitôt imité par le chien à côté de lui.

Il se fichait pas mal de griller sa couverture. Il se fichait pas mal du fait qu'il était encore au téléphone, et des couinements de surprise du sergent Clayton qui lui parvenaient.

Il ne pensait qu'à Delilah.

Et puis il entendit le cri. Un cri de femme.

Il se mit à courir le long de la haie, suivi par Calimero. Conscient que les Bulgares et les frères Metcalfe cavalaient aussi, tout le monde convergeant vers l'arrière du bâtiment.

Passant par une ouverture entre les lauriers, Samson se jeta dans l'allée latérale, un peu en avance sur les autres. Calimero s'était mis à aboyer. Un autre chien, quelque part, aboyait également. Et puis ils tournèrent au coin du Manoir et débouchèrent dans la cour. La Land Rover de Gareth était là. Un chien, à l'arrière, aboyait comme un fou dans sa cage. Ana Stoyanovic, à côté de la portière passager, hurlait, un fusil à ses pieds. Rick Procter. Gareth. Lucy, qui sortait comme une folle d'une porte sur l'arrière. Et tout le monde regardait…

Regardait quoi ?

Côté conducteur. Par terre. Une femme repliée sur elle-même, la chemise couverte de sang.

— Delilah ! s'écria Samson en se précipitant vers elle.

Il l'atteignit, s'effondra à ses côtés.

— Delilah ? répéta-t-il, cette fois dans un chuchotement angoissé.

Parce que s'il avait jamais douté de la puissance de ses sentiments pour cette femme, à l'idée de l'avoir perdue, à la seconde où cette perspective était devenue tellement réelle, son cœur avait failli s'arrêter de battre.

Elle releva la tête. Des cernes noirs lui mangeant le visage, les joues striées de larmes ensanglantées.

— Il a pris un coup de fusil, dit-elle en se retournant légèrement pour lui laisser voir l'homme, la tête sur ses genoux, la main pressée inutilement sur une énorme blessure à la poitrine.

Bernard Taylor. Au milieu d'une inquiétante flaque de sang.

Samson prit son téléphone pour appeler à l'aide, tout en sachant qu'il était trop tard.

16.

Sur la place du marché de Bruncliffe, pour les pensionnaires de la maison de retraite – qui ignoraient béatement les événements survenus dans les collines, loin au-dessus d'eux – ça commençait enfin à bouger un peu.

— Oh oh ! s'exclama Clarissa en attrapant le stylo et le calepin qui se trouvaient devant elle. Tout le monde à son poste !

Quatre têtes grises et une chauve pivotèrent avec ensemble vers la vitre pour examiner la silhouette dégingandée qui s'approchait de la porte de l'Agence Taylor.

— Ce ne serait pas le jeune gars qui a failli se faire tuer cet automne ? demanda Arty en voyant ledit jeune gars entrer dans l'agence. Celui qui a manqué se faire emplafonner par un tracteur ?

— Lui-même, répondit Joseph. C'est Stuart Lister, le responsable des locations. Le pauvre, il s'est retrouvé embarqué dans un drôle de binz, quand Samson est revenu à la maison.

Binz était un euphémisme. Plusieurs personnes assassinées, et pour Stuart, ce n'était pas passé loin. Ç'avait été la première affaire de l'Agence de Recherche des Vallons, et une sacrée affaire en vérité. Un retour au pays plutôt spectaculaire pour le fils de Joseph.

— Sujet dûment enregistré.

Après un coup d'œil à la pendule murale, Clarissa se pencha sur le calepin dont la page était soigneusement divisée en trois colonnes. Elle nota avec application l'heure dans la colonne de gauche, inscrivit le nom et la fonction de Stuart dans celle du milieu, et ajouta « Sombre » dans la troisième colonne.

— Sombre ? s'étonna Arty en déchiffrant la belle écriture bien nette. Pourquoi tu marques ça ?

Clarissa écarta l'objection d'une petite moue.

— C'est la mine qu'il avait : sombre.

— Oui, il n'avait pas l'air très ravi d'aller travailler, renchérit Edith. Il faisait le dos rond et il est entré avec des pieds de plomb, comme s'il croulait sous les soucis.

Clarissa ajouta les remarques d'Edith à ses notes tandis qu'Arty les contemplait, incrédule.

— Mais qu'est-ce que ça a à voir avec notre planque ? C'est un exercice d'observation, pas de spéculation !

— Ce ne sont pas des spéculations, argua Edith. L'observation, c'est remarquer des détails significatifs. Plus on ajoutera d'informations à nos notes, mieux ce sera.

— On ne peut pas deviner l'humeur de quelqu'un à sa démarche, protesta Arty. Autant prétendre définir la personnalité d'un individu à sa façon de boire le thé. C'est illogique !

Edith pointa la tasse de thé au lait devant son ami.

— D'emblée, et rien qu'en voyant ça, je peux dire que tu es du Yorkshire. Et étant donné que tu fais ta tête de cochon, et qu'on attend encore que tu paies ta tournée, je peux ajouter que tu alimentes bien le stéréotype.

Le rire d'Eric se transforma en une quinte de toux tandis que Joseph, jubilant, tapotait un Arty indigné dans le dos.

— Désolé, dit-il, mais là, je crois que les filles marquent un point.

— Pfah ! grogna Arty en réponse à son ami. Bravo pour la solidarité masculine. Je suppose que le prochain coup, tu vas nous vanter l'intuition féminine.

Joseph s'esclaffa et se retourna vers la vitre, juste à temps pour voir la voiture de police disparaître à l'autre bout de la place, gyrophare allumé et sirène hurlante.

— Sacré bon sang ! s'exclama Arty.

Edith Hird s'abstint de commenter le juron. Elle était trop stupéfaite. Comme tout le salon de thé. L'affaire devait être sérieuse pour que Clayton, le sergent de Bruncliffe, fasse marcher le gyrophare *et* la sirène.

— De quoi peut-il bien s'agir ? fit Clarissa, l'air troublée, tandis que le hurlement de la sirène s'estompait dans le lointain.

Arty jeta un coup d'œil à Joseph, sachant qu'il devait se dire la même chose que lui. Il s'y connaissait peut-être assez peu en intuition féminine, mais son petit doigt lui soufflait que le fils de Joseph et la délicieuse Delilah Metcalfe pourraient bien s'être attiré des ennuis.

Ressuscitant une habitude perdue depuis longtemps, il se surprit à réciter son rosaire entre ses dents.

Le sergent Clayton considérait la Land Rover dans la cour du Manoir de Bruncliffe. Il ne s'était jamais senti aussi dépassé par les événements.

Il avait tout entendu au téléphone alors qu'il était encore au poste de police. Le coup de feu. Le hurlement. La voix paniquée de Samson O'Brien avant que la communication soit coupée. Le sergent s'était précipité vers la porte, Danny sur ses talons, ne sachant même pas qui s'était fait tirer dessus. Le jeune constable qui avait pris le coup de fil avait annoncé la nouvelle alors qu'ils gravissaient à toute vitesse la côte menant hors de la ville.

C'était Bernard Taylor.

Et il ne s'était pas contenté de se faire tirer dessus, il était *mort*. On ne pouvait plus rien pour lui quand les secours étaient arrivés. L'hélicoptère de l'hôpital n'avait même pas eu besoin de se poser.

On attendait deux enquêteurs et une équipe de la police scientifique qui devaient arriver de Harrogate, et que le sergent se rassure : les renforts étaient en route. Par contre, avec tout le respect dû à ses collègues de la grande ville, ils ne comprendraient pas l'importance de ce qui se passait là.

Non seulement la victime était le maire de la ville, mais encore l'un des témoins clés – ou l'un des suspects, selon ce que révélerait l'enquête de la scientifique – n'était autre que Rick Procter, un autre notable de Bruncliffe. Toute cette affaire était une véritable poudrière, et on venait de craquer une allumette un peu trop près pour lui.

Et au cœur de cette tragédie, se trouvaient Samson O'Brien et sa partenaire, Delilah Metcalfe.

— Qu'est-ce que vous en pensez, sergent ? demandait Danny Bradley, planté à côté de lui.

La roseur de la jeunesse qui parait ordinairement ses joues avait disparu à la vue du corps qui se trouvait devant eux.

— Je crois qu'on ferait mieux d'appeler Frank Thistlethwaite.

À la mention du détective de Leeds, Danny interrogea son chef.

— Vous croyez que c'est bien raisonnable ? Ce n'est même pas sa juridiction.

— Je vais te dire ce qui n'est pas raisonnable : c'est d'entreprendre un putain de régime alors que Samson O'Brien est encore en ville ! Rien que d'entendre son nom, j'imagine les putains de problèmes qui nous attendent et j'en ai des brûlures d'estomac, lança le sergent. L'inspecteur-chef Thistlethwaite a exigé qu'on le tienne au jus dès qu'il se passe quelque chose concernant O'Brien, et ça, c'est un putain de jus. Alors tu obéis et tu ne discutes pas !

Se sentant l'âme d'un traître, Danny obtempéra, à regret.

En réalité, l'inspecteur-chef Frank Thistlethwaite était déjà hors de sa juridiction quand son téléphone sonna. Il se prélassait au soleil devant une cabane de camping à dix kilomètres à peine au nord-ouest de Bruncliffe. Ce qui signifiait qu'il était bel et bien sur le territoire du sergent Clayton.

Quant à ce qu'il faisait là… Officiellement, il était en congé pour deux semaines, congé qui avait démarré pas plus tard que la veille. Et officieusement… il tenait à l'œil cet aimant à problèmes qu'était Samson O'Brien.

Ce gars lui donnait vraiment de l'urticaire. Un flic suspendu, sous le coup d'une accusation de corruption et qui avait réussi à se retrouver mouillé dans une affaire de meurtre non résolue à Leeds, la ville de Frank – sans parler du drame qui avait eu lieu la dernière fois que Frank était venu à Bruncliffe, et dans lequel O'Brien se retrouvait encore une fois impliqué… Trop de questions sans réponses tournaient autour de lui, et Frank voulait aller au bout de tout ça.

C'était ce qu'il se racontait. Maintenant, dans ses moments de sincérité, il était bien obligé d'admettre que sa détermination à abattre O'Brien avait un petit quelque chose à voir avec son attirance pour une certaine Delilah Metcalfe, et peut-être aussi avec le vieux fond de jalousie qu'éprouvait un fils dont le père, commissaire divisionnaire, s'était toujours beaucoup plus intéressé, au fil des ans, à la carrière dudit O'Brien qu'à celle de son propre rejeton.

Quelle que soit sa motivation réelle, c'était le désir de coincer le réprouvé de Bruncliffe qui l'avait amené là. Mais à présent qu'il était à proximité de la ville et du flic en disgrâce, Frank se demandait comment faire avancer son enquête privée.

Il en était là lorsque son mobile sonna.

Le constable Danny Bradley ne s'étendit pas sur le sujet. Une fusillade au Manoir de Bruncliffe, fusillade dont Samson O'Brien et Delilah Metcalfe avaient été témoins.

Frank coupa la communication. Il aurait dû se douter que ce n'était pas la peine de chercher un moyen de coincer ce satané O'Brien. Parce qu'il avait la sale habitude de se fourrer tout seul dans les ennuis. Et avec ce que Frank savait de l'affaire de corruption qui l'attendait, le filet était sur le point de se refermer encore plus étroitement sur l'ex-flic infiltré.

Ils avaient réquisitionné la salle de petit déjeuner et la salle à manger pour interroger les témoins, le sergent Clayton ayant argué que leur proximité avec la scène de crime en faisait un choix logique. Quant au constable Danny Bradley, il ne pouvait pas s'empêcher de penser que la décision de son sergent avait également été dictée par la proximité de la cuisine, et toute la gamme d'odeurs délectables qui en émanaient.

Sauf qu'ils n'avaient guère eu le temps de se régaler.

Ils avaient à peine fini de boucler le périmètre de la Land Rover et de calmer la bande de Bulgares irascibles qui se plaignaient d'être retenus sans nécessité – Rick Procter avait eu beau plaider la cause de ses invités pour qu'on les laisse partir, c'était tombé dans l'oreille d'un sourd –, que les gars de la scientifique avaient débarqué. Ils avaient été suivis de près par l'inspecteur-chef Thistlethwaite et les deux inspecteurs de Harrogate, et les interrogatoires avaient commencé, le sergent Clayton insistant pour que Danny et lui-même assurent une présence locale dans les deux salles.

Gareth Towler et Ana Stoyanovic ayant déjà été interrogés, et Rick Procter subissant le même traitement sous l'œil de lynx du sergent Clayton et de l'inspecteur-chef Thistlethwaite, Danny avait eu le plaisir d'assister au témoignage de Delilah.

— Mademoiselle Delilah Metcalfe ? commença l'inspecteur de Harrogate en consultant ses notes, puis en regardant, de l'autre côté de la table, la femme qui venait d'entrer dans la salle. Asseyez-vous.

Delilah obtempéra, avec un petit geste à l'adresse de Danny. Il avait retrouvé la Delilah familière, maintenant qu'elle s'était débarrassée de la perruque et du rembourrage qu'elle portait quand la police de Bruncliffe était arrivée. Sous son épais maquillage, il devinait qu'elle était très pâle et la tension se lisait dans les cernes noirs qui soulignaient ses yeux. Des yeux qui avaient retrouvé leur couleur naturelle.

— Alors, mademoiselle Metcalfe…

— Appelez-moi Delilah, s'il vous plaît.

— Bien, Delilah, poursuivit l'inspecteur. Vous êtes arrivée sur les lieux peu après le coup de feu ?

— Oui.

— Vous pouvez me raconter ce qui s'est passé, de votre point de vue ?

Elle esquissa un mouvement d'épaules évasif.

— Je ne sais pas ce qui s'est passé. Je sais seulement que je me dirigeais vers la cour quand j'ai entendu un coup de feu. Je me suis mise à courir, et j'ai entendu Ana crier. Quand je suis arrivée, j'ai vu Bernard…

Elle s'interrompit. Battit des paupières. Et Danny dut résister à l'envie de la consoler. De lui proposer une tasse de thé, ou quelque chose. L'inspecteur, quant à lui, ne marqua même pas une pause.

— Alors Ana Stoyanovic était déjà dans la cour quand vous êtes arrivée ?

— Oui.

— Vous pouvez m'expliquer où elle était exactement ?

— Près de la portière passager de la Land Rover.

— La portière était ouverte ?

— Oui.

— Il y avait quelqu'un d'autre à proximité ?

— Gareth Towler et Rick Procter étaient déjà là.

L'inspecteur nota ses réponses et Delilah jeta un coup d'œil en direction de Danny. Il lui adressa un discret signe d'encouragement. En essayant de ne pas se laisser trop troubler par les taches de sang sur la chemise de la jeune femme.

— Bien, reprit l'inspecteur. La victime, monsieur…

— Bernard Taylor. Le maire de la ville, intervint Danny, réussissant à grand peine à contenir la frustration que lui inspirait l'inspecteur venu d'ailleurs.

L'inspecteur ne rompit pas le rythme devant la critique implicite.

— M. Taylor, c'est ça. Comment l'avez-vous trouvé aujourd'hui, Delilah ? Dans quel état d'esprit était-il ? Diriez-vous qu'il n'était pas comme d'habitude ?

Delilah ne répondit pas tout de suite, comme si elle mettait de l'ordre dans ses idées.

— Il avait l'air… préoccupé. On aurait dit qu'il avait peur.

— Comment cela ?

— L'enjeu de la journée était très important. Pour ses affaires, vous comprenez. C'est juste qu'il n'était plus lui-même…

— Vous le connaissiez depuis combien de temps ?

Delilah eut l'air étonnée par sa question. Danny réprima un reniflement.

— Depuis toujours, répondit-elle. Il a été mon beau-père pendant quelque temps.

— Oh. Ah bon. – L'inspecteur prit des notes dont Danny et le sergent Clayton n'auraient pas eu besoin. – Alors vous le connaissez… pardon, vous le connaissiez bien ?

— Je suppose, oui.

— Dernière question, fit l'inspecteur en se calant à son dossier pour mieux se concentrer sur Delilah. Avez-vous une idée de la raison pour laquelle M. Taylor aurait pu vouloir mettre fin à ses jours ?

Le visage de Delilah se vida de ses dernières couleurs.

— Il y a un moment qu'elle est là-dedans, fit Will en consultant sa montre.

La police les ayant priés de ne pas s'éloigner, le groupe de chasseurs s'était réuni sur la terrasse, devant la grande salle. Les Bulgares étaient installés sur des chaises qu'ils avaient sorties du salon tandis que Samson et les frères Metcalfe s'étaient assis sur les marches qui descendaient vers la vaste pelouse, Calimero aux pieds de Samson. Indifférents au magnifique soleil et au somptueux décor qui les environnait, les deux groupes faisaient grise mine. L'impact des sinistres événements de la matinée avait calmé même le tapageur Milan. Les rares conversations étaient prononcées à mi-voix.

— Un homme est mort, disait Ash. Ils vont vouloir prendre leur temps pour régler cette affaire.

— Et puis ils vont vouloir savoir ce que Delilah pouvait bien fiche dans cet accoutrement, marmonna Will, qui était d'une humeur noire depuis qu'il avait découvert le subterfuge de sa sœur, et menaçait d'exploser à tout instant.

— Ça, c'est sûr, fit une voix dans leur dos.

Samson se retourna et vit l'inspecteur-chef Frank Thistlethwaite en civil descendre l'escalier et s'appuyer au mur à côté de Will. Il riva sur Samson un regard aussi noir que celui de Will.

— Ça t'ennuierait de t'expliquer ?

— Tu n'es pas tout à fait sur ton territoire, pas vrai ? ne put s'empêcher de lancer Samson, surpris par cette arrivée inattendue.

C'était discourtois, mais c'était la deuxième fois au cours des derniers mois que l'inspecteur de Leeds se pointait au milieu d'une de ses enquêtes, et Samson ne croyait pas aux coïncidences.

— J'ai entendu l'appel à la radio et j'étais dans le coin, alors j'ai décidé de venir voir de quoi il retournait. Pourquoi, ça te dérange ?

— Tu étais dans le coin, hein ? Ou c'est quelqu'un qui t'a tuyauté ? Je n'aimerais pas penser que tu me tiens à l'œil.

Frank ricana.

— Ne te flatte pas. Je suis beaucoup plus intéressé par Delilah. Ce qui me ramène à ma question. Bon sang, O'Brien, à quoi pensais-tu ?

Samson baissa les yeux vers le bout de ses chaussures. Il ne cessait de se poser cette question depuis l'arrivée de la police. Quand il avait déboulé au coin du Manoir, qu'il était arrivé dans la cour et avait vu Delilah comme ça, l'air d'avoir pris une balle, le monde s'était arrêté de tourner. Puis l'entraînement avait pris le relais. La tentative de réanimation de Bernard, Gareth qui l'avait aidé à extirper le maire de la voiture pour qu'ils puissent exercer une meilleure pression sur la blessure, Lucy et Elaine s'occupant d'une Ana traumatisée pendant que Delilah sortait de sa cage une Bounty prise de frénésie et tentait de la calmer. Rick Procter était le seul qui était resté pétrifié, figé sur place alors qu'il contemplait les efforts voués à l'échec de Samson, ses invités bulgares restant à distance comme s'ils ne voulaient pas se retrouver mêlés au drame.

L'agitation avait empêché Samson de s'interroger sur ce qui se passait en réalité. Mais à présent, désœuvré en attendant que la police mène ses investigations, il n'avait rien fait d'autre que de se poser des questions. Sur Bernard Taylor. Sur l'enquête. Sur l'imprudence dont il avait fait preuve en laissant Delilah s'impliquer.

Quel imbécile, aussi ! Pendant plusieurs semaines il l'avait tenue à l'écart, de crainte que son passé revienne le frapper comme un boomerang, la mettant elle aussi en danger. Et il était là, pour la énième fois, à penser que ses pires craintes s'étaient matérialisées en un drame qui n'avait absolument aucun lien avec l'affaire de corruption dont il était accusé, et tout à voir avec le fait d'embarquer Delilah dans l'une de ses enquêtes.

Tandis que Samson ne digérait pas que Frank Thistlethwaite s'en mêle, Will Metcalfe avait toutes les raisons d'être furieux.

— C'était une affaire tout ce qu'il y avait de plus simple. Ça ne devait pas être dangereux, murmura Samson.

— C'est drôle comme les choses ne tournent jamais comme prévu quand tu es dans le coup ! lança l'aîné des Metcalfe.

— Du calme, Will, intervint Ash. Personne n'aurait pu anticiper ce qui est arrivé. Je veux dire, Bernard Taylor, entre tous… Est-ce que c'était un suicide ?

Cette question était destinée à Frank.

— Apparemment, oui. Trois témoins arrivés sur les lieux en même temps, un instant après le coup de feu. Et qui racontent tous la même histoire. Ça m'a l'air plutôt clair et net.

— Seigneur ! fit Will en se passant la main sur le visage. J'espère seulement, dans ton intérêt, Samson – et surtout dans celui de Delilah – que ce que tu tramais, quoi que ce soit, n'a pas de rapport avec cette histoire.

— Impossible. Bernard ne savait pas qu'on était là, répondit Samson avec assurance.

Mais qu'il ait réussi à abuser son public ou non, lui-même n'était pas dupe, et il espérait avec autant de ferveur que Will qu'il n'existait pas de lien entre la mort du maire et l'enquête de l'Agence de Recherche des Vallons. Parce qu'il pensait que ça, la ville de Bruncliffe ne le lui pardonnerait pas facilement.

17.

Assis à la grande table qui occupait toute la longueur de la salle à manger, le sergent Clayton ne savait pas quoi penser. D'un côté, les choses se révélaient un peu moins cauchemardesques qu'il ne l'avait d'abord redouté. Certes, c'était encore un cauchemar – le maire de la ville était tout de même mort –, mais compte tenu de l'angle retenu par les inspecteurs de Harrogate, au moins, le cauchemar serait gérable.

Un suicide, puisque c'était pour cela qu'ils avaient opté après avoir entendu les dépositions des témoins clés. Et c'était également l'avis du sergent. Ils avaient trois personnes qui déclaraient toutes que les portières de la Land Rover étaient fermées quand elles étaient arrivées, et que Bernard Taylor était déjà mort à l'intérieur. Puis Ana Stoyanovic s'était précipitée sur la portière passager, l'avait ouverte, et le fusil était tombé. Les découvertes préliminaires de l'équipe de la police scientifique corroboraient les déclarations des témoins. Il semblait clair, au-delà de tout doute, que le maire de Bruncliffe avait mis fin à ses jours.

Et donc, sous réserve des conclusions de la police scientifique, l'enquête était probablement sur le point d'être ficelée tel un joli paquet. Pas besoin d'arrêter qui que ce soit – si ce n'est qu'ils discutaient des mesures à prendre à l'encontre du grand Bulgare qu'on avait trouvé en possession de cocaïne. La cocaïne qui paraissait avoir déclenché toute l'affaire. En dehors de cela, le drame, si tragique et dévastateur soit-il, n'était sans doute pas d'origine criminelle.

Pourtant, quelque chose turlupinait le sergent Clayton. Et il voyait bien, aux traits tirés de son constable qui venait de le rejoindre dans la salle à manger, que celui-ci partageait ses interrogations.

— Quel bordel, marmonna Danny en venant s'asseoir à côté de son chef alors que les deux inspecteurs de Harrogate revenaient de la cour où ils étaient allés jeter un dernier coup d'œil dans les écuries et l'armurerie avec Gareth Towler.

— Il faut voir le bon côté des choses, déclara le plus jeune des deux inspecteurs, dont la nonchalance tranchait avec la mine grave du sergent. C'est moins embêtant que si c'était un meurtre.

Le sergent Clayton se mordit la langue. Qu'est-ce qu'ils en savaient ? Ils venaient d'une grande ville où un tel événement ne s'infiltrerait pas dans tous les coins et recoins de chaque maison, ébranlant leurs fondations. Où il n'y aurait pas des répercussions qui retentiraient pendant des années parmi les gens dotés d'une bonne mémoire et peu portés à la mansuétude. Surtout quand on réfléchissait à ceux à qui on ferait porter le chapeau, même partiellement – une brebis galeuse qui s'était exilée pendant quatorze ans et qu'on n'avait pas spécialement accueillie à bras ouverts à son retour.

Le pire, pourtant, c'était l'autre personne qui allait être impliquée. Quelqu'un qui endosserait beaucoup moins bien le costume de paria dans sa propre ville. Quelqu'un dont la communauté serait horrifiée d'apprendre qu'elle était au cœur de ce qui s'était passé là, aujourd'hui. Elle était des leurs, après tout.

— Cette Delilah Metcalfe, continuait l'inspecteur. Vous pensez qu'elle a dit vrai ? À propos de ce qui a déclenché le passage à l'acte ?

Le sergent Clayton hocha lentement la tête.

— J'en ai bien peur.

Peur, parce qu'il savait ce qui allait se passer quand on apprendrait la nouvelle, dans la ville, en bas. Et on l'apprendrait inévitablement, car il n'y avait pas moyen d'empêcher quelque chose d'aussi énorme de fuiter, quels que soient leurs efforts, à son constable et lui-même.

Un petit coup frappé à la porte de la salle à manger précéda un visage pâle qui apparut sur le seuil.

— Je ne sais pas si le moment est bien choisi, dit Lucy Metcalfe, mais j'ai des sandwichs au bœuf tout chauds pour vous, si ça vous intéresse.

L'un des inspecteurs venait déjà vers elle, les mains tendues.

— Vous êtes un ange, déclara-t-il en prenant l'assiette de sandwichs.

Elle fit un signe de tête aux deux policiers locaux avant de refermer la porte derrière elle.

— Tenez, dit l'inspecteur en passant l'assiette à la ronde. Servez-vous.

Eh bien, le sergent ne se servit pas. Pour la première fois de sa vie, Gavin Clayton n'avait pas d'appétit.

— Qui est-ce, cette Delilah Metcalfe ?

La question, posée par Niko tranquillement, calmement, provoqua un éclair de panique qui foudroya Rick Procter.

Un Rick Procter déjà au bord du gouffre. Il avait tenu le coup pendant l'interrogatoire de la police, n'hésitant qu'à la toute dernière question. Était-il au courant de l'enquête que l'Agence de Recherche des Vallons menait sur son associé, et pensait-il que cela pouvait expliquer pourquoi le défunt s'était ôté la vie ?

Le défunt. Ça avait quelque chose de tellement définitif. Rick avait été autant déstabilisé par la question que lorsqu'il avait revu Delilah Metcalfe sans sa perruque, ses lunettes abandonnées, tenant Bernard Taylor dans ses bras. Puis Samson O'Brien avait surgi au coin du Manoir, quelques instants après l'arrivée de Rick sur le lieu du drame, le détective privé s'étant manifestement caché quelque part dans la propriété.

Une opération sous couverture menée par l'Agence de Recherche lors d'une journée de chasse organisée par l'Immobilière Procter, alors que les frères Karamanski se trouvaient justement dans les parages. Était-ce une coïncidence ? Rick avait peine à le croire. Il était plutôt sûr que l'homme qui se trouvait à côté de lui parviendrait à la même conclusion, si Rick donnait une réponse sincère à sa question.

— Delilah Metcalfe ? répéta donc Rick tout en s'installant à côté de Niko sur la terrasse, avec l'impression d'étouffer malgré les hectolitres de bon air pur qui gonflaient ses poumons. Ce n'est personne.

— Personne ? grinça Niko d'un ton devenu glacial. Ça n'en a pas l'air. Elle était déguisée. Mentait sur son identité. Vous savez pourquoi ?

Rick secoua la tête, des gouttelettes de sueur commençant à perler sur son front.

— Absolument pas.

Et c'était la vérité. Il n'en avait vraiment aucune idée. Juste des soupçons. Et il n'était pas assez bête pour les partager avec Niko Karamanski.

Le silence lui répondit. Un long silence, à peine troublé par la discussion feutrée du groupe de Bulgares, sur la terrasse. Rick n'en comprenait pas un mot, mais ce n'était pas la peine. La conversation ne portait que sur un seul sujet.

— Intéressant, siffla enfin Niko. Et l'homme avec le chien gris ?

Il tourna son regard laser vers la silhouette assise en compagnie des frères Metcalfe, et qui parlait avec un homme que Rick ne connaissait pas.

— Qui est-ce ?

— C'est Samson O'Brien. Un…

Rick s'interrompit, à court de mots. Comment définir O'Brien sans déclencher un signal d'alarme ?

— C'est un flic corrompu. Il traîne en ville en attendant son procès.

— Samson, hein ? railla Niko. Il a bien une tête de ripou. Je me demande ce qu'il est venu faire ici aujourd'hui. C'est très intéressant, répéta-t-il en se tournant vers Rick. Il va falloir que je fasse quelques recherches. Que je trouve qui sont ces « Samson et Dalila » anglais. Et pourquoi ils étaient là. Quant à tout ça…, fit-il en balayant d'un geste de la main les voitures de police et le fourgon des techniciens de scène de crime, c'est on ne peut plus malvenu.

Encore un euphémisme caractérisé. Un week-end de loisir pour les frères Karamanski et leurs accompagnateurs s'était soldé par un coup de feu mortel et l'intervention de la police. Ce n'était pas le genre de choses qu'ils oublieraient de sitôt ; ou qu'ils pardonneraient.

— J'espère que je peux compter sur vous pour faire le ménage dans tout ça ?

— Oui.

C'est tout ce que Rick réussit à articuler, le cœur cognant à se rompre.

— Bien. Quant à ce pauvre M. Taylor… – Niko fixa Rick, les paupières étrécies. – Cette… mort… inattendue est tragique, bien sûr, quoi qu'elle soit d'une certaine façon bienvenue pour nos intérêts professionnels communs. J'espère que vous comprenez.

Rick craignait d'avoir compris ; et même trop bien.

Pendant que Niko jaugeait Samson, Frank Thistlethwaite procédait lui-même à quelque évaluation. Ses yeux se posèrent sur le groupe réuni sur la terrasse.

— C'est qui, ceux-là ?

— Des chasseurs, répondit Samson. Les invités de Rick Procter.

— Pas des gens du coin, j'imagine, dit Frank, le regard perçant, basculant en mode policier.

— Des Bulgares. Et ce seraient des investisseurs dans l'immobilier.

Ash ricana doucement.

— Plutôt des gars de la mafia, d'après Ana Stoyanovic. Selon Elaine, Ana a « reconnu ce genre de types ».

L'expression de Samson en révélait plus long qu'un discours.

— Tu n'étais pas au courant ? demanda Ash.

— Je n'en avais pas la moindre idée. Et Delilah, elle le savait ?

Ash acquiesça et Will se rembrunit encore. De son côté Frank le scrutait, comme s'il s'apprêtait à lui coller cette nouvelle erreur sur le dos. Et pour le coup, Samson ne pouvait pas lui en vouloir. Il avait bien eu des soupçons, trouvant que les Bulgares ne ressemblaient pas à des hommes d'affaires typiques, mais s'il avait entendu les supputations d'Ana, il aurait insisté pour que Delilah laisse tomber la mission sur-le-champ. Or Delilah n'avait rien laissé filtrer, évidemment.

Il sentit son estomac se contracter à l'idée du danger dans lequel il l'avait entraînée.

— Intéressant, répéta Frank en reportant son attention sur les hommes en tenue de camouflage. La mafia bulgare, hein ?

— Je vois que ça pique ta curiosité, grommela Samson. Ça n'aurait pas un rapport avec le corps repêché dans le canal de Leeds et Liverpool, par hasard ? Tu sais, celui qui portait fort à propos mon blouson en écharpe ?

Samson constata qu'il avait mis le doigt sur un point sensible. Frank inclina la tête avec réticence.

— Tu n'es pas mauvais, O'Brien. Je dois le reconnaître.

— J'ai découvert qu'être accusé à tort d'un crime incitait fortement à réfléchir au susdit crime. Tu vas me dire le fond de ta pensée ?

Un ricanement narquois salua la question.

— Tu n'es peut-être pas mauvais, O'Brien. Mais tu es actuellement un flic sous le coup d'une mesure de suspension, alors pardonne-moi si je ne partage pas les détails d'une enquête en cours avec toi. Maintenant, si tu veux bien m'excuser, j'ai deux ou trois choses à voir avec des gars qui sont là dans l'exercice de leurs fonctions.

Le policier se détournait et s'éloignait quand Will se leva et tendit la main vers l'entrée principale du Manoir.

— Delilah ! dit-il.

La silhouette qui venait d'apparaître sous le portique se tourna vers eux.

Elle avait l'air si petite. Sans son rembourrage de mousse et sa perruque, avec cet air commotionné et son visage blême. Elle se dirigea vers eux. Samson se rendit alors compte qu'elle était en pleurs. Les larmes roulaient sur ses joues. Son apparition interrompit les conversations, tout le monde se retournant pour la regarder.

— C'est ma faute, dit-elle en arrivant sur la terrasse, Frank déjà à côté d'elle.

Samson était incapable de bouger. Il savait que s'il levait ne serait-ce que le petit doigt, il ne pourrait pas s'empêcher de la serrer contre lui.

— Tout est de ma faute.

— Ce n'est la faute de personne, disait Frank, un bras passé autour des épaules de Delilah. Tu n'as aucun reproche à te faire.

Mais elle n'avait pas conscience de sa présence, ni de celle de ses frères, pas plus que des Bulgares et de Rick Procter, qui l'écoutaient tous. Elle ne donnait même pas l'impression de voir Calimero qui s'était approché d'elle en trottinant, gémissant tout bas, et s'était appuyé contre ses jambes. La seule personne que regardait Delilah était Samson, elle le regardait, les yeux agrandis par la panique, les joues trempées de larmes.

— Il m'a vue, murmura-t-elle. Bernard. Il m'a vue juste avant de se tuer. Il savait que c'était moi, déguisée. C'est pour ça qu'il s'est…

Elle s'interrompit, porta la main à sa bouche.

— Bon sang ! s'exclama Will en se tournant rageusement vers Samson. Qu'est-ce que tu as encore fait ?

18.

Cela commença comme un filet d'eau descendant des collines, par un goutte-à-goutte d'informations. Un coup de fil à la Pâtisserie des Monts pour prévenir la famille, les précisions – à peine esquissées – communiquées à la petite bande de retraités encore installés à l'une des tables. L'affaire aurait pu en rester là, un certain sens moral les retenant de céder aux sirènes du commérage. Malheureusement ce coup de fil n'était pas la seule source d'informations concernant les événements survenus au ball-trap. Dans une ville comme Bruncliffe, il était impossible d'endiguer le flux des bavardages, et très vite d'autres ruisselets jaillirent : un commentaire chez Whitaker, le marchand de journaux, à propos de tous les véhicules de premiers secours qui avaient foncé à vive allure vers le haut de la colline ; et puis l'hélicoptère de l'hôpital qui avait pris l'air, virgule jaune vif dans le beau ciel bleu. Ensuite, c'était Nancy Taylor qu'on avait vue lâcher son cabas au Spar et sortir en courant, le téléphone collé à l'oreille, le visage soudain livide. Enfin – élément décisif –, une conversation entre Mme Pettiford et sa nièce, qui sortait avec un secouriste, lequel racontait qu'on avait reçu un appel d'urgence depuis la grande maison au-dessus de Bruncliffe, où il y avait eu un accident de chasse. La victime était décédée à son arrivée à l'hôpital.

Ces ruisselets convergèrent rapidement, se mêlant pour former un torrent, puis un fleuve qui ne cessait d'enfler, alimenté par des rumeurs et des spéculations, jusqu'à ce que la ville soit submergée par la nouvelle.

Bernard Taylor s'était fait tirer dessus au Manoir de Bruncliffe. Il était mort.

La ville fut prise de frénésie. Leur maire. Tué. Il n'était jamais rien advenu de pareil dans aucune des maisons et des commerces nichés au pied de la falaise de craie. Bouleversés, les gens se réunissaient par petits groupes, s'attardaient sur la place du marché pour parler à voix basse, jeter des coups d'œil compatissants vers la grande maison géorgienne qui dominait l'endroit, la résidence des Taylor. On ne voyait rien bouger à l'intérieur. Et personne n'avait l'audace d'aller toquer à la porte.

Les deux employés de l'Agence immobilière Taylor apprirent ce qui s'était passé en début d'après-midi. Stuart Lister, qui ruminait ses propres problèmes liés aux baux bizarroïdes qu'il avait découverts, avait passé le plus clair de la matinée à visiter d'éventuelles propriétés à louer, puis deux heures fébriles au bureau où il avait essayé de se concentrer, mais il sursautait chaque fois que la porte d'entrée s'ouvrait. Il fixait sans le voir l'écran de son ordinateur quand la secrétaire, Julie, avait fait irruption dans l'agence et failli le faire mourir de peur.

— Oh mon Dieu ! s'était-elle exclamée, sans voir qu'à son entrée dramatique son collègue avait perdu toute couleur et s'était plaqué la main sur la poitrine. M. Taylor !

— Quoi ? fit Stuart, sentant une vague de panique succéder à son sursaut de crainte. Qu'est-ce qui lui arrive ? bredouilla-t-il.

— Il s'est fait tirer dessus !

Julie était devant lui, maintenant, et elle attendait une réaction, n'importe laquelle, une angoisse qui aurait fait écho à la détresse que son propre visage affichait. Or le cerveau de Stuart s'efforçait encore de traiter l'information. D'assembler les morceaux avec les dossiers peu orthodoxes qu'il avait découverts dans le meuble de classement, et il ne parvenait pas à trouver un sens à tout cela.

— Tu as entendu ? M. Taylor s'est fait tirer dessus à la partie de chasse organisée par Rick Procter, et on dit qu'il est *mort* !

— Oh, réussit à articuler Stuart. Eh ben. Sapristi. Mince alors.

Pendant que le responsable des locations s'efforçait d'encaisser ce nouveau développement, dans la Pâtisserie des Monts, Peggy Metcalfe tentait de contenir ce qui était devenu un flot tumultueux d'eaux boueuses. Mais c'était un processus lent, alors que le flux était déjà devenu torrentiel, et ses clients du moment ne faisaient rien pour améliorer la situation.

— Il s'est suicidé ! déclara Mme Pettiford postée près du comptoir, de biais afin de pouvoir évaluer l'impact de sa déclaration sur les seuls clients du salon de thé, la petite troupe de Fellside Court, qui était tout ouïe. Et de deux ! ajouta-t-elle, l'air navrée, comme si deux suicides en si peu de temps menaçaient Bruncliffe d'une épidémie.

— Suicidé ? répéta Peggy. Vous êtes sûre ?

Mme Pettiford se pencha en avant pour lâcher l'information qu'elle gardait par-devers elle depuis plusieurs jours.

— Et je vais même vous dire pourquoi… Nancy allait le quitter !

Peggy recula d'un pas, comme si elle craignait d'être contaminée par les ragots de l'employée de banque.

— Désolée, je ne veux rien avoir à faire avec ces commérages. Cet homme vient de mourir. Ce n'est pas le moment de spéculer sur la façon dont il est mort, ni sur la cause de…

— Ce ne sont pas des spéculations ! C'est une information de première main…

Un gloussement montant du groupe de retraités interrompit Mme Pettiford, Arty Robinson ne se gênant pas pour lui couper cavalièrement la parole.

— Vous ne sauriez pas faire la différence entre une main et un pied ! lança-t-il, provoquant chez Eric Bradley une quinte de toux déclenchée par un éclat de rire. Vous ne racontez que des conn…

— Ça suffit, Arty ! gronda Edith Hird, les yeux pétillants malgré tout. Je pense que tu veux dire que Mme Pettiford a peut-être mal compris.

— Ouais, mais pas dans des termes aussi châtiés, grommela Arty à l'intention de Mme Pettiford. Il se trouve que c'est Peggy qui a raison. On se passera de vos ragots pour le moment. Si vous n'avez rien de constructif à dire, fermez votre clapet !

Mme Pettiford regardait l'ex-bookmaker, bouche bée, vexée autant par la forme que par le contenu du message. Dans le même temps, Nathan, passé de l'autre côté du comptoir, tenait la porte d'entrée grande ouverte, goguenard. Sur un *Hmf !* offusqué, Mme Pettiford quitta le salon de thé avec raideur.

— Cette bonne femme ! explosa Peggy en gratifiant Arty d'un sourire reconnaissant. Merci.

— Je vous en prie, répondit-il.

— C'est possible qu'elle ait raison ? demanda Nathan. Il se serait suicidé ?

— On le saura bien assez tôt, répliqua sa grand-mère. Pour l'instant, je suis simplement soulagée que Delilah et les filles aillent bien. Je ne sais pas comment elle se débrouille. Elle ne peut pas se contenter de faire le service sans se retrouver mêlée à un drame.

Un silence tendu s'abattit sur la table des retraités.

— Quoi ? demanda Peggy en remarquant le malaise des membres de la petite troupe. Qu'est-ce qui se passe ?

Arty consulta du regard Edith, qui opina du chef. La ville le saurait toujours bien assez tôt. Et mieux valait révéler la vérité que de voir cet endroit noyé sous un déluge de potins.

— Delilah ne faisait pas que le service, dit-il sur le ton du présentateur de JT qui a une mauvaise nouvelle à annoncer. Elle était là-haut sous une fausse identité, dans le cadre d'une enquête.

Peggy se laissa glisser sur la chaise la plus proche.

— Elle était sur une affaire ?

— Tout comme nous, acquiesça Arty en désignant la tablée. C'est pour ça qu'on est là. L'Agence de Recherche des Vallons enquêtait sur Bernard Taylor.

— Je le savais ! Je savais que vous étiez en planque ! s'exclama Nathan, ravi.

Mais il était jeune. Il ne voyait pas encore les implications de l'aveu d'Arty. Inutile, en revanche, de mettre les points sur les *i* avec Peggy Metcalfe.

— Vous ne pensez pas que… qu'il pourrait y avoir un lien ? souffla-t-elle, horrifiée.

Aucun des retraités n'avança de réponse. Ils se regardaient les uns les autres, et la même expression inquiète s'affichait sur chacun de leurs visages.

Si la ville était en effervescence, ce n'était rien par rapport au maelström qui s'était emparé des passagers de la Micra rouge, alors que la voiture négociait les virages de la route sinueuse qui descendait de la colline sous le soleil de l'après-midi. C'est à peine si Delilah Metcalfe arrivait à relever la tête, tant le poids de la culpabilité l'étouffait.

Elle avait causé la mort d'un homme. Samson, Lucy et tous les autres avaient beau prétendre le contraire, elle en était convaincue. Elle revoyait l'expression de Bernard au moment où il avait compris sa véritable identité. Quand il avait réalisé ce qu'impliquait la présence de celle qui l'avait suivi dans les collines toute la matinée.

Il avait rejoint directement la Land Rover et mis fin à ses jours.

On pourrait la baratiner autant qu'on voudrait, les faits ne mentaient pas. Et rien ne pourrait la réconforter.

— Tu es certaine que tu ne veux pas que je vous dépose à la maison, Calimero et toi ?

Samson lui jeta un coup d'œil tandis qu'ils tournaient dans Back Street, le chien s'étirant depuis la banquette arrière pour fourrer sa truffe dans la paume de sa maîtresse en entendant son nom.

Delilah opina et caressa la tête grise du braque, à présent posée dans son giron. La dernière chose qu'elle voulait, c'était rentrer au cottage. Elle prendrait une douche et se changerait au bureau, puis elle ferait de son mieux pour s'enterrer sous le boulot. Tout plutôt que de se retrouver en tête à tête avec ses pensées.

Des pensées qui retournaient sans cesse à la Land Rover…

Quand elle avait expliqué aux enquêteurs de Harrogate la raison de sa présence à la partie de chasse et ce qui lui faisait croire qu'elle avait été l'élément déclencheur du drame, ils n'avaient manifesté qu'une indifférence polie, comme si le pourquoi n'avait plus aucun intérêt depuis que l'hypothèse criminelle avait été écartée. En revanche, l'objet de l'enquête de l'Agence de Recherche des Vallons constituait pour eux un lien très pratique pour relier les faits : pensant que son infidélité avait été découverte, un homme s'était suicidé. Affaire résolue. Et bien qu'ils lui aient réclamé une copie de sa vidéo espion, elle devinait que la visionner ne serait pas leur priorité.

Le sergent Clayton et Danny Bradley considéraient les choses différemment. Ils mesuraient l'ampleur de ses révélations et l'impact que cette histoire aurait sur la ville, ainsi que le rôle que Delilah avait joué dans l'histoire. Le sergent surtout lui avait manifesté une sollicitude inattendue, s'assurant qu'elle n'allait pas rentrer chez elle toute seule. Comme s'il craignait un nouveau suicide avant la fin de la journée.

Ses frères aussi se faisaient du mouron pour elle. Quand il avait recouvré son calme, Will avait insisté pour qu'elle rentre à la ferme avec lui, Ash arguant que c'était sans doute pour le mieux. Même s'ils ne l'avaient pas explicitement formulé, elle savait qu'ils s'inquiétaient de l'accueil que lui réserveraient les bonnes gens de Bruncliffe lorsqu'on saurait quelle part elle avait prise dans les événements de la journée.

Mais Delilah n'était pas du genre à se dégonfler. Si la ville voulait la condamner, elle encaisserait sans broncher. D'autant qu'elle estimait le mériter.

Dans la voiture qui remontait Back Street, elle se recroquevillait à l'idée d'affronter bientôt ceux qui fréquentaient les boutiques ou habitaient les maisons familières devant lesquelles ils passaient. Son appréhension s'intensifia encore quand ils arrivèrent à la Toison et que Samson arrêta la Micra le long du trottoir d'en face. Il n'avait pas fini de se garer que la porte de la taverne s'ouvrait devant Troy Murgatroyd. Il n'était pas seul. Barry, du magasin Plastic Fantastic, était sorti en entendant le moteur, visiblement dévoré de curiosité. Et chez Boucles d'Or, le salon de coiffure voisin du bureau, Delilah voyait plusieurs personnes épier par la fenêtre.

— Merci, dit-elle à Samson qui coupait le moteur. De m'avoir ramenée, et surtout, d'être là.

Ils n'avaient pas encore abordé le sujet de l'arrivée à point nommé de Samson et Calimero sur la scène du drame. Visiblement, ils étaient déjà dans les parages, surveillant ses progrès. Loin d'en prendre ombrage, Delilah avait été terriblement soulagée de les voir dans la cour d'honneur.

— Je n'aimais pas l'attitude de ces types, commença Samson, l'air désolé. Ce n'est pas parce que je ne te croyais pas capable de…

— Je suis contente que tu aies été là, quelle qu'en soit la raison.

Elle réussit à esquisser un sourire. Puis elle soupira, la poitrine serrée à l'idée de sortir de la voiture.

— Bon, finissons-en, allons affronter la population.

— Ignore-les tous, lui conseilla Samson en posant une main sur les siennes, lui pressant gentiment les doigts. Ce qu'ils pensent n'a pas d'importance. C'est ce que tu penses toi, qui compte.

Delilah secoua la tête, autant pour neutraliser les larmes qui lui brûlaient les paupières que pour exprimer son désaccord.

— C'est tout le problème, murmura-t-elle en tâchant de garder son sang-froid. Je pense exactement ce qu'ils pensent. Et je me déteste autant qu'ils me détestent.

Samson O'Brien ne savait pas quoi faire. Depuis que Delilah était sortie sur la terrasse du Manoir de Bruncliffe en état d'hébétude, il avait l'impression d'être un bateau à la dérive. Il aurait voulu la serrer dans ses bras et la rassurer. Cependant il était resté planté là, se haïssant d'avoir à ce point bouleversé sa vie.

Comment avait-il pu la laisser participer à l'enquête ? Et sous un déguisement, en plus ! Will n'avait pas besoin de lui rappeler qu'il était complètement irresponsable. Il le savait. C'était écrit sur le visage de Delilah quand il l'avait vue debout là, s'efforçant de ne pas craquer complètement, le poids du remords pratiquement visible sur ses épaules voûtées.

Et maintenant ? En s'extrayant de la voiture dans Back Street sous la vigilance inquisitrice des voisins, il ne voulait rien d'autre que la protéger. Parce qu'il ne savait que trop l'effet que cela faisait d'être le centre de l'attention dans cette ville. Et pourtant, il restait là, les bras ballants. Il se contenta d'ouvrir la marche et de déverrouiller la porte du bureau, comme s'il s'agissait d'un jour normal, son instinct lui soufflant que c'était la meilleure chose à faire. La garder occupée. L'obliger à se concentrer sur autre chose. Car le désespoir qu'il avait lu sur ses traits le terrifiait.

— Tu as une minute ? demanda-t-il tandis qu'elle le suivait dans l'entrée, Calimero tout près d'elle, sa tête grise collée à sa jambe. – Le braque de Weimar ne l'avait pas quittée d'une semelle depuis qu'elle les avait rejoints sur la terrasse, se révélant un bien meilleur consolateur que Samson. – Quand tu auras pris ta douche, peut-être ? J'ai besoin de ton aide.

Ça lui était venu sur le chemin du retour. La requête d'Edith Hird sur laquelle il n'avait pas eu le temps de se pencher. Faire des recherches sur les antécédents d'un éventuel arnaqueur changerait les idées de Delilah pour la journée. Et ce serait sans danger.

Elle hocha la tête, une réponse de pure forme, pas la manifestation d'un intérêt. Et c'est alors qu'une toux profonde résonna derrière la porte fermée du bureau de Samson, la faisant sursauter.

— Il y a quelqu'un…

Samson lui mit la main sur la bouche, coupant court à sa remarque.

— Chh…, murmura-t-il. Reste ici.

Il traversa l'entrée carrelée sur la pointe des pieds, se pencha vers la porte et colla son oreille au panneau. Il y avait quelqu'un à l'intérieur. Quelqu'un qui faisait les cent pas. Et à en juger par la lourdeur des pas, quelqu'un de grand. Un ami ou un ennemi ?

Bien qu'il se soit parfois trompé – grâce à la ridicule tradition bruncliffienne qui autorisait tout le monde à se rendre partout sans y avoir été invité –, Samson n'était pas prêt à prendre le risque. Pas alors qu'il avait été averti qu'un danger le menaçait. Il tourna lentement la poignée de la porte, poussa le battant et bondit dans la pièce.

— Oh bon sang ! s'exclama le grand gaillard, interrompu au milieu de son déplacement.

Il recula vers la fenêtre, se prit les pieds dans une déchirure du lino et tomba les quatre fers en l'air. De cette position humiliante, sa casquette à la main, il leva les yeux sur Samson.

— Nom d'un chien ! Mon vieux ! Vous m'avez fichu une sacrée trouille !

— Eh bien comme ça nous sommes deux, fit Samson en détaillant rapidement la chemise à carreaux, le pantalon au pli bien marqué et les bottes en cuir cirées.

Pas un ennemi. Pas un ami non plus, il ne reconnaissait pas la barbe noire, touffue, et le visage buriné. En tout cas, c'était définitivement un fermier, et il avait revêtu ses plus beaux atours, ceux qu'il mettait pour aller au marché aux enchères.

— Qu'est-ce que vous faites là ? demanda Samson en lui tendant la main.

Une poigne ferme saisit la sienne – sa force et sa rudesse suggérant que Samson avait bien deviné la profession de son visiteur surprise – et l'homme se releva en époussetant le fond de son pantalon.

— Eh bien, la même chose que vous, mon garçon, dit-il avec bonhomie en passant la main dans son épaisse tignasse. Il se trouve que je suis à la recherche de l'amour.

Un petit rire se fit entendre par la porte ouverte. Samson se retourna et vit Delilah et Calimero, une lueur amusée dans le regard. Puis, derrière eux, apparut la silhouette émaciée d'Ida Capstick.

— Ah, alors y l'a trouvé, constata-t-elle, faisant sursauter Delilah une deuxième fois, surprise par cette arrivée inopinée.

— Il faut croire, marmonna Samson, qui n'y comprenait toujours rien.

— C'est à Delilah que j' parlais, pas à vous, rétorqua Ida.

Elle eut un mouvement de menton en direction de l'homme qui avait l'air aussi étonné que Samson par l'enchaînement des événements.

— C'est m'sieur Lee Iveson. De Muker, précisa la femme de ménage, en réussissant à faire retentir comme une insulte le nom de ce village d'un vallon du nord. C'est un client.

— Un client ? Pour moi ? fit Delilah en regardant l'homme, puis de nouveau Ida. Je ne comprends pas. Je n'avais pas noté de rendez-vous.

— C'est bien ça l' problème, grommela Ida. L' téléphone arrête pas d' sonner depuis que j' suis arrivée, c' matin. L'a failli m' rendre dingue. Alors j'ai répondu. En fait, j'ai pas arrêté d' répondre depuis l' départ de Samson. Y a une pile de messages en haut, et pis y a c' gars-là qu'est venu.

Elle indiqua à nouveau M. Iveson.

— Y s' trouve qu' ça pouvait pas attendre, alors j'y ai dit d' s'asseoir ici pendant que j' répondais au téléphone.

— Attendre quoi ? questionna Samson.

— Ben quoi, l'amour, rétorqua Ida, ce mot paraissant incongru émanant de ses lèvres pincées.

— J'ai lu l'article, dit enfin M. Iveson. C'est pour ça que je suis venu. Je veux que vous fassiez pareil pour moi.

— Quel article ? interrogea Samson en se demandant s'il était le seul à avoir l'impression d'être tombé dans le terrier du Lapin blanc.

— Celui-ci.

L'homme pêcha quelque chose dans sa poche arrière et en tira un exemplaire roulé d'un magazine que Samson reconnut. Quand il était enfant, son père le lisait religieusement tous les vendredis.

— C'est juste là, fit-il en plantant un index râblé sur une page de papier glacé. C'est ça que je veux.

En voyant le magazine, Delilah étouffa un gémissement. Car qui s'étalait sur une double page du *Farmers*

Weekly sinon Clive Knowles, fermier de son état et dernier client en date de Delilah, l'air tout propre et tout beau dans un pull tricoté main ? L'heureux homme représenté sur la photo n'avait plus rien à voir avec le vieux garçon solitaire et négligé – et, il faut bien l'avouer, quelque peu odorant – qui avait frappé à sa porte à peine deux mois et demi plus tôt en exigeant qu'elle lui trouve une femme. C'était un Clive relooké, radieux, un bras passé autour des épaules d'une femme au visage rébarbatif, dont la tentative de sourire, loin d'être réconfortante, révélait l'aversion pour les égards que Carol Kirby partageait avec sa cousine Ida Capstick. D'après l'article, le fermier avait trouvé l'amour et une potentielle promise grâce à nulle autre que l'Agence de Rencontre des Vallons.

Dans le bureau de Delilah, à l'étage, se fit entendre le bruit familier d'une sonnerie de téléphone.

— Comme j' disais, grommela Ida en direction du bruit, y a un tas de messages. Ce satané téléphone veut pas arrêter d' sonner. Si elle veut batifoler dans la campagne en s' mettant en danger, va falloir qu'elle s' trouve une standardiste. Et qu'elle change de t'nue !

Mais Delilah écartait les mains, l'étincelle de vie d'un moment plus tôt envolée.

— Je suis navrée, M. Iveson, malheureusement je ne peux pas vous recevoir tout de suite. Il va falloir qu'on reprenne un rendez-vous…

— N'importe quoi ! interjeta Ida. Elle vient d' dire qu'elle avait rien d' prévu d' la journée. Elle grimpe là-haut, elle prend une douche, elle change ses vêtements tout dégoûtants, et pendant que M. Iveson attend, j'y prépare du thé.

M. Iveson observait l'échange, dérouté, son regard incertain finissant par se poser sur le chemisier de Delilah et la large tache couleur de rouille qui le souillait, se demandant probablement si, pour trouver l'amour, il avait frappé à la bonne porte.

— C'est du sang ? s'enquit-il nerveusement.

— Du ketchup, aboya Ida. Allez, zou, lança-t-elle à Delilah en lui indiquant l'escalier. On s' bouge.

Sur le point de protester, Delilah finit par soupirer et fit signe à son nouveau client de l'accompagner dans son bureau à l'étage, l'ombre grise de Calimero à ses côtés.

— Merci, murmura Samson à l'adresse d'Ida qui s'apprêtait à leur emboîter le pas.

Elle se tourna vers lui.

— Toute la ville en cause, dit-elle d'un ton radouci, de c' qui s'est passé là-haut. Et y en a qui racontent que c'est la faute de Delilah.

— Ce n'est pas…

Elle l'interrompit d'un grommellement.

— Il a pas b'soin de m' le dire. Et qu'y s'imagine pas que c'est d' s' faute à lui non plus, ajouta-t-elle, un doigt ferme pointé dans sa direction. Cette gamine prend ses décisions elle-même. Mais la culpabilité a l' chic pour s' nicher dans les esprits oisifs. C'est à ceux qui l'aiment d'empêcher ça.

Ayant délivré le plus long discours que Samson ait jamais entendu de sa bouche, Ida conclut d'un bref mouvement du menton et gravit les marches d'un pas lourd, direction le téléphone, abandonnant Samson seul dans son bureau. Il se laissa tomber dans son fauteuil et contempla la fenêtre sans la voir.

À la recherche de l'amour. C'est ce que M. Iveson avait présumé, quand il avait vu Samson. Et maintenant, Ida parlait de « ceux qui l'aiment »… Étaient-ils si évidents, les tourments qui lui déchiraient le cœur ?

Seigneur ! Le sang battant à ses tempes, Samson se prit le visage dans les mains et laissa échapper un gémissement.

— Je vous dérange ?

La voix provenant du couloir fit bondir Samson, qui se redressa dans son fauteuil.

— Pardon. Je ne voulais pas vous faire peur, seulement, la porte de devant était ouverte…

En voyant la masse de cheveux blonds et le visage sérieux de l'inspectrice Jess Green, son officier de soutien, sa migraine naissante monta d'un cran.

— Il faut vraiment qu'on parle, annonça-t-elle en refermant la porte derrière elle.

Et de son expression Samson conclut que sa journée n'était pas près de s'arranger.

19.

Quarante-trois nouveaux clients potentiels. C'était Noël avant l'heure.

Douchée, changée, et une tasse de thé à la mode Ida entre les mains, Delilah s'était occupée sans tarder du cas de Lee Iveson. Assise dans le fauteuil placé dans le coin du bureau, le fermier ayant pris position dans le canapé qui lui faisait face, elle avait noté ses coordonnées et lui avait expliqué comment fonctionnait l'appli de l'Agence de Rencontre des Vallons, tandis qu'Ida s'occupait de répondre au téléphone, installée à une table un peu en retrait. Puis, son nouveau client ayant signé le contrat et pris congé, Delilah consulta les messages que son assistante improvisée lui avait laissés.

Tous rédigés d'une écriture nette et sans fioritures, chacune des notes comprenant un nom, un numéro et quelques détails :

Fermier. Reeth. Divorcé.

Fermier. Clitheroe. Célibataire.

Fermier. Scarborough. Désespéré…

Aussi laconiques et directs que leur auteur, les messages traduisaient un vif intérêt, et pas que dans les Vallons, de tout le pays, certains des appels provenant de coins aussi éloignés que les Cornouailles ou Inverness. Tous cherchaient la même chose. Cette chose dont Lee

Iveson avait parlé quand Delilah l'avait interrogé sur ce qui l'amenait.

— C'est parce que vous comprenez les fermiers, ma p'tite dame, avait-il répondu. Vous savez c' que c'est que de vivre c'te vie. Ce s'rait pas bon que j' me trouve une dame élégante de la ville qui m'aimerait p't'être mais qui supporterait pas l'odeur des vaches. Ou qu'aurait peur de se salir à la saison de la tonte. C' qui m' faut, c'est une dame qui m'aime moi, et ce que je fais. Et c'est beaucoup demander. J'ai pensé qu' vous étiez la mieux placée pour m' trouver ça, vu ce que vous avez fait pour ce gars.

Là-dessus, M. Iveson avait montré les traits radieux de Clive Knowles, souriant pour l'éternité dans les pages du *Farmers Weekly*. Fixant la pile de messages qu'elle tenait à présent, Delilah ne savait pas si elle devait maudire ou embrasser son ancien client pour le commentaire élogieux à son égard. Non qu'elle ait fait grand-chose, en vérité. Quand elle lui avait suggéré d'embaucher Carol Kirby comme gouvernante, c'était purement par nécessité pratique dans le cadre de sa recherche d'épouse, vu l'état peu ragoûtant de la ferme de Mire End ; une nécessité pratique qui, miracle de l'amour, s'était épanouie en idylle.

Quoi qu'il en soit, cette publicité gratuite allait faire ou défaire son agence de rencontre. Parce que si les demandes continuaient à affluer au même rythme, Delilah n'arriverait jamais à répondre au téléphone, entrer les données des clients dans le système, mettre les profils en ligne et surveiller l'appli de rencontre. Elle serait sous l'eau en quelques jours. La seule façon qu'elle avait de capitaliser sur l'élan que l'article sur Clive Knowles avait impulsé à son agence était de s'agrandir. D'embaucher quelqu'un. Or cela impliquait aussi d'assumer le risque que cela comportait.

— Elle va avoir b'soin d'aide.

La remarque affûtée d'Ida retentit comme un écho à ses pensées.

— Oui, répondit-elle en se levant pour s'approcher du bureau où Ida rédigeait un nouveau message. Je crois que oui.

— Z'avez quelqu'un en tête ?

— Pas une âme. Je ne m'attendais pas à ça. Je pense que je vais mettre une annonce chez Whitaker, poster le message sur les réseaux sociaux, et voir qui se présentera.

Ida émit un grognement désapprobateur.

— Va lui falloir quelqu'un d' dur à la tâche.

Delilah confirma.

— Et quelqu'un d' discret, aussi, vu comme c'est personnel, tout ça. Elle veut pas d'une Mme Pettiford qu'irait raconter à tout un chacun les p'tites affaires des gens.

— Non. Enfin, oui, euh…

— Et quelqu'un d' ponctuel, aussi. Et ordonné. Pas qu'y ait beaucoup de place dans le bureau.

— Oui.

— Et qui saurait faire l' thé.

— Oui…

Delilah s'interrompit. Regarda Ida. Qui lui rendit son regard. Delilah lui trouva l'air spécialement féroce, ce qui était toujours signe qu'elle se sentait vulnérable. Et puis enfin, elle percuta.

— Vous n'êtes pas en train de me dire…

— Si elle propose, j'accepte, acquiesça Ida d'un ton ferme. J' ferai trois matins par semaine pour commencer. Pour voir comment c'est qu'on s'entend.

— Euh. Bon. Je veux dire…

Ida agita la main en direction d'une Delilah sidérée.

— Pas b'soin d' causer d' sous maintenant. Elle a eu une sale journée, et faut que je parte. J'ai du ménage à faire chez Taylor et à la banque. On verra demain.

Là-dessus, Ida rangea le bureau, attrapa son manteau sur le dossier de sa chaise, et se dirigea vers la porte.

— Alors à demain, dit-elle.

Et armée de ce que l'on pourrait qualifier d'un sourire, elle tourna les talons.

Delilah la regarda partir en s'interrogeant sur la manière dont Ida Capstick s'était retrouvée à se faire passer à elle-même un entretien d'embauche pour le poste d'assistante de Delilah. Et sur la façon dont elle avait taillé le job à sa mesure.

Le pas lourd d'Ida descendant l'escalier et quittant l'immeuble avait retenti à travers la porte fermée du bureau du rez-de-chaussée. Mais Samson l'enregistra à peine. Il était trop occupé à encaisser la dernière nouvelle qui bouleversait sa vie.

— Vous n'aurez guère le temps de vous préparer, disait l'inspectrice Green, le front barré d'un pli soucieux, son jeune visage penché sur le dossier ouvert devant elle, ses cheveux blonds s'échappant de la barrette pincée à l'arrière de sa tête. Vous comprenez ça ?

C'était l'euphémisme de l'année. L'inspecteur chargé de l'enquête pour corruption – des accusations d'une extrême gravité selon lesquelles Samson aurait volé de la drogue dans la salle des preuves et l'aurait revendue par le biais de réseaux criminels – avait transféré le dossier au service de répression de la criminalité. Et à l'issue d'une procédure menée à la vitesse de l'éclair, l'affaire serait présentée à la cour dans dix jours.

Samson s'efforçait de digérer l'information. Il y avait à peine un mois qu'il avait contacté l'inspectrice Green. Pour faire avancer le dossier, pour que l'affaire soit résolue et que la menace planant sur lui soit levée afin qu'il puisse permettre à Delilah de revenir complètement dans sa vie. Mais ça… c'était un choc. Bientôt, il se présenterait devant un tribunal, à Londres, pour répondre de charges criminelles. Pas une enquête de police interne, ce qui aurait déjà été mauvais, non, un vrai procès, avec lui dans le box.

— Je suis désolée. Ça n'a pas aidé que vous ratiez votre convocation à la commission disciplinaire.

L'exaspération était audible dans la voix de Jess Green. Elle s'appuya à son dossier et le fixa, un sourcil levé dans l'attente d'une explication, qu'il lui donne la raison pour laquelle il n'avait pas honoré son rendez-vous avec l'officier chargé de l'enquête, au mois de mars dernier, son absence jouant en sa défaveur, et déclenchant la transmission de son dossier au service des poursuites judiciaires. Jusque-là, Samson avait refusé d'offrir des excuses.

Et ça n'allait pas changer.

Parce qu'il ne lui faisait pas confiance. Il n'avait plus confiance en personne dans l'institution à laquelle il avait été si fier d'appartenir. Pas depuis que son ancien patron, l'inspecteur principal Warren, lui avait révélé que quelqu'un du sérail essayait de le piéger, son texto ayant réitéré cet avertissement trois jours auparavant.

Et donc, Samson resta coi.

— Bon Dieu ! – Jess Green se leva d'un bond avec une moue irritée qui jurait avec son joli visage. – C'est vous qui vouliez qu'on tire tout ça au clair. C'est vous qui m'avez suppliée de vous aider. Comment puis-je le faire si vous refusez de me parler ?

— Merci, mais j'ai changé d'avis. Je n'ai pas besoin de votre aide, en fin dc compte.

— Très bien ! Alors dans ce cas, je ne peux plus rien pour vous.

Elle referma brutalement le dossier, le fourra dans son sac et montra la lettre posée devant lui.

— Vous avez la date à laquelle commence le procès. Essayez de ne pas l'oublier.

Elle avançait déjà vers la porte. Il réussit à l'atteindre juste avant elle et la lui ouvrit.

— Désolé que vous vous soyez déplacée pour rien, dit-il.

L'inspectrice Green le dévisagea.

— Il faut vous réveiller, Samson. Parce que vous êtes vraiment dans la mouise. Et le temps que vous compreniez que je *suis* la personne à laquelle vous pouvez vous fier, il sera trop tard.

Un bruit dans l'escalier les fit se retourner sur Delilah, un mug de thé à la main, Calimero en laisse à côté d'elle. Elle s'était douchée et changée, ses cheveux ruisselaient encore sur son col, mais l'impact des événements de la journée se lisait dans les cernes qui creusaient ses traits. Samson éprouva un assaut conjugué d'amour, de désir et de culpabilité.

— Pardon, j'ignorais que vous étiez là, dit-elle en s'adressant à l'inspectrice. Je venais de préparer du thé pour Samson avant de rentrer chez moi, mais je serai ravie de vous en apporter une tasse…

— Je ne reste pas non plus. Peut-être que vous pourrez le ramener à la raison avant de partir, ajouta Jess Green, le pouce pointé vers Samson qui se tenait sur le seuil de son bureau. Dieu sait que moi, je n'y arrive pas !

Avec un dernier coup d'œil à l'homme en question, l'inspectrice Green quitta la maison.

— De quoi s'agit-il ? demanda Delilah.

— Pas grand-chose. Une simple mise à jour, répondit-il en évacuant le sujet d'un geste de la main.

Elle garda le regard rivé sur lui. Il le soutint. Il était hors de question qu'il ajoute du stress à une journée qui l'avait durement éprouvée en le lui révélant maintenant. Il lâcherait le morceau après le week-end. Quand elle aurait assimilé ce qui s'était passé au Manoir de Bruncliffe.

— Merci pour ça, dit-il en lui prenant le mug des mains avant d'ajouter sur le ton de la plaisanterie : Alors, comment Ida s'en sort-elle au téléphone ? Elle fait fuir tous les clients potentiels ?

Un rire en cascade répondit à sa question, rire dont le son allégea enfin le cœur de Samson, qui avait un poids sur la poitrine depuis des heures.

— Tu ne vas jamais le croire ! Apparemment, elle vient de s'auto-embaucher comme ma nouvelle standardiste…

Samson s'esclaffa et feignit un frisson.

— Pas possible !

Toujours riant, elle récupéra la laisse de Calimero et se retourna vers la porte de derrière, prit une profonde inspiration, comme si elle s'apprêtait à affronter une épreuve, son expression s'assombrissant à nouveau.

— Alors tu t'en vas ? dit-il lamentablement.

Il n'aimait pas l'idée de la laisser partir dans cet état.

Elle hocha la tête.

— Ça vaut mieux. Je n'arrive pas à me concentrer.

Il esquissa un geste en direction de son bureau, dans une dernière tentative pour la retenir.

— Tu n'aurais pas une minute pour voir deux ou trois choses avec moi avant de partir ? C'est une affaire pour laquelle j'aurais bien besoin d'aide.

Elle réagit avant même qu'il ait fini de parler.

— Plus d'affaires pour moi, Samson, dit-elle gentiment. Je crois que j'ai fait assez de dégâts en me prenant pour une détective.

Il s'apprêtait à protester quand elle leva la main pour couper court à ses objections.

— Non. Je sais que tu voudrais me réconforter. Mais la vérité, c'est qu'on sait tous les deux que j'ai raison. Sans moi, Bernard Taylor serait encore en vie.

— Tu ne peux pas l'affirmer.

Elle ne discuta pas. Elle ne se mit même pas en rogne. Elle prit juste une expression résignée et s'engagea dans le couloir vers le porche de derrière, Calimero sur ses talons. Elle arrivait dans la cuisine quand la sonnette de la porte retentit, assortie de tambourinements, comme si la sonnerie ne suffisait pas vu l'urgence de la situation.

— Quoi encore ? marmonna Samson en se retournant vers l'origine du bruit.

Mais leurs derniers invités n'étaient pas d'humeur à attendre, et avant que Samson ait eu le temps de se bouger, elle s'ouvrit sur Arty Robinson et Edith Hird.

— On voulait pas poireauter dehors, expliqua Arty en poussant Edith dans le couloir avant de refermer. On tient pas à ce qu'on nous voie. Il faut vraiment qu'on te parle…

— Je suis désolée, disait Edith en même temps qu'Arty. Je sais que ce n'est pas vraiment le moment, mais je suis tellement inquiète…

Delilah les observait, debout à l'entrée de la cuisine. Elle se sentait déjà happée par la détresse de l'ex-directrice d'école.

— Que se passe-t-il, Edith ?

— C'est Clarissa. Je crois qu'elle s'est mise dans de mauvais draps. J'en avais parlé à Samson il y a quelques jours, mais maintenant…

Elle s'interrompit, et Arty lui tapota le bras alors qu'elle s'efforçait de recouvrer son empire sur elle-même.

Incapable de supporter l'angoisse de la vieille dame, Delilah revint spontanément sur ses pas. Samson aurait pu lui signifier de rentrer chez elle, de ne pas s'en faire, mais il s'en abstint. Il allait la laisser reprendre pied dans la vie de Bruncliffe. Dans sa vie à lui. Il lui tendit même une perche.

— En réalité, dit-il à Edith, c'est plutôt le domaine de compétence de Delilah. C'est juste que je n'ai pas encore eu l'occasion d'en discuter avec elle.

Edith saisit la balle au bond, d'une voix pleine d'espoir.

— C'est vrai, Delilah ? Tu pourrais m'aider ?

Sa partenaire avait vraiment oublié d'être bête, songea-t-il. Avec un coup d'œil acéré dans sa direction, elle se pencha pour détacher la laisse de Calimero.

— Peut-être, répondit-elle. Quand je saurai de quoi il retourne. Alors, si on s'asseyait quelque part, vous pourriez me mettre au courant pendant que Samson nous préparerait une bonne tasse de thé ?

Tandis qu'Edith et Arty menaient la marche vers son bureau, Delilah se tourna vers Samson, un sourcil haussé.

— Tu es sûr que tu veux que je t'aide pour une affaire ?

— On ne peut plus sûr, confirma-t-il avant de monter brancher la bouilloire.

20.

— Dites-moi tout ce que vous savez sur lui.

Assise derrière son bureau en face du tandem de retraités, Delilah tenait son calepin sur ses genoux, le stylo prêt.

Elle avait écouté en silence Edith lui faire part de ses soupçons concernant le dénommé Robert Webster, l'homme que Clarissa avait soudainement accueilli dans sa vie. Des soupçons qu'Arty Robinson paraissait partager.

— On n'a pas grand-chose, dit celui-ci. Et le peu qu'on sait n'est peut-être qu'un ramassis de mensonges. Apparemment, le gars a dans les soixante-dix ans bien sonnés, il était pilote de ligne pour une grande compagnie d'aviation, et il habite Leeds.

— Et il aime la danse de salon, les randonnées, et, aux dernières nouvelles, les croisières, ajouta aigrement Edith.

— C'est très vague, tout ça, commenta Delilah. J'ai bien peur qu'il n'y ait pas de quoi prouver que c'est un aiglefin.

— Un *aiglefin* ? s'étonna Samson.

Il avait parfaitement accompli sa tâche de garçon de thé et laissait Delilah mener le bal, heureux d'avoir réussi à lui changer les idées. Mais en entendant cette inhabituelle terminologie, il n'avait pu s'empêcher d'intervenir.

— Un gars qui adopte un faux profil sur Internet dans l'intention d'arnaquer quelqu'un, expliqua Arty d'un air entendu.

Delilah approuva :

— Excellente définition. Mais comme je vous le disais, il nous en faudrait un peu plus pour déterminer si ce M. Webster n'est qu'un arnaqueur.

— Comme quoi ? s'enquit Edith.

— Les coordonnées de l'agence de rencontre en ligne qu'a utilisée Clarissa seraient un excellent début.

— Ça s'appelle Cœurs d'argent, répondit Edith avec une grimace de dégoût. J'ai toujours trouvé que c'était de mauvais goût.

— Les Arnacœurs serait plus approprié vu le genre de séducteurs qui utilisent leurs services, ronchonna Arty.

Delilah éclata de rire et prit note du site.

— Formidable. Je vais voir la photo de profil de ce M. Webster, et je tirerai peut-être des indices de sa façon de se présenter. À sa manière de tourner les phrases, par exemple. Si c'est un arnaqueur, il a peut-être d'autres avatars sur le même site, qu'on pourra identifier par son style.

— Les gens font ça ? demanda Samson. Ouvrir plusieurs comptes pour piéger des innocents ?

— Oh que oui, dit sinistrement Delilah. Les escrocs de ce genre ont de beaux jours devant eux, et plus ils ont de lignes à l'eau, plus grandes sont les chances de ferrer une âme innocente.

Edith avait la mine soucieuse.

— Tu crois que la croisière pourrait être l'appât dont tu parles ? C'est comme ça qu'il espère escroquer Clarissa ?

— C'est possible. C'est un coup classique – un projet de voyage nécessitant le versement d'arrhes. Et puis le règlement du solde avant le départ…

— Et tout ça va alimenter son propre compte en banque, gronda Arty.

— Seigneur, s'écria Edith, ses traits fins plus tendus que jamais par l'inquiétude.

Arty lui avait pris la main.

— Ne t'inquiète pas. Delilah va tirer cette histoire au clair. C'est une experte dans ce domaine.

Le compliment arracha un sourire fugacc à Delilah.

— Espérons que votre confiance sera justifiée, murmura-t-elle, son front se barrant d'une ride d'inquiétude.

— J'imagine que Clarissa ne sait pas que vous êtes là ? demanda Samson, brisant le silence dans lequel sa partenaire s'enfonçait.

— Elle croit qu'on te fait un rapport sur notre planque, répondit Arty.

— Quelle planque ?

— Tu sais, pour l'affaire Taylor…

Arty laissa sa phrase en suspens, pourtant cela avait suffi. C'était là, dans l'air. L'allusion à tout ce qui s'était produit.

Delilah baissa un peu plus la tête sur son calepin, et Samson aurait voulu se gifler. Il avait complètement oublié qu'il avait confié aux retraités la mission de surveiller l'agence immobilière rien que pour leur fournir une distraction. Encore des gens qu'il avait entraînés dans une enquête qui avait mal tourné.

— Désolé. J'avais oublié de vous demander… Les choses ont été un peu…

Arty leva la main pour couper court à ses excuses.

— Tu n'as pas à te justifier. On n'a rien remarqué d'intéressant, de toute façon. Et tant qu'on y est, dit-il en s'adressant cette fois à Delilah, on a entendu les rumeurs qui circulent. Et pour ce que ça vaut, ce n'est qu'un sacré ramassis de conn…

— De balivernes ! intervint Edith en le fusillant du regard. Cela dit, il a raison, poursuivit-elle à l'intention de Delilah. Quoi que tu en penses, jeune fille, tu n'as strictement rien à voir avec le suicide de Robert Taylor.

Delilah fit une grimace.

— Je ne suis pas de cet avis. Comme beaucoup de gens, là-dehors, soupira-t-elle en indiquant la fenêtre et la ville au-delà.

— Oui, eh bien, ça ne signifie pas qu'ils ont raison. Il y a des gens qui feraient mieux de s'abstenir de jeter des pierres alors qu'ils vivent dans une maison de verre, répliqua Edith sur un ton réprobateur. Si ce qu'on raconte est vrai, que Bernard avait une liaison, alors c'est sa propre culpabilité qui l'a tué. Tu n'as pas à endosser cette faute. Donc, conclut-elle en tapotant le calepin posé devant Delilah, oublie les ragots et concentre-toi là-dessus. J'ai vraiment besoin de ton aide.

Delilah opina de la tête, telle une écolière obéissante, et Samson aurait volontiers étreint la silhouette anguleuse de l'ex-directrice d'école.

Quand Arty et Edith finirent par s'en aller, le soir tombait. Samson referma la porte derrière eux et regagna son bureau. Delilah lui sourit et il réalisa qu'une seule chose lui tenait à cœur.

Il ne voulait pas qu'elle rentre chez elle. Ce désir était purement motivé par le souci du bien-être de la jeune femme, naturellement.

— Ça te plairait un petit dîner au Rice N'Spice ?

Il lui aurait allumé un feu sous les pieds qu'il aurait obtenu le même résultat.

— Non, désolée, dit-elle, son sourire s'évanouissant. Pas ce soir.

Elle se leva et attrapa la laisse de Calimero.

— Allez, fit-il sur un ton enjôleur. On est samedi soir.

— Je ne peux pas, murmura-t-elle. Je n'ai pas le courage d'affronter qui que ce soit, en ce moment.

— Et si on revenait dîner ici ?

Mais le mal était fait et l'humeur de Delilah sombrait de nouveau dans la mélancolie.

— Une autre fois, peut-être.

Il n'insista pas davantage. Il la regarda se pencher sur le chien répandu dans son panier pour le réveiller gentiment. Calimero s'étira et bâilla, l'air aussi pressé de partir que Samson de les voir s'en aller tous les deux.

— À lundi, dit-elle en menant le braque somnolent vers la porte de derrière.

Samson les raccompagna, espérant une nouvelle interruption. Hélas, la sonnette d'entrée resta muette et ils gagnèrent le porche sans être dérangés.

— Bon, dit-elle en sortant dans l'arrière-cour, le soleil couchant dorant de ses rayons le Crag qui dominait le coteau au-dessus d'eux. Passe un bon dimanche.

Elle avait avancé de quelques pas vers le portail quand il se lança, les mots jaillissant en cascade.

— Delilah. Je suis désolé !

Elle se retourna, l'air soudain exaspérée.

— Écoute, ce n'était pas ta faute. C'était mon idée d'y aller déguisée, alors pas la peine de t'excuser.

— Pas pour ça. Pas pour aujourd'hui. Je suis désolé de la façon dont je t'ai traitée ces derniers temps.

Delilah cilla. Puis ses yeux étrécis se rivèrent sur lui. Mais elle resta muette.

— Ce qu'il y a… Je ne sais pas… J'essayais…, balbutia-t-il, débitant des ébauches de phrases sur un rythme staccato, tout cela en la revoyant près de la Land Rover, le sang sur son chemisier, ce moment terrible où il avait cru qu'il l'avait perdue. J'essayais de te protéger.

— De me protéger ? répéta-t-elle, les sourcils haussés. De quoi ?

— De mon passé. Le chef Warren n'a pas fait que me confier ce téléphone d'urgence quand on s'est vus le mois dernier. Il m'a aussi prévenu. Il m'a dit d'être prudent avec ceux… qui comptent pour moi. Parce que ce qui me menace pourrait aussi les atteindre.

Elle le scrutait à présent, le menton bien haut, ses yeux fatigués reflétant une colère naissante.

— Tu prétends que ce dernier mois, quand tu m'as battu froid, c'est parce que tu essayais de me protéger ?

— Oui.

— Sérieusement ? Parce qu'aux dernières nouvelles, la définition du mot « protéger » n'inclut pas la notion de faire du mal.

— Pardon. Honnêtement. Je ne savais pas quoi faire d'autre pour t'éviter de…

— Oh, bon sang !

Elle se retourna d'un bloc et s'éloigna de lui, les poings serrés le long du corps, et Samson se demanda s'il avait bien choisi son moment pour clarifier les choses. Les Metcalfe avaient le chic pour se métamorphoser sans prévenir en bête féroce. Et blessés et épuisés, ils étaient particulièrement explosifs.

— Je ne voulais pas te faire de mal, persévéra-t-il. Je ne voulais pas que tu te retrouves mêlée à ce qui risque de se produire, alors j'ai essayé de te tenir à distance. Je n'avais pas le choix, tu comprends ? Et puis, quand je t'ai vue dans la cour, aujourd'hui… J'ai cru que tu étais morte.

Il s'étrangla sur ces derniers mots.

Elle fit volte-face.

— Tu te prends pour qui, au juste ? Mon frère ?

Doutant soudain de la façon dont il s'y prenait, incapable d'ajouter un mot, Samson eut un geste d'impuissance. Parce que ce qu'il s'apprêtait à dire aurait pu mettre un point final à leur amitié.

Elle avança alors vers lui et attira son visage vers le sien.

— Tiens, protège ça !

Et là, dans l'arrière-cour, sous l'énorme masse du Crag, Delilah embrassa Samson O'Brien. Sur les lèvres.

Il sentit le monde se dilater et se contracter, tout en se concentrant sur ce moment, le goût d'elle, la passion qui l'enivrait, la joie qui embrasait son cœur frileux…

— Espèce de crétin, va !

Delilah interrompit brutalement l'étreinte sans cesser de le fusiller du regard, et s'éloigna énergiquement vers le portail, laissant Samson sur place, stupéfait.

Que venait-il de se passer ?

Le portail s'ouvrit en coup de vent, et Delilah disparut dans la ruelle. Samson se retrouva seul dans la cour, Calimero l'observant, une oreille inclinée, comme s'il compatissait. Avant de détaler.

Samson resta un moment immobile, dans l'ombre du Crag drapé d'or bruni. Il aurait tout aussi bien pu être aveugle.

Car tout ce qu'il voyait et revoyait, c'était Delilah qui se dressait sur la pointe des pieds et l'embrassait, la main posée sur sa nuque, attirant ses lèvres vers les siennes.

En proie à une soudaine mélancolie, il tourna le dos à la masse calcaire transmutée en or et rentra.

Puis l'étroit ruban de Back Street plongea dans l'ombre tandis que les derniers rayons du soleil délaissaient le Crag pour aller coiffer d'or les pignons de la mairie gothique, sur la place du marché. La grande maison géorgienne, quant à elle, était déjà dans le noir. Ce qui ne changeait pas grand-chose. Les rideaux étaient tirés depuis longtemps. Et assise à la table de la cuisine, sa seule occupante pleurait.

Du côté opposé de la place, insensible aux glorieuses coulées de bronze dont se parait le rocher qui dominait la ville, Stuart Lister quittait l'Agence immobilière Taylor et verrouillait la porte derrière lui, l'esprit en ébullition. C'était à lui qu'incombait à présent la responsabilité de fermer, puisque son patron s'était suicidé. Le jeune chargé des locations avait du mal à se faire à la nouvelle situation. Et, d'une certaine manière, il ne pouvait s'empêcher de penser que cet événement choquant était lié aux anomalies qu'il avait constatées dans les dossiers de l'agence.

Tête basse, absorbé dans ses pensées, il passa devant la Pâtisserie des Monts maintenant fermée, où Peggy Metcalfe nettoyait la dernière table. Elle le vit longer le salon de thé et leva les yeux sur le Crag illuminé de splendeur. Elle resta à le contempler, émerveillée, et l'angoisse qu'elle éprouvait pour sa fille unique s'apaisa un instant. Puis les soucis qu'elle se faisait pour Delilah refirent surface et, avec un soupir frémissant, Peggy Metcalfe se remit à la tâche. Et recommença à s'inquiéter.

Le soleil qui plongeait derrière les collines, abandonnant une bonne partie de la ville, caressait encore quelques sommets, et le grand balcon d'un des appartements du premier étage de Fellside Court profitait toujours de sa généreuse chaleur. Là, Edith et Clarissa recevaient le reste de l'équipe de limiers amateurs après leur longue journée de planque. Bien qu'ils aient avalé une quantité astronomique de thé, tous en avaient une tasse entre les mains et commentaient les dernières nouvelles. Parce qu'il y avait beaucoup à discuter. Ils étaient tellement captivés par l'analyse des événements qui s'étaient déroulés au Manoir de Bruncliffe et les rumeurs qui couraient les rues qu'ils ne virent pas l'homme qui quittait le poste de police, dans Fell Lane.

Après plusieurs heures passées dans le bureau du sergent Clayton à coopérer avec les représentants locaux de la loi et de l'ordre concernant cet incident majeur, Frank Thistlethwaithe retrouva l'air libre avec soulagement. Marquant une pause à l'angle de Fell Lane et de Church Street, il leva le visage vers le Crag et hocha la tête en signe d'appréciation.

Du moins, c'est ce qu'un observateur lambda aurait pensé. En réalité, c'est à peine s'il prenait garde au somptueux effet du soleil qui se réfléchissait sur la falaise. Non, il était en train de penser que l'accident de chasse du matin, avec les clients bulgares invités par Rick Procter, pouvait être, d'une certaine manière, relié au meurtre qu'il s'efforçait de résoudre : celui d'un individu d'Europe de l'Est non identifié, retrouvé étranglé avec un blouson que l'on avait vu pour la dernière fois dans une maison de Leeds qui faisait partie d'un programme développé par l'Immobilière Procter. Par ce hochement de tête, l'inspecteur-chef Thistlethwaithe acceptait aussi l'inévitable. Que Samson O'Brien devait être la clé de toute l'affaire. L'inspecteur, qui avait amplement matière à réflexion, prit la direction de sa voiture.

Il n'était pas le seul à s'étendre sur le cas du propriétaire de l'Agence de Recherche des Vallons. De l'autre côté de la ville, seul dans sa cuisine sur laquelle le soleil ne donnait plus depuis déjà plusieurs heures, Rick Procter réfléchissait, un whisky à la main, à la situation qui avait frôlé la catastrophe par la faute de ce maudit Samson O'Brien.

D'O'Brien et de cette fouineuse de Nancy Taylor – toute la ville savait maintenant qu'elle avait fait appel au détective, inconsciente du fait qu'elle jouait avec le feu. Inconsciente des conséquences terribles qu'elle aurait fait affronter à son mari. Rick n'en revenait pas. Quand il pensait que tout ce qu'il avait bâti avait failli être sabordé à cause d'une épouse jalouse…

En réalité, il aurait dû être soulagé. Au cours de la conversation détendue qu'il avait eue avec le sergent Clayton après l'apparition dramatique de Delilah sur la terrasse – Rick endossant le rôle de l'entrepreneur inquiet de voir sa réputation éclaboussée par un associé corrompu –, le policier l'avait assuré que l'enquête conduite par O'Brien concernait la vie privée du maire. Ça, plus le fait que, comme l'avait souligné Niko, la mort de Taylor était finalement une bonne aubaine – finies les discussions à propos de Pete Ferris et les injonctions de couper le cordon avec les frères Karamanski ! –, Rick avait toutes les raisons de se réjouir. La partie de chasse s'était conclue par un désastre, il avait eu chaud, mais il s'en était sorti.

Pourtant, il ne parvenait pas à se départir d'un malaise depuis que Samson O'Brien avait déboulé dans la cour en criant le nom de Delilah. À cet instant, quand Rick avait compris la véritable identité de la femme appelée Denise, il en avait été physiquement malade. Et même s'il n'était pas la cible de la filature d'O'Brien, il n'était pas complètement tiré d'affaire quant aux répercussions de cette désastreuse journée.

Rick vida son verre de whisky, le reposa sur le plan de travail en granit et regarda son mobile. Une heure plus tôt, Niko l'avait appelé depuis l'hôtel Mearbeck Hall, en proie à une colère froide. La police avait poliment prié les Bulgares de rester dans les environs pendant quelques jours, en attendant les conclusions de l'enquête. En conséquence de quoi, compte tenu de l'attention fâcheuse dont les frères et leur entourage faisaient l'objet, l'inspection prévue de leurs installations devait être annulée. À sa manière calme et mesurée, Niko avait également informé Rick qu'il allait devoir remettre de l'ordre dans sa maison, ou les frères Karamanski lui enverraient une équipe de nettoyage. Du genre qui savait nettoyer à fond.

La signification était limpide. S'assurer que tout était bordé. Qu'aucun indice ne pourrait relier Bernard Taylor à l'organisation gérée par les Bulgares. Rick avait immédiatement pensé aux dossiers qui se trouvaient dans le bureau de son associé, où cet imbécile tenait à garder la trace des loyers bidon qu'il avait mis en place. Des loyers vitaux pour blanchir les bénéfices du narcotrafic qui s'organisait dans des propriétés isolées des Vallons et au-delà.

Il avait eu beau l'avertir, Taylor n'avait pas changé d'avis, convaincu que l'armoire de classement était l'endroit le plus sûr pour conserver les dossiers, affirmant que ses employés avaient trop peur de lui pour s'en approcher, ou étaient trop incompétents pour comprendre ce qu'ils liraient si les documents venaient à tomber entre leurs mains. Maintenant, c'était le boulot de Rick d'aller les récupérer. Un coup de fil à Nancy ferait l'affaire – s'excuser de la déranger en ces pénibles moments, lui raconter que Bernard détenait quelques dossiers concernant la vente de programmes de l'Immobilière Procter dont Rick avait besoin en urgence, et obtenir l'accès au bureau. Pour l'instant, ça suffirait. Cependant, à long terme, il faudrait que certaines choses changent. Radicalement. Parce qu'il y avait un truc auquel Rick ne pouvait s'empêcher de penser, et c'était la manière dont son partenaire avait trouvé la mort.

Depuis qu'il était rentré de la chasse, il s'était démené pour que le bon peuple de Bruncliffe ne remette pas en question le suicide du maire. Le fait que Delilah Metcalfe revendique une part de responsabilité dans ce drame l'avait beaucoup aidé. Cela faisait diversion et constituait un sujet sur lequel se focalisaient les commérages. Il avait volontiers versé de l'huile sur ces feux, partout où il allait, prenant le temps de discuter avec les clients du Spar, à la taverne… lâchant en passant, dans les oreilles qu'il fallait, l'info selon laquelle Nancy Taylor avait embauché O'Brien, et l'image d'un Taylor adultère qui aurait pris des mesures drastiques pour échapper à la situation paraissait plus que crédible.

Parce que si Rick voulait rester en vie, il fallait que ce soit crédible.

Sachant qu'il n'avait jamais couru de plus grand danger, Rick reprit son verre à whisky et le balança à travers la pièce.

Sans rien de plus fort qu'une tasse de thé, l'inspectrice Green était assise à la terrasse de son hôtel. Un hôtel avec spa, du genre qui n'entrait généralement pas dans son budget. C'est que, comme il était hors de question qu'elle séjourne à Bruncliffe, vu qu'elle voulait se faire discrète, elle s'était rabattue sur un établissement plus luxueux à la limite de la ville.

Sa table étant la dernière que le soleil couchant éclairait, on aurait pu penser qu'elle avait envie de profiter encore un peu de la chaleur du jour. Pourtant ce n'était pas la raison pour laquelle elle l'avait choisie. Elle avait opté pour l'intimité, jetant son dévolu sur la place la plus éloignée des portes du patio et des deux hommes assis à l'autre table occupée, qui discutaient sérieusement dans une langue qui paraissait être du russe à son oreille peu entraînée.

Mobile en main, elle parlait tout bas, fournissant un rapport de sa rencontre avec Samson O'Brien.

— Il était choqué. Comme on pourrait s'y attendre.

— Il ne soupçonne rien ? demanda la voix, la même à qui elle avait déjà fait un rapport quelques mois plus tôt.

— Rien du tout.

— Et la jeune femme ? Il faut s'en inquiéter ?

— Delilah Metcalfe ?

L'inspectrice Green se remémora les traits tirés de Delilah dans l'escalier. Le regard que Samson lui avait lancé. Ce gars était peut-être le meilleur flic infiltré que l'agence de lutte contre la grande criminalité ait jamais connu, mais à ce moment, il avait été démasqué.

— Elle ne nous posera pas de problème. Bien au contraire, c'est son talon d'Achille.

— Et l'accident de chasse ? Il en a parlé ?

— Quel accident de chasse ?

Le ton habituellement posé se teinta d'un brin d'impatience.

— Il y a eu un accident mortel au Manoir de Bruncliffe. O'Brien s'y trouvait. Il n'en a pas parlé ?

— Non.

L'inspectrice Green ne parvint pas à cacher sa surprise. Elle aurait pourtant dû être habituée à son omniscience, à ses infos de l'intérieur qui étaient le fondement de leur conspiration. Néanmoins, cette nouvelle l'avait déstabilisée. Tout comme ce satané O'Brien l'avait lui-même déstabilisée.

— Non. Il ne m'en a pas parlé.

Il y eut un long silence. L'information en cours de digestion. Puis une déclaration tranchante :

— Il ne vous fait toujours pas confiance.

Inutile de le nier. Trois semaines plus tôt, quand il l'avait appelée tard le soir pour implorer son aide, elle pensait avoir réussi à gagner sa confiance. Et voilà que la muraille impénétrable s'était reformée. Pour faire court, Samson O'Brien se méfiait d'elle.

— J'y travaille, protesta-t-elle. Mais ça prend du temps…

— Nous n'en avons pas. S'il ne vous fait pas confiance, c'est un problème. Un problème qui n'a qu'une solution. C'est compris ?

— Je comprends, oui.

Un murmure de satisfaction sur la ligne.

— Alors c'est bon ? On peut y aller ?

— Absolument, confirma l'inspectrice Green tandis que le soleil disparaissait derrière les collines, plongeant sa table dans l'ombre. O'Brien n'arrivera jamais au tribunal.

21.

Elle l'avait embrassé.

Il essayait désespérément de ne pas y penser, à ce qu'il avait ressenti pendant ce bref instant de joie pure. Avant qu'elle s'éloigne et le laisse planté là, au milieu de la cour, dans le soir tombant, comme si elle avait emporté le soleil avec elle.

Bon sang, qu'est-ce que ça signifiait ? D'ailleurs, est-ce que ça avait le moindre sens ? Ou est-ce qu'il s'emballait ?

Samedi matin, à une heure que même ceux qui allaient à l'église auraient considérée comme matinale, Samson avait pris sa Royal Enfield et il fonçait sur la route de Horton en savourant le chant du moteur, le bleu profond du ciel et la masse sombre du Pen-y-ghent qui s'élevait derrière les collines.

Tout plutôt que de ruminer les pensées qui l'avaient empêché de dormir toute la nuit.

Un cocktail de pensées, composé du suicide de Bernard Taylor, des nouvelles concernant son procès et du satané baiser de Delilah. Bref, il n'avait quasiment pas fermé l'œil, et quand il avait enfin réussi à somnoler, il avait fait des rêves torturés qui finissaient tous de la même façon : lui derrière les barreaux en train de regarder Delilah s'éloigner avec Frank Thistlethwaite. Réveillé par les premiers chants d'oiseaux, seul dans son lit, dans la chambre du haut de la maison qui hébergeait leurs bureaux, Samson avait compris qu'il était inutile d'espérer se rendormir. Une balade à moto paraissait être une bonne solution.

L'Enfield épousa le dernier virage de la route de Horton, et la longue étendue du viaduc de Ribblehead apparut à sa vue. Samson alla jusqu'à l'intersection et s'arrêta. Pas une voiture. Pas de cafétéria non plus. Laissant tourner le moteur de sa moto, il resta assis là, à contempler l'immense structure qui franchissait le vallon et se fondait si bien dans le paysage.

Sauf qu'il ne le voyait pas. C'est Delilah qu'il voyait. La courbe de ses lèvres quand elle riait. Sa façon de relever le menton. De vous regarder…

— Oh bon sang !

Samson s'ébroua, écœuré. Un adolescent mort d'amour, voilà à quoi il était réduit.

L'estomac noué, et ne sachant pas trop si c'était encore un symptôme de souffrance émotionnelle ou tout simplement la faim, il fit faire demi-tour à sa moto. Il avait besoin d'aide. Et il n'y avait qu'un endroit où il pouvait espérer la trouver.

Il entendit la moto gravir la montée de Fell Lane, le bruit familier du moteur ; un moteur qu'il avait passé des heures à bricoler quand ils étaient une famille qui vivait à Thorpdale. Avant qu'on diagnostique le cancer de Kathleen. Avant qu'il se mette à boire pour oublier son chagrin, sans se rendre compte qu'il oubliait en même temps son jeune fils.

Tandis que les années défilaient dans sa mémoire, Joseph O'Brien regarda l'Enfield chrome et rouge s'arrêter à l'arrière du bâtiment. Il jeta un coup d'œil à la pendule sur l'étagère à livres. Même pas huit heures. Quelle que soit la raison qui poussait Samson à venir le voir si tôt, il allait avoir besoin de réconfort.

Le temps que la sonnerie retentisse à sa porte, Joseph avait déjà mis la poêle sur la plaque chauffante.

— Du bacon !

Samson entra dans le petit appartement de son père, les narines frémissantes, et un éclair de plaisir illumina son visage las.

— Et comment ! Allez, fils, assieds-toi, dit Joseph en tapotant le bras de son fils et en lui indiquant la petite table logée dans un coin sur laquelle se trouvaient déjà deux mugs de thé.

Samson obéit, frappé par la normalité de la chose. Lui, assis à la table de son père, attendant qu'on mette quelque chose dans son assiette. Sauf que c'était loin d'être normal. Six mois à peine après la mort de sa mère, les choses avaient commencé à tanguer et rouler, la relation entre le père et fils n'avait pas résisté à la distorsion de l'alcool. Ensuite, c'était le plus souvent Samson qui était aux fourneaux et essayait de persuader son père de manger – son père avachi dans son fauteuil, berçant dans ses bras la bouteille qu'il s'acharnait à vider.

— Deux œufs ?

Samson hocha la tête. Son père cassa les œufs dans la poêle, retourna le bacon et beurra une tranche de pain. Du vrai beurre, et il ne mégotait pas, d'ailleurs.

— J'ai appris, pour hier, dit Joseph tout en cuisinant. Sale histoire.

— Ça, tu l'as dit.

— Et Delilah qui était au milieu de tout ça, en plus.

— Je ne voulais pas qu'elle…

D'un mouvement de tête, Joseph coupa court aux protestations de son fils.

— Je ne te fais aucun reproche, Samson. Delilah est assez grande pour savoir ce qu'elle fait. Je doute qu'elle soit du genre à accepter qu'on lui dise non.

— C'est l'euphémisme de l'année, marmonna Samson.

De la kitchenette lui parvenait le crépitement du bacon, et un son qu'il n'avait pas entendu depuis des années. Son père fredonnait tout bas, une jolie mélodie un peu rythmée qui lui rappelait des temps plus heureux. Avant que Joseph sombre dans l'alcoolisme, et bien avant le jour fatal où, armé d'un fusil, il avait chassé son propre fils de chez lui.

— Tu es heureux, papa, dit-il, avec un soupçon d'incrédulité, incapable de se rappeler la dernière fois où il aurait pu penser cela de son père.

Joseph se retourna.

— Oui, fils, répondit-il, souriant.

— De vivre ici ? Tu sais, au lieu d'être chez nous ?

Cette fois, Samson ne cacha pas sa stupeur ; il promena le regard sur le petit appartement et pensa au paysage spectaculaire qui entourait la ferme Twistleton, isolée, certes déglinguée, mais la comparaison n'était pas à l'avantage de l'appartement.

Sa question fut accueillie par un haussement d'épaules philosophe.

— Écoute, je sais bien que Rick Procter m'a joué un tour de cochon en achetant la ferme. Mais la vérité, Samson, c'est que sans cet endroit et sans les gens qui y vivent, je me soûlerais encore à mort tous les jours. Si j'étais toujours de ce monde.

Joseph conclut cette déclaration en posant une assiette devant son fils, une assiette sur laquelle était empilé un monticule de saucisses, de bacon, d'œufs, de boudin et…

— Du boudin blanc ! s'exclama Samson à la vue du régal qu'il n'avait pas mangé depuis plus de vingt-cinq ans.

C'était un rite, le dimanche matin, à Thorpdale, avant la mort de sa mère. Concernant le menu du petit déjeuner, Joseph était fidèle à ses racines irlandaises.

— Où as-tu trouvé ça ?

Son père afficha une mine mystérieuse, se tapota l'aile du nez et s'assit en face de son fils, devant une beaucoup plus petite assiette.

— J'ai mes dealers.

Ils mangèrent dans un silence complice seulement troublé par le cliquetis des couverts sur la porcelaine et parfois des murmures de satisfaction. Quand ils eurent fini, Samson sauça son assiette avec un dernier morceau de pain, en savourant chaque bouchée. Attendri, Joseph prit son mug et s'appuya au dossier de sa chaise.

— Alors, fils, qu'est-ce qui t'amène ici ?

Samson poussa un soupir. De contentement, en partie. Mais qui trahissait aussi son tourment.

— Je suis dans la merde, papa. Et je ne voyais pas vers qui je pouvais me tourner mieux que toi.

Il ne fallait pas être un brillant détective pour remarquer la surprise inscrite sur le visage de Joseph, son haussement de sourcils, et l'expression peinée qu'il tenta de masquer. Une surprise due au fait que Samson n'avait jamais cherché ses conseils sur quelque sujet que ce soit. Pas depuis qu'il s'était mis à boire.

— D'accord, fit Joseph avec une certaine prudence, comme s'il avait peur de ne pas être à la hauteur de la tâche. Un problème important ?

— On peut dire ça.

— Une affaire, peut-être ? Il paraît qu'Arty et Edith sont venus te voir pour te parler du soupirant de Clarissa.

L'espace d'un instant, Samson fut tenté de répondre que oui. Que c'était ça. Tenté de se répandre sur les arnaqueurs qui pullulaient sur Internet. Ça paraissait tout à coup convenir infiniment plus à une conversation entre deux hommes qui n'avaient pas vraiment échangé depuis plus de quatorze ans que le problème personnel qu'il s'apprêtait à exposer.

— Non. Pas une affaire.

— Quoi que ce soit, fils, vas-y. Tu sais que je ferai de mon mieux pour t'aider.

À ces mots, Samson se retrouva à la table de la cuisine dans la ferme Twistleton, s'efforçant de comprendre les fractions, son père assis en face de lui prenant des quartiers d'orange pour expliquer ce qui échappait au jeune esprit de Samson. Ils avaient résolu le problème de calcul, puis ils avaient mangé l'orange en gloussant tous les deux à l'idée que les devoirs du soir pouvaient être si bons.

— C'est à propos des femmes, commença Samson en tentant d'hypnotiser son mug, sentant ses joues le brûler.

— Ah, fit Joseph en toussotant. Une femme en particulier ?

Samson s'aperçut que son père souriait et lui rendit son sourire.

— Peut-être. Enfin, voilà ma question : quand une femme t'embrasse, ça veut dire quelque chose ?

— Aahhh. Pour répondre à ça, il va falloir que j'appelle des renforts, fit Joseph avant de prendre son téléphone sur la table.

Pendant que Joseph s'apprêtait à répondre à la question brûlante de Samson, Stuart Lister pénétrait par effraction dans l'Agence immobilière Taylor.

Ou du moins, c'est l'impression qu'il avait alors qu'il tournait la clé dans la serrure et entrait furtivement, la ville étant déserte à ce qui était encore une heure matinale pour un dimanche. Il resta un moment debout là en se demandant si ce n'était pas une erreur, avant de recouvrer le courage qu'il avait mis si longtemps à rassembler dans son appartement. Enfin résolu, il se dirigea vers le fond de la zone de réception. Vers la porte fermée du bureau de Bernard Taylor.

Les dossiers Kingston Holdings, voilà ce qu'il cherchait. Il avait passé une longue nuit sans sommeil à tourner et retourner les événements de la semaine passée dans son esprit troublé. Les faux contrats de location. La mention de Kingston Holdings qui revenait dans les documents bidon. Sa visite à Matty Thistlethwaite. Et maintenant, le choc du suicide de son patron. On ne pouvait guère soutenir que Stuart était doté d'une imagination débordante – sa prof de lettres, à l'école, lui avait souvent reproché le contraire –, pourtant toute la nuit il avait ruminé et imaginé des liens entre les différentes énigmes qui l'empêchaient de dormir. Et donc, lorsque l'aube avait blanchi la fenêtre de sa petite chambre, apportant avec elle les premiers chants d'oiseaux, il avait pris une résolution.

Il continuerait à être proactif, malgré la promesse qu'il s'était faite après sa dernière tentative qui avait failli se retourner contre lui. Maintenant que M. Taylor était mort et qu'il n'y avait plus de patron à l'agence, il courait moins de risques que jamais, et le moment lui paraissait idéal pour aller au fond des choses. Il allait chercher les dossiers et les rapporter chez lui. Là, il aurait le temps de les examiner à loisir et de photographier ceux dont il n'avait pas encore de copie, avant de décider quoi faire.

Ayant pris cette décision, il s'était levé, habillé, il avait descendu l'escalier derrière la boîte à bouffe chinoise et il était sorti dans la fraîcheur d'un lumineux matin de mai. Il n'avait pas croisé âme qui vive, ce qui aurait dû le rassurer un peu, or le silence inhabituel de la place du marché n'avait fait que le stresser davantage.

Et maintenant, la main sur la poignée de la porte de son patron, il eut une dernière attaque de frousse. S'il faisait demi-tour et qu'on le voyait quitter le bureau de si bon matin un dimanche, il pourrait toujours se justifier. En revanche, s'il se faisait pincer dans le bureau personnel de M. Taylor, il serait bien en peine de fournir une explication.

Se persuadant que les possibilités qu'il soit surpris étaient quasiment nulles, M. Taylor étant à la morgue et Julie en visite chez des amis à Leeds, Stuart Lister entra et referma prestement derrière lui. Puis il se dirigea droit sur le meuble de classement.

— Je suis désolé de venir vous voir si tôt, dit Rick devant la porte de la résidence Taylor. Et je suis navré de vous ennuyer dans un moment pareil, mais, comme je vous l'ai expliqué au téléphone hier soir, j'ai vraiment besoin de ce dossier, et je sais que Bernard s'en était occupé. Il est probablement sur son bureau…

— Ne vous excusez pas, répondit Nancy, impeccablement habillée et maquillée.

Elle avait dû faire un effort surhumain, déterminée qu'elle était à ne pas montrer le chagrin qui la dévastait. Elle lui fit signe d'entrer.

— Comment tenez-vous le coup ? demanda-t-il gentiment.

— Aussi bien qu'on peut s'y attendre, répondit-elle en luttant contre les larmes.

Il hocha la tête, son visage séduisant adoptant une expression compatissante.

— Je me sens tellement responsable, reprit-il. Bernard subissait une telle pression. Je me dis que j'aurais dû le voir venir.

— Ah !

Elle n'avait pas l'intention que ce petit rire résonne avec un tel cynisme, pourtant c'est ainsi qu'il retentit dans le silence de l'entrée vide.

— Et moi donc. Je vivais avec lui et je n'ai rien remarqué.

Sauf que ce n'était pas tout à fait vrai. Elle avait bien repéré quelque chose, un comportement répété plusieurs fois qui lui avait fait suspecter le pire. Et au lieu de s'en ouvrir à Bernard, elle lui avait mis Samson O'Brien sur le dos, une décision qui avait mené à son suicide.

C'était ça qu'elle avait le plus de mal à accepter. Le suicide. Cette irrévocabilité, bien pire qu'une infidélité – parce qu'il ne faisait plus aucun doute, à présent, que son mari l'avait trompée, le message qu'il avait laissé sur son répondeur ayant valeur de confession. Enfin, ça,

Nancy aurait pu vivre avec. Elle aurait pu y travailler, avec Bernard. Mais elle n'avait plus cette possibilité, désormais. Selon la police, Bernard avait chaviré quand il avait reconnu Delilah à la chasse et compris que sa femme avait lancé les détectives à ses trousses. C'était ce qui l'avait poussé à s'ôter la vie.

Nancy aurait pu tout aussi bien presser la détente elle-même. Et ça la détruisait. Ça, et cette déclaration d'amour avant la terrible détonation…

— Il ne faut pas vous en vouloir, disait Rick en lui touchant le bras, l'air apitoyé. Personne n'aurait pu prévoir ce qui est arrivé. Qu'il serait capable de…

Il eut un geste d'impuissance.

— Alors vous croyez vraiment qu'il s'est suicidé ? demanda-t-elle en désespoir de cause.

— Pas vous ? répliqua-t-il, sincèrement surpris. Tous les indices convergent…

— J'ai beaucoup de mal à y croire. Penser que Bernard aurait pu… Je suis persuadée que nous faisons fausse route.

— Mais… Les preuves… Tout indique que c'est un suicide…

Elle croisa les bras sans s'en rendre compte, dans une attitude de défi.

— Il ne m'aurait jamais fait une chose pareille.

— Écoutez, Nancy, j'étais là.

Rick l'avait prise par les épaules, à présent, et c'est d'un ton à la fois bienveillant et ferme qu'il lui parlait.

— Bernard a mis fin à ses jours. Je sais que c'est choquant, mais vous ne ferez que vous rendre les choses plus difficiles si vous refusez de l'accepter.

Elle sentit vaciller la conviction qu'elle avait eue à l'aube, la certitude que son mari n'aurait pas pris – n'aurait pas *pu* prendre ce chemin, connaissant le fardeau que cela ferait peser sur les épaules de sa femme. Ses certitudes chancelaient devant l'assurance de Rick.

— Et l'argent ? lâcha-t-elle calmement. La police m'a interrogée à ce sujet. Pourquoi s'en seraient-ils préoccupés si ce n'était qu'un suicide ?

— L'argent ? Quel argent ?

— J'ai trouvé un grand sac contenant cent vingt-cinq mille livres dans la penderie de Bernard, la semaine dernière. Peut-être qu'il y a un rapport ?

Rick esquissa un geste de dénégation.

— Sûrement pas. Bernard était un homme d'affaires honnête. Il doit y avoir une explication parfaitement simple à cela.

Elle se mordit la lèvre, les larmes lui brûlant les yeux.

— Alors vous ne pensez pas qu'il aurait pu être assassiné ?

Une émotion que Nancy ne put identifier passa sur le visage de Rick.

— Non, voyons ! Absolument pas !

Il lui pressa les épaules une dernière fois et laissa retomber ses mains.

— Je suis désolé, Nancy. Je n'arrive pas à concevoir ce que vous traversez, mais imaginer des choses pareilles ne fera qu'aggraver la situation.

Elle passa le dos de sa main sur ses yeux.

— Pardon. Je ne sais plus du tout où j'en suis.

Elle ouvrit le tiroir de la console de l'entrée et lui remit un trousseau de clés.

— Tenez, les clés du bureau. Et merci.

— Merci de quoi ?

— D'avoir été un si bon ami pour Bernard.

— C'était un homme bien. Et si je peux faire quelque chose pour vous, quoi que ce soit, n'hésitez pas…

Quelques minutes plus tard, Rick Procter traversait la place du marché, les clés de l'Agence immobilière Taylor à la main.

Samson avait quelques doutes sur la qualité du panel de spécialistes que Joseph avait réuni. Les vénérables

Arty Robinson et Eric Bradley avaient pris possession du canapé de son père, lequel s'était installé dans son fauteuil, tandis que Samson était encore attablé.

— Pour quoi réclames-tu notre assistance ? demanda Arty, humant l'air. Et tu aurais donc fait griller des bonnes choses sans nous convier ?

— Oui, et c'est lui qui a besoin de votre aide, rétorqua Joseph en désignant d'un clin d'œil son fils, qui se tortillait sur sa chaise.

— Encore ? Qui doit-on filer, ce coup-ci ? Et j'espère que ce sera un poil plus intéressant que la dernière mission, parce que c'était vraiment nul...

Joseph coupa court aux divagations de son ami :

— Ça n'a rien à voir avec le boulot de détective.

— Oh, fit Arty, surpris. Quoi alors ?

Joseph invita d'un geste Samson à prendre la parole. Le vieux fripon jouissait visiblement de la gêne de son fils.

— C'est une affaire privée, murmura Samson.

— Le Viagra, siffla Eric. Il paraît que ça fait merveille.

Joseph et Arty éclatèrent de rire tandis que Samson s'affaissait sur son siège, désespéré.

— Désolé, s'excusa Eric. Tu disais ?

— Que c'est une affaire personnelle. Et Dieu seul sait pourquoi, mon père a pensé que vous pourriez m'aider.

— Allez, mon gars, on t'écoute, fit Arty, retrouvant son sérieux devant l'angoisse visible du jeune homme. Quelle que soit la question, on est ici pour t'aider.

Peu convaincu par cette promesse, Samson était toutefois suffisamment aux abois pour prendre le pari.

— C'est à propos de femmes, commença-t-il. Quand une femme vous embrasse, doit-on en conclure que ça veut dire quelque chose ?

Arty croisa les bras sur sa poitrine, tel un vieux sage prêt à partager sa science.

— Ça, ça dépend vraiment de la demoiselle...

Il y avait plus de dossiers que dans son souvenir. Quand Stuart avait réfléchi à tout cela, au lit, il avait prévu de les glisser sous son pull et il s'était habillé dans cette intention. Il portait donc un gros chandail à torsades dans lequel il crevait de chaud. Et qui – ainsi qu'il s'en rendait compte maintenant qu'il examinait le tiroir du bas du meuble de classement – ne l'aiderait pas à dissimuler les documents sans se faire repérer. Pas à moins qu'il ait envie de se promener en ressemblant à un homme au bout de son troisième trimestre de grossesse. Et qui attendait des triplés.

Il fallait qu'il trouve un autre moyen de les emporter.

Il les sortit du tiroir, les empila par terre et chercha des yeux quelque chose dans quoi les mettre. Rien de rien. Si… dans la kitchenette, un carton qui avait contenu des serviettes en papier et qu'il n'avait pas encore mis au recyclage. Ce serait parfait.

Il ramassa la pile de dossiers, traversa le bureau et s'approcha de la porte fermée. L'ouvrit et sentit son cœur, qui battait déjà la chamade, s'emballer pour de bon.

Rick Procter venait droit vers l'Agence Taylor en balançant un trousseau de clés.

22.

Rick déverrouilla la porte d'entrée de l'agence immobilière en maudissant l'homme dont il chantait les louanges à sa veuve quelques instants plus tôt.

Ce maudit fourre-tout rempli de billets ! Il avait failli s'étouffer quand Nancy en avait parlé. Taylor avait simplement mis dans un sac la moitié de ce qui aurait dû être la somme destinée à Pete Ferris, le maître chanteur, il l'avait planqué dans son dressing, où sa femme ne pouvait faire autrement que de tomber dessus. Quel crétin ! Et pour tout arranger, la police était au courant. Encore un élément qui s'ajoutait à la longue liste des problèmes dans lesquels il allait devoir donner un bon coup de balai.

Stressé, il entra dans l'agence déserte. L'endroit avait l'immobilité de tous les bureaux en dehors des heures d'ouverture. Et même pire, vu que le propriétaire des lieux ne reviendrait jamais, pensa sinistrement Rick.

Le discret tic-tac de l'horloge accrochée au mur attira son attention. Il était plus tard qu'il ne l'aurait pensé, tout ça à cause du temps perdu à essayer d'étouffer dans l'œuf les théories conspirationnistes de Nancy Taylor dont les pensées, alimentées par la culpabilité, prenaient un tour dangereux. Il devait donc agir vite. Les paroissiens allaient bientôt se rendre au premier service et, même s'il était dans son droit en venant là, il préférait qu'on ne le voie pas avec une pile de dossiers quand il repartirait.

Il se dirigea rapidement vers le bureau de Taylor, au fond, et il passait juste devant le poste de travail du jeune gars qui s'occupait des locations quand un bruit sourd se fit entendre derrière la porte fermée du maire.

Il y avait quelqu'un ! À cette heure-ci, un dimanche, c'était plus qu'inhabituel. Rick n'hésita pas. Il parcourut à grands pas les quelques mètres restants et ouvrit brusquement la porte.

Un espace de travail silencieux. Désert. La seule chose qui détonnait était un pot de fleurs et sa soucoupe renversés près du meuble de rangement, de la terre et des feuilles répandues partout sur la moquette, suggérant que c'était là l'origine du bruit.

Bizarre, pourtant, qu'il soit tombé tout seul.

Il ressortit du bureau et coula un regard dans le coin kitchenette, tout au fond de l'agence. Aussi désert que le reste.

Une femme de ménage négligente, alors, qui avait fait la poussière et laissé le pot trop près du bord.

Conscient du tic-tac de l'horloge, Rick retourna dans le bureau de Taylor, enjamba le chaos par terre, mit la clé dans la serrure de l'armoire de classement et ouvrit le dernier tiroir.

Rien ! Le tiroir du bas était vide, à part un dossier de vraies locations – celles qui abritaient leurs affaires illicites – et quelques trombones éparpillés. Il ouvrit les autres tiroirs en remontant, vérifiant rapidement dans les rangées de dossiers. Que des documents professionnels. Pas trace de ce qu'il cherchait.

Taylor avait dû déplacer les dossiers. Il avait fini par tenir compte des nombreux avertissements de Rick, les mettant, ce faisant, hors de sa portée. Et désormais le bonhomme lui-même était hors de sa portée, tandis que les dossiers Kingston Holdings se baladaient dans la nature. S'ils tombaient entre de mauvaises mains, comme celles d'une épouse curieuse ou de quelqu'un qui voudrait aider à gérer l'agence en l'absence de Taylor, cette situation d'ores et déjà périlleuse se muerait en un irrémédiable désastre.

Furieux que l'incompétence de son associé lui survive, Rick referma brutalement le tiroir du haut. Il était sûr que cette petite affaire pourrait être traitée assez facilement. Il allait juste falloir qu'il accède au bureau du domicile de Taylor. Pour vérifier si les dossiers s'y trouvaient. Et vite, avant que quelqu'un ne se pointe pour diriger cette boutique désormais privée de patron…

Soudain il eut une idée qui lui parut lumineuse. Après tout, s'il craignait que quelqu'un tombe sur des informations qui ne le regardaient pas maintenant que Taylor était hors jeu, la solution était très simple. D'une pierre deux coups. En évitant de marcher sur la terre répandue et la plante déracinée, sans penser une minute à nettoyer – ça, c'était le boulot de gens comme Ida –, Rick quitta les locaux.

Si Rick Procter avait été plus à cheval sur le ménage, il aurait découvert deux choses. D'abord, qu'un double de la clé de l'armoire de classement se trouvait sous la plante, ce qui lui aurait donné matière à réflexion. Ensuite, qu'il n'était pas seul sur les lieux.

En entendant la porte d'entrée se refermer et le silence revenir dans l'agence, Stuart Lister reprit son souffle. Il avait l'impression d'avoir bloqué sa respiration depuis que M. Procter avait fait son apparition. Blotti dans la pénombre du cagibi d'Ida Capstick, les dossiers pressés contre sa poitrine, il avait passé tout ce temps persuadé qu'il allait faire une crise cardiaque, le pouls affolé, chaque fibre de son corps tendue pour le maintenir immobile.

Quand il avait repéré l'importun, il était sur le seuil du bureau de son patron. N'ayant plus le temps de remettre les dossiers à leur place, il avait eu l'impulsion de se cacher. Il se dirigeait vers le cagibi quand il avait senti le métal froid d'une clé dans sa paume moite.

La maudite clé du meuble de classement. Une fois de plus, il avait oublié de la remettre à sa place.

Faisant demi-tour, il avait couru vers l'armoire, soulevé la plante, déposé la clé, lâché la plante sur sa soucoupe et foncé hors de la pièce. Il était dans le cagibi quand M. Procter avait débarqué. Et tandis qu'il se glissait derrière l'aspirateur, tâchant de se frayer un chemin le plus loin possible dans le noir, il n'avait pas remarqué qu'il avait laissé la porte de sa cachette entrouverte.

Quand il avait vu la lumière qui s'insinuait à l'intérieur, il avait failli mourir.

Combien de temps était-il resté dissimulé ? Il avait l'impression que ça avait duré des heures. À regarder M. Procter entrer dans le bureau de M. Taylor et découvrir le pot de fleurs sur le sol. Et quand il en était ressorti pour inspecter la kitchenette, Stuart avait cru sa dernière heure arrivée. C'était fichu. La pire partie de cache-cache de sa vie, attendre d'être découvert, ces maudits dossiers sous le bras, le front ruisselant de sueur.

Mais M. Procter était retourné dans le bureau et... Eh bien, c'était curieux. Il avait ouvert l'armoire de classement et tiré directement le tiroir du bas. Comme s'il savait ce qu'il contenait.

Ou ce qu'il *avait* contenu.

Quand il avait constaté qu'il était vide, il avait eu l'air furieux. Ce qui n'avait pas contribué à calmer le cœur affolé de Stuart. S'il était découvert maintenant...

Ça ne s'était pas produit. D'une manière ou d'une autre, il avait survécu. Même le désastre qui se serait abattu si M. Procter avait ouvert le placard pour prendre l'aspirateur – ce même appareil électroménager qui lui rentrait dans la hanche à cet instant – avait été évité.

Flageolant de soulagement, Stuart patienta dans le noir. Attendit cinq minutes après le déclic de la porte verrouillée de l'extérieur – cinq longues minutes dont il avait décompté chaque seconde dans sa tête – avant d'oser ne serait-ce que remuer un cil. Ce qui était tout aussi bien, vu qu'à son premier pas, il trébucha contre le seau et manqua de peu faire un vol plané.

Émergeant prudemment du placard, Stuart passa ses options en revue. Replacer les dossiers dans l'armoire semblait être le choix rationnel. Se tenir à l'écart de l'affaire véreuse dans laquelle avait trempé M. Taylor – et probablement M. Procter, étant donné la façon dont il venait d'agir. Donc, tout remettre à sa place et oublier les contrats de location bidon ainsi que la mystérieuse Kingston Holdings.

Stuart s'approcha du bureau de son patron, déterminé à opter pour la solution intelligente. Puis il s'arrêta. Illuminé par un éclair de conscience.

C'était une solution de facilité, une couardise. D'ailleurs, s'il replaçait les dossiers, comment expliquer leur réapparition ? M. Procter avait déjà constaté leur absence. Leur réapparition miraculeuse ne ferait qu'éveiller les soupçons.

Les rapporter chez lui, alors. En revanche, pas dans un des cartons de la cuisine comme le prévoyait son plan originel. Parce que s'il tombait sur quelqu'un sur le chemin de son appartement, on saurait qu'il venait du bureau, le nom et l'adresse étant inscrits sur le côté du carton. Alors quoi ?

Stuart Lister se tourna vers le cagibi. Prit le seau qui l'avait fait trébucher, le posa par terre et fourra les dossiers dedans.

Ils tenaient parfaitement. Et sur le dessus, il déposa un plumeau jaune.

Si quelqu'un voulait savoir, il était allé chez Plastic Fantastic acheter des produits d'entretien.

Le seau volé à la main, Stuart Lister sortit de l'Agence immobilière Taylor et traversa la place pavée toujours déserte, en s'efforçant d'adopter un pas naturel, malgré son envie irrépressible de courir. Il passa devant la Pâtisserie des Monts et remonta la moitié de Church Street avant de rencontrer quelqu'un. Et ce n'étaient que les deux sœurs de Fellside Court, Mlle Hird et Mme Ralph, qui descendaient acheter leurs journaux du dimanche. Elles le saluèrent, ne voyant rien d'autre qu'un jeune homme qui rentrait chez lui avec un seau. C'était la saison des grands ménages de printemps, après tout.

Sauf que ces deux-là n'étaient pas des sœurs ordinaires. C'étaient les sœurs à qui l'on avait récemment confié une mission de détective, qu'elles avaient prise très à cœur – bien que l'affaire soit dans les limbes depuis le récent décès du sujet principal de l'enquête. Quand elles croisèrent Stuart Lister, Clarissa cessa de parler de la robe qu'elle avait repérée dans la vitrine de Betty's, sur Back Street, qui conviendrait parfaitement pour sa croisière imminente, et le suivit un instant du regard. Puis elle sortit un calepin de son sac et écrivit quelque chose, avec l'approbation de sa sœur.

Tandis que Stuart réussissait son évasion, Delilah Metcalfe avait pris son courage à deux mains et tentait une sortie en ville. Calimero à ses côtés, elle dévalait la pente raide de Crag Hill, en proie à une nervosité comme elle n'en avait jamais éprouvé de sa vie.

C'était ridicule, s'était-elle morigéné plus tôt ce matin-là en contemplant par la fenêtre de sa cuisine les toits gris en contrebas. Ridicule de rester chez elle, dans sa bulle, parce qu'elle avait peur de ce que les gens pourraient lui balancer, peur qu'ils lui reprochent le drame de la veille. Elle avait déjà été la cible de commérages. Ses concitoyens avaient fait leurs choux gras de son divorce d'avec Neil Taylor et, plus récemment, son association avec la brebis galeuse locale, Samson O'Brien, avait fait s'agiter les langues. Elles étaient toujours très actives dans certains quartiers.

Alors, après s'être admonestée pour sa lâcheté, elle avait mis sa laisse à Calimero, et, munie d'une liste de courses, elle s'était aventurée dehors. Mais en descendant la colline, elle ne pouvait pas chasser l'impression que les rideaux bougeaient sur son passage. Que les pipelettes la guettaient derrière leurs vitres. Vaille que vaille, elle poursuivit son chemin, les tempes battantes. Et en arrivant au Spar, elle attacha Calimero devant la vitrine.

— Sois sage, lui chuchota-t-elle en regrettant de ne pas pouvoir entrer avec lui, son imposante silhouette grise étant le meilleur des boucliers.

Elle attrapa un panier près de la porte et s'aventura dans la supérette. Là, la situation dégénéra. La voyant mettre le pied dans le magasin, deux femmes au rayon fruits et légumes se turent subitement et la toisèrent de haut en bas. Même chose au rayon crémerie, où un fermier des environs de Hellifield ne lui accorda qu'un bref hochement de tête. Le panier tremblant au bout du bras, elle serra les dents et rassembla les articles dont elle avait besoin. Mais quand elle tomba sur Mme Pettiford au détour d'un rayon, son courage l'abandonna.

— Eh bien eh bien ! s'exclama l'employée de banque avec une moue réprobatrice. Je suis surprise que vous ayez le culot de vous montrer. Vu le mal que vous avez causé.

Delilah s'apprêtait à lâcher une réplique cinglante du même tonneau qu'à l'époque où elle était la cible privilégiée des médisances de Mme Pettiford. Mais cette fois, c'était différent. Cette fois, elle savait qu'elle avait quelque chose à se reprocher et qu'aucune réplique ne saurait excuser son comportement. Se balader déguisée et conduire un homme au suicide.

Submergée par le dégoût d'elle-même, Delilah reposa son panier et repartit humblement. Lorsqu'elle rejoignit Calimero, elle eut du mal à dénouer sa laisse, les yeux baignés de larmes. Abattue, elle se hâta de regagner le cottage.

— Les documents n'y étaient pas, vous dites ? demanda Nancy Taylor, debout dans sa cuisine, l'air perplexe, en remplissant leurs tasses à café.

— Non, répondit Rick.

Il s'était fait prier pour accepter de « prendre un petit café », mais avec ce qu'il était sur le point de proposer, ça ne ferait pas de mal d'avoir un comportement social. Il avait donc suivi Nancy dans la cuisine et se trouvait à cet instant assis à la table, s'efforçant de dissimuler sa frustration.

— Il a dû les rapporter ici, pour travailler dessus, dit-il.

— J'en doute, objecta Nancy, songeuse, en remplissant les tasses avant de s'asseoir en face de Rick. Bernard n'a jamais rapporté de travail à la maison. Il répétait toujours qu'il ne fallait pas mélanger les deux...

Sa voix se brisa légèrement et elle porta une main à sa bouche, comme pour contenir son désespoir.

Rick dut faire un effort sur lui-même pour conserver l'expression qu'il avait mis tant de temps à se composer, au bénéfice des habitants de Bruncliffe.

— Désolé, intervint-il en lui pressant gentiment le bras. Je sais à quel point ce doit être bouleversant pour vous.

Elle acquiesça, tandis qu'une larme roulait sur sa joue.

— C'est affreux. Pas seulement le chagrin. J'ai l'impression de me noyer dans un verre d'eau, aussi. Heureusement que les garçons arrivent tout à l'heure.

La mention des deux fils de Taylor, des adultes qui pourraient devenir des épines dans le pied de Rick s'ils commençaient à mettre leur nez dans les affaires de leur père, joua le rôle de déclencheur.

— Avez-vous réfléchi à la façon dont vous voyez la suite, concernant l'agence ? Connaissez-vous quelqu'un qui pourrait vous épauler ?

— Pas vraiment. Je n'ai guère eu le loisir d'y penser. Les garçons sont très investis dans leur propre carrière, et je me sens totalement inutile. Bernard n'a jamais voulu que je travaille, alors je n'y connais pas grand-chose…

— Eh bien, je pourrais peut-être vous aider ?

— De quelle façon ?

— M'en occuper un peu, assumer la direction en attendant la suite. Ce serait affreux de perdre tout ce pour quoi Bernard s'est battu toute sa vie.

L'offre comportait une menace juste suffisante pour apparaître comme étant la seule option, et Nancy le gratifia d'un sourire reconnaissant.

— C'est vrai ? Vous feriez ça ? Vous êtes tellement occupé, déjà…

— C'est le moins que je puisse faire.

Il perçut son hésitation, lut l'incertitude sur son visage tandis qu'elle regardait le jeu de clés qu'il avait posé sur la table.

— Allez, Nancy, dit-il d'un ton badin, charmeur. Je ne suis pas n'importe qui. Bernard me faisait confiance.

Elle rougit. Et lui rendit les clés.

— Merci, dit-elle.

Dix minutes plus tard, en sortant de chez elle, Rick Procter se félicitait d'avoir aussi rondement mené la négociation. L'accès qu'il venait d'obtenir aux affaires de Taylor allait lui permettre de localiser les dossiers disparus, de supprimer tous les indices que son imbécile d'associé avait pu laisser traîner derrière lui – comme ce fichu fourre-tout plein de billets ! – et de procéder au nettoyage exigé par Niko Karamanski. Tout cela en passant pour le sauveur d'une veuve en détresse.

C'était du gagnant-gagnant. Ce qui constituait une amélioration spectaculaire par rapport à la situation d'à peine vingt-quatre heures plus tôt.

Le moral au zénith, Rick était de si bonne humeur qu'il lança un bonjour enjoué à Mlle Hird et Mme Ralph qui le croisaient. Et quand il vit Delilah Metcalfe remonter la colline en vitesse, tête basse et le dos rond, sous la surveillance de Mme Pettiford plantée sur le seuil du Spar, son humeur remonta encore d'un cran.

Tandis que deux cinquièmes de l'équipe de limiers amateurs de Fellside Court se promenaient en ville, les trois cinquièmes restants étaient toujours chez Joseph O'Brien, les yeux rivés sur Samson, attendant sa réponse.

— C'est purement théorique, comme question, disait Samson.

— Bien sûr, mon gars. Tu demandes pour un ami, s'esclaffa Arty, les bras croisés sur sa poitrine. Si on ne sait pas de quelle femme il s'agit, on ne pourra pas te donner de conseils utiles.

Samson quêta vainement du regard le soutien de son père. Rien à espérer de ce côté-là. Il soupira. Se demanda comment il en était arrivé là, à passer son dimanche matin avec trois retraités qui discutaient de sa vie amoureuse. C'était tellement éloigné de son passé d'agent infiltré, où il aurait traîné dans des bars miteux, prétendant avoir la gueule de bois, ou quelque part en planque dans des conditions sordides.

— Si vous voulez savoir, se lança-t-il, c'est Delilah. Elle m'a embrassé, et je me demandais si…

— Mince alors ! s'exclama Arty, tandis qu'Eric lâchait un gloussement qui dégénéra en quinte de toux.

Joseph se contenta de tendre la main. Ce que voyant, Arty sortit son portefeuille et colla un billet de dix livres dans la paume offerte.

Samson mit une seconde à percuter. Puis il explosa.

— Un *pari* ? Vous aviez *parié* sur Delilah et moi ?

Arty prit un air offusqué.

— À t'entendre, ce serait immoral ! Les paris sont une noble activité, aussi vieille que ces collines. On s'est juste fait plaisir en renouant avec un passe-temps ancestral.

— En vous servant de ma vie pour vous amuser ? s'indigna Samson tandis que son père pliait le billet et le rangeait dans sa poche. C'était quoi, le pari, de toute façon ?

Encore secoué par sa quinte de toux, Eric fournit la réponse dans un souffle.

— Lequel de vous deux trouverait le courage de faire le premier pas.

Une autre seconde s'écoula avant que Samson s'adresse à son père.

— Et tu avais parié sur Delilah ?

Joseph opina du chef. Nullement embarrassé par cette preuve de déloyauté familiale.

— Et sur quelles bases ? s'enquit Samson, profondément indigné.

— Tu tiens de moi, mon fils. Si ta mère n'avait pas pris les choses en main, je serais toujours en train de rêver d'elle, trop timoré pour prendre l'initiative. Et puis les probabilités étaient trop favorables, je ne pouvais pas les ignorer.

De nouveau cette mine réjouie, qui balaya ce que Samson aurait pu prendre comme un camouflet.

— Ça, ça relève du délit d'initié, marmonna Arty, ses yeux allant de Joseph à Samson. Quant à toi, jeune homme, qu'est-ce qui t'a retenu de ne pas l'embrasser plus tôt ? Une femme comme ça…, soupira le bookmaker à la retraite, incrédule.

— Eh bien, dit Samson, maintenant que nous avons établi que je déçois dans le domaine romantique, pourrions-nous revenir à la question initiale ? Delilah m'a embrassé. Dois-je envisager cela comme un prologue à quelque chose de plus sérieux ?

Les trois autres hommes acquiescèrent à l'unisson.

— C'est de Delilah Metcalfe qu'il s'agit, commença Arty. C'est une perle rare. Si elle t'a embrassé, tu ne peux pas en rester là.

— Je suis d'accord, renchérit Eric. Cette fille est spéciale. Je me jetterais dans les flammes pour elle. Après ce qu'elle a fait pour ton père…

Au début, Samson crut que le silence abrupt était causé par un manque d'oxygène, pourtant Eric ne toussait pas. Il fixait Joseph, atterré.

— Pardon. Je ne voulais pas..., bredouilla Eric, qui en postillonnait carrément, à présent, et cela n'avait rien à voir avec sa maladie.

Joseph lui tapota la main.

— Ne t'inquiète pas pour ça. Samson l'aurait appris tôt ou tard.

— J'aurais appris quoi ? demanda Samson en dévisageant alternativement les trois hommes, finissant par son père, qui souriait. Mais nerveusement.

— Delilah m'a aidé, avoua Joseph. En janvier dernier. J'avais un petit problème, et, euh, elle m'a aidé à le résoudre.

En un éclair, Samson ressentit les affres familières du doute. Envolée, la complicité d'à peine quelques minutes plus tôt, l'illusion qu'il pouvait avoir un père comme les autres, un père sur lequel on pouvait compter. À la place resurgissaient les soupçons trop connus qui avaient entaché leur relation du jour où Joseph avait pris une bouteille et entrepris de se soûler jusqu'à ce que mort s'ensuive.

— Tu recommences à boire ? questionna-t-il d'un ton acide.

— Non mon fils, plus maintenant.

— Tu as repris, alors ?

— C'est plus compliqué que ça...

— Ou tu as recommencé à boire ou non. Ce n'est pas plus compliqué que ça, si ?

Samson s'était levé sans s'en rendre compte, et commençait à serrer les poings.

— Ce n'était pas de sa faute...

— C'est bon, Arty. Samson a besoin de l'entendre de ma propre bouche. – Joseph s'éclaircit la voix. – C'était après Noël, tu sais, la planque.

Samson n'avait pas besoin qu'on le lui rappelle. Une série d'incidents suspects à Fellside Court avaient amené Samson et Delilah à planquer à la résidence, opération qui avait failli coûter la vie à son père.

— Oui, et alors ?

— J'ai accidentellement absorbé de l'alcool…

— Ce que Joseph veut dire, c'est que ce monstre l'avait forcé à boire du whisky pour le tuer, rectifia Arty.

Samson considéra son père, puis se laissa retomber dans son fauteuil. Stupéfait.

— Tu ne me l'avais pas dit.

— Non. Au début, j'ai cru que je me débrouillerais tout seul. Mais une minuscule quantité d'alcool a suffi à raviver mon envie de boire, et j'ai vraiment dû batailler avec moi-même. J'ai joué à la roulette russe avec une bouteille toutes les nuits.

— Et qu'est-ce que tu as fait, alors ?

Joseph se mit à scruter le tapis.

— J'ai appelé Delilah. Elle est venue, elle a rameuté Arty et Edith, et avec leur aide à tous les trois… je m'en suis sorti.

Samson était envahi d'émotions contradictoires. Une bouffée d'amour pour la femme qui avait aidé son père à échapper à cette torture – et qui n'en avait pas laissé échapper un mot. Et un déluge de culpabilité à l'idée que c'était vers Delilah que son père s'était tourné.

— Mais… mais… Pourquoi ne m'as-tu pas appelé ?

Son père lâcha un petit soupir.

— Parce que je ne voulais pas que tu saches que j'allais encore te décevoir. J'ai l'impression de ne faire que ça, avec toi.

Les mots touchèrent Samson en plein cœur. Il resta un instant assis là, malheureux pour son père et pour lui-même. Puis il se leva, traversa le petit salon et passa son bras autour de l'homme qu'il n'avait pas étreint depuis bien longtemps.

— Pardon, papa, murmura-t-il en le serrant très fort sur son cœur. J'aurais dû être là pour toi.

— Ne dis pas ça, fit Joseph d'une voix brisée tandis qu'il rendait son étreinte à son fils. Tu n'as pas à t'excuser.

— Sacré bon sang ! s'exclama Arty d'un ton bourru, clignant furieusement des yeux pendant qu'Eric essuyait les siens. Épargnez-nous cette démonstration de fraternité virile et revenons à nos moutons. Quel conseil pouvons-nous donner à ce jeune homme énamouré ?

Père et fils se mirent à rire, relâchant leur étreinte, Joseph sortant un mouchoir et s'épongeant les joues tandis que Samson s'éclaircissait la gorge et s'éloignait pour s'appuyer contre la table.

— Je suis tout ouïe, déclara-t-il.

— Écoute bien, mon gars, continua Arty. Parce que comme nous te le disions, Delilah est une perle. Par contre, côté tempérament, c'est une Metcalfe. Alors il faut bien réfléchir à la question.

— Des roses, proposa Eric. Ça marche toujours.

— Pas avec Delilah, objecta Joseph.

— Une boîte de chocolats, alors. Ou un bon dîner au Rice N'Spice.

— Plutôt des nouvelles chaussures de course, proposa Arty.

Joseph manifesta une fois de plus son désaccord.

— Qu'y a-t-il papa ? À quoi penses-tu ? demanda Samson.

— Je pense qu'il ne faut pas trop en faire. Pas avec elle.

— Qu'est-ce que tu suggères, du coup ?

— Delilah Metcalfe est l'une des personnes les plus honnêtes que je connaisse. Elle est intransigeante. Mais elle a le cœur le plus généreux qui soit. Contente-toi de lui avouer ce que tu ressens.

— Et si elle ne ressent pas la même chose que moi ? s'inquiéta Samson, incapable de masquer la panique dans sa voix.

— C'est un risque à prendre. Si elle ne partage pas tes sentiments, elle ne te fera pas marcher. Et si elle les partage… Eh bien, mon fils, tu seras l'homme le plus heureux du monde.

Samson avala la boule qu'il avait dans la gorge en entendant le conseil qu'il savait depuis le début être le bon, tout en rechignant à le suivre. Ouvrir son cœur à Delilah le terrifiait plus que tous les dangers qu'il avait pu affronter au cours de sa vie à Londres.

— Il a raison, mon gars, approuva Arty d'un ton doux, avec une gravité inhabituelle. Il va falloir que tu lui ouvres ton cœur.

23.

Ce lundi matin-là, sous un ciel d'un bleu parfait, une Delilah Metcalfe très abattue empruntait l'escalier qui descendait de Crag Lane vers Back Lane. Levée à l'aube, elle avait eu le temps d'aller courir avec Calimero dans les bois de Hawber, où les jacinthes sauvages avaient revêtu leur plus belle livrée d'été, puis de rentrer au cottage prendre son petit déjeuner suivi d'une douche, et malgré cela, elle arriverait plus tôt que d'habitude au bureau.

Voilà ce que c'était que de ne pas arriver à dormir.

Comme il fallait s'y attendre, les deux nuits qui avaient suivi la partie de chasse n'avaient pas été reposantes. C'est à peine si elle avait fermé l'œil. Les terribles événements qui s'étaient déroulés au Manoir de Bruncliffe tournaient et retournaient dans sa tête, et ça n'allait pas mieux dans la journée.

L'incident de la veille, au Spar, l'avait vraiment secouée. Incapable de supporter l'idée d'affronter quelqu'un d'autre, elle était rentrée chez elle et avait immédiatement appelé sa mère pour prévenir qu'elle ne participerait pas au traditionnel déjeuner dominical à la ferme Ellershaw. Elle avait passé le reste de la journée calfeutrée dans son cottage, répondant aux messages et textos de proches qui s'inquiétaient pour elle. Les ignorer lui aurait simplement valu de les voir carillonner à sa porte pour s'assurer qu'elle allait bien. Cela dit, quand Frank Thistlethwaite avait appelé, elle avait laissé la messagerie se déclencher. Les quatre fois.

À la fin de la journée, il aurait été difficile de dire lequel de Delilah ou de Calimero était le plus énervé par cette réclusion auto-imposée. Elle l'avait donc emmené dans les collines au crépuscule pour une longue course, dans l'espoir de trouver plus facilement le sommeil.

Ça n'avait pas été le cas.

Elle n'avait fait que se réveiller après des rêves agités pour rester étendue dans le noir, en faisant des vœux pour que l'aube apparaisse vite. Or ses pensées s'entêtaient à revenir sur l'autre problème qui la plombait.

Satané baiser. Un vrai baiser, lèvres contre lèvres, à bouche que veux-tu avec Samson O'Brien. Dont elle avait pris l'entière initiative. Rien que d'y repenser, alors qu'elle arrivait à la ruelle, elle sentait la chaleur envahir ses joues, et elle maudissait sa nature impétueuse, encore et encore.

Qu'est-ce qui lui avait pris, bon sang !?

Était-ce le choc ? La fatigue ? La culpabilité ? Ou…

C'était ce « ou » qui la troublait le plus. Ça et le fait que, tout au fond, elle ne regrettait absolument pas son geste.

Pourtant, l'avantage de ne pas dormir et de se retrouver au ban de la société lui avait permis de consacrer presque tout son dimanche à la traque de l'arnaqueur supposé de Clarissa Hird. Et elle avait du nouveau pour Samson. Des infos stupéfiantes. Même si elle ignorait comment elle oserait se retrouver face à lui après son comportement grotesque de ce samedi soir…

Elle n'avait reçu qu'un seul message de lui ces dernières vingt-quatre heures. Il lui demandait simplement comment ça allait. Ne sachant pas trop s'il faisait allusion à son moral consécutif à la partie de chasse ou s'il s'assurait qu'elle était remise de la crise de folie qui s'était emparée d'elle au moment où ils s'étaient séparés deux jours plus tôt, elle avait répondu sans se mouiller d'un émoji au pouce levé. Les réponses sincères auraient été « pas terrible » et « y a mieux ».

Il n'était pas étonnant que son estomac gronde tandis qu'elle suivait Calimero dans la ruelle, puis dans la cour. La Royal Enfield garée sur la gauche, sans sa housse, brillait au soleil. Delilah se demanda si Samson l'avait utilisée ce week-end – et tenta de réprimer le soudain regret de ne pas s'être trouvée agrippée à lui, à sillonner les Vallons par ce temps merveilleux – quand la porte de derrière s'ouvrit à la volée.

— Bonjour ! dit-elle, se préparant à le voir apparaître.

Mais c'était Ida Capstick qui était plantée sur le seuil, l'air fumasse.

— Quelqu'un a volé mon seau ! s'exclama-t-elle.

Delilah en eut la chique coupée.

Le seau était encore près de l'évier où il l'avait laissé, les dossiers de Kingston Holdings toujours dedans, le plumeau par-dessus. Et Stuart Lister était assis sur le canapé avachi de son appartement, où il s'efforçait de trouver le courage de passer à l'action.

Il ne pouvait pas faire grand-chose pour les propriétés présentées dans les dossiers qu'il avait volés. Établir le rôle qu'elles jouaient dans le stratagème échafaudé par M. Taylor et M. Procter aurait exigé des compétences juridiques que Stuart ne possédait pas. Ce qu'il possédait, en revanche, c'était une connaissance approfondie de l'immobilier et des baux de location. Et l'intuition que les demeures de luxe que M. Taylor tenait tant à se garder sous le coude pourraient être un bon point de départ.

Il commença par la maison de Henside Road. Il n'aurait pas su dire pourquoi il avait jeté son dévolu sur celle-là quand il avait amorcé l'étape suivante de son plan d'action. Peut-être que c'était l'histoire de l'endroit. Pas celle de ses propriétaires – une longue lignée de fermiers qui avaient eu des revers de fortune –, mais l'histoire qu'il avait, lui, avec cet endroit.

C'est là qu'il avait failli se faire tuer l'automne précédent, qu'il s'était fait piéger, attiré par un faux rendez-vous nocturne. Sans l'intervention providentielle d'un groupe de Bruncliffe Harriers, il serait mort. À ce seul souvenir, Stuart frissonnait. Il n'y était pas retourné depuis, l'ex-ferme isolée ayant été louée à un certain M. Dugdale, et les papiers ayant été remplis pendant que Stuart était à l'hôpital, en train de se remettre des blessures dont il avait souffert cette nuit-là. La ferme était maintenant l'une des demeures de luxe dont M. Taylor s'était occupé, et le dossier n'était jamais passé sur le bureau de Stuart. Or c'était l'un de ceux qui comportaient des irrégularités…

Il allait y faire un tour ce matin même. Il n'avait pas les clés, mais il raconterait un baratin pour qu'on le laisse entrer. Il expliquerait pourquoi il n'avait pas officiellement rendez-vous, mettrait ça sur le dos de l'informatique, ou n'importe quoi. Si tout était en règle, il pourrait effectuer l'inspection obligatoire et remettre de l'ordre dans le dossier. Et sinon…

Stuart essayait de ne pas y penser. Pas seulement par trouille, bien que cela explique en grande partie sa réticence à prendre le problème à bras-le-corps. Mais aussi parce qu'il ne parvenait absolument pas à imaginer ce que les bizarreries qu'il avait détectées pouvaient recouvrir.

Au moins, comme ça, il serait fixé.

Se sentant rien moins que rassuré, il prit sa mallette et sortit de chez lui avant que son courage l'abandonne. Il rendit son salut à Mme Lee, qui passait la serpillière dans le hall d'entrée, et sortit dans la lumière du matin de mai, sous un ciel d'un bleu pur prometteur d'une superbe journée.

— Je l'ai trouvé !

Samson n'avait même pas eu le temps de prendre son petit déjeuner. Il sortait de sa chambre, les cheveux encore mouillés après sa douche, et pas tout à fait réveillé quand Delilah l'avait accosté devant la cuisine, à l'étage en dessous.

— Pardon ? fit-il en remarquant ses bras croisés et son menton relevé.

Quoi qu'elle ait voulu dire, Miss Metcalfe était sur la défensive, un bouclier déployé autour d'elle – à cause des rumeurs qui couraient en ville ou de ce qui s'était passé entre eux la dernière fois, Samson n'aurait su le dire. En tout cas, elle faisait bonne figure, malgré ses yeux cernés qui témoignaient d'un pénible week-end. Il dut se retenir de toutes ses forces pour ne pas se pencher et déposer un baiser sur ces lèvres rebelles. Mais il n'était pas complètement idiot, juste à moitié réveillé. Quand Delilah était de cette humeur, elle était capable autant de lui envoyer une bonne droite que de lui rendre son baiser.

— De quoi tu parles ? demanda-t-il en entrant dans la cuisine et en prenant la bouilloire.

— J'en ai d'jà préparé une théière, répondit une voix depuis le bureau de Delilah. Et dites-y, pour mon seau !

Samson haussa un sourcil à l'intention de Delilah.

— Ida, murmura-t-elle. Elle est dans mon bureau et elle relève les messages du répondeur. Apparemment, le seau qu'elle utilise pour faire le ménage chez Taylor a disparu.

— On me l'a volé !

Tel fut le cri qui leur parvint de l'autre pièce, confirmant que tout allait bien côté audition pour Ida.

— Volé ? Comment ça ?

Delilah eut un haussement d'épaules évasif.

— Vaudrait peut-être mieux demander pourquoi ?

Ida apparut dans l'embrasure de la porte, affichant une vive contrariété.

— Rouge vif. Tout neuf. Et un plumeau, aussi. Et c'était pas quelqu'un qui le voulait pour faire le ménage, parce qu'y z'ont laissé tous les produits par terre.

— Vous en avez parlé à l'agence ? demanda Samson.

— À qui, j' vous demande ? Le jeunot qui s'occupe des locations était pas là quand je suis partie, et la jeune Julie a appelé pour dire qu'elle avait la migraine et qu'elle viendrait pas. Toujours est-y qu' là, j'en parle. Je m' suis dit qu'y pourrait enquêter pour moi.

— D'accord.

Samson éprouvait le besoin ardent d'un petit remontant, ses facultés mentales n'étant pas assez affûtées pour affronter Ida et Delilah en même temps dès potron-minet. Il tendit la main pour prendre un mug.

— Y f'rait mieux d' se servir, fit Ida en indiquant d'un mouvement de tête la théière posée sur la table, bien au chaud sous un cosy. Y a un moment qu'il a été préparé et s'il est trop fort, ça va pas lui plaire.

— D'accord..., répéta Samson, sentant son cœur se ratatiner.

Il ôta le cosy, prit la théière et versa. Du bec jaillit un liquide brun qui évoquait l'huile de vidange. La semaine démarrait mal.

— Alors, y va enquêter pour moi ? Y pourrait peut-être en toucher deux mots à Danny Bradley ?

Ida restait là, écumante, visiblement affectée par la disparition de son seau.

Samson remarqua que les commissures des lèvres de Delilah frémissaient. Ida laissa échapper un grommellement et se détourna tout en ajoutant :

— Et faut qu'y rappelle Mme Hargreaves, aussi. Elle veut qu'y lui dise où ça en est l'enquête sur le corniaud qu'arrête pas de souiller son porche.

Sur ces mots, elle retourna dans le bureau au bout du palier pour prendre son poste de réceptionniste.

— Tu vas vraiment parler du seau à Danny ? demanda Delilah une fois qu'Ida fut hors de portée de voix, et Samson, qui ajoutait du lait dans son thé, entendit le rire qui transpirait dans ses paroles. Enfin, ça tombe bien, la police de Bruncliffe n'a rien à faire en ce moment.

— Comme si j'avais le choix. La première chose qu'elle fera quand elle verra Danny sera de lui demander si je lui en ai parlé.

Samson eut une moue fataliste. C'était le problème, quand vous étiez détective privé dans un endroit comme Bruncliffe : un jour vous enquêtiez sur une possible relation extraconjugale et la minute d'après vous partiez à la recherche d'un seau rouge volatilisé.

Prenant son mug à deux mains, il trempa ses lèvres dans le breuvage qu'Ida faisait passer pour du thé et grimaça. Il passa sa langue sur ses dents pour vérifier que leur émail n'avait pas fondu.

— Bon, fit-il en reposant le mug sur la table. Qu'est-ce que tu me disais ? Avant l'intervention d'Ida ?

— Il faut que tu appelles Edith Hird. Dis-lui, ainsi qu'à Arty, de venir ici dès qu'ils pourront. Je crois que j'ai résolu l'histoire de l'aiglefin.

Samson la dévisagea.

— Déjà ?

— Oui.

Delilah croisa les bras plus haut sur sa poitrine, si c'était possible, et releva le menton d'un cran supplémentaire.

— Je m'en suis occupée toute la journée d'hier.

La diligence de sa partenaire déclencha chez lui un éclair de culpabilité – les propres pensées de Samson au cours des vingt-quatre dernières heures ne s'étaient pas éloignées d'un millimètre de la femme à laquelle il parlait. Après avoir quitté son père, il avait passé le reste de son dimanche dans les Vallons, à rouler sans but sur sa Royal Enfield, combattant l'envie irrépressible d'aller la voir, convaincu qu'après le week-end qu'elle avait passé elle n'avait pas besoin en plus qu'il lui déclare son amour. Et puis il ne se faisait pas confiance s'il se retrouvait en tête à tête avec elle. Et pendant ce temps-là, alors qu'il se morfondait, à moitié mort d'amour, elle avait travaillé sur une de leurs affaires.

— D'accord, répéta-t-il, la partie de son cerveau qui élaborait le vocabulaire pas encore réveillée. Et… ?

— C'est bien un arnaqueur.

Quelque chose dans sa façon de répondre lui faisait l'impression qu'elle ne disait pas tout.

— Tu as découvert sa véritable identité ?

Elle hocha la tête.

— C'était ridiculement facile. Il n'a même pas essayé de couvrir ses traces. Une fois que j'ai mis la main sur sa fiche de renseignements et sa photo de profil sur le site de Cœurs d'argent, j'ai pu remonter jusqu'à un compte Instagram et de là, j'ai repéré son identifiant dans une contribution sur un vieux forum qui donnait son adresse mail. Après ça, c'était du tout cuit.

— Je te crois sur parole, dit Samson, qui aurait été dépassé par les efforts de Delilah même à une heure plus décente et l'estomac dûment rempli. Alors, c'est qui ?

Elle lui tendit son téléphone portable et lui montra l'écran.

— Dieu du ciel ! – Samson examina attentivement la photo, puis Delilah. – Il va falloir faire preuve de doigté.

— Je sais. Personne ne doit souffrir.

Il jeta un nouveau coup d'œil à l'écran et acquiesça.

— Je vais appeler Edith.

Delilah était déjà sur le palier.

— Au fait, dit-il. C'est du sacré bon boulot de détective, Delilah, très impressionnant.

Il fut récompensé par un sourire radieux qui lui mit le cœur en fête. Puis elle tourna les talons et regagna son bureau, Ida grommelant quelque chose en la voyant. Resté dans la cuisine, l'estomac criant famine, avec pour seule compagnie une tasse de thé imbuvable, Samson se demanda s'il était normal de se sentir légèrement atterré en apprenant que Delilah avait consacré tout son dimanche à l'affaire de l'arnaqueur, comme si les événements de la veille ne méritaient pas qu'elle leur accorde ne serait-ce qu'une minute.

Décidant qu'il valait mieux ne pas trop y réfléchir, il prit le pain et entreprit de se faire des toasts.

Stuart Lister regrettait d'être parti si vite de chez lui. Il n'avait même pas pris le temps d'avaler un toast. À la place, il était passé au bureau récupérer les clés de la voiture de l'agence, avec la ferme intention de laisser une note un peu vague à Julie pour expliquer qu'il avait un rendez-vous et qu'il arriverait en retard. Mais au bureau, il était tombé sur un message d'Ida l'informant que Julie était malade et qu'elle ne viendrait pas. Soulagé de ne pas avoir besoin de mentir, même sous forme écrite, Stuart avait profité de sa solitude forcée pour prendre le dossier de Henside Road en se disant que ça lui donnerait plus de poids quand il sonnerait à la porte en prétextant une inspection surprise. Il était sur le point de partir quand il avait décidé de jouer le jeu à fond – après tout, Julie ne reviendrait pas avant qu'il soit lui-même de retour –, et il avait chipé les clés de la propriété dans le bureau de M. Taylor. Dix minutes après avoir quitté la ville, la Mini orange frappée du slogan « Taylor, des maisons sur mesure » était au milieu de nulle part et Stuart avait des crampes à l'estomac tellement il avait faim.

Ou du moins, c'est ce qu'il se racontait. Mieux valait croire ça alors qu'il approchait de la bifurcation pour Henside Road, plutôt que de penser que c'étaient ses nerfs.

Il mit le clignotant à droite et emprunta la petite route bordée de murets de pierre qui sinuait à flanc de coteau. C'était là que c'était arrivé. D'une certaine façon, c'était pire en plein jour, la déclivité était encore plus impressionnante et l'isolement plus flagrant. Il n'y avait que des champs à perte de vue. Les mains crispées sur le volant, Stuart guida la Mini lentement sur la route qui descendait vertigineusement, le regard fixé sur l'horizon pour ne pas voir le monticule de pierres à l'endroit où sa voiture avait été projetée contre un muret. Il n'accorda même pas un coup d'œil à sa mallette quand elle glissa du siège passager et tomba sur le tapis de sol alors que la pente s'accentuait.

Il se concentra sur l'approche de la grille à bestiaux en bas de la descente, la franchit prudemment dans un bruit de métal, et la Mini s'attaqua à la montée encore plus raide de l'autre côté. Le moteur grondant, la voiture attaqua lentement la côte, et Stuart s'émerveilla que quelqu'un ait pu décider qu'il ferait bon vivre dans cet endroit désert. Il arriva sur la crête et aperçut la propriété au loin, sur sa gauche. C'était une grande ferme rigoureusement isolée au milieu des collines.

Il s'engagea sur la piste non goudronnée qui conduisait à la maison. L'estomac noué, il songea qu'il avait eu tort de ne pas manger ce toast.

— Alors, il est trop parfait pour être honnête ?

Edith Hird était assise, raide comme la justice, devant le bureau de Delilah et Samson. Arty Robinson occupait la chaise près d'elle, l'air tout aussi tendu. Ils étaient accourus à l'Agence de Recherche des Vallons dès que Samson avait raccroché, refusant la traditionnelle offre de thé dans leur impatience de savoir ce qu'ils avaient découvert.

— J'en ai bien peur, répondit Delilah.

— Oh non ! – Edith s'affaissa, comme une marionnette dont on aurait coupé les fils. – J'espérais me tromper.

Navré, Arty se pencha vers elle et lui prit la main.

— Désolée, jeune fille. J'aurais dû te croire dès le début.

Edith le regarda, visiblement consternée.

— Pauvre Clarissa. Comment allons-nous lui annoncer ça ?

— Pauvre foutu Robert Webster, tu veux dire. Attends que je lui mette le grappin dessus, gronda Arty, puis, à l'adresse de Samson : Quel genre de type voudrait filouter une femme de cette qualité ?

Samson ne répondit pas. Il avait eu l'occasion de croiser, au cours de sa vie, de nombreux types dont le comportement dépassait l'entendement. Mais s'attaquer délibérément à une retraitée était plus vil encore.

— Alors, comment avez-vous fait ? demanda Edith. Comment pouvez-vous affirmer que c'est un arnaqueur ?

— J'ai fait une recherche inversée en partant de sa photo de profil, expliqua Delilah. Elle est tout de suite apparue dans des pubs de teinture capillaire pour hommes.

— Tu veux dire qu'il est mannequin ? s'étonna Arty.

— Non. Je veux dire que la photo qu'il a utilisée est celle d'un mannequin. De là, j'ai fait une recherche sur son nom et j'ai découvert que Robert Webster est pilote. Enfin, était. Jusqu'à sa mort…, fit Delilah en ouvrant son calepin pour consulter ses notes… il y a trois ans.

— Ce gars devrait avoir honte ! explosa Arty. Voler l'identité d'un mort, franchement !

— Et celui qui est derrière tout ça ? Vous avez découvert qui c'était ? demanda Edith.

— *Aye*, parce que je connais deux trois types qui aimeraient lui causer, à ce malfaisant, gronda Arty.

Delilah jeta un coup d'œil à Samson, qui se pencha au-dessus du bureau.

— On n'est pas encore sûrs à cent pour cent. Laissez-nous quarante-huit heures et on devrait pouvoir vous donner un nom. Ensuite, ce sera au tour de la police de…

— Des nèfles, oui ! s'insurgea Arty. Dès que tu auras son nom, j'irai lui dire deux mots, moi, à ce type.

— C'est hors de question, Arty. Ce coup-là, Delilah et moi allons le jouer dans les règles.

Arty allait objecter, quand Delilah posa une main sur son bras.

— Je vous en prie, Arty. Faites ça pour moi, vous voulez bien ? Je tiens à ce que personne n'en pâtisse. J'ai causé assez de chagrin ces derniers jours, je ne supporte pas l'idée de recommencer.

— Delilah a raison, renchérit gentiment Edith. Laissons les autorités s'en occuper, Arty. Inutile que tu te mettes en danger.

— Bon, d'accord, soupira-t-il. Mais tenez-nous au courant.

Samson acquiesça.

— Vous pouvez compter sur nous.

— Et Clarissa ? demanda Edith. Comment diable va-t-on lui annoncer ?

— Attendez quelques jours, répondit Samson. Nous devons confirmer nos informations avant de lui faire de la peine.

— Dans l'intervalle, ajouta Delilah, faites en sorte qu'elle ne verse pas d'arrhes pour la croisière dont vous nous avez parlé. Occupez-la, si vous pouvez.

Edith hocha la tête, l'air tout aussi inquiète que lorsqu'elle était entrée dans la pièce.

— Je ferai de mon mieux, dit-elle en se levant, appuyée sur sa canne, imitée par les autres. Et merci, Delilah. Tu viens d'empêcher ma sœur de faire une grosse bêtise. Elle en aurait été dévastée.

Delilah rougit sous les louanges de son ancienne directrice d'école tandis que Samson faisait le tour du bureau pour offrir son bras à Edith et la raccompagner dans l'entrée. Arty sourit à Delilah et se fendit d'une profonde courbette.

— Il n'est pas le seul à pouvoir jouer les chevaliers servants, dit-il en indiquant la porte d'un mouvement de tête.

Delilah éclata de rire. Elle venait de mettre le pied dans l'entrée quand la porte s'ouvrit en coup de vent.

— Samson ! Delilah ! s'écria Lucy Metcalfe, le visage maculé de farine, son tablier de la Pâtisserie des Monts toujours ceint autour des reins. On a besoin de votre aide !

D'un bond, Delilah rejoignit sa belle-sœur.

— Lucy ! Que se passe-t-il ?

— C'est Ana ! La police vient de l'arrêter. Ils l'accusent d'avoir assassiné Bernard Taylor !

Trois mâchoires se décrochèrent, le public de Lucy trop stupéfait pour remarquer qu'Arty était toujours dans le bureau. Assis à la place de Samson.

24.

La Mini estampillée « Taylor, des maisons sur mesure » rebondit et bringuebala sur la piste accidentée qui menait à la ferme, puis Stuart franchit une nouvelle grille à bestiaux et retrouva le gravier. Il s'arrêta à une certaine distance de la porte d'entrée, remarquant que la pelouse, sur l'arrière du bâtiment, aurait eu sérieusement besoin d'être tondue. Le lierre qui grimpait sur le porche de devant n'aurait pas volé une petite coupe, lui aussi.

La dernière fois qu'il était venu là, il faisait nuit noire, il n'y avait pas un lampadaire en vue, et il était difficile de dire à quel point la propriété avait été négligée par les occupants de l'époque, mais Stuart avait appris qu'en règle générale, si l'extérieur du bien était en friche, il ne fallait pas attendre grand-chose de l'intérieur.

Se préparant à une inspection compliquée, il récupéra sa mallette tombée par terre – en espérant qu'elle lui donnerait l'air compétent que sa jeunesse apparente ne lui procurait pas –, referma la serrure qui s'était ouverte dans sa chute, descendit de voiture et regarda la maison.

Les rideaux encore tirés, alors qu'il était plus de neuf heures. En réalité, c'étaient des stores vénitiens, pas des rideaux, le genre de stores que sa maman avait dans sa chambre, qui bloquait la lumière du jour quand elle travaillait de nuit à l'hôpital. Ils étaient baissés devant toutes les fenêtres.

Bizarre.

Faisant crisser le gravier sous ses chaussures, auxquelles un coup de cirage n'aurait pas fait de mal, il s'approcha du porche. Il n'y avait pas d'autre véhicule en vue. Ils devaient être sur l'arrière. Parce que c'était une demeure assez vaste. Six chambres, le corps de ferme d'origine ayant été réuni à la grange adjacente… on pouvait définitivement la cataloguer comme haut de gamme. Ses nouveaux propriétaires y avaient investi une véritable fortune. Une salle de bains par chambre, une cuisine sur mesure – le top du top, avec une cuisinière Aga –, trois pièces de réception et un cellier plus grand que le salon et la kitchenette de Stuart réunis. L'inspection allait prendre un moment.

Il se racla la gorge, leva la main et sonna. Tendit l'oreille. N'entendit rien, que le chant d'un oiseau noir et blanc qui tournait au-dessus des collines en faisant le même bruit qu'un jouet en caoutchouc qu'il avait quand il était petit. Il sourit, pensa que Julie aurait su ce que c'était et qu'elle l'aurait taquiné pour son ignorance de gamin des villes.

Il appuya à nouveau sur le bouton de sonnette. Colla son oreille à la porte et n'entendit que le battement de son pouls qui lui revenait. Alors il frappa. Fort. Et il attendit.

Ne voyant arriver personne, Stuart recula de quelques pas et parcourut des yeux la façade de la maison. Aucun signe que quelqu'un remontait les stores. Pensant qu'il aurait dû prendre rendez-vous, il décida de tenter sa chance vers l'arrière.

Suivant l'allée de gravier, il se retrouva dans une cour. Un long bâtiment partait perpendiculairement à l'arrière de la maison. Le toit asymétrique descendait plus bas d'un côté que de l'autre. Et toujours aucun véhicule en vue. Il examina le mur de derrière. Les fenêtres n'étaient pas aussi uniformes que celles de devant. Il y en avait des grandes, des petites, une qui couvrait toute la hauteur du bâtiment. Et toutes braquaient sur lui un regard aveugle, les vitres étant masquées par des persiennes.

Commençant à perdre espoir, vu l'absence de voitures, Stuart frappa au battant de la cuisine. Ne recevant pas de réponse, il ne prit pas la peine de recommencer. Il préféra s'aventurer vers le second bâtiment, notant les cadenas brillants sur les trois doubles portes. Il remarqua aussi un boîtier jaune sur le mur le plus proche de la maison. Une alarme, sur l'annexe. Ça ne figurait pas sur le descriptif. D'ailleurs, ça avait l'air tout neuf.

Intrigué, il se dirigea vers le pignon. Repérant une petite fenêtre tout juste accessible en se dressant sur la pointe des pieds, il colla le visage à la vitre sale. C'était une espèce d'atelier, avec un vieil établi. Rien qui ait l'air particulièrement précieux. Il observa à nouveau la ferme. Pas d'alarme. Juste une petite caméra de surveillance qui avait l'air récente, elle aussi.

Voilà qui était très curieux.

Se sentant frustré d'être venu pour rien, Stuart songea qu'il avait les clés de la propriété dans les mains. Il savait qu'il n'aurait pas dû. Que la loi lui interdisait d'entrer sans y être autorisé. Mais il y avait quelque chose de louche dans tout ça. Le dossier, pour commencer. Et maintenant… ça. Il ne parvenait pas à mettre le doigt sur ce que c'était, mais de toute évidence, quelque chose clochait. Les stores à lamelles. Les cadenas, l'alarme, la caméra…

Sans se laisser le temps de se dégonfler, Stuart Lister glissa la clé « Derrière » dans la serrure correspondante. Un chien se mit à aboyer à l'intérieur de la maison.

— Pas si vite, Arty ! finit par lancer Edith au moment où, quittant Back Street, ils arrivaient sur la place du marché en ce qui aurait été un temps record dans sa prime jeunesse.

À présent, à un âge plus respectable et affublée d'une hanche capricieuse, elle était à bout de souffle et jouait furieusement de sa canne pour rester à hauteur de son compagnon.

— Qu'est-ce qui te prend, bon sang ?

Il était sur des charbons ardents depuis qu'ils étaient repartis de l'Agence de Recherche des Vallons. Il l'avait entraînée dehors tandis que Lucy Metcalfe parlait avec Samson et Delilah, n'attendant même pas de savoir ce qui se passait. Il avait prétexté que Lucy préférait sûrement discuter avec eux en privé, mais Edith n'était pas dupe.

Arty jeta un regard par-dessus son épaule avant d'adopter une allure plus naturelle.

— Désolé, je voulais juste mettre une distance suffisante entre nous au cas où ils auraient remarqué.

— Où qui aurait remarqué quoi ?

Elle l'attrapa par le bras et l'obligea à s'arrêter devant chez Whitaker, histoire de reprendre sa respiration.

Il prit son téléphone dans sa poche.

— Au cas où Samson et Delilah auraient remarqué que je photographiais leurs notes.

Sur l'écran s'affichait une page du calepin de Delilah couverte d'écriture. Et tout en bas, entouré d'un trait de stylo, un nom et une adresse. Edith leva les yeux sur Arty.

— Est-ce que c'est… ?

Il acquiesça.

— J'en mettrais ma tête à couper. Je les ai trouvés un peu fuyants quand tu leur as demandé le vrai nom de Robert Webster. Delilah est devenue bien évasive. Et maintenant, on l'a, conclut-il en montrant son écran. L'identité de l'aiglefin.

— Arty Robinson, j'espère que tu n'as pas l'intention de faire un truc idiot, décréta Edith de sa voix la plus ferme.

Arty ouvrit de grands yeux, l'innocence incarnée.

— Rien d'idiot. Je vais simplement organiser une partie de pêche avec les garçons.

Finalement, Stuart Lister était bien un pleutre.

Il tournait la clé dans la serrure quand il se figea. Un chien aboyait à l'intérieur. Et ce n'était pas le jappement aigu d'un toutou à sa mémère, plutôt les aboiements profonds, sonores, d'un truc beaucoup plus gros. Un doberman, peut-être. Ou un rottweiler. Bref, un molossoïde, pour aller avec la vidéo de surveillance et les cadenas rutilants.

Pas le genre de chien qu'on pouvait calmer avec des paroles apaisantes et la promesse de lui gratouiller le ventre.

Cela suffit à lui faire marquer un temps de réflexion. C'est alors que son mobile se mit à biper, l'alertant de l'arrivée d'un texto. Encore un bon prétexte pour hésiter. Il s'éloigna de la porte.

Un court message de Nancy Taylor l'informait que Rick Procter prenait la direction de l'agence à compter de ce jour.

Genre en ce moment même. Possiblement déjà au bureau, en train de se demander quels trousseaux auraient dû être accrochés dans la boîte à clés du bureau de M. Taylor. Ou peut-être même en train de vérifier le tiroir du bas de l'armoire de classement et de constater que, tout comme celui de la Kingston Holdings, un autre dossier de location avait disparu.

Combien de temps avant qu'il ne relie les points ?

Rien que d'y penser, Stuart en était malade. Et donc il tourna le dos à la propriété, repartit vers l'avant de la maison et remonta dans la Mini, secrètement heureux de ne pas avoir pris le risque de procéder à l'inspection. Pourtant, tandis qu'il empruntait la piste pleine de nids-de-poule tout en se méprisant pour son manque de cran, il parvint à une décision.

Bon, il n'était peut-être pas fait du bois qui lui permettrait d'entrer illégalement dans une propriété, d'affronter un molosse hurlant et de se mettre éventuellement en danger pour découvrir ce qui clochait dans ces locations irrégulières. En revanche, il avait assez de sens moral pour comprendre qu'il ne pouvait plus travailler pour l'Agence Taylor. Surtout si M. Procter prenait les rênes de l'affaire, ce personnage étant visiblement impliqué dans la combine qu'il avait découverte.

Voilà. Sa décision était prise. Il allait retourner à l'agence, présenter sa démission et repartir de zéro. Un nouveau boulot. Une nouvelle vie. Les possibilités étaient infinies. Quant à ce qu'il avait découvert, les dossiers Kingston Holdings étaient encore en sa possession. Peut-être pourrait-il se débrouiller pour qu'ils atterrissent sur le bureau de Matty Thistlethwaite ? Le notaire saurait quoi en faire. Et le temps que ça arrive, Stuart serait très loin des répercussions possibles.

Soudain rasséréné, Stuart Lister roula vers ce qu'il espérait être un horizon plus prometteur. Un horizon qui, à cet instant, se remplissait d'une Range Rover venant dans sa direction.

Deux semaines de régime n'avaient pas amélioré l'humeur du sergent Clayton. Ajoutez à cela un accident de chasse, un suicide qui venait d'être requalifié en meurtre et dont la victime était rien moins que le maire de la ville, résultat, le chef de la police de Bruncliffe était sur les nerfs, ronchon et affamé. Ça ne s'était pas arrangé quand il avait vu Samson O'Brien et Delilah Metcalfe franchir le seuil du commissariat, accompagnés du chien de Delilah. Et voilà qu'ils étaient maintenant assis en face de lui dans le petit bureau, exigeant d'être mis au courant des derniers développements.

— Stop ! s'écria-t-il en levant une main pour faire taire O'Brien qui essayait d'expliquer pourquoi Ana Stoyanovic ne pouvait absolument pas être tenue pour responsable du coup de feu qui avait tué Bernard Taylor.

— Je n'ai pas de temps à perdre.

— Mais…

— Il n'y a pas de mais ! lança le sergent Clayton d'un ton ferme et sans réplique. C'est une affaire grave, et croyez-le ou non, nous l'avons bien en main. Votre ingérence n'est pas bienvenue, et je ne suis pas autorisé à discuter de cette affaire avec vous.

Samson O'Brien se rappuya à son dossier, surpris par cet éclat. Delilah Metcalfe, moins. Elle brandit un sachet en papier et le déposa sur le bureau, la mine espiègle.

— Êtes-vous autorisé à prendre une pause-café ? demanda-t-elle.

C'était un sachet de la Pâtisserie des Monts. Comme graissage de patte, ça se posait là, et le sergent Clayton le savait pertinemment. Derrière sa table de travail, feignant d'être occupé, le jeune Danny étouffa un sourire.

— Y a quoi, là-dedans ? demanda le sergent en attirant le sachet vers lui, se jurant d'y jeter juste un coup d'œil et que ça s'arrêterait là.

Il scruta l'intérieur et laissa échapper un gémissement. Des parts de tarte aux prunes et aux amandes. Dans le top ten du hit-parade culinaire de Lucy Metcalfe, un hit-parade incontestable. Le sergent eut vaguement conscience que Danny se levait, mettait la bouilloire à chauffer, attrapait quatre mugs sur l'étagère…

— Sacré nom ! grommela-t-il. Bon, qu'est-ce que vous voulez savoir ?

— Le motif de l'arrestation d'Ana, ce serait un bon début, dit O'Brien. C'est plutôt radical de passer d'un verdict de suicide à celui de meurtre.

— *Aye*, convint le sergent. J'ai moi-même été surpris quand le commissariat de Harrogate m'a appelé pour m'en informer. Mais le résultat des analyses ne ment pas.

— Qu'est-ce que ça raconte ?

— Que Bernard Taylor n'a pas pu se suicider parce qu'il n'y a pas trace de ses empreintes sur le fusil.

O'Brien en resta sans voix. Delilah avait l'air tout aussi stupéfaite.

— Plutôt concluant, vous ne trouvez pas ? ajouta le sergent.

— Et les empreintes d'Ana… ? murmura Samson.

— Sont partout dessus.

— C'est parce qu'elle l'a trimballé pour le mettre dans la Land Rover, protesta Delilah. Ça ne veut pas dire qu'elle s'en est servi.

— On a trouvé suffisamment de résidus de poudre sur ses mains pour suggérer que si, contre-attaqua le sergent.

— Ce n'est pas une preuve suffisante, objecta Samson. Elle a déjà témoigné qu'elle avait ouvert la portière du Land Rover côté passager et que le fusil en était tombé. Elle l'a ramassé. Ce qui expliquerait la poudre sur ses mains.

— Assez commode, tu ne trouves pas ?

Le sergent Clayton s'adossa à sa chaise tandis que Danny déposait quatre tasses de café devant eux. Il ne lâcha pas son subalterne du regard alors qu'il sortait les parts de tarte du sachet et les déposait sur une assiette. Il y en avait cinq. Une pour chacun, plus une… Delilah Metcalfe était une femme intelligente. S'arrachant à la contemplation des pâtisseries, le sergent poursuivit :

— Ce que je veux dire, c'est que si Ana Stoyanovic voulait justifier la présence de résidus de poudre sur ses mains, c'était malin.

— Sérieusement, vous ne croyez pas ce que vous dites ? s'exclama Delilah, exaspérée. Bernard n'aurait pas pu appuyer sur la gâchette du fusil avec… je ne sais pas… un bâton ou un truc dans le genre ?

— Difficile… Il tenait déjà son téléphone et…

— Il téléphonait quand on lui tiré dessus ? s'étonna O'Brien.

— En effet. Il a laissé un message sur le répondeur de Nancy. Mais avant que tu le demandes, dit le sergent, anticipant sa prochaine question, non, vous n'aurez pas de copie de l'enregistrement. En outre, continua-t-il à l'intention de Delilah cette fois, on n'a rien trouvé sur place qui aurait aidé Bernard à se suicider. De toute façon, tout ça est sans objet. Parce que l'argument décisif des techniciens de la police scientifique, c'est que, d'après l'analyse des projections de sang, la portière passager devait être ouverte quand il a été tué.

Le sergent Clayton attrapa son café et s'empara d'une part de tarte, laissant sa dernière révélation produire son effet.

— Ouverte ? répéta Samson, qui était déjà en train d'y réfléchir. Et pourtant, trois des premiers témoins arrivés sur scène affirment qu'ils l'avaient trouvée fermée.

— *Aye*, marmonna le sergent, la bouche pleine. La portière avait été refermée. Joli petit tour de magie de la part d'un défunt, pas vrai ?

L'argument les fit taire. Peu de temps.

— Admettons que ce soit un meurtre, quel en serait le mobile ? insista Delilah. Hormis le fait qu'elle est incapable de tuer quelqu'un, pour quelle raison Ana aurait-elle tiré sur Bernard Taylor ?

Le sergent Clayton se tortilla quelque peu dans son fauteuil. C'était la partie de l'histoire avec laquelle il était le moins à l'aise.

— Je dois admettre qu'on a eu un peu de mal avec ça. Il y a deux hypothèses. La première, comme Ana l'a elle-même avoué, c'est qu'elle essayait de faire profil bas pour éviter de croiser son ancien patron, Rick Procter. Or nous savons, grâce à Delilah, que Bernard l'avait vue.

Delilah acquiesça. Elle avait relaté, lors de son témoignage, les derniers mots de Bernard : cette étrange référence à Ana.

— En quoi est-ce pertinent ?

— Eh bien, nous croyons que, se sachant démasquée, Ana est sortie dans la cour pour supplier Bernard de ne rien révéler à Rick. Et les choses ont dégénéré…

— Foutaises ! s'exclama O'Brien. Ana ne l'aurait pas tué juste parce qu'il l'avait reconnue !

— Vous la connaissez si bien que ça ? N'oubliez pas qu'elle a passé pas mal de temps chez nous avec un faux passeport.

— De là à tuer quelqu'un, il y a un monde !

— C'est une hypothèse. En voici une autre : il se trouve que nous sommes tombés sur une anomalie, ce week-end, pendant qu'on creusait un peu – une somme substantielle, en liquide, que Nancy Taylor a admis avoir trouvée dans la penderie de son mari.

Le sergent Clayton vit, à l'échange de regards entre ses deux invités, qu'il ne leur apprenait rien.

— *Aye*, elle vous en parlé, n'est-ce pas ? Parce qu'elle nous a dit que c'est pour ça qu'elle vous avait embauchés tous les deux. Elle pensait que Bernard planquait ses avoirs en prévision du divorce qu'il allait demander. Et si elle avait compris de travers ?

— Comment ça ? s'enquit O'Brien, les sourcils froncés, tâchant d'imaginer où cette conversation les menait.

— Chantage, lâcha le sergent Clayton en se renversant sur son fauteuil. Ana Stoyanovic faisait chanter Bernard Taylor parce qu'elle avait découvert qu'il avait une liaison.

— Et donc, en gros, c'est la cata ! se lamenta Delilah, en conclusion du rapport de leur visite au commissariat.

Profitant de l'accalmie qui suivait le coup de feu de midi, Lucy s'était assise avec Samson et Delilah à la table près de la devanture du salon de thé, tandis que Calimero faisait une petite sieste postprandiale, couché sur le trottoir, au soleil. Des quatre, le braque était le plus satisfait de son sort.

— On y est allés pour plaider la cause d'Ana, continua Delilah en touillant son café avec plus de vigueur que nécessaire puis en lâchant sa petite cuillère sur la soucoupe. Et au lieu de ça, mon témoignage l'accable !

— On dirait un mauvais cas de déjà-vu, dit Lucy, accablée.

Elle profitait de ce petit moment de creux pour se mettre au courant des événements. Elle s'était retrouvée à court de personnel à la suite de l'arrestation d'Ana Stoyanovic au début du service, le matin même. Cela dit, la surcharge de travail avait été le cadet de ses soucis quand elle avait vu sa serveuse disparaître dans une voiture de police. Ils ne lui avaient même pas laissé le temps d'ôter son tablier.

— Pauvre Ana. D'abord, toute cette histoire à Fellside Court au moment de Noël, et maintenant ça... À croire que Bruncliffe tient à en faire une criminelle. Et quand je pense que c'était sa première journée de boulot ici... Elaine a été appelée au dernier moment pour donner un cours, et du coup j'ai demandé à Ana de la remplacer. Elle n'aurait même pas dû être là.

— Ça ne fait aucune différence, la consola Samson en repoussant une assiette de tarte aux pommes, son appétit ayant fini par le quitter au fil de cette matinée frustrante. Ils l'auraient arrêtée, de toute façon. Ici, au moins, tu as pu donner l'alarme.

— Pour ce que ça a servi, grimaça Delilah.

— Ils ne vont pas pouvoir lui coller ça sur le dos, si ? Comme si Ana savait avec qui Bernard trompait sa femme ! Et quand bien même, pourquoi aurait-elle assassiné cette potentielle poule aux œufs d'or ? Ce n'est pas logique. Quant à ce qui est de tuer Taylor pour garder le secret sur sa présence à la chasse... ! Pff, ces mobiles sont tellement légers...

Samson laissa échapper un soupir fataliste.

— Malheureusement, pas besoin d'un mobile en béton armé pour boucler une affaire. Il arrive souvent que la prépondérance des preuves fournies par la police scientifique fasse opérer la magie. On a trouvé les empreintes d'Ana sur le fusil et elle avait des résidus de poudre sur les mains.

— Et le sergent Clayton ? Il est d'accord avec ces foutaises ? Ou l'enquête est menée par les policiers de Harrogate ?

— Apparemment, ça lui convient, répondit Delilah. Au moment où on repartait, il m'a même conseillé de me rendre à l'évidence. Tu sais, parce que comme ça, si Bernard ne s'est pas suicidé, je n'ai plus à me sentir coupable.

— Tu n'aurais jamais dû te sentir coupable, pour commencer, rétorqua Lucy.

— Je préférerais continuer à porter ce fardeau plutôt que de voir condamner une innocente. Pour moi, les preuves sont loin d'être concluantes.

— Hormis le fait que Bernard Taylor ne s'est pas suicidé, contra Samson. Ça, d'après les résultats des analyses, c'est assez concluant. Ce qui signifie que quelqu'un, à la partie de chasse, est coupable de meurtre.

L'idée donnait à réfléchir. Le drame qui s'était déroulé l'avant-veille au Manoir de Bruncliffe n'était pas le résultat du geste désespéré d'un homme acculé mais d'un acte délibéré pour lui ôter la vie.

— Quand même, je ne vois pas comment ce serait possible, reprit Delilah. Comment quelqu'un aurait-il pu tuer Bernard et s'enfuir avant qu'Ana, Gareth et Rick débarquent sur la scène ?

— Tu es arrivée peu après. Tu n'as rien vu qui pourrait éclairer notre lanterne ? s'enquit Samson.

— Rien du tout. Je suis sortie de la cuisine, j'ai traversé la salle de petit déjeuner et je suis sortie par les portes-fenêtres du salon. Je n'ai croisé personne. Mais la caméra de surveillance a dû tout filmer, on pourrait vérifier.

— Et toi, Lucy ? Qu'as-tu vu depuis la cuisine ?

— Pas grand-chose. La Land Rover de Gareth était garée de telle façon que, de ma fenêtre, seul l'arrière était visible. Mais je ne regardais pas dehors quand le coup de feu est parti. J'étais devant mon fourneau.

— Donc, tu as commencé par entendre le coup de feu, comme nous tous ?

Lucy pencha la tête pour réfléchir.

— J'imagine, même si, juste avant, j'ai vu quelque chose se refléter sur la crédence, au-dessus de la cuisinière. Comme un mouvement. Ça a attiré mon attention vers la fenêtre et j'étais en train de me retourner quand le coup de feu a retenti. Et c'est là que je me suis mise à courir.

— Quel genre de mouvement ? insista Samson, qui l'observait avec intérêt.

— Je ne sais pas… Un éclair brun… Je ne peux pas en dire plus.

— Et combien de temps après as-tu entendu le coup de feu ?

— Le temps de me retourner. Genre trois secondes.

— Je présume que tu en as parlé à la police ?

— Pour ce que ça a servi, dit-elle avec un haussement d'épaules. J'ai eu affaire à un inspecteur de Harrogate et ça n'a pas eu l'air de le troubler. Pourquoi ? Tu crois que ça pourrait être important ?

— Si on veut prouver qu'Ana n'a pas tué Bernard Taylor, alors oui, tout est important. Surtout quand tu dis qu'il s'est produit quelque chose juste avant le coup de feu.

— Alors on tient un truc ? s'exclama Delilah qui s'efforçait de cacher sa joie en entendant le « on ». On prend l'affaire ?

— Il faut bien, dit Samson. Parce que je suis sacrément certain qu'Ana Stoyanovic n'a pas tué Bernard Taylor. Il ne nous reste plus qu'à le prouver…

Il fut interrompu par la sonnerie de son téléphone. En voyant le numéro inconnu, il fronça les sourcils.

— Allô ?

Un gargouillis s'échappa de l'appareil, et Delilah vit que le froncement de sourcils de Samson s'accentuait.

— D'accord, finit-il par dire. Laisse-moi faire pour l'instant, je te rappelle.

Il posa le mobile sur la table.

— Vous n'allez pas le croire, dit-il en regardant alternativement Delilah et Lucy. C'était Gareth. Il ressort du commissariat. Ils l'ont convoqué pour un interrogatoire.

Les sourcils de Delilah remontèrent haut sur son front.

— En rapport avec notre affaire ?

Samson acquiesça.

— Vu le ton sur lequel ils l'ont interrogé, il pense qu'ils le suspectent d'avoir assassiné Bernard Taylor.

— De plus en plus dingue ! s'exclama Lucy.

— Ça, tu l'as dit. Il appelait pour demander si on pouvait s'occuper de son cas. Il veut qu'on prouve son innocence.

25.

Un silence stupéfait s'était abattu sur la table près de la devanture du salon de thé. Deux personnes, l'une et l'autre suspectées d'avoir assassiné le même homme, réclamaient l'aide de l'Agence de Recherche des Vallons.

— Tu dois dire oui, lâcha finalement Lucy. Tu dois accepter d'enquêter pour Gareth. Ce gars-là n'a pas une once de méchanceté en lui. Pas moyen qu'il ait fait ça.

— C'est ce que tu as dit à propos d'Ana, lui rappela Samson avec une pointe d'ironie.

— Ce ne serait pas très déontologique, si ? s'alarma Delilah. De représenter Ana *et* Gareth ?

Samson la calma :

— Nous ne sommes pas avocats. Dans le cas présent, nous n'avons pas à nous préoccuper d'un éventuel conflit d'intérêts. La question est plutôt de savoir si nous ne nous lançons pas dans une tâche impossible.

— Tu as peur que, pour prouver l'innocence de l'un, on doive incriminer l'autre ? dit Delilah.

— Exactement. Surtout qu'Ana et Gareth ont été les premiers sur la scène de crime, ce qui fait d'eux des suspects.

— On inclut Rick Procter dans le tableau, alors ? Vu qu'il est arrivé dans la cour en même temps qu'eux ?

— Absolument.

— Fichtre ! Trois suspects potentiels, on connaît les trois, et deux d'entre eux veulent nous embaucher, résuma Delilah en se frottant le front. Cette affaire me donne déjà la migraine.

— Pourquoi vous tirez des têtes pareilles ?

Un Herriot souriant les héla en entrant dans le salon de thé et s'approcha de leur table.

— Englués dans une enquête ?

— Quelque chose comme ça, répondit Samson en serrant la main du vétérinaire.

— Bonjour Herriot, dit Lucy Metcalfe en se levant. Même chose que d'habitude ?

Le sourire du véto s'élargit.

— S'il te plaît.

Il la regarda s'éloigner vers le comptoir avant de se retourner vers Samson, l'air consterné.

— C'est affreux, pour Gareth.

— Vous êtes au courant ?

— Il m'a appelé tout à l'heure. Il a peur d'être arrêté d'un moment à l'autre, et comme il ne sait pas du tout ce qui va se passer il m'a prié de garder Bounty quelques jours de plus.

— Bounty est chez vous ? demanda Delilah en se reprochant de ne pas avoir pensé à la chienne depuis qu'elle l'avait remise à Gareth, après l'arrivée des secours.

— Gareth me l'a amenée samedi, après la chasse, acquiesça Herriot. Il s'inquiétait pour elle.

— Comment va-t-elle ?

— Pas si bien que ça. Enfin, physiquement, tout va bien, mais elle est vraiment secouée par ce qui est arrivé. Au moindre bruit un peu fort, elle est terrifiée et se roule en boule dans sa cage. À mon avis, son avenir de chien de chasse est derrière elle.

— Pauvre bête. Que va-t-il lui arriver si…

— … si Gareth est arrêté ? J'imagine que…

— Herriot la ramènera chez lui et l'inondera d'amour, comme il le fait pour tous les chiens errants, répondit

Lucy, posant sur la table un café à emporter assorti d'un feuilleté à la saucisse avant de passer son bras autour du véto. Parce que c'est un vrai gentil.

Elle l'embrassa sur la joue et Herriot rougit.

— Merci, murmura-t-il. Pour la nourriture, je veux dire. Bon. Faut que j'y aille.

Il attrapa son café et mit le cap sur la porte, raccompagné par Lucy.

— Seigneur ! s'exclama Samson. Quel boxon. Pour tout le monde.

— Juste comme ça, chuchota Delilah, si tu devais choisir entre les trois candidats que nous avons pour l'instant, quel serait ton coupable préféré ?

Samson eut un rire sec.

— Tu parles d'une question ! Même si mon cœur penche pour Rick, j'avoue honnêtement que je n'en sais rien. Je ne peux pas m'empêcher de penser qu'il y a peut-être du vrai dans la théorie du sergent Clayton.

— Quoi, le chantage ?

— Ouaip. C'est cohérent. Stocker un gros tas de billets dans sa penderie est franchement suspect.

— Sauf qu'on n'a trouvé aucune preuve que Bernard entretenait une liaison.

— En effet, mais il y a d'autres raisons d'extorquer de l'argent à quelqu'un. Il était maire de la ville et agent immobilier. Peut-être qu'il a mis les doigts dans le mauvais pot de confiture ?

— Ce qui écarterait Rick de la liste des suspects puisque c'était l'associé de Bernard.

— Bon sang, on tourne en rond…

— Vous n'êtes pas les seuls !

Cette fois, ils furent interrompus par le constable Danny Bradley, debout devant leur table, l'air aussi furtif que cela lui était possible, compte tenu du fait qu'il avait le visage le plus honnête qu'il ait jamais été donné à Samson de voir. Il tendit la main vers Delilah et laissa tomber quelque chose dans sa paume ouverte.

— Qu'est-ce que c'est ? demanda Samson.

— C'est un enregistrement du coup de fil que Bernard Taylor a passé à Nancy avant qu'on lui tire dessus... – Il s'interrompit, fit une grimace et rectifia. – Pour être plus précis, *pendant* qu'on lui tirait dessus. Ce n'est pas agréable à écouter.

Delilah regarda la clé USB posée dans sa main et releva les yeux vers le policier.

— Je suppose que le sergent Clayton ignore que tu nous la donnes ?

— Tu supposes bien, confirma Danny. Il me tuerait s'il l'apprenait. Mais le chef est au régime, il est un peu à côté de ses pompes en ce moment, et les autres enquêteurs n'ont pas l'air de penser que ça vaut la peine de l'analyser. Alors que moi, je ne peux pas m'empêcher de croire qu'on passe à côté de quelque chose et que la réponse est peut-être là-dessus.

— Tu ne penses pas qu'Ana Stoyanovic a tiré sur Bernard, alors ? demanda Samson.

Il connaissait assez le gamin pour savoir que son opinion méritait toujours le respect.

— Je n'irais pas jusque-là. Simplement, j'aimerais bien qu'on me donne le mobile. Et avant que tu me répètes le scénario du sergent et son histoire de chantage, je n'y crois pas. Pas une minute.

— Et que penses-tu du dernier suspect à intégrer dans le tableau ? Gareth Towler ?

La question déclencha une expression de surprise sur le visage du constable.

— Vous êtes déjà au courant ?

Samson hocha la tête.

— Par l'intéressé lui-même.

Il y eut un moment de silence, puis Danny soupira.

— C'est la vraie raison de ma présence. Ils prétendent que Gareth pourrait avoir tué Bernard parce qu'il aurait menacé de le faire virer. Je connais Gareth depuis toujours, il est incapable de tuer quelqu'un.

— Tu parles comme Lucy, dit Samson.

— Ah oui ? Bon. Ni le sergent ni les enquêteurs de Harrogate ne veulent m'écouter, continua le constable, alors je vous supplie de poursuivre votre enquête. Trouvez qui a véritablement tué Bernard Taylor.

Le jeune policier se retourna pour partir, eut l'air de penser à quelque chose, et revint vers Samson, la mine penaude.

— Et tant que j'y suis, cet inspecteur-chef Thistlethwaite… Je ne suis pas certain que tu devrais lui faire confiance.

La façon qu'il avait eu de s'exprimer provoqua un éclair de lucidité chez Samson.

— Il vous a ordonné, au sergent et à toi, de me surveiller ?

Danny acquiesça, l'air plus pitoyable encore.

— Il n'a pas dit pourquoi. Mais le sergent m'a demandé de l'appeler au moment où on arrivait au Manoir, samedi. Désolé.

— Pas ta faute. Et merci de me l'avoir dit.

Danny le regarda un moment, puis offrit un petit sourire avant de se diriger vers la porte. Delilah était déjà debout. Si la révélation de Danny concernant Frank Thistlethwaite l'avait surprise, elle n'en montra rien.

— Allez, dit-elle en montrant à Samson la part de tarte aux pommes intacte devant lui. Mange. On a du pain sur la planche.

Sentant son appétit revenir grâce à la décharge d'adrénaline provoquée par la perspective de tenir une piste, Samson tira son assiette à lui, et en quatre rapides bouchées fit un sort à la fameuse tarte, Calimero l'observant d'un air endeuillé depuis l'autre côté de la vitre.

Si le troisième membre de l'équipe de détectives des Vallons avait été frustré de rater une part de tarte aux pommes, ça ne l'empêchait pas de trotter allègrement entre Samson et Delilah sur le chemin du retour au bureau. Malheureusement ce contentement fut de courte durée. À la minute où ils tournèrent à l'angle de Back Street, il se mit à grogner. Au début, c'était un grognement sourd, puis il monta en puissance jusqu'à se faire plus menaçant. Samson se pencha pour glisser la main sous son collier.

— Du calme, mon grand, murmura-t-il.

Puis il vit ce qui avait provoqué la hargne du chien.

Sur le seuil de leur immeuble se tenait Rick Procter.

Calimero aboyait furieusement, à présent, tirant sur sa laisse pour se jeter sur le promoteur, chaque muscle, chaque tendon bandé comme un arc tandis qu'il tentait d'échapper à la poigne de Samson.

— Je m'en occupe, dit Delilah, sentant peut-être que Samson était plus que tenté de lâcher le chien.

Saisissant Calimero par son collier, elle lui fit faire demi-tour tout en lui parlant, en le poussant et le tirant pour lui faire remonter la rue, ses aboiements se réduisant bientôt à un grondement sourd.

— Sacré accueil, commenta Rick Procter appuyé à la porte d'entrée, son visage séduisant vidé de toute couleur.

— Crois-moi, il est beaucoup plus chaleureux que le mien. Qu'est-ce que tu veux ? questionna Samson en toisant son visiteur.

— Je ne m'attendais pas à ce que tu m'accueilles à bras ouverts, O'Brien. Je suis là pour affaires. On pourrait parler quelque part ?

Samson savait ce qu'imposait l'hospitalité brunclif-fienne : il aurait dû inviter Rick à l'intérieur et lui proposer du thé. Or Samson ne s'était jamais senti plus étranger aux conventions de sa ville natale qu'en cet instant. Il n'avait qu'une envie, flanquer son poing dans la figure du gars, une vague de pure colère lui embrasant les tripes, étouffant toute pensée rationnelle…

Un léger contact sur son bras lui parvint à travers le brouillard rouge. Delilah était debout à côté de lui, un

Calimero radouci auprès d'elle, son grognement réduit à un bourdonnement continu.

— Et le voilà tout calmé, maintenant, dit-elle suavement, laissant planer le doute sur l'identité du concerné. Entre, Rick. On pourra parler.

Samson ouvrit la porte d'entrée et fit un pas de côté.

Avec un regard méfiant au chien, Rick pénétra dans le bâtiment et fila directement dans le bureau du rez-de-chaussée.

— Ça te va ? murmura Delilah à Samson avant qu'il emboîte le pas au promoteur.

— Ouais. Mais lui propose pas de thé.

Delilah cilla devant cette étrange requête, y consentit néanmoins, et entra dans la pièce derrière Samson, conduisant Calimero vers son panier où elle arriva à le persuader de se coucher.

— Tu ne vas pas le lâcher, hein ?

En voyant le braque, Rick avait reculé, sous l'œil du chien qui le regardait avec une égale détestation.

— Assieds-toi, Rick, tout ira bien, dit Delilah, radieuse, avant de s'installer près de Samson. Franchement. Et si Calimero bouge, on fera de notre mieux pour le rattraper avant qu'il t'atteigne.

Il y eut un instant de silence, Rick essayant de deviner si elle plaisantait ou non, puis il s'obligea à émettre un rire et s'assit en face d'eux, se décalant un peu pour garder l'animal dans sa ligne de mire.

— Alors, qu'est-ce que tu veux ? demanda Samson.

— J'ai besoin de votre aide, répondit Rick en souriant, les mains écartées dans une attitude de supplication, comme s'il n'avait jamais proféré de menaces contre l'homme auquel il s'adressait et n'avait pas escroqué sa famille en lui prenant sa propriété. Je suis confronté à une situation un peu délicate.

— La police te soupçonne d'avoir assassiné Bernard Taylor.

Le sourire s'effaça et Samson entrevit ce qu'il ne pouvait que décrire comme de la panique sur le visage du promoteur immobilier, avant que celui-ci acquiesce dans un rictus.

— Oui. Aussi grotesque que ça puisse paraître. Les deux inspecteurs d'Harrogate sont venus au bureau, ce matin, me poser des questions, et je n'ai pas aimé leur ton.

— Et qu'est-ce que je viens faire là-dedans ? demanda Samson, peu désireux de lui faciliter la tâche.

— Je voudrais t'embaucher. Si quelqu'un peut tirer au clair ce qui s'est passé samedi, c'est bien toi, O'Brien.

— Pourquoi Samson ?

La question abrupte de Delilah lui valut des regards étonnés des deux hommes. Elle eut un sourire aussi éclatant, et aussi faux, que celui de Rick.

— Désolée, simple curiosité. On ne peut pas dire que tu te sois montré très aimable avec lui, depuis son retour.

Encore une fois, Rick écarta les mains, quêtant leur compréhension.

— Je reconnais qu'on ne s'est pas toujours bien entendus. Mais l'Agence de Recherche des Vallons m'a été chaudement recommandée. Et j'ai l'impression que je vais avoir besoin des meilleurs détectives sur le marché.

— Les enquêteurs t'ont-ils éclairé sur les raisons pour lesquelles ils te soupçonnent ?

— Pas ouvertement. Mais vu l'angle qu'ils ont choisi pour m'interroger, je dirais qu'ils ont eu vent d'une prise de bec entre Bernard et moi durant la partie de chasse. Peut-être l'as-tu remarquée dans ton accoutrement de Denise ? Quand on a fait la pause rafraîchissements, sur la colline ?

— De quoi était-il question ? demanda Samson, secourant sa partenaire qui avait l'air dans ses petits souliers à la mention de son opération d'infiltration.

— Oh, tu sais, un différend concernant le boulot. Qu'on aurait évidemment réglé devant quelques verres le soir même. En tout cas, pas de quoi tuer quelqu'un.

Une fois de plus, le sourire à haute tension, que Samson soupçonnait de masquer une franche panique.

— Alors ? Tu prends mon dossier ? Tu vas prouver que ce n'est pas moi ? Je mettrai l'Immobilière Procter à ta disposition. Tous les fonds, les ressources, tout ce que tu voudras, pourvu que ce soit dans mes cordes, tu n'auras qu'un mot à dire.

Samson resta sourd à cette proposition, l'idée de défendre cet homme lui faisant cailler le sang dans les veines.

— Désolé. C'est impossible. Je travaille déjà pour quelqu'un en relation avec l'affaire.

— Qui ça ?

— Je crains de ne pas pouvoir en discuter avec toi. Secret professionnel.

Rick fit une dernière tentative.

— Même si je triple tes honoraires ?

Avant que Samson ait le temps de rejeter l'offre en termes choisis, Delilah intervint.

— Marché conclu, annonça-t-elle, attrapant son calepin sur le bureau.

Samson, qui s'apprêtait à protester, fut réduit au silence par un léger coup de pied dans la cheville. Il lui fit les gros yeux, mais elle l'ignora, concentrée sur leur nouveau client. Qui affichait une expression d'immense soulagement.

— Merci, merci beaucoup, fit Rick.

— Garde tes remerciements pour quand on t'aura sauvé les fesses, rétorqua Delilah. Bon, commençons par le commencement. Raconte-nous, de ton point de vue, ce qui a précédé le drame.

Samson se renversa sur sa chaise, les bras croisés, furibond. Mais curieux aussi d'entendre Rick exposer sa version des événements.

— Il n'y a pas grand-chose à dire. Je suis allé dans la cour…

— Pourquoi ? l'interrogea Delilah. Le reste du groupe se trouvait sur l'avant du Manoir. Pourquoi es-tu passé derrière ?

— Bernard m'inquiétait. Il digérait mal la décision d'annuler la chasse, alors quand j'ai vu qu'il avait disparu du salon, j'ai eu peur qu'il ne cherche encore des noises à Gareth. Je suis allé le rejoindre.

— Ce qui t'a conduit dans la cour ?

— C'est ça. J'ai fait le tour de la maison en partant de la terrasse, au sud…

— Tu n'es pas passé devant les voitures pour emprunter l'allée ?

— Non, soupira Rick. Mes invités étaient rassemblés là et… en fait, ils râlaient parce que la chasse avait été annulée et je n'avais pas envie de les croiser à ce moment-là. Et puis c'était plus court en partant du salon.

— Je comprends, dit Delilah. Raconte-moi ce qui s'est passé ensuite.

— J'étais quasiment arrivé sur l'arrière de la maison quand j'ai entendu le coup de feu. Je me suis mis à courir, j'ai tourné au coin du bâtiment et je suis arrivé dans la cour en même temps qu'Ana Stoyanovic et Gareth Towler.

— Et d'où venaient-ils, eux ?

Rick prit un moment pour réfléchir.

— Je pense qu'Ana venait de l'autre côté et Gareth du fond de la cour, du côté des écuries.

— Et qui était le plus près de la Land Rover ?

— Ana Stoyanovic. Mais pas de beaucoup. Elle a couru vers la portière passager, l'a ouverte et s'est penchée de telle façon qu'on ne la voyait plus. Et puis elle s'est mise à hurler. Je ne pouvais pas voir ce qu'elle faisait parce qu'elle était cachée par la voiture, mais je suppose qu'elle a rattrapé le fusil qui tombait. Et c'est là que tu es sortie de la salle à manger par la porte-fenêtre.

— Alors, pourquoi la police suspecte-t-elle ton éventuelle implication ? Ils t'ont dit s'ils avaient des présomptions de preuve ?

Rick inclina la tête.

— Mes empreintes sont partout sur le fusil.

Samson avait observé l'échange en silence, mais la réponse le poussait à intervenir et il se redressa sur sa chaise.

— Comment est-ce possible ? Ce n'était pas le fusil de Milan ?

— Si. Mais quand Milan l'a jeté par terre, exaspéré par la première séance de tirs, je l'ai récupéré. Tu m'as vu, non ? demanda Rick avec un geste en direction de Delilah.

— Oui oui, confirma Delilah, les joues rose vif.

— Bien, dit Rick sèchement. Je n'aurais jamais cru me réjouir à ce point que tu nous aies espionnés. Désolé, fit-il après un coup d'œil à sa montre, mais je vais devoir m'arrêter là pour l'instant, j'ai un boulot de dingue. Je gère provisoirement l'agence immobilière pour le compte de Nancy, et je suis débordé.

— C'est incroyablement généreux de ta part, susurra Delilah. Je suis sûre que Nancy t'en est reconnaissante.

— Naturellement. Tout comme je vous suis reconnaissant à tous les deux d'accepter de me défendre.

Sur un dernier sourire, Rick se leva, jeta un regard méfiant vers Calimero dans le coin, alors que le chien relevait la tête et grognait doucement. Puis il se détourna, s'apprêtant à sortir.

Samson attendit qu'il soit devant la porte pour quitter lentement son fauteuil.

— En fait, tu pourrais peut-être répondre à deux questions.

Le promoteur s'arrêta sur le seuil.

— Tout ce que tu veux. De quoi s'agit-il ?

— Tu pourrais nous dire comment tu étais habillé pour la chasse ?

Rick eut l'air décontenancé.

— Tu y étais. Tu l'as vu, non ? Une veste en tweed marron et un pantalon de golf. C'est grotesque comme tenue, mais bon… À Rome, fais comme les Romains, et tout ça.

— Et Gareth ?

— Plus ou moins comme moi.

— En marron ?

— Oui, pourquoi ? Quel rapport avec notre affaire ?

— Juste pour éliminer des pistes.

Rick lorgna Samson comme s'il s'apprêtait à réclamer davantage d'explications. Mais il se contenta de poser une question :

— Et la deuxième chose ?

— La deuxième chose, répondit Samson, c'est qu'au cours de nos investigations il est apparu que Bernard cachait une grosse somme en liquide à son domicile. La police pense qu'on le faisait chanter. Est-ce que tu vois quoi que ce soit que Bernard aurait pu essayer de cacher ?

Rick émit un reniflement sonore.

— Un chantage ? Sérieusement ? C'est tout ce qu'ils ont trouvé comme mobile ?

— C'est celui qu'ils retiennent. Tu penses que c'est fondé ?

— Ça ne tient pas debout.

— Comment expliquer sinon la présence d'une telle somme en espèces ? intervint Delilah.

— L'agence immobilière de Taylor marche très bien, répondit Rick avec une pointe de frustration. Ce que la police d'opérette de Bruncliffe considère comme une somme importante serait probablement des queues de cerises pour des gens comme Bernard et moi.

— Cent vingt-cinq mille livres ?

— Des queues de cerises, comme je disais. Je suis sûr qu'un examen des comptes de Taylor expliquerait tout.

Il se tourna vers Samson, ayant retrouvé le sourire.

— Autre chose ?

— Non.

Samson ne daigna pas raccompagner leur nouveau client, laissant Delilah se plier aux critères d'hospitalité en vigueur à Bruncliffe. Il attendit que la porte d'entrée se referme avant de laisser échapper un soupir. Dans son panier, Calimero en fit autant : un long soupir suivi par le bruit de sa tête retombant sur ses pattes.

— Boon, fit Delilah en revenant s'appuyer au chambranle. Je crois qu'on peut parler de coup du chapeau : Ana, Gareth et maintenant, Rick.

— Ouais, grâce à toi ! maugréa Samson. Je n'arrive pas à croire que tu aies dit oui à ce type.

— Tu sais que j'ai eu raison, répondit-elle, doucereuse. Parce que comme ça, non seulement on peut passer Rick sur le gril au sujet de ses mouvements ce matin-là, mais en plus, il nous paye pour le faire. Et trois fois plus cher !

Samson ne pouvait pas la contredire. En réalité, au fur et à mesure du déroulement de l'entretien, il avait de mieux en mieux perçu ce que la décision de Delilah d'accéder à la requête de Procter avait de génial. Quant à ses questions… Elle s'était comportée comme une enquêtrice chevronnée.

— Alors, t'en penses quoi ? Lequel des trois a ta préférence, maintenant ?

— Difficile à dire. Visiblement, Ana était la première sur la scène de crime, ce qui pourrait amener à penser qu'elle était là avant et n'a eu qu'à feindre d'arriver en courant. Mais Rick et Gareth…

—… portaient tous les deux du marron, compléta Delilah. J'ai bien compris pourquoi tu l'interrogeais sur sa tenue. Tu penses que l'un des deux pourrait être la forme brune que Lucy a vue ?

— C'est juste une idée. Un reflet sur la crédence juste avant le coup de feu… ?

— Ou seulement un oiseau qui passait par là !

— C'est tellement ténu… Espérons que l'enregistrement de Danny éclairera notre lanterne sur cette affaire impossible.

— *Trois* affaires impossibles, rectifia Delilah, toujours appuyée au chambranle.

Et soudain, Samson se surprit à scruter ses lèvres, sachant ce dont elles étaient capables, rêvant de…

De l'angle de la pièce monta un gros soupir de ce crétin de chien, et Delilah éclata de rire.

— Je ne sais pas lequel de vous deux a eu le plus de mal à se contenir en présence de Rick ! dit-elle, hilare, à l'homme et au chien. Je pense que vous avez bien mérité un biscuit, tous les deux, avant qu'on se remette à bosser.

Le bruit de ses pas retentit dans l'escalier, bientôt suivi par celui de la bouilloire qu'on remplissait. Samson resta avec un Calimero qui ronflotait, à ruminer la visite inattendue de Rick Procter. Et à songer que la retenue dont il avait fait preuve à l'égard du promoteur immobilier n'était rien à côté des efforts qu'il allait devoir faire pour modérer son comportement en présence de Delilah.

Rick Procter eut le temps de descendre Back Street et de traverser la place en direction de l'agence immobilière avant de cesser de transpirer. Cette sudation ne devait rien au soleil qui inondait la ville de lumière.

Maudit Taylor ! Cet imbécile avait laissé une traînée gluante derrière lui, avec la somme préalablement destinée à payer ce maître chanteur de Pete Ferris. Une traînée si facile à suivre que même les cerveaux sous-développés du sergent Clayton et du gamin Bradley arriveraient à additionner deux et deux.

Et ce n'était pas le pire. Le pire, c'était O'Brien. Cette façon qu'il avait de vous cerner d'un coup d'œil. La finesse de ses questions. Il était déjà impressionnant tout seul, mais avec Delilah Metcalfe comme partenaire, ils formaient un tandem à problèmes qui aurait dû être traité depuis longtemps.

Enfin, une chose après l'autre… Pour l'instant, il avait besoin de leur aide.

Certains auraient trouvé dingue de laisser O'Brien l'approcher d'aussi près à un moment où la situation était si tendue. Ce gars avait un sixième sens pour détecter les combines, et Rick était relativement sûr qu'au train où ça allait, il avait déjà dû renifler quelque chose. Mais il avait ses raisons de se jeter dans la gueule du loup, la moindre n'étant pas de fuir la lumière, la surveillance intense à laquelle le soumettrait la police en cas d'enquête pour assassinat ne pouvant que contrarier ses partenaires bulgares. Il misait sur O'Brien et Delilah pour prouver son innocence et détourner l'attention de sa personne. Il avait aussi besoin de glaner un maximum d'informations sur les progrès de l'enquête, ne serait-ce que pour sa tranquillité d'esprit. Et si O'Brien n'avait pas été franchement ouvert sur ce front jusque-là, il avait au moins alerté Rick sur le fait que la police considérait le chantage comme un mobile susceptible d'expliquer les actes de Taylor. Une révélation inconfortable, mais sans prix, dont Rick devrait s'occuper. Car il était hors de question que la police vienne fourrer son nez là-dedans.

Utilisant le trousseau de clés que Nancy lui avait confié, Rick entra dans l'Agence Taylor, aussi déserte que la veille, le personnel étant absent. Ce qui lui convenait parfaitement. La voie étant dégagée, il pourrait profiter de sa présence légitime sur les lieux pour fouiner un peu dans l'ordinateur de Taylor. Quelques petites manipulations de-ci de-là pour masquer ses traces, et avant longtemps il n'aurait plus à se soucier de dossiers numériques compromettants. Il ne lui resterait plus qu'à localiser le dossier Kingston Holdings manquant. Un peu rasséréné, Rick se mit au travail.

26.

L'enregistrement de Danny fit courir des frissons le long de l'échine de Delilah. Derrière la fenêtre du bureau de Samson, le soleil radieux de la fin de l'après-midi perdit momentanément de son éclat tandis qu'elle revivait les terribles événements de ce samedi matin. La séquence s'ouvrait sur Bernard Taylor stressé qui laissait un message confus sur le répondeur de sa femme, le son tournant très vite à l'explosion de panique – Bounty qui aboyait frénétiquement pendant que Bernard se répandait en regrets auprès de Nancy. Puis, le coup de feu létal, suivi d'un silence brutal quand le téléphone se tut.

— Ça va ?

Samson l'observait, assis en face d'elle, dans le silence laissé par le répondeur.

Elle s'éclaircit la voix.

— Oui, très bien. C'est juste que… tu sais… c'est moche. Il a l'air tellement désespéré, et je ne peux pas m'empêcher de penser que c'est arrivé parce qu'il m'a vue… Désolée.

— Inutile de t'excuser.

Il posa une main sur son bras, et Delilah eut besoin de toute sa volonté pour ne pas l'attirer vers elle.

Au lieu de ça, pour échapper à son contact sans le froisser, elle se tassa sur sa chaise et se força à se concentrer sur l'horrible bande-son des dernières secondes de la vie de son ex-beau-père.

— Ça n'aide pas beaucoup, je trouve, dit-elle en montrant la clé USB qui contenait le fichier audio. À part révéler que Bernard *avait* bien une liaison. Il l'a pratiquement admis, en tout cas. Pauvre Nancy… Tu imagines, entendre ça comme dernières paroles de son mari…

— Ça doit être terrible pour elle, convint Samson. Mais, comme toi, je ne vois toujours pas comment cet enregistrement va produire le miracle que Danny espérait dans notre affaire. Tu crois que tu supporterais de le réentendre ? demanda Samson en se penchant vers elle, préoccupé.

Plus préoccupée par le fait qu'il allait encore la toucher que par l'impact qu'aurait l'enregistrement à la deuxième écoute, Delilah se leva.

— Vas-y, toi, dit-elle en s'approchant de Calimero qui somnolait dans son panier, les pattes en l'air.

Elle s'accroupit pour lui gratouiller le ventre en s'interrogeant sur le bien-fondé d'embaucher Ida Capstick à plein temps. Parce que si elle ne parvenait pas à se maîtriser en présence de Samson, sa nouvelle réceptionniste pourrait faire office de chaperon, en quelque sorte.

Samson cliqua sur son ordinateur, et l'audio se lança, pas moins bouleversant la deuxième fois. Ni plus utile. Jusqu'à ce que Samson arrête la bande juste avant le coup de feu.

— Là. Écoute ça, là…

Les derniers mots de Bernard, à peine audibles à cause des aboiements du chien, emplirent de nouveau la pièce.

« Je n'ai jamais voulu te faire de peine… »

Puis le maire s'interrompait, les aboiements hystériques de Bounty comblaient le silence et juste avant le coup de fusil, un autre bruit.

— Cette pause, dit Samson, fronçant les sourcils. Qu'est-ce que c'était ?

Delilah était aussi perplexe que lui.

— Oui, je vois ce que tu veux dire. S'il s'agissait vraiment d'un suicide, ça pourrait être Bernard en train de prendre le fusil. Mais si c'est un meurtre, alors pourquoi s'est-il interrompu si soudainement ? Tu crois qu'il a vu son assassin ?

— C'est une possibilité. Mais l'autre bruit, tout à la fin ? Tu as identifié ce que c'était ?

Delilah fit « non » de la tête. Pourtant, si, on entendait bien quelque chose dans la milliseconde qui précédait le coup de feu.

— Je vais essayer de l'isoler, dit-elle. Peut-être en ralentissant un peu la bande ou en nettoyant le son.

Elle fit le tour du bureau, s'arrêta un bref instant en voyant Samson rapprocher une chaise et lui faire signe de s'asseoir à côté de lui.

Elle avait l'impression d'être redevenue adolescente, en pire.

Agissant comme si son cœur n'ébranlait pas ses côtes, Delilah prit la chaise offerte et se força à se concentrer. Elle s'attaqua aux cinq dernières secondes du message et commença le montage, tronçonnant la bande en plus petites sections, puis jouant avec la vitesse de défilement.

— Que dis-tu de ça ? dit-elle enfin en cliquant sur l'enregistrement modifié.

La vitesse réduite donnait une élocution traînante au maire, imprimant à sa dernière déclaration les accents d'une lamentation avinée. Par contraste, les aboiements de Bounty résonnaient plus fort. Puis vint ce court silence, plus long cette fois, le chien se faisant plus bruyant, et enfin le mystérieux bruit, effroyablement audible à présent.

— « Non ! »

Les dernières paroles d'un homme mort.

— C'est Bernard, murmura Delilah, décomposée.

Samson approuva d'un air sinistre.

— Maintenant, on n'a plus qu'à découvrir à qui il s'adressait.

Comme le soir s'annonçait, le duo de détectives décida d'en rester là pour la journée, la révélation de la bande audio n'ayant fait qu'ajouter une énigme à une affaire déjà épineuse. Se sentant épuisée, surtout après avoir démarré si tôt après une nuit d'insomnie, Delilah fut soulagée que Samson ne propose pas d'aller dîner. Tout ce qu'elle voulait, songeait-elle après avoir éteint son ordinateur, c'était un bon bain chaud et son lit. Quoique, si Samson proposait ce genre de programme…

— Pourquoi tu souris ?

Samson se tenait dans le couloir et l'observait. À ses pieds, Calimero était déjà en laisse.

— Pour rien… Euh, je pensais à demain, c'est tout, bégaya-t-elle, le visage en feu. Tu sais, l'aiglefin de Clarissa…

Plutôt que de travailler sur l'affaire Taylor, le lendemain matin, ils s'étaient mis d'accord pour boucler celle de Clarissa, le danger étant qu'elle effectue un versement pour la croisière avant que l'escroquerie soit révélée. Ce qui impliquait une virée à Leeds pour régler le compte de l'arnaqueur qui se faisait passer pour Robert Webster, ce dont Delilah se serait bien passée, vu que la situation pouvait vraiment mal tourner.

Samson la rassura :

— Ne t'inquiète pas, c'est la première chose dont on va s'occuper. Il est temps de se débarrasser de ce problème, maintenant qu'on a trois clients de rabe.

— D'accord avec ça. Bon, on se voit à huit heures.

Elle lui prit la laisse de Calimero, en faisant bien attention à ce que leurs mains ne se touchent pas.

— Je te raccompagne jusqu'à la porte, dit-il.

— Pas la peine ! – Une exclamation paniquée, plus aiguë qu'elle ne l'aurait souhaité. La dernière chose qu'elle voulait, c'était un deuxième au revoir dans la cour. – On connaît le chemin. À demain.

Sur un sourire qu'elle espérait joyeux, elle passa par la cuisine du fond et sortit sous le porche en compagnie de Calimero. Une fois qu'ils furent dans la ruelle, le portail refermé derrière eux, son cœur put reprendre un rythme à peu près normal. Mais quand elle commença à gravir les marches qui menaient au Crag, il s'emballa de plus belle. Rien à voir avec l'allure soutenue de son ascension – Calimero la tractait littéralement dans son impatience de rentrer chez lui –, et plutôt tout avec ses pensées revenues au sujet qu'elle avait en tête ce matin, alors qu'elle descendait ce même escalier.

Ce maudit baiser !

Il les regarda partir depuis la fenêtre de la cuisine du fond, sachant qu'Arty Robinson n'aurait pas été fier de lui. Une fois de plus, Samson avait loupé l'occasion de révéler à Delilah ce qu'il ressentait.

Ce n'était pas le bon moment, se dit-il. Elle avait vécu deux journées éprouvantes. Peut-être quand les choses se calmeraient un peu.

Cette idée lui arracha un rire. Si les six mois et quelques qui s'étaient écoulés depuis son retour à Bruncliffe étaient représentatifs, il n'était pas près de faire sa déclaration, le calme étant à l'état de pénurie dans cette ville.

Il se détourna de la fenêtre et se promit de passer à l'action avant la fin de la semaine. Il déclarerait à Delilah Metcalfe qu'il l'aimait. Il l'avait déjà fait une fois, après tout, quand ils étaient face à la mort dans une chambre froide. Cette fois, en revanche, il s'assurerait qu'elle aurait tous ses esprits.

— Vous trouvez ça sensé, vous ?

À l'autre bout de la ville par rapport à l'Agence de Recherche des Vallons, Joseph O'Brien, assis dans le salon d'Arty à Fellside Court, s'efforçait de faire entendre la voix de la raison à ses coconspirateurs. Mais il avait du mal à ne pas se laisser contaminer par leur enthousiasme.

— Pas le moins du monde, rigola Arty. Ce qui serait sensé, ce serait de rester ici pour le cours de poterie. Personnellement, je préfère aider une amie.

Arty avait attendu que l'heure du thé soit derrière eux pour inviter Joseph et Eric chez lui, en leur vendant une partie de poker. Mais une fois exposé, son plan présentait des enjeux autrement plus importants.

Ils allaient rendre visite à l'arnaqueur de Clarissa. En personne.

— Tu ne crois pas qu'on devrait laisser Samson et Delilah s'en occuper ? s'inquiéta Joseph.

— Pas avec tout ce qu'ils ont sur les bras, argumenta Arty. Ils ont parlé de quarante-huit heures pour régler la question. On ne peut pas attendre aussi longtemps. En plus, j'ai entendu que Gareth Towler et Ana Stoyanovic avaient réclamé leur aide dans l'affaire Taylor. Je n'aimerais pas que l'un ou l'autre soit convaincu de meurtre parce que Samson et Delilah étaient pris par quelque chose dont on peut parfaitement se charger.

L'argument était valable, en tout cas du genre à séduire son public. Même s'ils ne connaissaient pas tant que ça le garde-chasse, ils se souvenaient tous avec tendresse de l'ancienne directrice de la résidence et seraient prêts à tout pour contribuer à blanchir son nom.

— Et tu crois qu'on va gérer, si ça tourne au vinaigre avec le dénommé Robert ? siffla Eric.

Arty balaya l'objection d'un geste, très confiant.

— Je me souviens de quelques prises du temps où j'étais videur, et je pense que Joseph se débrouille pas mal avec ses poings. Et si rien de tout ça ne fonctionne, on pourra toujours assommer l'escroc avec ta bouteille d'oxygène.

— Mais qu'est-ce que tu veux prouver ? insista Joseph. Ce serait quand même plus simple de dire à Clarissa que son prétendant est une fripouille, et fin de l'histoire.

— Et laisser ce salopard piquer ses économies à une autre âme innocente ? dit Arty, offusqué. Je ne veux pas avoir ça sur la conscience. Bref, trêve de bla-bla ! Vous êtes avec moi ou pas ?

Il considérait ses amis d'un air de défi.

— Tu peux compter sur moi, déclara Eric.

— Et sur moi, affirma Joseph.

Arty applaudit.

— Excellent. Sept heures pile demain matin, on prend le train pour Leeds.

— Et Clarissa ? Elle ne va pas s'étonner qu'on ne soit pas là ? demanda Eric.

— Elle ne devrait même pas le remarquer. Il m'a fallu être un peu persuasif, mais Edith a accepté de l'emmener à Harrogate, histoire d'acheter une robe pour la croisière. Ce qui nous laisse libres, nous les garçons, d'aller à la pêche à l'aiglefin.

— Il n'y a plus qu'à espérer de ne pas ferrer un trop gros requin, murmura Joseph avec une pointe de nervosité.

Quelques heures plus tard, alors que la nuit tombait sur la ville et que la lune jeune de deux jours offrait peu de lumière dans le ciel d'encre, la douce brise qui soufflait sur les Vallons changea d'orientation. Le vent venait maintenant de l'est et c'était une bête plus puissante, qui dévalait les flancs des collines et s'engouffrait dans les rues, renversant les poubelles dans les ruelles et envoyant valser les jardinières dans les cours.

Dans la chambre de l'un des deux appartements situés au-dessus du restaurant Happy House, Mme Lee fut réveillée par le claquement du châssis de fenêtre, une relique à simple vitrage qui était réputée pour tomber de son logement quand le vent soufflait vraiment fort. Ce soir-là, il se contentait de claquer. Ce n'était pas un problème en soi, mais si ça réveillait l'enfant dans le berceau, de l'autre côté de la pièce…

Elle resta un instant allongée dans le noir, à guetter les premiers gazouillis d'un bébé sur le point de se réveiller.

Rien, juste la respiration lourde de son mari, presque des ronflements mais pas tout à fait, l'homme épuisé après son travail du soir dans la cuisine. Et puis, à travers les minces cloisons qui séparaient les appartements les uns des autres, un bruit de pas.

M. Stuart, qui tournait en rond. Sachant que son voisin n'était pas un oiseau de nuit, l'entendre marcher était assez inhabituel pour l'amener à regarder son réveil. Il était plus de deux heures du matin.

Peut-être avait-il de la compagnie ? Elle se réjouit à cette idée, espérant que c'était une jeune femme. Quelqu'un qui ferait la cuisine pour lui, parce qu'il était trop maigre. M. Stuart méritait qu'on prenne soin de lui.

Un autre coup de vent sur la fenêtre, celui-ci plus fort, au point qu'il agita fortement le châssis. Et un geignement du côté du berceau. Et voilà, le bébé était réveillé. Il allait se rappeler qu'il allait bientôt faire ses dents, et il n'y aurait pas moyen de le consoler. Tout doucement, pour ne pas déranger son mari, Mme Lee sortit de son lit et traversa la chambre dans le noir. Elle prit son enfant avec ses couvertures et tout le fourbi, pressa son corps chaud contre sa poitrine et alla dans le salon, le contact du lino froid sous ses pieds nus.

Un gâteau de riz, voilà ce qu'il lui fallait. Donner quelque chose à mâchouiller au bébé avant qu'il se mette vraiment à chouiner. Ouvrant le placard au-dessus du fourneau dans la minuscule cuisine, elle prit le paquet, en préleva un et le glissa dans le poing rondelet qui émergeait du ballot de couvertures.

Dans ce moment paisible, alors que Mme Lee souriait à son fils, saisie, comme chaque fois, par l'émerveillement d'avoir réussi à créer ce magnifique petit être, le bruit de la porte de son voisin en train de se refermer retentit sur le palier devant son salon. Elle releva la tête, écouta. Des pas devant sa porte d'entrée puis dans l'escalier.

Mme Lee n'était pas ce qu'on pourrait appeler une concierge. Mais ce genre d'activité à cette heure de la nuit était suffisamment insolite pour éveiller sa curiosité. Son bébé calé sur sa hanche, elle ouvrit sa porte et jeta un coup d'œil sur le palier. La lumière tamisée éclaira la grande silhouette de M. Stuart qui sortait dans la nuit, une capuche sur la tête et lesté d'un gros sac à dos.

Ça, c'était vraiment bizarre.

Embarquant le bébé, le gâteau de riz et tout le reste, elle retourna précipitamment dans sa chambre, vers la fenêtre bringuebalante. Elle écarta le rideau. Dehors, rien ne bougeait, Bruncliffe étant profondément endormie, en dehors d'une silhouette, peut-être un chien, qui filait au loin, sur les pavés de la place du marché, suivi par deux autres, plus petites. Puis juste sous ses fenêtres, elle vit M. Stuart qui traversait Fell Lane, en direction du centre-ville. Face au vent d'est.

Le vent d'est qui souffla sa capuche, et l'espace d'un instant, Mme Lee crut voir un éclair de cheveux blonds à la lumière du réverbère devant le poste de police avant que la capuche reprenne sa place.

Mme Lee n'eut pas le temps de s'interroger sur l'étrangeté de la chose – M. Stuart avait les cheveux au mieux châtains –, car au même moment le bébé eut un hoquet, lâcha le gâteau de riz et se mit à chougner. Rattrapant le biscuit avant qu'il tombe par terre, elle sortit de la chambre sur la pointe des pieds. Le lendemain matin, M. Lee trouverait sa femme et son enfant en train de dormir à poings fermés sur le canapé. Et après une nuit sans sommeil, Mme Lee aurait tout oublié des allées et venues nocturnes de son voisin.

27.

Le mardi matin, à huit heures et demie, Arty, Joseph et Eric étaient devant la gare de Leeds et se disputaient.

— C'est trop tôt pour y aller directement, insistait Arty. Si ça se trouve, il ne sera même pas réveillé !

— Ou bien il s'apprête à partir bosser, et si on poireaute ici trop longtemps, on va le rater, rétorqua Eric, fermement accroché à sa bouteille d'oxygène portative au milieu du flot de banlieusards.

— Moi je dis qu'on attend, et d'ici, je vois l'endroit idéal pour tuer le temps.

Arty donna un coup de menton en direction d'un petit café édifié dans une jambe du pont ferroviaire. Par la porte ouverte s'échappait une odeur de saucisses en train de cuire.

— Et moi je dis que tu réfléchis avec ton estomac et pas avec ta tête, marmonna Eric.

Arty éclata de rire et s'adressa au membre le plus silencieux de leur trio.

— À toi de décider, Joseph. Qu'est-ce que ce sera ? Un café et un sandwich, ou on saute dans le premier bus pour Roundhay ?

— Eh bien, répondit Joseph, même si je partage l'avis d'Eric quant à ton processus de réflexion, je pense aussi qu'on profiterait tous d'un petit en-cas avant d'aller alpaguer le vilain.

Arty lui assena une claque dans le dos.

— Bien vu, mon ami ! Faut jamais partir pour la guerre l'estomac vide. C'est très mauvais. En avant pour le café !

Espérant du fond du cœur ne pas avoir à mettre la maxime d'Arty à l'épreuve, Joseph et Eric traversèrent la rue à la suite de leur ami.

Samson et Delilah quittèrent Bruncliffe un peu en retard. Et cette fois, ce n'était pas la faute de Delilah. Elle était arrivée au bureau avec Calimero juste avant huit heures, comme prévu, pour se retrouver face à une Ida courroucée. Tandis qu'elle la suivait jusqu'au premier, les pas encore plus lourds que d'ordinaire lui confirmèrent qu'Ida n'était pas dans son assiette. Et quand Samson les rejoignit, prêt à prendre la route, la bouilloire était sur le feu, trois mugs étaient prêts et Delilah était assise dans la cuisine avec Ida qui vidait son sac.

Tout ça, c'était la faute de Rick Procter. En arrivant à l'agence immobilière pour faire son ménage, Ida était tombée sur le promoteur en train de travailler dans le bureau de Bernard Taylor. Elle avait été étonnée de le trouver là à une heure aussi matinale, mais elle savait qu'il assumait provisoirement la direction de l'agence, et donc sa présence n'était pas anormale. En réalité, elle avait décidé de tirer profit de la situation et l'avait interpellé au sujet du seau.

À son grand dépit, M. Procter l'avait envoyée balader, lui intimant de ne pas l'importuner avec ces « vulgaires conneries ». C'était l'adjectif « vulgaire » qu'elle n'avait pas digéré. Cette idée que ce qu'elle faisait comptait pour du beurre alors que, sans elle, la moquette qu'il foulait serait encore maculée de la terre du pot renversé sur lequel elle était tombée pas plus tard que la veille.

Vexée comme un pou, elle avait fait son boulot, prenant bien soin de passer l'aspirateur plus longtemps qu'à l'ordinaire, le gémissement aigu suffisant à enquiquiner n'importe qui. Puis elle avait quitté les lieux en claquant la porte et, au pas de charge, repris le chemin de l'Agence de Rencontre des Vallons – seul nom qu'elle acceptait de donner à la maison de deux étages abritant les bureaux.

Debout devant l'évier, Samson écouta ses doléances, la mine soucieuse, un mug dans une main, un toast dans l'autre, puis il disparut. Cinq minutes plus tard, il réapparaissait en brandissant un seau rouge vif rempli de plumeaux jaunes.

— Je vais parler de votre seau disparu à Danny cet après-midi. En attendant, j'ai demandé à Barry, notre voisin, d'ouvrir plus tôt. Rien de ce que vous faites n'est vulgaire, Ida. Sans vous, cet endroit ne serait pas le même.

Ida resta sans voix. Elle regarda le seau. Regarda Samson. Puis elle lança un des borborygmes, toujours un peu difficiles à interpréter, qu'elle utilisait indifféremment pour ses admonestations ou ses louanges. Toutefois l'étincelle dans ses yeux et la courbe subtile de ses lèvres plaidaient pour la deuxième interprétation.

— Merci, répondit-elle simplement avant de commencer son ménage en se tamponnant discrètement les paupières avec la manche de son cardigan.

Conscient que l'heure avançait, Samson poussa Delilah et Calimero vers l'escalier puis la Micra. Quelques minutes plus tard, juste après huit heures quarante-cinq – à peu près l'heure à laquelle Arty et sa bande mordaient dans leurs hot dogs dans un café de Leeds –, la petite voiture rouge rejoignait l'A65 et Delilah appuyait sur le champignon.

Ce qui, au grand soulagement de Samson, était bien moins horrifique qu'il ne s'y attendait. Il avait subi la conduite sportive de Delilah sur les routes étroites des Vallons, mais lestée de deux adultes et d'un gros chien, la Micra ne pouvait pas dépasser les cent kilomètres-heure, et sur une grande route dépourvue de virages serrés et de murets de pierre menaçants, ce n'était pas si éprouvant. Le temps qu'ils arrivent à Otley, cinquante minutes plus tard, pour la toute première fois de sa vie Samson appréciait d'être conduit par une Miss Metcalfe. Ce qui les attendait au bout de la route, en revanche, lui plaisait beaucoup moins.

Tandis que Samson et Delilah roulaient à tombeau entrouvert en direction de Leeds, Julie, la réceptionniste de l'Agence Taylor, descendait du train en gare de Bruncliffe. Elle était légèrement en retard, mais après la migraine qui l'avait terrassée la veille, c'était un miracle qu'elle se rende tout de même à son travail. Sans les terribles événements qui avaient durement frappé l'agence, elle se serait probablement abstenue.

M. Taylor, mort au Manoir de Bruncliffe, dont on avait pensé dans un premier temps qu'il s'était suicidé, avant que les journaux ne rapportent qu'il s'agissait d'un crime.

Un crime ! Son patron, assassiné !

Julie ne parvenait pas à se faire à cette idée. Et si c'était dur pour elle, elle songeait que ce pauvre vieux Stuart, avec sa sensibilité exacerbée, devait être complètement dévasté. C'était d'ailleurs la véritable raison pour laquelle elle se forçait à venir au bureau. Stuart Lister était une âme tendre, une timide violette qui serait à la dérive dans ces moments tumultueux s'il essayait de gérer l'agence tout seul. Elle se devait de lui apporter un peu de soutien. Et à Mme Taylor aussi, une femme adorable qui prenait toujours le temps de papoter avec elle quand elle débarquait inopinément au bureau. Elle se rappelait toujours que Julie s'occupait de sa mère qui souffrait d'une forme précoce de la maladie d'Alzheimer, et ne manquait jamais de demander de ses nouvelles.

C'était ce genre de petits riens, pensait Julie en empruntant la rue de la Gare puis de l'Église, qui rendaient la vie de bureau agréable. Elle leva les yeux vers l'appartement au-dessus du restaurant Happy House et sourit. Stuart faisait partie de ces « petits riens ». Il l'ignorait, mais depuis son arrivée à l'agence, l'automne précédent, Julie avait plus de plaisir à y travailler. Ne serait-ce que parce qu'elle avait quelqu'un à qui parler, à présent. Et, accessoirement, un collègue qui faisait paratonnerre, canalisant les foudres d'un M. Taylor décidément d'humeur exécrable ces derniers temps.

Enfin, ils n'auraient plus à s'en soucier, désormais.

Se reprochant son irrévérence, Julie allait dépasser la Pâtisserie des Monts quand elle s'arrêta. Fit demi-tour. Et entra.

— Deux allongés à emporter, s'il vous plaît. Oh, et deux parts de tarte aux noix de pécan, aussi.

La femme derrière le comptoir était nouvelle. Blonde. Magnifique. Mais la mine sévère.

— Bonjour Julie ! s'exclama Lucy Metcalfe en passant la tête par la porte de la cuisine. Ça va mieux ?

— Un peu. Il faut bien que quelqu'un vienne à la rescousse de Stuart, dit-elle avec un clin d'œil malicieux.

Lucy acquiesça, l'air grave.

— Ça ne doit pas être évident à l'agence, sans Bernard. Vous savez comment ça va se passer ?

— Apparemment, M. Procter va prendre les rênes pour un temps, répondit Julie, et elle ne put s'empêcher de remarquer le tressaillement que ce nom avait provoqué chez la jeune femme blonde. Par contre, on n'a aucune idée de ce que Mme Taylor décidera pour la suite.

La serveuse posa les cafés et les pâtisseries sur le comptoir et prit l'argent de Julie, un léger sourire illuminant à présent son teint pâle.

— Merci, dit Julie en se dirigeant vers la porte.

— Merci, dit la femme blonde en même temps que Lucy lui faisait au revoir depuis la cuisine.

Ce ne fut qu'en traversant la place du marché que Julie se rappela : la mystérieuse blonde... Cet accent. Cette beauté renversante. C'était Ana Stoyanovic. La femme qui avait été arrêtée pour le meurtre de M. Taylor.

Apercevant une silhouette derrière la vitrine de l'agence immobilière, Julie pressa le pas. Elle avait hâte de raconter à Stuart les derniers rebondissements de l'affaire.

La jovialité dont Arty, Eric et Joseph avaient fait preuve dans le train qui les avait amenés de Bruncliffe puis lors de leur pause café impromptue les abandonna une fois qu'ils furent assis dans le bus. Tandis que les trois amis roulaient en direction du nord, ils s'assombrissaient, conscients que leur entreprise pouvait se révéler dangereuse.

— Comment s'appelle-t-il, déjà ? l'arnaqueur ? demanda Eric, penché en avant pour se faire entendre d'Arty et de Joseph installés sur les sièges de devant.

— Robert Webster.

— Nan, son vrai nom.

Arty consulta son téléphone.

— Bob Rushworth. En tout cas, c'est le nom que Delilah a noté.

— Bob Rushworth, médita Eric. Il a l'air normal. Le genre de gars avec qui on se prend une pinte.

— Ne commence pas à mollir, Eric, l'avertit Arty qui se contorsionnait pour lui parler. C'est le genre de type prêt à délester les vieilles dames de leur retraite.

— C'est pas un nom de bagarreur, je trouve, dit Joseph, un soupçon d'espoir dans la voix.

Arty émit un grognement.

— Ouais, bon, espérons-le. Je ne voudrais pas trop l'amocher.

— Roundhay Park, tonitrua le conducteur depuis l'avant en les regardant dans son rétroviseur.

— C'est nous ! s'écria Arty en sursautant.

Le pouce levé en guise de remerciement à l'adresse du chauffeur, il fit descendre ses amis.

Depuis la pelouse du parc, ils observèrent les alentours. Des courts de tennis qui se trouvaient derrière eux montait le bruit amorti de balles qu'on frappait. L'endroit était apparemment pas mal fréquenté pour une matinée en semaine. Et depuis l'autre côté de la rue leur parvenaient les cris joyeux d'enfants en train de jouer.

— On pourrait juste se prendre une glace et rentrer à la maison, proposa Eric en montrant, garé plus loin, un van aux vitres couvertes de photos d'esquimaux et de cônes glacés, et judicieusement positionné en face d'un banc.

Même Arty était tenté. Le ciel était bleu, le soleil chaud, et ils étaient en vadrouille, après tout. Puis il se souvint qu'ils étaient surtout en mission.

— Allez, les encouragea-t-il en ouvrant la marche pour traverser le parc, on aura largement le temps de s'offrir une glace quand on en aura terminé.

— La première à droite, annonça Samson en relevant les yeux de son appli GPS pour étudier le croisement qu'ils devaient traverser, la voiture ne faisant pas mine de ralentir. C'était celle-là, précisa-t-il d'une voix fruitée en pointant un doigt par-dessus son épaule. Et une fois que tu auras fait demi-tour, ça deviendra la première à gauche.

Delilah le gratifia d'un regard noir mais ralentit et mit son clignotant avant de s'engager dans une rue latérale.

— Comme navigateur, tu te poses là ! Tu es sûr de tenir la carte dans le bon sens ?

Il resta impavide tandis qu'elle effectuait un demi-tour serré, Calimero tanguant sur le siège arrière.

Ils longeaient Roundhay Park – et se seraient retrouvés en plein dans le décor si Delilah avait poursuivi son chemin –, une zone de Leeds que Samson connaissait bien. Pas seulement de l'époque où il était agent de terrain avant d'être affecté à Londres, mais d'une récente visite en compagnie de Delilah dans le cadre d'une de ses enquêtes. Par un caprice du destin, le domicile de l'aiglefin de Clarissa se trouvait à un jet de pierres de la propriété qu'ils avaient visitée à cette occasion.

— Comment tu veux qu'on joue le coup ? demanda Delilah en prenant à gauche dans Old Park Road, la nervosité qui expliquait son récent éclat lisible sur ses traits tendus.

— Aussi paisiblement que possible. On ne peut pas se permettre de le mettre en colère. Ici, indiqua-t-il en montrant la rue suivante. Gare-toi là. On va continuer à pied.

Tandis que Delilah tournait au coin de la rue, Samson considéra la photo qu'elle lui avait montrée la veille et qui illustrait un article du *Yorkshire Post*, raison pour laquelle Delilah avait découvert aussi rapidement la véritable identité de l'homme.

— Prêt ?

— Prêt.

Le trio sortit de la voiture.

Munie de ses deux cafés et de son sachet de pâtisseries, Julie reprit sa route vers l'agence immobilière et en poussa la porte d'un coup de hanche.

— Dis donc, Stuart, tu ne devineras jamais qui vient de me servir à la Pâtisserie des Monts, commença-t-elle à peine entrée. Cette Ana Stoyanovic. Elle ne me fait pas l'effet d'être une meurtrière…

Puis elle se retourna. S'interrompit. Ouvrit la bouche. Rougit.

— À quoi donc ressemble un meurtrier ?

M. Procter était assis à la place de Stuart et lui souriait.

— Oh, pardon, je ne savais pas que vous étiez là…

Elle hésita, puis se tut, réalisant que M. Procter – qui ressemblait plus à une vedette de cinéma qu'à un meurtrier – avait lui aussi fait l'objet de rumeurs quant aux événements tragiques qui s'étaient déroulés au Manoir de Bruncliffe le samedi précédent.

— Je vous avais pris pour Stuart.

— Il n'est pas là.

Le légendaire sourire de M. Procter avait laissé place à une expression préoccupée. Il indiqua son bureau à la jeune femme.

— Lisez vous-même.

Julie posa les cafés, se débarrassa de sa veste en jean et la balança sur le dossier de sa chaise, puis elle prit le bout de papier sur sa table. Elle lut la première ligne et, sentant ses jambes la lâcher, s'assit pour déchiffrer la suite.

La lettre de démission était lapidaire. Stuart quittait son poste à l'Agence Taylor en raison de la pression occasionnée par la mort inattendue de M. Taylor, et était parti voyager.

C'était tout. Il s'en était allé. Pas un mot pour elle. Pas de petite visite pour dire au revoir. Même pas un texto.

Sa vue se brouilla et elle farfouilla dans la poche de son pantalon à la recherche d'un mouchoir, avec l'impression que la vie venait de lui flanquer un coup de pied dans le ventre.

— Il va falloir que je lui trouve un remplaçant, disait M. Procter. Vous ne connaîtriez pas quelqu'un qui conviendrait, par hasard ?

Julie pensa à Stuart, aux ridicules chandails tricotés main qu'il portait l'hiver et dans lesquels sa silhouette dégingandée se perdait. Au petit café qu'il lui préparait toujours avant qu'elle arrive. À la façon qu'il avait de musarder près d'elle quand c'était calme à l'agence.

Il avait le béguin pour elle, elle le savait. Peut-être même plus que le béguin. Mais elle ne l'avait jamais encouragé à faire le premier pas, pensant qu'il serait toujours là. Un garçon aussi fiable. Une boussole qui indiquait le nord, dans son monde cul par-dessus tête depuis que sa mère avait été diagnostiquée Alzheimer.

— Désolée, balbutia-t-elle. Je ne vois personne qui pourrait le remplacer.

M. Procter émit une sorte de *hmpf*. Se leva et s'éloigna vers le fond.

— Ne me passez pas d'appels, dit-il. Un travail très important qui n'a que trop traîné.

La porte se referma sur lui, et Julie laissa échapper le soupir qu'elle retenait, la lèvre inférieure tremblotante. Puis elle vit les deux cafés, les tartes de la Pâtisserie des Monts, et ses larmes coulèrent pour de bon.

— C'est là ?

Joseph regardait, à travers un portail métallique ouvert, une voie privée qui menait à l'une des demeures les plus cossues qu'il ait jamais vues.

— Ça paraît un poil chicos pour un aiglefin.

— Peut-être qu'il investit le fruit de ses larcins dans la pierre ? proposa Eric.

— Park View, confirma Arty en vérifiant les notes de Delilah. C'est bien là. Vous êtes prêts, vous deux ?

Eric jeta un coup d'œil à Joseph, qui lui rendit son coup d'œil, ni l'un ni l'autre ne paraissant prêts à se battre. Eric aurait plutôt eu envie de s'allonger un peu, quant à Joseph, eh bien, il regrettait le café que son système avait fini de distiller. Il n'était pas aidé par l'adrénaline non plus.

— On devrait peut-être simplement lui laisser un mot, siffla Eric, la traversée du parc s'étant faite à un rythme plus soutenu qu'il n'en avait l'habitude, Arty se croyant un peu en opération commando.

Lequel Arty tança ses deux acolytes.

— Écoutez, moi j'y vais, que vous veniez ou non. Alors, vous êtes avec moi ?

— On est avec toi, affirma Joseph, d'un ton plus résolu. Mais quel est le plan ?

— On se présente à la porte, et on demande à voir Bob Rushworth.

Et c'est ce qu'ils firent. Ils remontèrent la voie privée en direction de l'imposante demeure dont l'immense porte d'entrée était déjà ouverte, et ils pénétrèrent dans un hall carrelé d'où partait un somptueux escalier en L. Au-delà, une série de doubles portes s'ouvraient sur ce qui semblait être une salle à manger donnant sur une vaste pelouse.

— Je peux vous aider ?

Ils se retournèrent sur un jeune homme qui se tenait là, très aimable.

— Nous voudrions voir Bob Rushworth, dit Arty, Eric et Joseph étant frappés de mutisme.

— Bien sûr. Il est dans le jardin. Si vous voulez bien me suivre…

L'homme s'achemina vers les doubles portes, le trio sur ses talons.

— Il a un putain de majordome, marmonna Arty.

— Visiblement, ça paye, les petites escroqueries, insinua Eric, son chariot à oxygène retentissant sur le carrelage.

Ils franchirent les doubles portes, foulèrent le parquet de la salle à manger où une longue table était déjà dressée pour le déjeuner, puis passèrent les portes d'un patio pour arriver sur une petite terrasse bordée de hautes haies.

— On y est, messieurs, chuchota Arty. Soyez parés à toute éventualité !

— Je vais le prévenir que vous êtes là, dit le jeune homme qui, les devançant, était parvenu à l'extrémité de la terrasse et regardait vers les buissons quelqu'un que les autres ne voyaient pas encore.

— Bob, appela-t-il. Bob, des amis pour vous !

— Des amis ! marmonna Arty en serrant les poings.

À ce moment-là, Joseph n'eut qu'une envie : repartir. Avant que quelqu'un soit blessé. Pourtant il suivit les autres jusqu'à ce que le trio, arrivé au bout de la terrasse, mesure l'étendue du jardin.

Ils s'arrêtèrent tout net. Et ouvrirent de grands yeux.

— Il doit y avoir erreur..., murmura Arty.

— La seule erreur, énonça une voix dans leur dos, c'est votre présence ici à tous les trois.

Arty, Eric et Joseph se retournèrent d'un bloc. Derrière eux, deux individus et un braque de Weimar. Seul l'animal avait l'air content de les voir.

28.

Ce n'était pas l'heure des explications. Ou des disputes. Le jeune homme rivait déjà sur la bande de Bruncliffe un regard intrigué.

— Bob Rushworth, reprit Samson. On est tous venus le voir.

— Par ici, dit le jeune homme. Le monsieur avec l'album sur les genoux.

Ils suivirent la direction qu'il leur indiquait, au-delà des autres personnes assises sur des chaises ou des bancs, vers un monsieur en fauteuil roulant qui leur faisait un geste de la main.

— C'est une maison de vieux ? demanda Arty, incrédule.

— On préfère le terme de maison de retraite, répondit gentiment le jeune homme.

Il inclina légèrement la tête et se détourna avant de rentrer dans la demeure.

— Mais… Je ne comprends pas, s'exclama Eric, sidéré, en contemplant le jardin. Ce gars, Bob…

— Venez, dit Samson. Allons papoter avec lui. Mais je vous préviens, pas de menaces ni rien de ce genre. Ce monsieur a quatre-vingt-douze ans et le cœur fragile.

Il traversa la pelouse avec Delilah et Calimero, le chien se gagnant une foultitude de commentaires flatteurs de la part des autres résidents. Les trois amis suivirent, toujours stupéfaits.

— Bob Rushworth ? s'assura Samson en approchant de la silhouette en fauteuil qui tenait sur ses genoux un album de timbres.

— C'est moi. Qui le demande ?

Des yeux vifs le détaillaient dans un visage ridé.

— Peut-être pourrions-nous nous asseoir ?

Bob esquissa un geste vers les chaises vides éparpillées sur l'herbe.

— Je vous en prie.

Ils se rassemblèrent autour de lui, Arty inhabituellement réduit au silence par cet étrange retournement de situation. Samson se chargea de la conversation.

— Nous sommes venus vous parler de Robert Webster, commença-t-il.

Bob gloussa.

— Oh, Robert ! Un sacré numéro, celui-là.

— Sauf qu'il n'est pas réel. Et nous pensons qu'une de nos amies risque d'avoir de la peine en l'apprenant.

— De la peine ? se récria Bob. Personne n'en a jamais souffert. C'est juste du flirt et un peu de rêve, c'est tout.

— Vous admettez donc que Robert n'existe pas ?

— Ah ça, il n'existe pas, c'est sûr. – Bob assena deux claques sur les côtés de son fauteuil. – Mais il me permet de faire tout ce que cette saloperie m'interdit.

— Vous ne craignez pas de trop bercer vos conquêtes d'illusions ? demanda Delilah.

— Ou de leur demander de l'argent, rebondit Joseph.

— Il n'est jamais question d'argent ! s'écria Bob, indigné. Qu'est-ce que j'en ferais ? À part me payer quelques timbres, peut-être. – Il eut un sourire mélancolique. – Je vais vous dire, il faut arriver à mon âge pour se rendre compte que le sel de la vie, c'est en grande partie de faire des projets. Or à mon âge, personne ne s'attend à ce qu'on prévoie autre chose que de mourir. Robert Webster me permet de faire des projets… Un thé à cinq heures. Une promenade dans un jardin de roses. Une randonnée sur le Pen-y-ghent. Toutes ces choses qui me sont refusées. Avec quelqu'un qui partage les mêmes envies.

Personne n'émit un son. De derrière la haute haie montaient les bruits des joueurs sur les courts de tennis dans le parc et la clochette distante du marchand de glaces, qu'accompagnaient des rires d'enfants.

— Alors vous voyez, poursuivit Bob, brisant le silence. Personne ne souffre. Mes dulcinées savent à quoi s'attendre, parce que je le leur révèle de but en blanc.

Les sourcils de Samson lui remontèrent au milieu du front.

— *Vos* dulcinées ? Vous avez plusieurs dulcinées en même temps ?

Bob tâtonna le côté de son fauteuil et brandit une tablette dont il tapota l'écran pour l'activer.

— Les voilà, déclara-t-il fièrement. Alors, quelle est votre amie, celle pour qui vous vous inquiétez, que je règle le problème ?

— Clarissa Ralph, dit Arty, retrouvant enfin la voix.

Bob Rushworth secoua la tête.

— Vous devez vous tromper. Je ne connais pas de Clarissa.

— On peut jeter un œil ? demanda Delilah en montrant la tablette.

Elle fit défiler des photos de femmes âgées. Puis elle s'arrêta. Retourna la tablette pour que tout le monde puisse voir.

— Josephine Shaw ? s'exclama Arty.

— Ah ! Josie ! renchérit Bob, les yeux pétillants. C'est quelqu'un, celle-là. Elle veut aller visiter les pyramides à dos de chameau ! Seigneur, elle me rend mes jeunes années.

Samson éclata de rire, Delilah et Joseph l'imitèrent, tandis qu'Eric était hilare.

Arty Robinson, moins. Il était fasciné par la photo de Josie Shaw, ses cheveux gris, ses traits fins. C'était Clarissa qui lui souriait.

— Apparemment, Bob n'est pas le seul aiglefin dans l'aquarium, susurra Joseph en tapotant le bras d'Arty.

Arty était trop abasourdi pour réagir.

Il leur fallut un peu de temps avant de pouvoir prendre congé de Bob Rushworth et ses copensionnaires, Calimero en particulier ayant fait un carton. Quand le contingent de Bruncliffe quitta enfin la maison de retraite de Park View, le chien avait été caressé par chacun des retraités présents. Après avoir promis de revenir les voir avec lui, Delilah suivit les hommes jusque dans la rue.

Et son cœur se serra à la pensée des trois amis qui allaient devoir effectuer un long voyage de retour en transports en commun.

Évacuant les objections de Samson – qui militait pour que cela serve de pénitence aux scélérats –, elle leur proposa de les raccompagner. Une heure et quart plus tard, Samson au volant, Eric à côté de lui, sa bouteille à oxygène entre les genoux, Arty, Delilah et Joseph sur la banquette arrière et un Calimero à l'étroit dans le coffre, la petite Micra se garait devant Fellside Court.

— Allez-y doucement avec Clarissa, recommanda Delilah tandis que les hommes s'extirpaient du véhicule, les genoux craquants, le dos couinant. Ce n'est pas sa faute si vous êtes partis en croisade.

Arty lui sourit. Delilah avait repris sa place sur le siège passager et Calimero avait réintégré l'habitacle, à l'arrière.

— *Aye*, mais quelle journée, hein ! Je n'aurais manqué ça pour rien au monde !

— Oui, abonda Eric en martelant sa bouteille à oxygène. Ça m'a fait apprécier ce que j'ai encore, ça, c'est sûr.

— Une dernière chose, s'enquit Joseph. Comment l'avez-vous retrouvé aussi facilement ?

— PennyBlackBob, répondit Delilah. C'est le nom d'utilisateur de Bob quand il se fait passer pour Robert Webster. Il se trouve qu'il utilise le même avatar sur les forums de philatélie. Ensuite, j'ai trouvé un article du *Yorkshire Post* sur un retraité qui avait découvert un Penny Black dans sa jeunesse alors qu'il donnait un coup de main pour débarrasser une maison. Il était illustré par la photo d'un certain Bob Rushworth. Quand je l'ai vue, j'ai compris que notre arnaqueur n'était pas aussi dangereux qu'on le croyait.

— J'aurais dû t'écouter quand tu nous as conseillé de ne pas nous en mêler, s'excusa Arty d'un air contrit.

Samson rigola.

— Mais ç'aurait été moins drôle, non ?

Arty se dérida, puis il se frappa le front.

— J'allais oublier, dit-il en sortant un calepin de la poche de son veston. Edith m'a demandé de te donner ça. C'est les notes qu'on avait prises quand on planquait devant l'Immobilière Taylor. Je ne pense pas que ça te soit très utile maintenant, mais elle a insisté.

— D'accord. Merci, fit Samson en glissant le calepin dans le vide-poches de la portière.

— Et n'oublie pas, hein, si tu as encore besoin d'aide – du boulot de détective, ou des conseils, peut-être –, tu sais où nous trouver, ajouta Arty avec une mimique purement démoniaque, tandis que Joseph et Eric se boyautaient derrière lui.

Samson les foudroya du regard, passa une vitesse et démarra, les trois hommes saluant de la main le départ de la Micra.

— Qu'est-ce que c'était que ça ? Cette histoire de conseils ? demanda Delilah alors qu'ils s'engageaient dans Fell Lane.

— Rien du tout.

Elle le regarda, puis n'insista pas.

— Bon, et maintenant ?

— Maintenant, répondit Samson en se garant non loin de la Pâtisserie des Monts, on a un rendez-vous.

— Avec un client ?

— Pas un, deux. Et en même temps. Ana m'a appelé quand on était à Leeds. La police l'a libérée hier soir. Elle veut nous parler et j'ai pensé que ce serait logique que Gareth soit de la partie.

— Tu penses que c'est raisonnable ? De les interroger en même temps ? s'étonna Delilah tandis qu'ils descendaient de voiture, Calimero bâillant à se décrocher la mâchoire dans l'air frais.

— Pour être franc, je ne sais plus très bien ce qui est sensé et ce qui ne l'est pas dans cette fichue affaire. J'ai l'impression de tourner en rond. Au moins, comme ça, on peut être sûrs d'entendre la vérité, puisqu'étant tous les deux soupçonnés de meurtre ils n'hésiteront pas à corriger les inexactitudes dans le récit que l'autre fera des événements. Et il ne faut pas se voiler la face, ajouta sombrement Samson comme ils atteignaient le salon de thé, Ana et Gareth ont quand même de belles têtes de suspects. Ce double entretien permettra peut-être de faire éclater la vérité.

Malade à l'idée de découvrir que l'un ou l'autre de leurs amis était coupable de meurtre, Delilah attacha la laisse de Calimero à l'entrée et suivit Samson à l'intérieur.

— Je suis allée dans la cour d'honneur parce que je cherchais Gareth, dit Ana Stoyanovic, livide.

Elle désigna le garde-chasse assis sur une chaise à côté d'elle, l'immense carcasse de ce dernier la faisant paraître minuscule. Ils s'étaient installés à une table dans un coin, Samson et Delilah en face d'eux.

— En le voyant passer devant la fenêtre de la cuisine, je me suis souvenue du fusil et je me suis ruée dehors pour lui en parler.

La chronologie correspondait à ce que Samson avait vu : le garde-chasse l'avait quasiment frôlé quand il était caché derrière la haie.

— Et vous l'avez trouvé ?

— Non. Quand je suis arrivée dans la cour, je ne l'ai pas vu, répondit-elle avec un signe d'excuse à Gareth, sachant ce que sa déclaration pouvait avoir d'incriminant. Je suis allée à l'armurerie, puis j'ai rebroussé chemin dans la cour et j'ai longé le Manoir par la façade nord, mais je ne l'ai trouvé nulle part.

— J'étais derrière les écuries, dit Gareth, les joues cramoisies au-dessus de sa barbe rousse. Je fumais une cigarette.

— Je ne savais pas que tu fumais ! s'exclama Delilah.

— Normalement, je ne fume pas. Je garde juste un paquet dans l'armurerie, en cas d'urgence. Et samedi, ça rentrait dans la catégorie « urgences ». J'étais stressé à cause de ces satanés Bulgares, du coup, je me suis faufilé dans l'armurerie, j'ai attrapé une cigarette et je suis allé la griller en douce derrière les écuries.

— J'imagine que tu l'as dit à la police ? interrogea Samson.

— Ils sont au courant. Ils ont même récupéré le mégot, pour ce que ça vaut. Je garde une boîte de conserve là-bas, pour les mettre.

— Et donc, tu étais là-bas quand tu as entendu le coup de feu ?

— *Aye*. Mais ce n'est pas ça qui m'a fait réagir. C'était Bounty. J'avais jeté un coup d'œil en passant devant et j'avais vu qu'elle dormait profondément, puis tout à coup, quand je fumais ma clope, elle s'est mise à aboyer. Comme une dingue. J'ai écrasé ma cigarette pour me dépêcher d'aller voir, et puis j'ai entendu le coup de fusil. Le temps que je fasse le tour des écuries et que je débouche dans la cour, Ana était là, sur ma droite, venant de l'autre extrémité du Manoir. Et Rick Procter arrivait en courant de la gauche.

— Tu n'as vu personne d'autre ?

Le garde-chasse fit « non » de la tête.

— Et vous ? demanda Samson à Ana. Vous avez dit que vous étiez partie du pignon de la maison. Quelle distance avez-vous parcourue avant de faire demi-tour ?

— Je ne suis pas allée loin. Comme Gareth, c'est l'aboiement du chien qui m'a fait revenir. Je savais que j'avais laissé le fusil sur le siège... – Elle s'interrompit et porta une main tremblante à ses lèvres. – Désolée, murmura-t-elle. Je ne peux pas m'empêcher de penser que si je n'avais pas laissé le fusil dans la voiture, rien de tout cela ne serait arrivé.

Gareth lui passa un bras autour des épaules.

— Ne dites pas ça. Celui qui est coupable du meurtre de Bernard Taylor c'est celui qui a pressé cette maudite détente. Ce n'est pas vous. Et ce n'est pas moi.

Ana acquiesça d'un air reconnaissant, et Samson se surprit à penser que c'était l'interrogatoire le plus inhabituel auquel il ait jamais pris part. Au lieu de se jeter des peaux de banane, les deux suspects se soutenaient, une inquiétude mutuelle et sincère visible dans leurs interactions. Ça réchauffait le cœur, certes, mais en attendant, ça n'augurait rien de bon en matière de percée dans l'enquête.

— Donc, vous avez rebroussé chemin en entendant Bounty aboyer..., intervint Delilah pour inviter gentiment Ana à poursuivre.

— Oui. J'avais peur que quelqu'un soit près de la Land Rover. Je me suis dépêchée de retourner dans la cour d'honneur, mais comme Gareth, je ne voyais pas encore la voiture quand le coup de feu est parti. Lorsque j'ai passé le coin de la maison, j'ai couru vers la portière passager, c'était la plus proche de moi et c'est là que j'avais posé le fusil. Je l'ai ouverte, et l'arme est tombée. Mon instinct a été de le rattraper, mais au même moment, j'ai vu M. Taylor... – À ce souvenir, elle se mordit la lèvre. – J'ai lâché le fusil et j'ai crié.

— Et c'est là que tu es arrivée en courant de la salle à manger, dit Gareth à Delilah.

Samson réprima un grognement. Rien dans les témoignages d'Ana ou de Gareth n'expliquait comment le meurtrier de Bernard Taylor avait pu commettre son forfait et disparaître à la seconde où le coup de fusil était parti. Ils se retrouvaient maintenant avec trois individus – quatre en comptant Delilah – qui convergeaient vers la cour d'honneur depuis les quatre points cardinaux. Et pourtant, aucun d'eux n'avait vu quelqu'un s'enfuir. Et les trois témoins et suspects principaux avaient tous affirmé que la portière était fermée quand ils étaient arrivés sur place. C'était ce détail qui chiffonnait le plus Samson.

Pourquoi refermer la portière avant de fuir la scène du crime ? L'assassin avait-il eu l'intention de faire croire à un suicide ?

Toujours plongé dans ses pensées, Samson eut conscience que Delilah se penchait au-dessus de la table.

— Plus qu'une ou deux questions, Ana, disait-elle. Vous saviez que Bernard vous avait vue, à un moment ou un autre, samedi matin ?

— Pas du tout. Je l'ai appris quand la police m'a posé la question. D'après eux, Bernard vous avait dit…

Delilah l'interrompit :

— D'une manière détournée. Quand il m'a vue déguisée, il a fait allusion à vous. Comme si nous voir toutes les deux avait été la goutte d'eau qui faisait déborder le vase. Savez-vous pourquoi le fait de vous voir à la partie de chasse l'aurait déstabilisé ?

— Le chantage, répondit Ana avec une pointe d'ironie. C'est l'hypothèse de la police. Ils pensent que je le faisais chanter, et qu'il a cru que j'étais là pour le dénoncer. Je ne sais rien de cet homme, hormis le fait que c'était l'associé de M. Procter, soupira-t-elle. Il ne m'a jamais adressé la parole pendant tout le temps où j'ai travaillé à Fellside Court. Cette accusation est totalement absurde.

C'était l'heure du déjeuner et le salon de thé se remplissait rapidement.

— Il va falloir que j'y aille, Lucy a besoin de moi.

— Une dernière question, insista Delilah. Saviez-vous que le fusil était chargé ?

Ana secoua la tête.

— C'était la première fois de ma vie que j'en tenais un. Je n'aurais pas su comment vérifier s'il était chargé ou non. Je n'aurais pas osé, de toute façon. Je l'ai récupéré dans le porte-parapluies, je l'ai emporté directement à l'armurerie et puis je l'ai posé sur le siège passager de la Land Rover. C'est tout.

— Mais si vous ne saviez pas qu'il était chargé, pourquoi étiez-vous si nerveuse de l'avoir laissé dans le véhicule ?

Ana prit un moment avant de répondre.

— Parce que c'est un fusil. Ces trucs ont la dangereuse habitude de tuer.

Tandis qu'Ana s'excusait et se hâtait de rejoindre la cuisine en renouant son tablier, Gareth, au contraire, ne montrait aucun empressement à s'en aller.

— Alors, lequel de nous deux est dans la plus grosse panade ? demanda-t-il d'un ton sans joie.

— Égalité.

La réponse franche de Samson lui attira une moue approbatrice, le garde-chasse goûtant peu qu'on le baratine.

— Ana parce qu'elle est la première à être arrivée sur la scène de crime et aussi parce qu'elle savait que le fusil était là. Et toi, parce que tu as un mobile plus plausible.

Gareth partit d'un rire amer.

— Un mobile ? Seigneur ! Ce bonhomme me menace à deux reprises de me faire virer et tout à coup, je suis un assassin ? C'est grotesque.

— Il ne faut pas négliger l'angle du chantage, intervint calmement Delilah. L'argent que Nancy a trouvé dans la penderie de Bernard. On n'a pas vraiment réfléchi à ça en t'intégrant dans l'équation.

— Comme je l'ai déjà demandé à la police quand ils ont soulevé cette question, pourquoi aurais-je voulu le faire chanter ? Pour quel motif ?

— Une liaison…

— Tu me prends pour qui ? interrompit Gareth. C'est Hercule Poirot à Bruncliffe !? Franchement, Delilah, tu sais aussi bien que moi que si Bernard Taylor avait eu une liaison, tout le monde aurait été au courant avant que j'en entende parler. Je vis accroché à une montagne, je passe ma vie avec ma chienne et un tas de faisans pour toute compagnie et je ne cultive pas les rumeurs. Comment diable aurais-je su que notre maire s'offrait un petit extra ?

L'argument était puissant, néanmoins Samson ne se découragea pas.

— Il est possible que ce chantage ne concerne pas une aventure extraconjugale. Peut-être que c'était lié aux affaires ? Par exemple, aux lodges que ton patron veut faire construire de l'autre côté de la route ?

Cette fois, la réaction du garde-chasse prit la forme d'un ricanement de dérision.

— Là encore, pourquoi voudrait-on que j'essaie d'extorquer de l'argent ? Au contraire, ces lodges vont sécuriser mon emploi sur le domaine. Sans eux, l'endroit serait moins viable d'année en année. Il faudrait que je sois complètement stupide pour saborder ma meilleure chance de rester ici. Et puis…

Il hésita, contempla la table, lança un regard de défi à Samson et, comme s'il n'avait plus rien à perdre, il se jeta à l'eau.

— Il se trouve qu'il y a une autre explication à cette tonne d'argent liquide.

— Comme quoi ? demanda Samson.

— Tous ceux qui enquêtent sur ce foutoir assument que Bernard était la victime du chantage. Que le sac bourré de billets était destiné à quelqu'un d'autre que lui. Et si ce n'était pas le cas ?

Ce fut comme si on allumait une lampe. Offrant une toute nouvelle perspective à l'affaire.

— Un dessous-de-table ? avança Samson.

— Pourquoi pas ? Je suis bien placé pour savoir que les Lupton voulaient désespérément de ces lodges. Et ce n'est qu'un des projets dont le maire avait la charge. Et si quelqu'un lui avait graissé la patte ?

Delilah soupira, pressentant qu'au lieu de restreindre les possibilités, cet entretien avec Gareth ouvrait le champ à une infinité de conjectures.

— Oh, bon sang. Cette affaire me rend dingue, marmonna-t-elle.

— Mets-toi à ma place, dit Gareth, la voix rauque de détresse. Toi, tu ne risques pas de finir en prison.

L'équipe de détectives de l'Agence de Recherche des Vallons ressortit de la Pâtisserie des Monts le moral en berne. Le contraste était saisissant avec le soleil éclatant qui brillait dans le ciel d'un bleu parfait, au-dessus du Crag.

— Quelle matinée ! déclara Delilah en détachant la laisse de Calimero, qui les accueillait en frétillant de la queue.

Lui, au moins, était de bonne humeur.

— Sacrément longue, en tout cas, renchérit Samson. Si longue que c'est quasiment l'après-midi et qu'on n'a pas déjeuné. Et le pire, c'est qu'on n'y voit pas plus clair dans l'affaire Taylor.

— Ce que je vois, c'est que trois personnes comptent sur nous pour qu'on blanchisse leur nom et qu'on n'avance pas. On devrait peut-être élargir notre liste de suspects ?

— Tu veux dire élargir le champ des hypothèses dans une affaire qui n'en manque déjà pas ? fit Samson d'un ton âpre.

— Je suis sérieuse, insista Delilah. Si Ana, Gareth et Rick disent la vérité sur leurs faits et gestes, alors peut-être qu'on devrait chercher le coupable parmi les autres personnes présentes à la chasse ?

— Un des Bulgares ?

— Pourquoi pas ?

Samson se gratouilla le menton.

— C'est envisageable, à certains égards. Sauf qu'ils étaient tous devant moi quand le coup de feu…

Il s'interrompit au milieu de la place, à mi-chemin de la voiture, se remémorant la scène, le groupe de chasseurs debout dans la cour gravillonnée, devant le Manoir, Ash et Will sur le seuil de la porte…

— Milan. Milan n'était pas là. Il n'était pas auprès des 4 × 4 avec les autres quand Bernard a été tué.

— Où était-il ?

— Je ne sais pas. En revanche je sais que ses empreintes devraient se trouver partout sur le fusil.

— Et, ajouta Delilah avec enthousiasme, il portait un tee-shirt marron !

Sans la lâcher des yeux, Samson opina.

— L'éclair brun vu par Lucy… D'accord, mais, avant qu'on se lance sur une autre fausse piste, aurait-il pu se ruer dans la cour d'honneur, tuer Bernard, rentrer au Manoir au pas de course puis finir par se retrouver avec les autres Bulgares près du pignon ?

— Allons vérifier, proposa Delilah en tapotant Calimero qui faisait des petits bonds entre eux comme un ressort prêt à jaillir. Qu'est-ce que tu en penses, le chien ? On s'entraîne au sprint ?

Le braque lança un aboiement approbateur.

En milieu d'après-midi, et malgré le fait qu'ils pourchassaient un meurtrier, Samson se fit la réflexion que cela faisait bien longtemps qu'il n'avait pas passé un aussi bon moment. Il regardait Delilah s'efforcer, avec le concours discutable de Calimero, de reconstituer les faits et gestes des principaux suspects qui avaient précédé le drame.

— C'était plus rapide ? haleta-t-elle, les mains sur les hanches, le front trempé de sueur, Calimero pantelant à ses côtés.

— Un peu, mais pas encore assez.

Delilah gémit, but une gorgée d'eau prélevée dans les provisions qu'ils avaient achetées à la Pâtisserie des Monts, et se précipita pour un nouvel essai.

Ils se trouvaient dans la cour d'honneur du Manoir de Bruncliffe. Samson était à la place de la Land Rover, sur une tache couleur rouille qui montrait l'endroit où Bernard Taylor était mort, pendant que Delilah effectuait des sprints en partant de la scène de crime et en suivant les trajectoires empruntées par chacun des suspects, avant de faire demi-tour et de repartir dans l'autre sens.

Ils testaient la théorie selon laquelle celui qui avait tiré sur Bernard Taylor devait avoir eu le temps, entre le coup de feu et son retour dans la cour d'honneur sous les traits d'un témoin inquiet, de disparaître. Mais la marge était faible, parce que s'ils prenaient le coup de feu comme point de départ du sprint, et l'arrivée du premier témoin – Ana – comme point final, le tueur n'avait eu que quelques secondes pour s'éclipser avant de réapparaître.

— C'est parti ! lança Samson en déclenchant le chronomètre sur son téléphone.

Delilah et Calimero s'élancèrent vers l'extrémité du bâtiment, dans la direction d'où avait surgi Rick Procter. Ils contournèrent le pignon, Calimero manquant renverser Delilah tant son virage était serré, puis ils revinrent ventre à terre, et Samson arrêta le chronomètre au moment où ils réapparurent. Il regarda le temps écoulé.

— Je pense que ça dédouane Rick Procter, dit-il avec un soupçon de regret. Il est absolument impossible qu'il ait couvert la distance dans le temps imparti. Tu veux re-tester la trajectoire de Gareth, maintenant que tu es échauffée ?

— D'accord, souffla-t-elle plus qu'elle ne l'articula, ce qui amusa Samson.

Il n'avait pas souvent eu l'occasion de voir cette immense coureuse de Delilah Metcalfe – championne de course dans les collines, rien de moins – souffrir en exerçant son art. D'ordinaire, c'était lui qui haletait comme une locomotive lorsqu'ils couraient ensemble.

— Bon, allons-y. Plus vite ce sera fini, plus vite on pourra aller manger un morceau, dit Samson en remettant le chronomètre à zéro. À vos marques, prêts, partez !

Ils passèrent devant lui à toute blinde, dans un flou de jambes et de pattes. Cette fois, Calimero prit la tête, disparaissant derrière les écuries loin devant Delilah, mais elle fut la première à réapparaître, le chien la suivant à quelques secondes.

— Nan. Pas assez rapide.

Delilah s'effondra en tas par terre, Calimero lui léchant obligeamment l'oreille.

— Oh bon sang… Ça ne nous laisse plus qu'Ana ou Milan.

Ils n'avaient pas encore testé le parcours du Bulgare, sachant que les chances étaient faibles.

— Il a déboulé de ce pignon, avec les autres, et il me talonnait, dit Samson en indiquant le coin du bâtiment d'où lui-même était venu. Il n'y a pas de porte de ce côté-ci, il arrivait donc de l'entrée principale. Ce qui signifie qu'il aurait fallu qu'il coure comme l'éclair pour partir de là, traverser la salle à manger, déboucher sur l'avant et contourner le bâtiment pour rattraper les autres qui arrivaient sur la scène. Tu penses que ça vaut le coup d'essayer ?

Delilah était prête à relever le défi.

— On essaie. Il a été l'un des derniers à arriver sur place, il a donc eu plus de temps.

Gareth leur ayant confié un jeu de clés des lieux, ils ouvrirent les portes-fenêtres de la salle à manger, déverrouillèrent l'immense double porte principale, puis Delilah et Calimero se mirent en position.

— C'est parti ! cria Samson.

Femme et chien se ruèrent à l'intérieur du Manoir, ce dernier rencontrant immédiatement un problème d'adhérence, ses griffes dérapant sur le plancher ciré, lui faisant percuter deux chaises qu'il envoya voler. Delilah avait tourné au coin du bâtiment et disparu alors que l'animal était encore en train de se désempêtrer. Hilare, Samson attendait qu'ils réapparaissent, le bruit du gravier piétiné annonçant leur arrivée au coude-à-coude quand ils débouchèrent de l'extrémité du bâtiment.

— Bien trop long, annonça Samson. Presque une minute. Même si c'est un champion olympique incognito, impossible que ce soit notre homme.

— Zut alors, maugréa Delilah. J'aurais adoré l'épingler sur notre tableau de suspects.

— Il ne reste plus qu'Ana. Tu es prête pour un nouveau sprint ?

Delilah s'ébroua et reprit sa position près de la tache couleur de rouille, Calimero se positionnant tout près d'elle.

— Et pour la dernière fois… C'est parti !

Ils battirent tous les records. Aller et retour directs, mais lorsque Delilah et Calimero refirent leur apparition au galop, ayant à peine disparu de la vue de Samson, il secoua la tête, incrédule.

— Pas assez rapide, dit-il à Delilah, de nouveau effondrée par terre, à bout de souffle. Aucun d'eux n'a eu le temps de presser la gâchette, disparaître et réapparaître. C'est une histoire de fou !

— Et moi, je suis follement crevée, bougonna Delilah. Ce n'est pas toi qui parlais de déjeuner, tout à l'heure ?

Samson l'aida à se relever et ils regagnèrent l'avant du bâtiment. Ils s'installèrent sur l'immense pelouse pour dévorer leurs sandwichs, l'atmosphère paisible formant un contraste criant avec leur dernière visite. Une fois leur repas terminé, Delilah s'allongea dans l'herbe et ferma les yeux, les joues encore rouges de ses efforts. Étalé près d'elle, l'estomac rempli de jambon, Calimero somnolait déjà. Samson les regarda tous les deux, songeant que c'était le plus joli moment de sa vie. Les collines s'élevaient de tous les côtés, un vanneau tournoyait au-dessus du champ voisin, le soleil chaud brillait au-dessus de leurs têtes et la femme qu'il aimait…

C'était ça. Le décor idéal. S'il ne lui parlait pas tout de suite, il ne retrouverait jamais une occasion pareille.

L'estomac noué, il se pencha sur elle et posa une main sur son bras.

— Delilah, appela-t-il doucement.

Elle ouvrit les yeux et lui sourit, la courbe languide de ses lèvres propulsant son cœur en orbite.

— En fait, commença-t-il, il faut que je te dise quelque chose…

— Une petite minute, lança-t-elle en se rasseyant pour prendre son mobile qui sonnait. Allô ? Danny ?

Samson sut, quand elle se couvrit la bouche de la main et écarquilla les yeux, que les nouvelles n'étaient pas bonnes.

— Merci de nous avoir prévenus. On s'en occupe tout de suite.

Elle raccrocha et se tourna vers Samson, une expression paniquée venant remplacer la sérénité des quelques minutes précédentes.

— Danny dit qu'ils parlent d'inculper Ana demain. Pour meurtre. Si on veut prouver qu'elle n'y est pour rien, il faut qu'on se bouge les fesses, et vite.

29.

— Alors, qu'est-ce qu'on a ?

Douchée, changée, assise, son calepin sur les genoux, dans le bureau de Samson, Delilah faisait très pro.

— Pas grand-chose. On a trois témoins principaux, dont l'un n'est pas loin d'être inculpé, tous les trois étant d'accord sur deux points : ils ont atteint la cour d'honneur presque en même temps, et les portières de la Land Rover étaient fermées.

— Ce qui exclut le suicide, puisqu'il n'y a pas de sang sur la portière passager.

— Ça, et les empreintes. Qui sont un autre élément irréfutable. Celles de Bernard n'étaient pas sur le fusil, contrairement à celles des trois témoins, qui ont tous manipulé l'arme.

— Milan aussi, d'ailleurs.

Samson acquiesça.

— Tous ont été testés positifs aux résidus de tir.

— Donc, vu comme ça, il semblerait que l'un des trois – voire des quatre, si l'on inclut Milan – soit forcément l'assassin. Ana étant la plus proche de la Land Rover, elle reste la principale suspecte, mais si on accepte que Lucy ait aperçu une forme brune dans la cour…

— Ça éliminerait Ana, qui portait un chemisier blanc alors que les hommes étaient tous en marron.

— Passons au mobile…

— De faible à inexistant, marmonna Samson. Une accusation douteuse de chantage pour Ana, ou, encore plus tiré par les cheveux, la crainte que sa présence à la chasse soit révélée. Idem contre Gareth, une accusation vasouillarde de chantage ou, plus vraisemblablement, l'acte désespéré d'un homme sur le point de perdre son boulot.

— Alors que pour Rick Procter, on a une vidéo qui le montre en train de se disputer avec son associé, sauf que, comme leurs intérêts sont étroitement imbriqués, il va sans doute laisser des plumes avec la mort de Bernard. Ce qui affaiblit quelque peu ce mobile.

— Et Milan ?

Delilah fit la grimace.

— Il a harcelé Bernard toute la matinée. Ensuite il a perdu la face quand la chasse a été annulée. Mais est-ce une raison suffisante pour tuer quelqu'un ?

— Possible, s'il était shooté à la coke.

— Sauf que…

Samson lâcha un soupir.

— Oui, sauf que… Après tes magnifiques efforts de cet après-midi, je ne vois pas comment un des suspects aurait pu commettre le crime sans se faire repérer. C'est strictement impossible.

— Et pourtant, c'est forcé, rétorqua Delilah. Parce qu'entre les empreintes manquantes sur le fusil et l'absence de sang sur la portière passager, les résultats des tests ont démontré que Bernard Taylor ne s'était pas suicidé. Ce qui signifie que quelqu'un a pressé la détente, refermé la portière passager et s'est enfui.

— Pour réapparaître quelques secondes plus tard en un temps que même toi tu n'as pas pu tenir ?

Il laissa tomber sa tête entre ses mains et poussa un gémissement.

— Ana compte sur nous et on la laisse tomber.

— On passe à côté de quelque chose, dit Delilah en mettant sa main sur son bras. C'est la seule explication.

Un petit truc qui, si on se repenche sur le sujet, nous sautera aux yeux. Et si je montais revisionner la bande vidéo ?

Samson releva la tête.

— D'accord. Je vais m'attaquer aux extraits audio et relire les témoignages. Espérons qu'on finira par trouver un indice qui permettra une avancée.

Avec une dernière petite tape réconfortante sur son bras, Delilah quitta la pièce et, par obligation envers Ana Stoyanovic plus que par foi en ses propres compétences de détective, un Samson découragé s'avachit devant son ordinateur portable.

À Fellside Court, Arty était beaucoup moins désabusé.

Tout était revenu à la normale dans la bande d'amis de la maison de retraite. En réalité, c'était même presque mieux que jamais. Clarissa, qui avait commencé par s'indigner de l'intrusion de ses amis dans sa vie amoureuse, s'était vite calmée quand les garçons avaient évoqué Josephine Shaw, Edith étant à la fois blessée et fascinée de découvrir que sa sœur avait un alter ego virtuel. Une fois que toutes les duperies avaient été étalées au grand jour, ils avaient passé une délicieuse après-midi à se raconter le rôle que chacun avait joué, Arty, Eric et Joseph faisant assaut de rodomontades.

— Je n'arrive pas à croire que vous étiez prêts à vous battre pour moi, répétait Clarissa, aux anges. Alors que moi, pendant tout ce temps-là, je ne risquais absolument rien. Même si Bob ne m'avait pas donné sa véritable identité, je l'aurais découverte. Je ne suis pas tombée de la dernière pluie ! Je sais bien qu'avant de s'impliquer avec quelqu'un rencontré sur Internet, il faut le googliser !

— Et comment aurions-nous pu imaginer que tu étais une vraie geek ? ronchonna Arty, bonhomme. Quand même, ce Bob ! Quel personnage ! Tu devrais aller lui rendre visite, un de ces quatre matins.

— On devrait tous y aller, suggéra Edith. Ça nous ferait du bien de mettre le nez dehors.

— D'accord avec ça, dit Arty.

— Quant à toi, petite sœur, dit Edith à Clarissa, quel diable t'a prise de te lancer dans cette aventure chimérique ?

Clarissa perdit un peu de son éclat.

— Je voulais juste un peu de feu d'artifice dans ma vie.

— Tu veux dire une histoire romantique ? demanda Arty.

— Eh bien oui. Et pourquoi pas ? Ce n'est pas parce qu'on est vieux qu'on doit être remisés au placard.

— Je suis d'accord, intervint Eric.

Tous les visages convergèrent vers lui et il agita furieusement sa bouteille d'oxygène.

— Quoi ? Vous pensez que je suis plombé par ce machin ? Vous avez vu l'autre pauvre gars, tout à l'heure ? Je peux faire bien plus de trucs que lui, et d'ailleurs, il serait temps que je m'y mette !

Joseph lâcha un rire sonore, auquel se joignit Arty, et c'était parti, ils se mirent à rigoler comme des fous au point qu'Eric fut pris d'une de ses sempiternelles quintes de toux.

— Alors, qu'est-ce qu'on fait de tout ça ? demanda Joseph.

— On convoque Delilah, proposa Edith. Et on lui demande de nous monter un forum de rencontres réservé aux gens comme nous.

— Aux cheveux gris ! précisa Arty.

Les rires reprirent de plus belle, et ça commença à fuser :

CLARISSA. Gris, gris… Dis plutôt blancs.

EDITH. Blancs, mais encore verts. Des poireaux, quoi.

ERIC. Comment ça, des poireaux ?

EDITH. Eh bien, la tête blanche mais la tige verte ! Boccace… *Le Décaméron*… Non ?

Silence radio. La directrice d'école avait pris un râteau. Puis ça repartit de plus belle : « Grey Pride », « les vieilles tiges, « les papy boomers », « Jamais trop tard »… Enfin :

— J'ai trouvé ! annonça Joseph. Que diriez-vous de Cheveux d'argent mais cœur d'or ?

— Oh, c'est bien, ça ! s'enthousiasma Clarissa, et tous d'applaudir.

— Sauf qu'Arty en serait exclu, objecta Eric. Vu qu'il est plus chauve que grisonnant.

Edith se pencha pour embrasser Arty sur la joue.

— On ferait une exception pour Arty.

Lequel eut l'impression que son cœur allait éclater.

La soirée tirait à sa fin, et la quête d'une percée dans l'affaire Taylor s'avérait plus désespérante encore que Samson ne l'avait craint.

— Bon sang !

Il se rejeta en arrière sur son dossier, dans son bureau vide, Delilah et Calimero, tous deux à l'étage, essayant de débusquer un indice dans l'extrait vidéo.

Il espérait du fond du cœur qu'ils étaient plus doués que lui, parce que jusque-là, tout ce qu'il avait retiré de ses écoutes répétées de la bande-son, c'était un début de migraine. Et rien qui puisse innocenter Ana des charges qui pesaient sur elle.

— Bon sang ! répéta-t-il, les yeux rivés à son écran d'ordinateur.

En désespoir de cause, il prit son téléphone et appela Danny.

Qui décrocha aussitôt.

— Alors, vous avez trouvé quelque chose ?

— À part qu'on a passé l'après-midi à mettre hors de cause chacun des suspects, on n'a pas beaucoup avancé.

Samson mit rapidement le jeune constable au courant des reconstitutions de sprint, et un doux sifflement lui parvint en réponse.

— Je récapitule : d'après vous, aucun des témoins principaux n'a pu tuer Bernard Taylor, s'ils disent tous la vérité sur qui ils ont vu et sur le moment où ils sont arrivés dans la cour d'honneur ? – Danny lâcha un juron. – C'est abracadabrant !

— C'est pour cette raison que j'aimerais que tu me repasses les résultats de la police scientifique – spécifiquement ceux qui excluent le suicide. On l'a peut-être écarté trop rapidement.

— Tu tombes bien. Je viens juste de récupérer des copies de tous les rapports. Le sergent Clayton m'a demandé de profiter d'un moment de répit pendant mon service de nuit pour les examiner.

— Il remet en question l'implication d'Ana ?

— C'est plutôt qu'il craint que les gars de Harrogate n'aillent un peu vite en besogne, juste pour avoir le plaisir de cocher une case. En tout cas, j'ai carte blanche pour étudier tout ce qui est en rapport avec cette affaire. Alors voyons…

Il y eut un bruit de pages qu'on éparpillait sur un bureau, puis Danny revint en ligne :

— Oui, voilà. Les résultats des tests qui ont permis d'écarter la piste du suicide… L'absence d'empreintes de Bernard sur le fusil et l'absence d'éclaboussures de sang à l'intérieur de la portière passager sont les principaux éléments. À part ça, la quantité de résidus de poudre sur le siège passager suggère que le fusil était tout près, ou posé dessus, quand le coup a été tiré, et à cette distance, il aurait fallu que Bernard ait les bras de l'inspecteur Gadget pour presser la détente.

— Bon sang, grommela Samson. Ça ne se discute pas. D'accord, merci.

Il allait raccrocher quand une dernière idée lui vint.

— Oh, Danny, avant que je te laisse, qu'est-il arrivé au portable de Bernard ?

— Que veux-tu dire ?

— Où est-ce qu'on l'a retrouvé, dans le véhicule ?

— Attends, laisse-moi vérifier…

Quelques froissements de papier plus tard, Danny reprit la parole.

— Voilà. D'après le rapport, le téléphone portable de la victime a été retrouvé sur le tapis de sol côté conducteur. Pourquoi tu demandes ça ?

— Pour m'assurer que rien n'a été négligé.

Samson souhaita une nouvelle fois bonne nuit au constable, et en se réadossant à son fauteuil, contempla son portable. Il y avait un bug dans ce que Danny Bradley venait de lui dire, mais il n'arrivait pas à mettre le doigt dessus. Un truc qui planait à la limite de sa conscience…

La porte d'entrée se referma sur Delilah qui venait de rentrer. Samson n'avait pas réalisé qu'elle était sortie.

— Alors, tu as trouvé quelque chose ? demanda-t-elle, tenant un sac en papier dont émanaient des senteurs divines. Tu as le temps d'avaler un curry ?

Ils ne s'attardèrent pas sur leur dîner, se mettant mutuellement au courant de leurs progrès – ou de leur absence de progrès – tout en mangeant. Delilah avait visionné toute la vidéo de la caméra espion, isolé quelques sections qu'elle souhaitait soumettre à Samson, et les lui avait envoyées par courriel. Quant à Samson, la seule bonne nouvelle qu'il avait à lui communiquer était que Danny leur apportait son concours dans leur quête de résolution de cette affaire déroutante.

— Je ne peux pas m'empêcher de penser qu'on passe à côté d'un détail qui nous crève les yeux, déclara-t-il tandis qu'ils finissaient leur repas et empilaient les barquettes vides.

Delilah soupira.

— Je vois très bien à quoi tu fais allusion. C'est comme si on cherchait l'insaisissable « troisième homme ». Même si, en l'occurrence, ajouta-t-elle avec un rire las, il s'agirait plutôt d'un quatrième homme.

— Cinquième, si on range Milan dans les suspects.

— Nom d'un chien ! grommela-t-elle. Le dossier reste ouvert. Qu'est-ce que je donnerais pour pouvoir le refermer !

Sur un dernier regard las, elle s'éclipsa afin de poursuivre ses recherches pour le compte de leurs amis, laissant Samson regagner son bureau.

Il cliqua sur le premier clip vidéo et, le menton appuyé sur les mains, le visionna pour la énième fois.

Tandis que le reste de Back Street s'enfonçait dans la nuit, la Toison ayant fermé depuis longtemps, Plastic Fantastic ayant baissé le rideau, les sèche-cheveux du salon Boucles d'Or étant réduits au silence et les mannequins de la vitrine de Betty's Boutique scrutant les ténèbres, une lumière esseulée luisait toujours au rez-de-chaussée de l'Agence de Recherche des Vallons. Minuit passé, pour tout le monde la journée était finie, et pourtant la lumière continuait de briller pour Samson qui étudiait encore et encore tous les aspects de l'affaire.

— C'est forcément là, murmura-t-il en se frottant les yeux avant d'attraper le mug de thé à portée de main.

Il but une gorgée et faillit s'étrangler. Froid. Depuis quand traînait-il là ?

L'horloge dans l'angle de son ordinateur lui annonça qu'il était deux heures vingt. Delilah avait dû lui apporter le thé à minuit. Où étaient passées toutes ces heures ? Et qu'en avait-il fait ?

Rien.

Il leva les bras au-dessus de sa tête et s'étira pour soulager son dos douloureux. Un dernier visionnage de la vidéo, et il allait bien falloir qu'il déclare forfait.

Delilah lui avait envoyé sept extraits en tout, la plupart se concentrant sur les trois principaux suspects, avec quelques singularités. Il se réinstalla devant l'écran et commença par la prise de bec entre Rick et Bernard, les deux hommes à quelque distance de l'endroit où se trouvait Delilah. Il était impossible de les entendre, par contre il était clair que Bernard n'était pas très content. Samson regarda la dispute se dérouler pour la énième fois, mais rien de saillant n'en ressortit.

Ensuite, il repassa les deux extraits dans lesquels Bernard menaçait Gareth Towler, une première fois dans l'armurerie, la deuxième au moment où le garde annulait la partie de chasse, mais là non plus, rien qui puisse aider à résoudre l'affaire.

Concernant Ana, il n'y avait qu'un extrait, celui des minutes qui avaient suivi le coup de feu. On voyait Delilah surgir dans la cour d'honneur, sa caméra capturant une Ana désemparée de l'autre côté de la Land Rover. Samson sentit la fatigue lui transpercer les os tandis qu'il essayait de se concentrer. L'extrait arriva au bout. Il cliqua sur le suivant.

Milan. Delilah avait inclus deux courts extraits qui le montraient sous son plus mauvais jour. Samson les passa en accéléré, ses paupières se fermant malgré lui.

Le dernier. Il avait été tourné dans la cuisine. Lucy était assise sur un tabouret, visiblement démoralisée par l'annulation de la chasse. Delilah était face à elle, la caméra orientée vers la fenêtre par laquelle on apercevait le coffre de la Land Rover garée dans la cour d'honneur. Dans le petit mot qui accompagnait les extraits, Delilah expliquait qu'elle avait inclus celui-ci pour montrer ce que Lucy avait pu voir quand elle s'était tournée vers la fenêtre, après le coup de feu. Samson laissa la bande se dérouler, mais il n'était pas vraiment concentré sur l'écran. Il était fatigué. Il n'y voyait peut-être même plus clair.

Ce fut peut-être sa chance. En regardant d'un œil distrait, il finit par voir une chose digne d'intérêt.

Il se redressa d'un bond, complètement réveillé. Il réfléchit. À Delilah. Pas de la même façon que ces derniers temps. Il pensait au curry qu'ils venaient de partager et à la conversation qui l'avait accompagné…

— Le troisième homme ! s'exclama-t-il en s'assenant une bonne claque sur le front. Un dossier ouvert et refermé !

Il repassa l'un des extraits. Le détailla d'un autre œil, cette fois, à la lumière de ce qu'il venait juste de remarquer. Elle était là. La réponse.

Il afficha un petit air triomphal et se repassa l'extrait une dernière fois. Puis il attrapa son téléphone. Malgré l'heure plus que tardive, le constable de Bruncliffe, qui était de garde, décrocha à la première sonnerie.

— Danny ? Je crois que je tiens quelque chose, mais j'ai besoin de ton aide, dit Samson en éludant les civilités. Ça implique une virée sur l'Enfield.

Là, il savait qu'il frappait en dessous de la ceinture, or ce n'était même pas la peine. À l'autre bout de la ligne, Danny acceptait déjà.

Quand la lumière finit par s'éteindre dans le bureau du rez-de-chaussée, c'est un Samson O'Brien tout excité, bien qu'épuisé, qui se hissa jusqu'au premier étage. La porte du bureau de Delilah était toujours ouverte, et sa lampe de bureau allumée, en revanche, si Samson avait eu l'intention de partager sa trouvaille avec sa partenaire, il allait être déçu.

Non, elle ne le décevrait jamais. Impossible, pensa-t-il en contemplant Delilah Metcalfe endormie, roulée en boule sur son canapé, son ordinateur posé par terre. Un petit gémissement monta du panier voisin : Calimero, qui l'observait, les yeux mi-clos.

L'espace d'un instant, Samson songea qu'il allait la prendre dans ses bras et la monter à l'étage pour qu'elle puisse profiter de son lit tandis que, tel un preux chevalier, il occuperait le sofa. Mais l'idée fut très vite balayée. C'était Delilah. Il était plus que probable qu'elle se réveillerait au milieu de l'escalier et qu'en réaction, elle se débattrait, les envoyant tous les deux valdinguer sur le palier d'en dessous. Alors il attrapa le plaid en laine et le déposa délicatement sur elle. Qu'elle dorme un peu. La nouvelle attendrait.

Après une caresse pour Calimero, Samson éteignit la lampe de bureau et alla se coucher. Il avait le temps de grappiller quelques petites heures de sommeil avant de repartir.

30.

Bruncliffe devrait attendre le jeudi matin pour apprendre du nouveau sur l'affaire Taylor. Le mercredi passa au ralenti de tous les côtés. Sauf au démarrage. Pour Delilah Metcalfe, la journée débuta par le plus doux des baisers. Les lèvres de Samson sur sa joue, son souffle dans son oreille, sa truffe…

— Calimero !

Ayant identifié le véritable instigateur de ce qu'elle avait cru être un réveil romantique, Delilah repoussa les assiduités de son chien et s'assit dans son lit. En fait de lit, elle se découvrit sur le canapé de son bureau, sous une couverture. Et Ida Capstick se tenait dans l'encadrement de la porte, les bras croisés, les sourcils haussés.

— Elle a même pas réussi à rentrer chez elle, hier soir ?

Il n'y avait pas que de l'indignation dans cette apostrophe, on y devinait aussi un fond de reproche, comme si ce n'était vraiment pas convenable.

— On a travaillé, c'est tout, bégaya Delilah qui s'efforçait encore de s'ajuster aux données « baiser du chien, canapé, bureau », et maintenant « Ida ».

— *Aye*. Bon, ben quand elle décidera de s' lever, y a du thé qu'est prêt.

Arrivée au milieu du palier, elle lança par-dessus son épaule :

— Et y a un mot su' l' chien.

— Quoi ? – Delilah se frotta les yeux, toujours un peu endormie, et attira Calimero à elle. – Merci pour le réveil, murmura-t-elle en le caressant.

Et en effet, elle découvrit une note sous son collier :

Bonjour, Belle au bois dormant !
Serai en vadrouille toute la journée
Te contacte vite
Samson

Pas de baiser. Pas d'info sur l'affaire non plus.

— Le thé va être trop fort ! l'avertit Ida.

Delilah se transporta dans la cuisine en se demandant si elle avait déjà expérimenté un réveil aussi étrange.

Certes, la matinée avait commencé en fanfare, mais la suite s'était bornée à un mélange d'espoir et de frustration. Après avoir terminé son ménage, Ida s'en était allée – le mercredi ne faisant manifestement pas partie des jours où elle avait prévu de jouer les standardistes – et Delilah se retrouva seule.

Se rendant compte à quel point elle avait perdu l'habitude d'être l'unique occupante de la maison, elle se prépara une tasse de thé et s'installa à son bureau en tendant l'oreille, guettant une porte qui s'ouvrirait. Le restant de la journée, elle demeura vissée à sa chaise, sauf quand elle allait vérifier que Samson ne pointait pas son nez au rez-de-chaussée, ce qu'elle faisait environ toutes les demi-heures. Ou quand elle allait se coller à la fenêtre pour voir si l'Enfield ne serait pas revenue à son insu. Donc, l'un dans l'autre, elle s'était assez souvent levée. Mais dans l'ensemble, sa journée avait été studieuse.

En fin d'après-midi, elle avait rattrapé son retard dans le flot d'inscriptions à l'Agence de Rencontre des Vallons, enregistrant de nouveaux comptes et actualisant la page des profils sur le site. Grâce au portrait de Clive Knowles paru dans la presse, et à l'efficacité redoutable d'Ida au standard, l'agence de rencontre n'avait jamais été aussi florissante. À ce rythme, la prochaine fois qu'elle se rendrait à la banque pour faire le point sur la santé financière de sa société, oncle Woolly serait extatique.

Delilah profita des quatre heures qui lui restaient à tuer avant la fin de sa journée de boulot pour avancer un peu sur la refonte du système informatique de Taylor. Bien que cette tâche-là ne revête plus de caractère d'urgence, étant donné que tout était en suspens depuis que ledit Taylor avait été tué et que son assassin courait dans la nature. Vraisemblablement. N'ayant aucune nouvelle de Samson, c'est ce que Delilah en était réduite à présumer.

Sa dernière mission de la journée serait de s'attaquer à une affaire encore non résolue, ce qui impliquerait le visionnage des images enregistrées par la caméra de vidéosurveillance que l'Agence de Recherche des Vallons avait installée au mois de mars devant la boucherie Hargreaves, dans l'espoir de coincer l'insaisissable chien qui en souillait le seuil. Mme Hargreaves avait réclamé, le lundi, une mise à jour que Delilah avait ignorée, et Ida l'avait informée devant son thé matinal que la femme du boucher avait appelé deux fois la veille, pendant que Delilah et Samson « vadrouillaient ». Selon Ida, Mme Hargreaves avait une fois de plus découvert son seuil souillé et elle exigeait des résultats. Se sentant coupable d'avoir négligé si longtemps une cliente, Delilah chargea la vidéo et elle s'apprêtait à la lancer quand son téléphone bipa. Un court message de Samson lui demandant d'isoler un passage très précis sur l'enregistrement de l'appel téléphonique que Bernard avait passé à Nancy. Ça lui prit une heure. Brûlant de curiosité, elle lui envoya la bande modifiée avec une question sur ce qu'il comptait en faire. Mais elle ne reçut pas de réponse.

Trop fébrile pour rester assise plus longtemps derrière un écran, Delilah se déconnecta et refit un tas propre de la paperasse répandue sur son bureau. Elle se targuait d'être naturellement ordonnée, or depuis qu'elle partageait son bureau avec Ida Capstick, il semblait que le niveau d'exigence était monté d'un cran. Quand elle avait pris son poste l'autre matin, la femme de ménage avait ostensiblement repoussé sur le côté les travaux de Delilah, alignant maniaquement crayons à papier et stylos, et veillant au parallélisme rigoureux des dossiers avec les bords du bureau.

Cette situation ne pouvait pas durer. Si Ida devait jouer les standardistes de manière permanente, il faudrait qu'elle ait son propre espace de travail. Une table dans un coin, peut-être. Voire dans une autre pièce…

Delilah avait encore du mal à croire qu'elle était en position d'embaucher de la main d'œuvre après avoir lutté si longtemps pour maintenir son affaire à flot. Et elle avait autant de mal à croire que la main d'œuvre en question était Ida Capstick. Elle n'était pas particulièrement chaleureuse au téléphone, et pourtant cela n'avait pas l'air de décourager les clients. Peut-être que les âmes en mal d'amour appréciaient cette approche sans pathos.

Et peut-être que Delilah devrait s'en inspirer, pour le sujet qu'elle n'avait toujours pas abordé avec Samson ? Ce maudit baiser…

Refusant de se laisser entraîner sur cette pente, elle réveilla Calimero de sa sieste et retourna chez elle pour aller courir dans les collines. Après une journée passée sur le gril, à attendre le retour de Samson, elle avait besoin de se changer les idées. Et bien sûr, elle pensa à lui à chaque foulée. S'interrogeant sur ce qu'il faisait, sur ce qu'il avait en tête. Et sur les développements de l'affaire Taylor. Quand elle reçut enfin un texto de lui, tard dans la soirée, il ne répondait en rien à ses questions. Au lieu de cela, il lui disait simplement de le retrouver le lendemain matin à dix heures et demie au Manoir de Bruncliffe, sans Calimero, mais avec sa tablette. Et qu'elle soit bien à l'heure, surtout.

Inutile de préciser qu'elle ne ferma pas l'œil de la nuit.

Ce jeudi matin-là, tandis qu'une fine traînée de nuages blancs poudroyait les confins d'un ciel d'azur, une Delilah Metcalfe plutôt tendue gravissait une nouvelle fois la côte de Hillside Lane. Sans déguisement, ce coup-ci. Ni compagnons. Elle était seule dans sa Micra, la boule au ventre. C'était perturbant de retourner sur les lieux du drame, et lorsqu'elle tourna dans l'allée bordée d'arbres, des flash-back de cette terrible matinée du samedi lui revinrent à l'esprit, plus fortement encore que quand elle était venue avec Calimero et Samson procéder aux tests de sprint. En amorçant le dernier virage, elle fut soulagée de voir l'Enfield déjà garée devant le Manoir, et Samson debout à côté. Avant même qu'elle ait coupé le contact, il s'avança vers la Micra.

— Ça va ? demanda-t-il au moment où elle sortait de la voiture.

Sa pâleur répondait pour elle.

— On ne peut mieux, mentit-elle.

— Et Calimero ? Il est avec papa ?

— Non. Ida est au bureau toute la matinée, alors elle a proposé de s'occuper de lui. Même si je ne comprends pas pourquoi je ne devais pas l'amener.

Elle s'interrompit en entendant un nouveau véhicule remonter l'allée.

— Tu attends quelqu'un d'autre ?

Samson eut un sourire carnassier.

— Oh que oui.

Delilah refusa de mordre à l'hameçon, malgré son envie dévorante de savoir ce qui se tramait. Quelques secondes plus tard, deux voitures de police se garèrent près de la Micra. De l'une descendirent le sergent Clayton et Frank Thistlethwaite, de l'autre les deux inspecteurs de Harrogate.

— Ça a intérêt à en valoir la peine, O'Brien, grommela le sergent Clayton entre ses dents. Je prends un risque en autorisant cette opération.

— Ne perdons pas de temps, alors, dit Samson en leur faisant signe à tous de le suivre.

Il les conduisit dans l'allée qui longeait la maison, puis dans la cour de derrière baignée de soleil où deux autres véhicules étaient déjà garés : une Land Rover, qui se trouvait à l'exact emplacement où Gareth l'avait laissée le jour de la mort de Bernard, l'autre, un petit van, arrêté dans un coin. Debout à côté de la Land Rover se trouvaient Herriot et un Danny Bradley en civil. Ce dernier tenait un fusil.

— Par tous les saints, marmonna le sergent Clayton, visiblement surpris de voir son constable prendre part à ce qui allait se passer, quoi que ce soit.

— Si tout le monde pouvait venir se positionner ici, s'il vous plaît, demanda Samson en montrant les portes-fenêtres de la salle à manger.

Il attendit qu'ils aient tous pris place avant de continuer.

— À présent, pour les besoins de la démonstration, Danny jouera le rôle d'Ana Stoyanovic, la principale suspecte dans cette affaire, et je serai Bernard Taylor, les deux seules personnes importantes à ce stade de l'enquête.

Le sergent Clayton lâcha un grognement, intrigué malgré lui. Les deux inspecteurs de Harrogate affichaient une expression dubitative et Frank Thistlethwaite observait la scène avec curiosité.

— Prêt, Danny ?

— Oui.

Le constable contourna la Land Rover, ouvrit la portière côté passager, posa le fusil sur le siège et referma doucement la portière. Puis il repartit dans la direction qu'avaient suivie les autres, jusqu'au pignon nord du bâtiment d'où l'on avait vu surgir Ana.

— Si l'on en croit le témoignage de toutes les personnes présentes et les images de la caméra espion, expliqua Samson, quand Delilah est arrivée sur place,

Bernard était affalé contre le volant, déjà touché, tandis qu'Ana était du côté de la portière passager ouverte. Vous êtes tous d'accord ?

Un murmure d'assentiment monta de la petite troupe de spectateurs. Delilah hocha la tête, l'estomac noué, en se remémorant la scène.

— Ce qui nous intéresse, c'est ce qui a précédé le coup de feu, continua Samson. Grâce au message du répondeur, nous savons que Bernard était au téléphone quand il s'est assis dans la voiture. Nous savons aussi qu'Ana, si l'on en croit sa déclaration, s'apprêtait à tourner au coin du Manoir.

Il fit un signe de tête à Danny, qui se dirigea vers le pignon de la bâtisse, disparaissant à la vue des autres.

— Danny est allé se poster à l'endroit exact où Ana se tenait quand elle a fait demi-tour et qu'elle est revenue en courant, expliqua Samson. Quant aux autres témoins, Gareth Towler fumait une cigarette en douce derrière les écuries, et Rick Procter est arrivé depuis la terrasse, au sud.

Samson indiqua un point au-dessus des têtes de son public.

— Donc, conclut-il, nous allons maintenant vous montrer ce qui, selon moi, est arrivé juste avant le coup de feu. D'accord ?

Delilah sentait monter la tension chez les policiers qui l'entouraient. Elle-même se sentait nerveuse.

— Vous êtes prêt, Herriot ? lança Samson en se tournant vers le vétérinaire.

Herriot opina, de toute évidence inquiet.

— N'oubliez pas, vous n'avez droit qu'à un essai.

— Il faudra qu'il soit concluant, alors, répondit Samson. Allez, en piste.

Il s'approcha de la Land Rover, tira son mobile de sa poche, tapota l'écran et soudain, ils furent de retour sur la scène du drame, la voix paniquée de Bernard parfaitement audible dans l'extrait audio que Delilah avait édité la veille, et que Samson venait de lancer. Tandis que le monologue frénétique du maire déchirait le silence expectatif des présents, Samson ouvrit la portière côté conducteur et prit place au volant. Le maire criait toujours, très énervé. Puis leur parvint le vacarme d'un aboiement.

Un aboiement sonore. Frénétique. Un chien en grande détresse. Soudain, la forme floue d'une silhouette brune bondit du fond de la Land Rover, passa par-dessus la banquette arrière et atterrit sur le siège passager. Et là, la détonation assourdissante d'un coup de feu se réverbéra sur les murs de pierre du Manoir, et Samson s'affala sur le volant.

— Samson ! hurla Delilah, voulant se précipiter mais retenue par Frank Thistlethwaite, tandis que le sergent Clayton lâchait une bordée de jurons en portant la main à sa poitrine et que Danny déboulait de l'angle du bâtiment.

— Tout va bien ! – Samson se redressa et regarda Delilah bien en face. – C'était juste un enregistrement. Personne n'a été blessé. Pas cette fois.

— C'est bon ? demanda Herriot.

— C'est bon, répondit Samson en sortant de la voiture avec un mouvement de tête vers le véto. Et je crois qu'on tient notre coupable.

— Ah bon ? s'exclama le sergent, encore abasourdi.

Les inspecteurs de Harrogate regardaient Danny, qui, jouant le rôle d'Ana, venait juste de rejoindre la scène du crime. Mais Samson indiquait l'arrière de la Land Rover, dont Herriot ouvrait le hayon. À l'intérieur, enfermée dans une cage, Bounty, la chienne épagneul, était roulée en boule dans un coin et gémissait.

— Le chien ?

Le plus âgé des inspecteurs considéra l'animal que le véto soulevait pour le ramener dans son van en lui murmurant des paroles apaisantes.

— Vous pensez sérieusement que c'est le chien qui a tiré sur Bernard Taylor ?

— J'en suis fichtrement sûr. Vous venez de le voir.

— La forme floue de Lucy, murmura Delilah. C'est ça qu'elle a vu se refléter sur la crédence !

Samson acquiesça. L'inspecteur, quant à lui, ne paraissait pas convaincu.

— Ça en fait, des conjectures. Il est tout aussi plausible que Mme Stoyanovic se soit penchée par la portière et qu'elle ait pris le fusil avant de faire feu.

— Pas tout à fait, intervint Danny Bradley qui arrivait à leur hauteur. Tout d'abord, vous venez de me voir reconstituer les déplacements d'Ana, avec comme point crucial l'endroit précis où elle se trouvait quand les autres témoins sont arrivés sur place. Grâce à Samson et Delilah, nous pouvons prouver qu'il lui était impossible de presser la détente, de s'éloigner en courant du véhicule et d'être de retour à cet endroit précis au moment où Gareth et Rick arrivaient. En plus, j'ai réétudié le rapport balistique. Il y avait un dépôt de résidus de poudre conséquent sur le siège passager, cohérent avec le fait que, quand il a été déchargé, le fusil n'était pas tenu entre des mains mais posé dessus.

— Je ne comprends pas, s'interrogea Delilah. Comment Bounty a-t-elle pu sauter à l'avant de la voiture puis retourner à l'arrière ? Sa cage était fermée quand je l'en ai extraite samedi après le drame, elle n'a donc matériellement pas pu en sortir.

Samson prit un air triomphant.

— Tout ça à cause d'un loquet défectueux. Regardez.

Il prit la tablette de Delilah et la présenta de telle sorte que tous puissent voir, puis il lança une vidéo. La caméra espion de Delilah avait filmé l'intérieur de la cuisine avant le coup de feu. Lucy, assise sur un tabouret, se lamentait de l'annulation de la partie de chasse. Derrière la fenêtre, on apercevait l'arrière de la Land Rover.

— Là, dit Samson en appuyant sur pause et agrandissant l'image. Vous voyez ?

Dans le coffre, Bounty était visible, endormie dans sa cage. Cage qui était ouverte.

— Mais… Elle était fermée quand je suis arrivée là-bas, murmura Delilah.

— Comme ce qui vient de se produire à l'instant. Herriot l'a laissée ouverte quand il a mis Bounty dedans, et pourtant, voyez vous-même, elle était fermée quand il l'en a sortie. Tu veux leur montrer, Danny ?

Ils se regroupèrent à l'arrière du véhicule, Danny soulevant la porte de la cage qui, munie d'un système basculant, venait se poser sur le dessus quand on l'ouvrait.

— Maintenant, regardez, dit le constable.

Il se pencha et donna un petit coup sur le fond de la cage. La porte pivota aussitôt, et Danny n'eut que le temps de retirer sa main avant qu'elle se referme complètement.

— Le choc causé par Bounty, en sautant dedans, aurait plus que suffi à la refermer.

— Bien, laissez-moi récapituler, intervint le sergent Clayton en se grattant la tête. Selon vous, la chienne a quitté sa cage, pensant probablement qu'un intrus voulait voler la voiture ou quelque chose d'approchant, elle a sauté par-dessus le siège pour attaquer Taylor et a atterri sur le fusil, faisant partir le coup. Et la détonation a été assez forte pour lui faire regagner précipitamment sa cage, faisant claquer la porte derrière elle.

Samson approuva.

— C'est exactement ça. Nous avons parlé à Gareth, et il a confirmé que Bounty avait l'habitude de sauter par-dessus les sièges.

Les inspecteurs de Harrogate n'avaient toujours pas l'air convaincus. Pas plus que Frank Thistlethwaite.

— Je ne crois pas, O'Brien, que quelques traces de poudre sur un siège ou une porte de cage défectueuse suffisent à convaincre un jury, dit-il.

— Fort heureusement, ce n'est pas tout, poursuivit Samson. Danny a réexaminé les rapports de la police scientifique et a débusqué quelques détails qui ne figuraient pas dans les rapports transmis par la police d'Harrogate.

— Comme quoi ? demanda l'inspecteur le plus âgé, froissé.

— Des résidus de tir retrouvés ici, sur le plancher de la cage.

Le sergent Clayton dévisagea Samson. Puis son regard se posa sur la cage.

— Beaucoup ?

— Une quantité significative. Conforme avec ce qu'on pourrait s'attendre à trouver si un chien aux pattes couvertes de poudre s'était tenu là. Mais pas seulement ça. Il y avait aussi des traces de sang.

— Celui de Taylor ?

Samson hocha la tête.

— On a pensé qu'il s'agissait de transfert, expliqua le détective. Tous les témoins s'accordant à dire que la chienne était enfermée dans sa cage quand ils sont arrivés sur place, nous avons donc émis l'hypothèse que les indices avaient dû être transférés dans la cage par la personne qui s'était occupée d'elle après le drame.

— Hypothèse logique, approuva Herriot, qui les avait rejoints. Sauf que Bounty n'est plus retournée dans sa cage après que Delilah l'en a sortie. Ensuite, Delilah l'a passée à Gareth, qui l'a confiée à Lucy Metcalfe, dans la cuisine, avant que Gareth puisse enfin me l'amener.

— Et la cage était fermée quand je suis arrivée à la voiture, s'écria Delilah avec une excitation croissante. Il est donc évident que personne n'a pu compromettre la scène de crime entre le coup de feu et mon arrivée. Ce qui veut aussi dire que les résidus de poudre ainsi que les traces de sang ne peuvent venir que de Bounty !

— Ce qui signifie que Bounty était tout près de Taylor quand il s'est fait tirer dessus, conclut Samson.

— Mais la chienne aurait dû être couverte de sang si elle en était aussi proche ? protesta le plus jeune des deux inspecteurs.

— Et c'était le cas, confirma Herriot. Seulement ça ne s'est pas vu à cause de la couleur de son pelage. C'est après lui avoir donné un bain à la clinique que je l'ai remarqué. Et j'ai commis la même erreur que vous – j'ai présumé que ça venait du chemisier de Delilah ou de la veste de Gareth. Ils avaient tous deux porté la chienne après avoir tenté de secourir Taylor.

Le sergent Clayton hochait la tête au fur et à mesure que les pièces du puzzle s'assemblaient.

— Et l'absence d'éclaboussures de sang sur la portière passager, dit-il. C'est à cause de ça que nous avons conclu à un meurtre, en estimant qu'elle était forcément ouverte au moment du coup de feu alors qu'en fait, elle était fermée et que la chienne, en faisant écran, l'a protégée des projections de sang.

— À cela s'ajoutent les traces de résidus de tir découvertes sur la banquette arrière, reprit Samson, et cette pauvre Bounty devient une suspecte crédible.

— Bon sang de bois, marmonna le sergent. On a failli accuser une innocente.

Les deux inspecteurs de Harrogate avaient le teint cendré.

— Juste une chose, O'Brien, intervint Frank Thistlethwaite, qui ne faisait aucun effort pour masquer son ébahissement. Comment diable es-tu parvenu à cette explication des événements ?

— Quelqu'un a mentionné qu'on était en quête du « troisième homme », répliqua Samson avec un sourire à l'adresse de Delilah. Ça m'a fait réfléchir à ce que j'étais en train de négliger. Et puis cette personne s'est exclamée « Nom d'un chien ! », et c'est là que j'ai pensé à Bounty. La bande audio m'avait déjà mis la puce à l'oreille à cause de ses aboiements qui se sont intensifiés quand Bernard a appelé Nancy, ce qui semblait indiquer que le téléphone s'était rapproché de Bounty – puisqu'elle était enfermée dans sa cage et ne pouvait pas bouger. Et pourtant, on a retrouvé le mobile au pied du siège conducteur, pas plus près de l'arrière de la voiture que quand Bernard avait passé son appel. Donc, si le téléphone ne s'était pas rapproché de l'arrière de la voiture où se trouvait la chienne, c'était la chienne qui s'était déplacée vers le mobile, même si ça paraissait impossible. Et c'est en me repassant la vidéo que j'ai remarqué l'anomalie sur la cage.

— Et tu as persuadé le jeune Danny de te permettre d'accéder à la Land Rover, hier, afin de pouvoir tester cette théorie ? demanda le sergent d'un ton entendu.

Samson eut un geste faussement désolé.

— Comme vous me connaissez bien, sergent. Nous avons inspecté la cage, découvert la serrure défectueuse, et passé deux heures à tester la détente du fusil que Milan utilisait ce jour-là, pour vérifier si un chien de la taille de Bounty pouvait vraiment faire partir le coup. Quand j'ai pensé que ça valait la peine de procéder à une reconstitution des faits, j'ai appelé Herriot. Au début, il a refusé, Bounty étant toujours traumatisée, puis il a fini par accepter à condition qu'on ne fasse qu'une tentative, pour ne pas la stresser plus que nécessaire. Et comme vous l'avez constaté, ça a payé. Et voilà : une cage ouverte et refermée, et une affaire bouclée.

Le sergent Clayton ronchonna. Il se tapota le menton et passa une main sur son ventre, qui émit un grondement alarmant.

— Bon sang, O'Brien. Tu aurais pu attendre que j'en aie fini avec ce régime avant de balancer une clé à molette dans les rouages.

31.

La démonstration ayant été concluante, Samson, le sergent Clayton, Danny Bradley et les inspecteurs se regroupèrent autour de la Land Rover pour discuter de certains points de la théorie de Samson. Herriot était déjà parti retrouver Gareth Towler et lui rendre Bounty, qui pouvait désormais se passer de ses bons soins. De son côté, profitant du grand soleil, Delilah s'achemina vers la terrasse plein sud de l'impressionnant manoir et s'assit sur les marches en pierre. Elle avait à peine eu deux minutes de tranquillité lorsque quelqu'un vint lui tenir compagnie.

— Vous ne me prenez plus au téléphone ? commença Frank Thistlethwaite avec un sourire bancal, comme s'il savait sa cause perdue.

— Désolée, balbutia Delilah, mal à l'aise. J'avais plein de boulot.

— J'ai remarqué. Bruncliffe bourdonne d'une activité frénétique.

Elle eut un petit rire.

— En ce moment, oui.

— Depuis qu'O'Brien est rentré au bercail ? dit-il, affectant le détachement, mais d'un ton soudain chargé d'intensité.

Delilah sentit ses joues la brûler et sut qu'elles avaient viré au rouge betterave.

— Il met un peu de piment, c'est sûr, convint-elle.

Frank écarta les mains, résigné.

— Je sais reconnaître ma défaite, dit-il doucement. Il a beaucoup de chance. Ne le laissez pas vous briser le cœur.

Puis il fit mine de s'en aller, avant de se retourner vers elle.

— J'imagine que je parle dans le vide, mais prenez garde à ce gars, d'accord ? Et si jamais vous avez besoin d'aide, appelez-moi.

— Delilah, on y va ?

Samson avait réapparu avec les autres, et braquait dans sa direction un regard impénétrable.

Elle se leva, Frank lui prenant la main au passage.

— Je parle sérieusement, là, insista-t-il. Vous pouvez me faire confiance.

Delilah acquiesça sans répondre et s'éloigna. Pendant tout ce temps, elle n'avait pas cessé de penser à l'avertissement de Danny. Ce charmant inspecteur de Leeds n'était peut-être pas ce qu'il semblait être – bien que ce soit un Thistlethwaite, et qu'il ait de la famille dans la ville en contrebas, autant dire un pedigree à toute épreuve.

Consciente du regard curieux de Samson posé sur elle, elle suivit la troupe vers les voitures.

Le trajet de retour de Hillside Lane vers le centre-ville se fit dans une explosion de couleurs. Devant la Micra, la Royal Enfield toute d'écarlate et de chrome étincelait au soleil, dans les collines d'un vert exubérant ponctué du blanc des agneaux qui batifolaient dans les prés. Delilah regretta de ne pas être à l'arrière de la moto, les bras passés autour de Samson pour une balade dans les Vallons. Quand elle s'arrêta dans Back Street, elle se sentait affreusement misérable.

Ce qui était dingue. Ils venaient de résoudre une affaire impossible. Son agence de rencontre s'en sortait miraculeusement bien. Et le soleil brillait de tous ses feux, ce qui, dans les vallons du Yorkshire, n'était pas précisément négligeable.

Et pourtant, elle se sentait abattue. Il lui aurait été facile de mettre son humeur sur le compte de la conversation déconcertante qu'elle avait eue avec Frank Thistlethwaite. Les mises en garde du policier de Leeds lui tapaient sur le système, comme chaque fois, mais dans le fond, Delilah savait bien que ce n'était pas ça qui l'avait déstabilisée. Non, l'origine de son malaise était bien plus triviale.

Ce satané baiser…

— Pour l'amour du ciel, maugréa-t-elle en descendant de voiture. Compose avec ça.

Ou plutôt, avec *lui*.

Résolue à lui parler avant la fin de la journée, Delilah pénétra dans la maison qui hébergeait leurs bureaux, laissant la porte claquer derrière elle.

— Alors y sont rentrés tous les deux ? cria Ida depuis le palier du premier étage, Calimero manquant la renverser en dévalant l'escalier pour accueillir sa maîtresse, la queue battant furieusement la mesure.

— Bonjour, Ida, fit Samson en rejoignant Delilah dans le hall, tout en caressant l'animal tout excité.

Et puis, avec un clin d'œil à Delilah, il s'adressa à la femme de ménage :

— Vous avez eu des nouvelles de votre seau disparu ?

Ida le foudroya du regard.

— Des clous !

— J'en ai parlé à Danny Bradley, hier. Il a dit qu'il allait ouvrir l'œil.

L'expression farouche d'Ida s'adoucit légèrement.

— C'est un bon gars.

— Vous avez utilisé votre nouveau seau quand vous êtes allée à l'agence ? demanda Delilah, consciente que Samson s'efforçait d'empêcher ses lèvres de frémir, et luttant elle-même contre une forte envie d'exploser de rire. Ou de l'embrasser.

— Y s' trouve que non, répondit Ida. Ils étaient tout commotionnés là-bas, c' matin, et j'ai juste donné un p'tit coup de chiffon vite fait.

— Commotionnés ? Comment ça ?

— L' jeunot a disparu et M. Procter et Mme Taylor discutaillaient pour savoir comment qu'y z'allaient lui trouver un remplaçant.

Troublée par la réponse, Delilah interrogea Samson du regard.

Celui-ci lui répondit d'un haussement d'épaules.

— Quel gamin ?

— Le maigrichon. Çui qu'a failli s' faire aplatir par le tracteur, à l'automne dernier.

— Stuart Lister ? Celui qui s'occupe des locations ? avança Delilah.

— Ouais, çui-là. L'a laissé un mot pour la jeune Julie disant qu'y partait en voyage. Quand même, laisser Mme Taylor en plan comme ça. Déjà que son mari a été assassiné, et maintenant le jeunot qui décanille. Tss, tss, l'a vraiment choisi son moment pour avoir la bougeotte, lui, alors.

— Pauvre Nancy…

— Je vais l'appeler, annonça Samson. Il faut que je lui fasse le compte rendu de la matinée, de toute façon. Je doute que les inspecteurs de Harrogate lui donnent la version longue, et je préfère qu'elle l'apprenne de ma bouche.

— Et pis y faut qu'elle cause à Mme Hargreaves, dit Ida en se tournant vers Delilah. Elle a rappelé, tout à l'heure, alors que j'y ai déjà dit hier qu'elle devait le faire.

— D'accord, soupira Delilah, peu pressée de s'enfiler encore des heures de vidéosurveillance. J'y vais tout de suite.

Ida fit demi-tour vers la cuisine et le bruit de la bouilloire qu'on remplissait combla le silence lourd qui était tombé entre Samson et Delilah.

— Le thé, dit Delilah.

— Super ! commenta Samson avec une grimace qui la fit rire. Merci pour ton aide, ce matin, continua-t-il. Désolé de ne pas t'avoir mise au courant de ce qui se passait, mais j'ai pensé que ça aurait plus d'impact sur le sergent Clayton et les autres s'ils n'étaient pas seuls à le voir pour la première fois.

— Pas de problème. Joli travail d'enquêteur de ta part.

— De *notre* part. Sans toi, je n'aurais jamais pris les trois affaires. Et c'est toi, ton « Nom d'un chien ! », qui m'a fait envisager Bounty comme une possibilité. On forme une équipe, ne l'oublie pas. Nous deux, et ce magnifique spécimen.

Il se pencha sur Calimero et lui fit un câlin jusqu'à ce que le braque s'affale sur le carrelage, extatique.

Delilah sentit son cœur se gonfler d'amour. La gorge nouée, elle prit une profonde inspiration et s'apprêtait à parler quand Samson se tourna vers elle.

— Il y a quelque chose dont il faut qu'on parle, dit-il en rivant sur elle un regard qui la liquéfia intégralement. Mais pas tout de suite. Plus tard. Quand j'aurai annoncé la bonne nouvelle à nos trois clients, que tu auras géré Mme Hargreaves et qu'Ida sera partie.

Elle acquiesça. Débordante de mots qui ne demandaient qu'à s'échapper.

— D'accord.

Tout à coup, visionner des bandes de vidéosurveillance lui parut à peu près tout ce qu'elle se sentait capable de faire.

Un peu plus tard, assis au bureau de Bernard Taylor, Rick Procter songeait que, décidément, il avait une chance insolente.

Il venait de recevoir un appel de Samson O'Brien – appel qui justifiait complètement le risque qu'il avait pris en sollicitant son aide. Par une espèce de miracle, le détective privé de Bruncliffe avait réussi à prouver que Taylor avait été tué par la chienne du garde-chasse !

Aucun des trois témoins mis en cause ne serait poursuivi, et surtout Rick lui-même y coupait.

Pour un peu, il aurait sabré le champagne. Il était tiré d'affaire. La menace d'une enquête policière ne planait plus au-dessus de sa tête. Et non seulement ça, mais les craintes qui le tenaillaient depuis qu'il avait déboulé au coin du Manoir et vu Taylor mort n'avaient plus lieu d'être. Des craintes qu'il avait continué d'éprouver quand la police pensait encore à un suicide. Des craintes qu'il n'avait voulu partager avec personne, et qui l'avaient poussé à soutenir la thèse du suicide du maire de Bruncliffe ; à encourager activement la population à croire que la seule responsable du drame était Delilah Metcalfe avec son accoutrement ridicule. Quand la police avait fini par parler de meurtre, ces mêmes craintes avaient menacé de l'engloutir tout à fait. Et voilà qu'elles s'étaient toutes dissipées.

Bernard Taylor n'avait pas été froidement éliminé par les frères Karamanski, finalement. Il avait été tué par un clebs !

Tout à son exaltation, Rick envoya un court texto à Niko pour l'informer des conclusions de l'enquête, les frères et leur entourage ayant fini par retourner en Bulgarie, puis il se cala confortablement dans son fauteuil, savourant son soulagement. Ça valait largement la note d'honoraires qu'O'Brien ne manquerait pas de lui faire parvenir. D'avance, il n'en regrettait pas un centime.

Alors qu'il se prélassait dans le fauteuil de son associé défunt, méditant ce soudain caprice du destin, le fait que la mort de Taylor soit due à quelque chose d'aussi trivial qu'un toutou surexcité – une mort tellement absurde – l'idée prit corps dans son esprit.

Et s'il prenait définitivement les commandes de l'agence immobilière ?

C'était la solution idéale. Taylor n'étant plus, c'était le moment ou jamais de faire du charme à Nancy afin qu'elle lui vende l'agence. La convaincre qu'elle s'en porterait mieux. Qu'elle pouvait s'épargner le stress et les tensions engendrées par ce genre de boulot. Et qui serait le mieux à même de lui rendre ce service, sinon le meilleur ami de son mari ?

Ce serait une addition parfaitement cohérente au portefeuille de l'Immobilière Procter, qui apaiserait pas mal de maux de tête et le débarrasserait des frères Karamanski. Plus besoin de déplacer les fermes de cannabis. Plus besoin de s'inquiéter de blanchir l'argent à travers les locations bidon. Et – cerise sur le gâteau – ça lui permettrait de remettre la main sur les dossiers manquants.

Agréablement surpris de voir sa chance tourner, son boulet d'associé ne représentant plus une menace et son entreprise sur le point de connaître une nouvelle expansion, Rick se leva, décidé à fêter cette bonne fortune. En invitant la jolie réceptionniste à dîner dans sa brasserie de Low Mill.

Il était devant la porte d'entrée quand son téléphone bipa. Un texto de Niko. Qui le fit s'affaisser contre l'armoire à dossiers.

Plus d'erreurs. Bruncliffe ne peut pas se permettre de perdre une autre figure de proue.

Il scruta son écran. Sentit sa gorge se contracter. Était-ce un simple avertissement, suffisamment menaçant en lui-même ? Ou fallait-il comprendre cela comme une insinuation ? Que la mort de Taylor n'avait peut-être pas été…

On frappa à la porte. C'était la réceptionniste.

— Je vais m'en aller, monsieur Procter. Puis-je faire quelque chose avant de partir ?

Rick secoua la tête, conscient de la sueur qui perlait sur son front.

— Ça va ? Vous n'avez pas l'air bien.

— Ça va très bien, aboya-t-il en claquant la porte avant de s'effondrer dans le fauteuil d'un mort.

Un mort prétendument tué par un chien.

Rick sentit renaître ses pires angoisses.

Malgré tous ses projets d'avenir, il était de nouveau pris dans des sables mouvants.

C'était la fin de l'après-midi, Ida était partie depuis longtemps et la journée de travail tirait à sa fin quand Samson entendit un bruit de pas dans l'escalier. À leur précipitation, il devina que Delilah avait des nouvelles.

Tout au plaisir anticipé de la voir paraître, il se tourna vers la porte.

— Devine quoi ! s'exclama-t-elle avec un large sourire.

— Ida a inscrit tellement de nouveaux clients à l'agence de rencontre que tu nous invites à dîner ce soir ?

Delilah pouffa.

— Pas tout à fait. C'est en rapport avec le perron de Mme Hargreaves…

— Tu as trouvé le chien ?

Samson bondit sur ses pieds, et Delilah lui montra son ordinateur portable, le visage rayonnant.

— Il n'était pas facile à repérer, dit-elle en appuyant sur la touche « lecture » alors que Samson se penchait sur son ordinateur, tout près d'elle. Mais c'est bien le coupable !

Sur l'écran qui affichait les images granuleuses de la vidéosurveillance, quelque chose qui ressemblait à un chien se faufilait sur le pourtour de la place du marché plongée dans la nuit. L'animal s'arrêta devant le Rice N'Spice avant de trottiner vers la boucherie, et là…

— Un renard ! s'exclama Samson alors que la créature se soulageait, bien en vue de la caméra. Depuis le début, c'était un renard !

— Voui ! Je ne pense pas que Mme Hargreaves se serait attendue à ça, mais au moins on a résolu l'énigme. Et ce n'est pas tout. Regarde !

Samson vit deux petites silhouettes faire leur apparition.

— Des renardeaux ! Une renarde et ses petits !

Sans réfléchir, il se tourna vers elle, lui prit la tête à deux mains et l'embrassa. Sur le front.

Elle recula d'un bond. Comme s'il venait de lui administrer une décharge électrique.

— Désolé... C'est cette super nouvelle..., bredouilla-t-il. C'est génial que ce soit résolu. Mme Hargreaves sera contente...

— Je l'ai déjà prévenue, dit Delilah en allant chercher refuge derrière le bureau, devenu son rempart. Elle a dit qu'elle allait s'en occuper.

Ayant retrouvé son sang-froid, Samson haussa un sourcil.

— Ça ne sent pas bon pour les pauvres bêtes.

— En vérité, les renards sont protégés par la loi, alors elle ne va pas pouvoir faire grand-chose. Et toi ? As-tu annoncé la bonne nouvelle à nos trois clients ?

— En effet. Ils sont au septième ciel. J'ai aussi discuté avec Nancy Taylor. Elle a eu l'air soulagée que ce n'ait été qu'un tragique accident.

— Pauvre femme, dit Delilah. Perdre son mari dans des circonstances pareilles, ça doit être horrible. Elle a vraiment passé de sales moments.

— Et malgré ça, elle garde son élégance. Elle a même offert de nous rémunérer pour notre enquête avortée sur Bernard, ce que j'ai refusé. J'ai suggéré qu'elle fasse plutôt un don à l'équipe de sauvetage en montagne.

Ses paroles furent saluées par un hochement de tête approbateur.

— Jolie idée !

— Elle a aussi demandé qu'on continue à rechercher l'origine du sac de billets, ajouta Samson. Elle est mal à l'aise de ne pas savoir d'où il vient. Et finalement, puisqu'on parle argent, Rick a réglé sa note – trois fois les honoraires normaux, comme convenu. J'ai donc annulé les factures d'Ana et de Gareth.

— Magnifiquement pensé ! s'esclaffa Delilah. Et donc, ça nous fait deux affaires résolues pour la journée. Je trouve que c'est toi qui devrais nous inviter à dîner.

Samson se déhancha sur son siège, en proie à une soudaine nervosité.

— Avant, il faut que je te dise quelque chose.

— Moi aussi, rebondit Delilah avec un sourire timide. Toi d'abord.

— D'accord. Je voulais te demander pardon. – Il sortit une lettre du tiroir de son bureau. – C'est arrivé samedi. L'inspectrice Green me l'a apportée.

Delilah fit pivoter la feuille pour la lire, puis elle le regarda, inquiète.

— Tu passes au tribunal ? Dans dix jours ?

— Apparemment, répondit-il d'un ton qu'il espérait léger. Je suis désolé de ne pas te l'avoir dit plus tôt. Mais après ce qui s'était passé à la chasse et depuis... J'ai pensé que ce n'était pas le bon moment.

Elle lui jeta un coup d'œil en biais, malicieux.

— Tu n'essayais pas de me protéger, hein ?

— Je n'oserais jamais !

Et elle se remit à rire. Et son rire le toucha en plein cœur, répandant sa chaleur en lui, lui donnant juste envie de faire le tour du bureau et...

— Je peux faire quelque chose pour t'aider ? lui demanda-t-elle en indiquant la lettre.

— Pas vraiment.

— Tu flippes ?

Elle le regardait, le regardait vraiment, maintenant. Et il prit la décision. Plus de mensonges. Plus de ruses ni de faux-semblants. Pas avec Delilah.

— Oui, avoua-t-il. J'ai peur de ne pas avoir droit à un procès équitable. Parce que c'est quelqu'un du sérail qui a monté de toutes pièces les fausses accusations portées contre moi.

— Mais il doit bien y avoir un moyen de les contrer ?

La flamme qui brillait dans ses yeux le fit l'aimer davantage encore.

— Je pense qu'il y a trop d'éléments qui jouent contre moi. Il va falloir que je tente ma chance au tribunal.

— Et si tu es jugé coupable ? Tu iras en prison ?

Il fit oui de la tête.

— Oh bon sang… !

Elle regarda la lettre, le regarda à nouveau. Les poings crispés. Comme si elle voulait se battre.

— Mais enfin, Samson… !

Samson baignait dans une douce euphorie. Il venait de lui révéler ses pires craintes, et pourtant il n'avait jamais été plus heureux. Parce qu'il était sûr à présent que cette femme l'aimait. La stupéfiante Delilah Metcalfe, avec sa fougue, sa férocité et son cœur capable de tant de générosité.

— Je pense qu'on devrait aller dîner, dit-il. Et puis tu pourras me dire de quoi tu voulais me parler.

Mais elle se levait. Contournait le bureau. Attirait son visage vers le sien et l'embrassait. Pas sur le front. Sur les lèvres. En mettant toute sa passion naturelle dans son étreinte.

Quand elle recula, Samson eut l'impression que le monde lui était tombé sur la tête.

— Waouh, dit-il.

— Waouh, en effet, répéta-t-elle avec un doux sourire. C'est moi qui invite. Je crois que c'est mon tour. Et puis on parlera de la façon de t'empêcher d'aller en prison.

Il resta muet. Encore incapable d'articuler la moindre parole sensée.

— Tu ne bouges pas d'ici, dit-elle.

Et il sut que son sourire lui était destiné, à lui seul.

Il entendit la porte de derrière se refermer, et il se laissa tomber dans son fauteuil. Il mit un moment avant de réussir à former une pensée cohérente.

— On n'a plus beaucoup de temps. Il faut passer au plan B. Vous êtes prête ?

La question était abrupte et directe, articulée par quelqu'un qui n'était pas du genre à plaisanter.

L'inspectrice Jess Green n'hésita pas.

— Plus que prête.

— Bien. Mon collègue va venir en renfort. Et rappelez-vous, ce n'est plus le moment de prendre de gants. O'Brien ne peut pas se présenter au tribunal. Ça ficherait tout par terre.

— Je comprends.

— Faites-moi savoir quand ce sera fait.

La communication s'interrompit brutalement, comme toujours, laissant Jess Green tenir un téléphone avec personne au bout.

Le cœur battant, elle emballa ses affaires. Elle ne reviendrait pas à l'hôtel Mearbeck Hall ce soir-là. C'était trop risqué. Après ce qu'elle s'apprêtait à faire, il lui faudrait se terrer quelque part pendant un petit moment.

Satané O'Brien. Si seulement il lui avait fait confiance, ç'aurait été beaucoup plus facile. Moins de gens auraient eu à en pâtir. Mais maintenant…

Le plan B. Ce n'était pas une option qui l'enchantait, sauf qu'après les nouvelles venues de Londres, ils étaient dos au mur. C'était ça ou tout ce que l'inspectrice Green avait réalisé au cours de ces deux dernières années s'effondrerait avec fracas. Et elle n'était pas disposée à payer ce prix. Pas après tout ce qu'elle avait investi.

Elle boucla ses valises, quitta la chambre et régla la note. L'employé de la réception était trop stylé pour lui demander la raison de ce départ précipité à une heure où la plupart des clients sortaient dîner. Quand elle arriva au parking, un homme se tenait à côté de sa voiture. Il était grand. Du genre à qui on ne manquait pas de respect. Plus que suffisant pour leur mission.

Quelques minutes plus tard, l'inspecteur Green filait vers Bruncliffe, son passager assis à côté d'elle, silencieux. Le plan B était lancé.

32.

Les trilles de son mobile finirent par arracher Samson à ses rêveries, le baiser de Delilah l'ayant laissé plus halluciné que le plus puissant des stupéfiants.

— Samson ?

C'était Danny.

Samson parvint à marmonner un grognement en réponse et le constable poursuivit.

— J'ai pensé que tu aimerais savoir qu'Ana Stoyanovic n'est plus suspecte dans l'enquête. Ils adoptent ta thèse. Quant au sergent, il est trop content de faire la pige aux inspecteurs de Harrogate – à l'entendre, on jurerait que cette histoire de Bounty, c'était son idée !

Samson éclata de rire, et se recentra sur le présent.

— Je le laisse volontiers s'en attribuer le mérite. C'est lui qui a réussi à retarder l'inculpation d'Ana jusqu'à ce qu'on ait conduit notre démonstration.

— Qui dédouane Gareth et Rick Procter, par la même occasion, ajouta le jeune constable. Sans Delilah et toi, on aurait pu inculper une innocente. Je te revaudrai ça.

— Je pense qu'on est plus que quittes, Danny, s'esclaffa Samson.

Il raccrocha, réfléchissant à l'affaire et au tour qu'elle avait pris. Tout avait commencé avec le sac rempli de billets que Nancy Taylor avait trouvé, et – étant donné la dernière mission confiée à l'Agence de Recherche des

Vallons – finissait avec. Tout cet argent liquide, caché dans une penderie… D'après son expérience, Samson doutait que la raison de sa présence soit très licite. Ce qui menait à la question suivante : qu'est-ce que Bernard Taylor avait l'intention de faire avec plus de cent mille livres si on ne le faisait pas chanter ?

Un autre genre de versement illicite, comme l'avait suggéré Gareth Towler ? Un deal immobilier louche ? Ou peut-être que Nancy avait vraiment eu une bonne intuition et que le maire se mettait un petit pactole de côté en vue d'un prochain divorce ? Samson et Delilah n'avaient pas vraiment eu le loisir d'enquêter sur lui avant qu'il soit tué. Quelques jours à planquer dans la ruelle en face de l'agence immobilière n'avaient pas suffi pour rassembler les preuves requises s'il avait vraiment eu l'intention de trahir sa femme.

En proie à ses réflexions, Samson posa son regard un peu par hasard sur l'ordinateur de Delilah qui affichait toujours l'image du renard furtif. Et il eut un déclic. Il se revoyait dans la ruelle en train de surveiller l'Agence Taylor, et cette image se superposait à un souvenir plus ancien dans lequel il examinait des images de vidéosurveillance dans l'affaire Rice N'Spice. Aussitôt, il se mit à pianoter sur le clavier de son propre ordinateur, à la recherche d'une vidéo, et l'ouvrit.

Là. Pete Ferris, capturé par la caméra cachée que Delilah avait installée dans l'idée de coincer le voleur du restaurant indien. La caméra était braquée sur la caisse et vers la devanture. Et on voyait le braconnier traverser furtivement la place du marché peu de temps avant son suicide. Mais ce que Samson trouvait intéressant, c'est que Pete Ferris avait débouché de cette même ruelle depuis laquelle il avait espionné Bernard Taylor.

Samson vérifia le time code. Puis, après avoir fureté dans les fichiers sauvegardés dans son ordinateur, il ouvrit celui de la caméra de vidéosurveillance placée audessus de la boucherie de Mme Hargreaves, du même côté de la place que la caméra de la venelle. Même date. Même heure. Mais un angle de prise de vue différent. Pas large, toutefois suffisant pour cadrer l'Agence immobilière Taylor. Et Bernard Taylor, qui en sortait et marchait hâtivement en direction de la mairie. Puis Pete Ferris, filmé de dos, quittant la ruelle et suivant le maire, tel un lurcher lancé sur une piste.

Un sac de billets. Chantage. Était-ce possible ? Pete Ferris, qui avait refusé la récompense que lui offrait Lucy pour avoir retrouvé Nathan. L'homme qui avait laissé comme message à Samson qu'il voulait dénoncer un crime et s'était suicidé peu de temps après. Cela faisait huit longues journées qu'ils l'avaient mis en terre et que le commentaire d'Herriot à la taverne, sur la drogue qui avait été administrée aux lurchers, avait fait dresser l'oreille à Samson. À présent, il se posait la question : et si Pete Ferris avait…

Samson s'interrompit. Il avait faim, les nerfs en pelote, et il était sur des charbons ardents en attendant le retour de Delilah. Du coup, il imaginait des complots dans tous les coins – le moment n'était pas très bien choisi pour enquêter sur le sac de billets douteux. Il referma son ordinateur et il allait faire de même avec celui de Delilah quand il entendit un bruit dans le couloir.

Il se leva d'un bond, le cœur battant. Se collant au mur, il passa la tête dans l'encadrement de la porte.

— Bon sang, Calimero ! – Samson reprit sa respiration en voyant Calimero le regarder, la tête inclinée. – Tu m'as fait une peur bleue !

Le chien le rejoignit en bâillant, ses griffes cliquetant sur le carrelage, indifférent à l'émoi qu'il avait causé. Il s'appuya contre les jambes de Samson et prit l'air implorant.

Peut-être, songea Samson en le caressant, peut-être que ce n'était pas plus mal que le procès arrive si vite. Au moins, il serait débarrassé. Délivré de la menace qui planait en permanence au-dessus de sa tête depuis qu'il avait fui Londres, des ecchymoses sur le visage et le corps, résultat d'un message délivré à coups de poing. La vie serait bien plus sûre une fois que tout ça serait derrière lui.

Sauf que « plus sûre » serait un concept à revoir s'il se retrouvait en prison pour des années. Il ne voulait pas y penser.

Le Happy House étant désert, Delilah n'eut qu'un quart d'heure à attendre pour récupérer sa commande – ce qui était tout aussi bien car, pour la première fois depuis des semaines, elle mourait de faim. Elle avait eu juste le temps de filer au Spar pour acheter une bouteille de vin rouge. Histoire de marquer le coup.

Ses plats chinois dans une main, la bouteille de vin dans l'autre, elle reprit la direction du bureau en souriant toute seule.

Ce baiser. De sa vie, elle n'avait jamais fait le premier pas, et voilà qu'elle l'avait fait deux fois en une semaine. Et les deux fois avaient été merveilleuses. Quoique le baiser d'aujourd'hui ait été curieusement différent. D'abord, elle n'était pas en colère. Donc elle ne pouvait pas prétendre avoir agi de manière irrationnelle. Et il était inutile de nier la tension qui l'avait précédé. Ça faisait toute la différence. Cette fois, Delilah était relativement sûre que Samson éprouvait la même chose.

Eh bien, elle était sur le point de le découvrir. Parce qu'elle ne rentrerait pas chez elle ce soir avant qu'ils se soient parlé franchement. Plus de mensonges. Plus de ruses et de faux-semblants. Elle allait lui dire exactement ce qu'elle ressentait, et s'il ne partageait pas ses sentiments, au moins elle serait fixée.

Son sourire s'élargit. Elle avait déjà sa réponse. Ce baiser…

En proie à une délicieuse rêverie, Delilah Metcalfe dépassa Back Street et emprunta l'étroit passage qui menait à la ruelle sur l'arrière. Le cœur débordant d'amour, elle tourna dans l'obscurité de l'allée sans voir la personne qui se trouvait à l'opposé et qui marchait lentement à sa rencontre. Et quand enfin elle l'aperçut, elle n'en pensa rien de particulier.

— Bonjour, lança-t-elle, dépassant son portail pour rejoindre l'individu. Qu'est-ce que vous faites là ? Samson ne vous a pas ouvert ?

L'inspectrice Green sourit.

— Ce n'est pas Samson que je suis venue voir, dit-elle.

Delilah n'eut pas le temps de s'étonner. Deux mains puissantes se saisirent d'elle par-derrière, l'une se plaquant sur sa bouche, l'autre lui bloquant la taille, faisant valser le plat chinois et la bouteille de vin. Elle eut juste le temps de donner des coups de pied, de flanquer des coups de talon dans des tibias, et d'être récompensée par un grognement de douleur, avant d'être soulevée de terre et jetée dans une voiture. Dans un rugissement de moteur, la voiture disparut sur les chapeaux de roues.

Delilah prenait son temps.

Samson consulta sa montre. Elle était partie depuis quarante-cinq minutes. Elle faisait peut-être la queue. Il allait lui envoyer un texto quand son mobile bipa. Delilah. *En retard*, c'est tout ce qu'elle disait.

Calimero laissa échapper un long soupir. Il avait faim.

— Tu n'es pas le seul, compatit Samson, qui commençait à avoir l'estomac dans les talons. Un petit biscuit pour te faire patienter ?

Le chien dressa les oreilles et il était devant la porte avant même que Samson ait quitté son fauteuil.

— Je prends ça pour un oui !

Tout guilleret, Samson laissa Calimero le conduire dans la cuisine de l'étage.

Comme il ne savait pas si Delilah se sentirait assez en fonds pour acheter du vin, il alluma la bouilloire au cas où, puis il attrapa les boîtes de biscuits, celle sur laquelle il était écrit *Chien*, et l'autre, étiquetée *Humain*. Un biscuit chacun. Le déjeuner lui semblait très loin et beaucoup d'énergie avait été dépensée depuis. Et peut-être qu'il aurait besoin de plus que…

Samson surprit son reflet dans la vitre, il souriait d'une oreille à l'autre. Et il s'émerveilla de se sentir aussi bien alors que sa vie était à un tournant critique.

Delilah. Voilà pourquoi.

L'eau bouillait enfin, Calimero finissait son deuxième biscuit et Samson posait deux assiettes sur le plan de travail quand il entendit un bruit dans l'escalier.

— Elle est rentrée ! chuchota-t-il au chien, aussi excité qu'un gamin le matin de Noël.

Tâchant d'avoir l'air calme et détendu, il redescendit d'un étage, imité par Calimero.

La première chose qu'il vit, c'est que la porte de son bureau était presque fermée. Ce n'était pas comme ça qu'il l'avait laissée. Se déplaçant plus silencieusement, à présent, il traversa le sol carrelé du couloir et s'approcha.

Il avait agi tant de fois de cette manière, ces six derniers mois. Faire irruption dans une pièce en pensant qu'un danger le guettait. Il avait effrayé une quantité non négligeable d'innocents, ce faisant. Peut-être que, pour une fois, il devrait se comporter plus naturellement. Peut-être que la porte s'était refermée quand il était sorti.

Et donc, il ne bondit pas dans la pièce. Il se contenta de pousser le battant. Et c'est ainsi qu'il la vit, le mobile d'urgence que lui avait confié le chef Warren à la main.

— Tout va bien ? demanda-t-il.

Delilah reposa le téléphone sur le bureau.

— Absolument, dit-elle.

Il l'observa, son visage blême, ses traits tirés. Pas de petits plats chinois.

— Que se passe-t-il ?

— J'ai mal au crâne. Je vais rentrer chez moi. Alors si ça ne te dérange pas…

Elle appela Calimero, lui passa sa laisse, le visage détourné dans l'opération.

Samson s'en trouva complètement désemparé.

— Désolée, murmura-t-elle en passant devant lui.

Il la regarda s'éloigner dans le couloir avec Calimero. Le chien, au moins, lui jeta un dernier coup d'œil en gémissant doucement. Puis Samson se retrouva tout seul, s'interrogeant sur ce qui venait de se passer. Se demandant aussi s'il serait jamais capable un jour de comprendre Delilah Metcalfe.

Le temps que Samson quitte enfin son fauteuil, le soleil avait disparu derrière l'horizon. Et encore, il s'était levé uniquement parce qu'il fallait bien se nourrir. Le cœur endolori et confus, il se traîna jusqu'à la cuisine, où il entreprit de se préparer un plat pour une personne. Un repas qu'il ne savourerait pas, il le savait. Son chagrin lui laissait un goût trop amer dans la bouche.

En revanche, à Skipton, dans un deux-pièces situé à un jet de pierre de la rue principale, une Ana Stoyanovic soulagée et heureuse était en communication vidéo avec son fils resté en Serbie, à qui elle promettait qu'il la rejoindrait très vite, maintenant. Au départ, elle voulait attendre de pouvoir s'offrir un appartement plus grand, mais après les événements du week-end, elle avait changé d'avis. Un canapé convertible dans un coin de la pièce principale conviendrait parfaitement si c'était le prix à payer pour qu'ils soient réunis. La joie de son fils à cette nouvelle lui fit presque exploser le cœur.

Soulagé lui aussi, bien qu'avec un soupçon de culpabilité quant à la façon dont Bernard Taylor avait trouvé la mort, Gareth Towler s'offrait un doigt de whisky dans le salon du cottage perché sur la colline qui était son logement de fonction. Bounty était roulée en boule sur le canapé, tout contre lui. Le garde-chasse avait appris des Lupton l'après-midi même que le permis de construire pour les lodges avait été accordé. Le dossier avait été approuvé sans discussion la veille de la partie de chasse, les menaces de Taylor n'étaient donc que des paroles en l'air lancées par un homme aux abois. Gareth leva son verre au défunt, en partie pour s'excuser, en partie pour le remercier.

Au pied des collines, dans Bruncliffe, Nancy Taylor levait aussi son verre à feu son mari. Et elle faisait un vœu. Le vœu de faire en sorte que la société à laquelle Bernard avait consacré sa vie lui survive. Avec elle à la barre. Elle lui devait bien cela. Car elle persistait à se sentir coupable et doutait que ça lui passe jamais. Elle but une gorgée de vin puis prit son téléphone mobile et se mit à dresser la liste de tout ce qu'elle aurait à faire si elle voulait diriger l'Agence Taylor, heureuse d'avoir de quoi occuper son esprit fiévreux.

Nancy n'était pas seule à penser à Taylor. Julie, la réceptionniste, était au Coach and Horses sur High Street, exceptionnellement de sortie, pour fêter l'anniversaire d'un ami. Pourtant elle n'était pas vraiment d'humeur à ça. Elle ne pensait qu'à Stuart et au mot qu'il avait laissé. Abrupt, certes, mais surtout, ça ne lui ressemblait pas du tout – de partir en voyage. C'était la dernière personne qu'elle aurait imaginé faire le tour du monde, sac au dos.

Et il y avait encore autre chose. Le mot lui-même. C'était bien l'écriture de Stuart. C'était son style, aussi. À un détail près.

Stuart s'adressait à M. Taylor en l'appelant Bernard.

Cette bizarrerie préoccupait Julie. À tel point qu'elle en oubliait la peine que lui avait procurée le départ de son ami.

Juste à côté du pub, à l'une des fenêtres au dernier étage de la boucherie, une silhouette se tenait à l'orée des rideaux d'une chambre et regardait au-dehors. Maintenant que l'obscurité avait envahi la ville, Mme Hargreaves guettait la renarde qui souillait régulièrement son perron. Elle était tombée de l'armoire quand Delilah Metcalfe lui avait annoncé la nouvelle. N'avait pas vraiment voulu y croire, jusqu'à ce qu'elle visionne la vidéo que la jeune femme lui avait envoyée par courriel. Une renarde, qui se baladait discrètement en ville, faisant des saletés.

Elle avait dit à Delilah qu'elle s'en chargerait. C'était fait.

— Alors ? Tu l'as vue ?

Ken Hargreaves venait de rejoindre sa femme devant la fenêtre.

Au moment où il posait cette question, une forme sortit de la nuit, longea furtivement la Pâtisserie des Monts, deux petites silhouettes à la remorque. Le mari et la femme observèrent en silence le trio qui s'avançait vers la vitrine de la boucherie, et disparut en arrivant à l'aplomb de la fenêtre.

— Tu t'en es occupé ?

Barbara hocha la tête. Et tapota le téléphone qu'elle avait à la main, lançant la vidéo en temps réel sur son écran. La renarde était en bas des marches. Elle les huma et se prit certainement une bonne dose de l'eau de Javel que Barbara avait utilisée le matin même pour nettoyer. Puis elle repéra la petite masse informe, sur le côté. Elle la flaira avec méfiance, et se mit à manger.

— Oh, toi et ton grand cœur, chuchota Ken en enveloppant des bras sa plantureuse épouse.

Parce que la méthode qu'elle avait choisie pour se débarrasser de la renarde consistait à la nourrir, en déposant de petites restes de bœuf sur l'escalier. Après tout, elle avait des petits. Et Barbara Hargreaves n'avait pas oublié ce que c'était qu'être la maman de jeunes enfants. Elle connaissait aussi la douleur de perdre un fils. Et voilà pourquoi, alors que la plupart des gens auraient glissé un petit truc dans la viande ni vu ni connu, il était hors de question qu'elle fasse du mal à cette bête.

Ensemble, les Hargreaves regardèrent la renarde dévorer cette friandise inattendue avant de repartir en trottinant flanquée de ses renardeaux, laissant le perron immaculé.

Et sur les hauteurs de Bruncliffe, dans le petit cottage qui dominait la ville, Delilah Metcalfe scrutait l'obscurité à travers les carreaux de sa cuisine.

Elle refoulait ses larmes. Luttait contre la panique. Ce téléphone mobile, celui que son patron lui avait donné, son unique bouée de sauvetage – elle avait lu les textos qu'il avait reçus. Qui le prévenaient d'un danger plus qu'imminent. Un danger qui la tenait maintenant entre ses griffes.

Pourrait-elle le faire, ce qu'on exigeait d'elle ?

Elle n'avait pas le choix.

Ou bien elle cédait à leurs exigences, ou Samson O'Brien, l'homme qu'elle aimait, serait tué dans les prochains jours. Et elle ne pouvait pas lui en parler du tout.

Le cœur lourd, se faisant l'impression d'être une traîtresse, Delilah Metcalfe ne s'était jamais sentie aussi seule.

Remerciements

Ce volume, le sixième de la série des *Détectives du Yorkshire*, a été écrit pendant une période étrange : une période de confinement, une période d'incertitude mondiale. C'est pourquoi je suis dix fois plus reconnaissante envers tous ceux et celles qui m'ont permis de rester concentrée quand mon esprit vagabondait. Et de reprendre mes marques quand la vraie vie menaçait d'engloutir mes mondes imaginaires. Un plein sac de tartes aux prunes et aux amandes de la Pâtisserie des Monts ne suffirait pas à vous remercier, mais j'espère qu'il exercera sur vous la même attirance sucrée que sur le sergent Clayton !

Je voudrais tout d'abord remercier trois amis qui m'ont aidée chacun à sa façon : Catherine Speakman, vétérinaire experte qui ne se contente pas de répondre à mes questions, mais qui prend aussi des photos publicitaires craquantes dans lesquelles on voit mon vélo ! Harry Carpenter, qui est toujours là pour me parler de l'art d'exercer, à notre époque, le métier de policier dans un environnement rural – et qui ne m'en veut jamais de prendre des libertés avec la réalité. Et enfin, Jo Robinson qui, par deux fois, m'a tirée des affres de l'écriture à coups de gâteaux faits maison déposés sur le seuil de ma porte.

Une bienfaitrice anonyme mérite elle aussi mes remerciements : la charmante employée d'une certaine banque qui a accepté, sans sourciller, de répondre à sa cliente qui s'est soudainement mise à l'interroger sur sa vie derrière un guichet. Merci de ne pas m'avoir fait jeter dehors !

Comme toujours, ma famille a beaucoup fait pour me permettre de garder le cap, alors que le confinement m'interdisait d'aller les voir. Une mention spéciale à Claire qui a tout laissé tomber pour lire la première mouture de mon roman, et à ma mère, qui m'a quotidiennement envoyé des photos de fleurs pendant les quatre semaines où je me suis débattue avec sa réécriture !

Dans le monde de l'édition, l'équipe qui permet à cette série d'arriver en librairie ne fait que s'améliorer. Au Royaume-Uni, un immense merci à Gillian et à Vicki pour leur relecture experte ; à Matt pour avoir répondu à mes questions bizarres pendant le confinement ; à Ellis pour avoir géré les relations publiques au cours de la plus étrange des périodes qui soit concernant la publicité ! Et aux autres étoiles de Pan Mac qui continuent de se passionner pour la série des *Détectives du Yorkshire*, et de la soutenir.

En France, un grand *merci et au revoir* à la merveilleuse Camille – une Française qui porte les Vallons dans son cœur – et *bonjour* à Nathalie qui rejoint Glenn et la fabuleuse équipe de la Bête Noire. Une mention spéciale à Dominique et à Stéphanie, les deux formidables traductrices qui ont travaillé dans des conditions difficiles pour que ce volume paraisse dans les temps. Vous êtes épatantes ! Et enfin, toute ma reconnaissance aux organisateurs des festivals qui m'ont invitée avant que le coronavirus s'abatte sur le monde, obligeant à tout annuler, et à tous les lecteurs et lectrices français qui espéraient me rencontrer en ces occasions. Ce n'est que partie remise et nous nous verrons en des temps meilleurs : *à la prochaine* !

Un nom apparaît immanquablement dans ces dernières notes – celui de mon agent, Oli, et cette fois, mes remerciements sont plus que jamais mérités. Merci du fond du cœur d'avoir mis tout ton talent à mon service, merci pour ta confiance et tes encouragements. Et merci également à mon adorable Mark, qui a assisté de très près au processus de création, grâce au confinement. En vérité, sans toi, je n'aurais pas pu terminer ce volume. J'espère sincèrement que tu seras aussi dans les parages pour l'écriture du prochain… !

Pour conclure, un énorme merci à tous les lecteurs et lectrices (et ils ont été nombreux !) qui m'ont contactée pendant le confinement tandis je bataillais pour écrire ce nouvel opus. Certains d'entre vous étaient déjà fans ; d'autres ont découvert la série pendant cette période d'isolement. Vous m'avez écrit pour me dire combien ces livres comptaient pour vous, et la joie qu'ils vous procuraient. Vous ne pouviez pas savoir que chacun de vos messages était une lumière dans la nuit et que c'est ce qui m'a aidée à créer les pages que vous venez de lire. Un gigantesque merci à chacun et à chacune d'entre vous !

PARUS DANS

LA BÊTE NOIRE

Tu tueras le Père
(Finaliste du prix Le Point du polar européen 2016)
Sandrone Dazieri

Les Fauves
Ingrid Desjours

Cœur de lapin
Annette Wieners

Serre-moi fort
(Prix Griffe noire du meilleur polar français 2016)
Claire Favan

Maestra
L. S. Hilton

Baad
(Prix du Meilleur Polar des lecteurs de Points 2017)
Cédric Bannel

Les Adeptes
Ingar Johnsrud

L'Affaire Léon Sadorski
(Prix Libr'à Nous 2017, catégorie polar)
Romain Slocombe

Une forêt obscure
Fabio M. Mitchelli

La Prunelle de ses yeux
Ingrid Desjours

Chacun sa vérité
(Grand Prix de littérature policière 2017,
domaine étranger
Prix Nouvelles voix du polar 2018,
roman étranger)
Sara Lövestam

Brutale
Jacques-Olivier Bosco

Les Filles des autres
Amy Gentry

Dompteur d'anges
Claire Favan

Ragdoll
(Prix Griffe noire du polar de l'année 2017)
Daniel Cole

Kaboul Express
Cédric Bannel

Domina
L. S. Hilton

Tu tueras l'Ange
Sandrone Dazieri

Les Survivants
Ingar Johnsrud

L'Étoile jaune de l'inspecteur Sadorski
Romain Slocombe

Le Zoo
(Prix Transfuge du meilleur polar étranger 2017)
Gin Phillips

Le Tueur au miroir
Fabio M. Mitchelli

Sous son toit
Nicole Neubauer

La Griffe du diable
Lara Dearman

Ça ne coûte rien de demander
Sara Lövestam

Toute la vérité
Karen Cleveland

Coupable
Jacques-Olivier Bosco

Là où rien ne meurt
Franck Calderon, Hervé de Moras

L'Appât
Ragdoll, tome 2
(Prix Bête noire des libraires 2018)
Daniel Cole

Rendez-vous avec le crime
Les Détectives du Yorkshire, tome 1
Julia Chapman

Ultima
L. S. Hilton

L'Échange
Rebecca Fleet

Rendez-vous avec le mal
Les Détectives du Yorkshire, tome 2
Julia Chapman

Sadorski et l'ange du péché
Romain Slocombe

Sur le toit de l'enfer
(Prix Bête noire des libraires 2019)
Ilaria Tuti

Inexorable
Claire Favan

L'Île au ciel noir
Lara Dearman

Rendez-vous avec le mystère
Les Détectives du Yorkshire, tome 3
Julia Chapman

L'Empathie
Antoine Renand

Blood Orange
Harriet Tyce

Libre comme l'air
Sara Lövestam

De si bonnes amies
Amy Gentry

Rendez-vous avec le poison
Les Détectives du Yorkshire, tome 4
Julia Chapman

Le Bûcher de Moorea
Patrice Guirao

Tu tueras le Roi
Sandrone Dazieri

Son Espionne royale mène l'enquête
Son Espionne royale, tome 1
Rhys Bowen

Son Espionne royale et le mystère bavarois
Son Espionne royale, tome 2
Rhys Bowen

Coups de vieux
Dominique Forma

Pour seul refuge
(Grand Prix des Enquêteurs 2019)
Vincent Ortis

Les Loups
Ragdoll, tome 3
Daniel Cole

La Nymphe endormie
Ilaria Tuti

Rendez-vous avec le danger
Les Détectives du Yorkshire, tome 5
Julia Chapman

Tel père, telle fille
Fabrice Rose

Son Espionne royale et la partie de chasse
Son Espionne royale, tome 3
Rhys Bowen

Les Disparus de Pukatapu
Patrice Guirao

Fermer les yeux
Antoine Renand

La Seconde Épouse
Rebecca Fleet

Sept Mensonges
Elizabeth Key

Là où se trouve le cœur
Sara Lövestam

Son Espionne royale et la fiancée de Transylvanie
Son Espionne royale, tome 4
Rhys Bowen

Son Espionne royale et le collier de la reine
Son Espionne royale, tome 5
Rhys Bowen

La Chute de la maison Whyte
(Grand Prix des Enquêteurs 2020)
Katerina Autet

À PARAÎTRE DANS

LA BÊTE NOIRE

La Mort d'une sirène
Rydahl & Kazinski
(octobre 2020)

La Gestapo Sadorski
Romain Slocombe
(octobre 2020)

Son Espionne royale et les douze crimes de Noël
Son Espionne royale, tome 6
Rhys Bowen
(novembre 2020)

Cet ouvrage a été composé et mis en pages
par ÉTIANNE COMPOSITION
à Montrouge.

Imprimé en France par CPI
en octobre 2020

MIXTE
Papier issu de
sources responsables
FSC® C003309

L'éditeur de cet ouvrage s'engage dans une démarche de certification FSC® qui contribue à la préservation des forêts pour les générations futures.

Pour en savoir plus :
www.editis.com/engagement-rse/

N° d'édition : 60518/01 – N° d'impression : 3040807